BETHAN ROBERTS | Der Liebhaber meines Mannes

Zum Buch

Marion ist hingerissen von Tom, dem Bruder ihrer besten Freundin, einem großen, unverschämt gut aussehenden jungen Mann mit blonden Locken und blauen Augen. Auf die erste Begegnung folgen Jahre des Wartens, weil Tom für seinen Militärdienst und seine Ausbildung die englische Küstenstadt Brighton verlässt. Nach seiner Rückkehr fordert Marion voller Hoffnung ein früheres Versprechen ein und genießt die Stunden, in denen Tom ihr das Schwimmen beibringt. Sie übersieht alle Zeichen, jeden Hinweis, dass Tom sich nicht für sie interessiert. Nicht für sie als Frau. Selbst als Tom ihr freudestrahlend seinen Freund Patrick vorstellt, den etwas älteren Kurator des Museums, glaubt Marion noch fest, dass Toms Liebe nur ihr gilt. Und tatsächlich: Er hält um ihre Hand an. Doch spätestens als Patrick ihren Mann zu einer Reise nach Venedig einlädt, kann Marion nicht länger die Augen verschließen und muss eine Entscheidung treffen, die ihr Leben für immer bestimmen wird.

»Ein Liebesroman, der mit seinem suggestiven Ton so unter die Haut geht, dass man ihn nicht so schnell vergisst.«
Bayerischer Rundfunk

Zur Autorin

Bethan Roberts, geboren 1973 in Oxford, schreibt Romane und Kurzgeschichten. Zuvor arbeitete sie beim Fernsehen, unter anderem als Drehbuchautorin, und unterrichtete Creative Writing an der Chichester University und am Goldsmiths College der University of London. Sie lebt mit ihrer Familie in Brighton. Im Diana Verlag erschienen ihre Romane *Köchin für einen Sommer* und *Der Liebhaber meines Mannes.*

Ein Interview mit der Autorin finden Sie ab Seite 366.

BETHAN ROBERTS

Der Liebhaber meines Mannes

Roman

Aus dem Englischen
von Astrid Gravert

Diana Verlag

Die Originalausgabe *My Policeman* erschien 2012
bei Chatto & Windus, London

MIX
Papier aus verantwortungsvollen Quellen
FSC® C014496
FSC
www.fsc.org

Verlagsgruppe Random House FSC® N001967
Das für dieses Buch verwendete
FSC®-zertifizierte Papier *Holmen Book Cream*
liefert Holmen Paper, Hallstavik, Schweden.

Taschenbucherstausgabe 10/2014

Umschlaggestaltung | t.mutzenbach design, München
Umschlagmotiv | © ullstein bild – Top Foto
Satz | Leingärtner, Nabburg
Druck und Bindung | GGP Media GmbH, Pößneck

Printed in Germany
ISBN 978-3-453-35780-8

www.diana-verlag.de

Für alle meine Freunde in Brighton,
aber ganz besonders für Stuart

I

PEACEHAVEN, OKTOBER 1999

EIGENTLICH WOLLTE ICH mit diesen Worten beginnen: *Ich will dich nicht mehr zerstören* – denn ich will es wirklich nicht –, kam aber zu dem Schluss, dass du das viel zu melodramatisch finden würdest. Du hast Melodramatik immer gehasst und ich will dich jetzt nicht aufregen, nicht in deinem Zustand, nicht, wenn dein Leben vielleicht zu Ende geht.

Denn ich will alles aufschreiben, damit ich es richtig verstehe. Dies ist eine Art Geständnis und es ist wichtig, bis in die Einzelheiten genau zu sein. Wenn ich fertig bin, will ich dir diese Aufzeichnungen vorlesen, Patrick, denn du kannst mir nicht mehr widersprechen. Und ich habe Anweisung erhalten, weiter mit dir zu sprechen. Sprechen, sagen die Ärzte, ist unbedingt notwendig, wenn du genesen sollst.

Du kannst fast nicht mehr sprechen, und obwohl du hier bei mir im Haus bist, verständigen wir uns in Papierform. Wenn ich Papierform sage, meine ich auf Lernkarten zeigen. Du kannst die Wörter nicht aussprechen, aber du kannst zeigen, was du willst: *Trinken, Toilette, Sandwich*. Ich weiß immer schon, was du willst, bevor dein Finger das Bild erreicht, aber ich lasse dich trotzdem darauf zeigen, denn es ist besser für dich, unabhängig zu sein.

Es ist merkwürdig, nicht wahr, dass ich jetzt diejenige bin, die Füller und Papier benutzt und dies schreibt – wie sollen wir es nennen? Es ist wohl kaum ein Tagebuch, nicht so eines, wie du es einmal geführt hast. Was immer es ist, ich bin diejenige, die schreibt, während du im Bett liegst und jede meiner Bewegungen beobachtest.

Du hast diesen Küstenabschnitt nie gemocht, du hast ihn einen Küstenvorort genannt, den Ort, an den alte Leute ziehen, um dem Sonnenuntergang zuzuschauen und auf den Tod zu warten. Wurde diese Gegend – ungeschützt, einsam, windumtost wie all die schönsten britischen Küstenorte – in jenem schrecklichen Winter 1963 nicht Sibirien genannt? Jetzt ist es hier nicht mehr ganz so öde, aber immer noch genauso eintönig wie damals. Hier in Peacehaven sehen die Straßen alle gleich aus: bescheidene Bungalows, zweckmäßige Gärten, schräger Meerblick.

Ich habe mich heftig gegen Toms Pläne hierherzuziehen gewehrt. Warum sollte ich, die ihr ganzes Leben in Brighton gelebt hat, parterre wohnen, und wenn der Immobilienmakler unseren Bungalow als Schweizer Chalet bezeichnete? Warum sollte ich mich mit den schmalen Gängen des hiesigen Co-op begnügen, dem Gestank von altem Fett bei Joe's Pizza und Kebab House, den vier Beerdigungsinstituten, einem Zoogeschäft namens Wunderwelt der Tiere und einer Reinigung, deren Angestellte angeblich »für London qualifiziert« sind? Warum sollte ich mich damit begnügen nach Brighton, wo die Cafés immer voll sind, es in den Läden mehr zu kaufen gibt, als man sich vorstellen, geschweige denn brauchen kann, und wo der Pier immer leuchtet, immer geöffnet ist und oft ein bisschen bedrohlich?

Nein. Ich fand es eine schreckliche Vorstellung, dir wäre es genauso gegangen. Aber Tom war entschlossen, sich an einem ruhigeren, kleineren und angeblich sichereren Ort zur Ruhe zu setzen. Zum Teil, glaube ich, weil er genug davon hatte, an sein altes Revier, seine alte Tätigkeit erinnert zu werden. Und wenn ein Bungalow in Peacehaven an eines nicht erinnert, dann an die Geschäftigkeit der Welt. Jetzt sind wir also hier, wo niemand vor halb zehn Uhr morgens oder nach halb zehn abends auf der Straße ist außer ein paar Teenagern, die vor der Pizzeria rauchen. In einem Bungalow mit zwei Schlafzimmern (er ist kein Schweizer Chalet, das ist er *nicht*), mit Bushaltestelle und Co-op in der Nähe, einem Blick auf ein langes Rasenstück, einer Wäschespinne und drei Außengebäuden (Schuppen, Garage, Gewächshaus). Was das Ganze rettet, ist der Meerblick, der tatsächlich schräg ist – man sieht es vom seitlichen Schlafzimmerfenster. Ich habe dir das Zimmer gegeben und dein Bett so hingestellt, dass du aufs Meer blicken kannst, so viel du willst. Ich habe es dir gegeben, Patrick, obwohl Tom und ich niemals zuvor eine schöne Aussicht hatten. Von deiner Wohnung in Chichester Terrace, ganz im Regency-Stil, konntest du das Meer jeden Tag genießen. Ich erinnere mich sehr gut an die Aussicht, obwohl ich dich selten besucht habe: die Volk's Railway, die Duke's Mound Grünanlagen, die Mole, an windigen Tagen von weißen Wellenkämmen umgeben, und natürlich das Meer, immer anders, immer dasselbe. Alles, was Tom und ich sahen, wenn wir aus unserem Reihenhaus oben in der Islingwood Street blickten, waren unsere eigenen Spiegelbilder in den Fenstern der Nachbarn. Trotzdem. Ich war nicht wild darauf, dort wegzuziehen.

Ich vermute, als du vor einer Woche aus dem Krankenhaus hier ankamst und Tom dich aus dem Auto in deinen Rollstuhl gehoben hat, hast du genau dasselbe gesehen wie ich: den gleichmäßigen braunen Putz, den unglaublich glatten Kunststoff der doppelt verglasten Tür, die ordentliche Koniferenhecke, die das Grundstück umgibt, und das alles wird dich mit Schrecken erfüllt haben, genau wie mich. Und dann der Name: »Bei den Kiefern«. So unpassend, so einfallslos. Wahrscheinlich brach dir kalter Schweiß im Nacken aus und dein Hemd fühlte sich plötzlich unangenehm an. Tom hat dich den Weg zur Haustür entlanggefahren. Du wirst bemerkt haben, dass jede Gehwegplatte ein vollkommen ebenes Stück rosa-grauen Betons ist. Als ich den Schlüssel ins Schloss steckte und »Willkommen« sagte, hast du deine schlaffen Hände gerungen und dein Gesicht zu einer Art Lächeln verzogen.

Beim Hereinkommen in den beige tapezierten Flur wirst du

das Reinigungsmittel gerochen haben, das ich benutzt habe, als ich alles für deinen Aufenthalt bei uns vorbereitet habe, und wohl auch den Geruch von Walter, unserem Collie-Mischling, der darunter lauert und sich nicht vollständig beseitigen lässt. Beim Anblick unseres gerahmten Hochzeitsfotos hast du leicht genickt. Tom in dem wunderschönen Anzug von Cobley, den du bezahlt hast, und ich mit dem steifen Schleier. Wir setzten uns ins Wohnzimmer, Tom und ich auf die neue braune Samtgarnitur, die wir von dem Geld gekauft hatten, das Tom als Abfindung beim Renteneintritt erhalten hatte, und lauschten dem Ticken der Zentralheizung. Walter hechelte an Toms Füßen. Dann sagte Tom: »Marion wird dir helfen, dich einzurichten.« Ich sah, wie du angesichts Toms Entschlossenheit zu gehen zusammenzucktest, wie du weiter die Tüllgardinen anstarrtest, als er mit den Worten: »Ich hab noch was zu erledigen«, mit großen Schritten zur Tür ging.

Der Hund folgte ihm. Wir beide saßen da und lauschten Toms Schritten im Flur, dem Rascheln, als er seinen Mantel vom Haken nahm, dem Klimpern, als er in seiner Tasche nach den Schlüsseln suchte. Wir hörten, wie er Walter leise befahl zu warten, und dann nur noch das Geräusch des Luftzugs, als er die doppelt verglaste Haustür öffnete und den Bungalow verließ. Als ich dich schließlich ansah, zitterten deine schlaff auf den knochigen Knien liegenden Hände. Hast du da gedacht, dass endlich bei Tom zu sein vielleicht doch nicht das ist, wovon du geträumt hast?

ACHTUNDVIERZIG JAHRE. So lange liegt meine erste Begegnung mit Tom zurück. Vielleicht sogar noch länger.

Damals war er so zurückhaltend. *Tom.* Sogar der Name ist solide, einfach, aber es klingt auch Sensibilität durch. Er war kein Bill, kein Reg, kein Les oder Tony. Hast du ihn jemals Thomas genannt? Ich wollte es gerne. Es gab Momente, da wollte ich ihn umtaufen. *Tommy.* Vielleicht hast du ihn so genannt, den hübschen jungen Mann mit den starken Armen und den dunkelblonden Locken.

Ich kannte seine Schwester vom Gymnasium. In der zweiten Woche dort kam sie auf dem Gang zu mir und sagte: »Ich dachte mir, du bist okay, willst du meine Freundin sein?« Bis dahin waren wir, sie und ich, immer allein geblieben, verwirrt von den seltsamen Schulritualen, den hallenden Klassenräumen und dem Stimmengewirr der anderen Mädchen. Ich ließ Sylvie die Hausaufgaben abschreiben und sie spielte mir ihre Schallplatten vor: Nat King Cole, Patti Page, Perry Como. Wir summten »Some enchanted evening, you may see a stranger«, während wir am Ende der Reihe anstanden und alle anderen Mädchen beim Pferdspringen vorließen. Keine von uns mochte Sport. Ich ging gerne zu Sylvie nach Hause, weil Sylvie bestimmte Sachen hatte und ihre Mutter sie ihre spröden blonden Haare so tragen ließ, wie es eigentlich zu alt für sie war. Ich glaube, sie half ihr sogar dabei, den Pony zu einer Schmachtlocke zu legen. Mein Haar, rot wie es immer war, war damals noch zu einem dicken Zopf auf dem Rücken geflochten. Wenn ich zu Hause die Beherrschung verlor – ich erinnere mich, dass ich einmal meinem Bruder Fred mit einiger Wucht die

Tür an den Kopf knallte –, sah mein Vater meine Mutter an und sagte: »Das ist das Rote in ihr«, denn die roten Haare kamen von Mutters Seite. Ich glaube, du hast mich einmal »die rote Gefahr« genannt, stimmt's, Patrick? Zu der Zeit mochte ich die Haarfarbe schon, aber es kam mir immer so vor, als würde ich mit meinen roten Haaren eine Erwartung erfüllen: Menschen erwarteten von mir, dass ich aufbrausend war, also ließ ich meiner Wut freien Lauf, sobald sie hochkam. Nicht oft natürlich. Aber gelegentlich knallte ich Türen, warf Geschirr. Einmal stieß ich den Staubsauger so heftig gegen die Fußleiste, dass sie brach.

Als ich das erste Mal bei Sylvie zu Hause in Patchham eingeladen war, hatte sie ein pfirsichfarbenes Seidenhalstuch um, und als ich es sah, wollte ich sofort auch eins. Sylvies Eltern hatten einen Barschrank im Wohnzimmer, mit Glastüren, die mit schwarzen Sternen bemalt waren. »Es ist alles auf Kredit«, sagte Sylvie, beulte mit der Zunge ihre Backe aus und führte mich nach oben. Ich durfte das Halstuch tragen und sie zeigte mir ihre Nagellackfläschchen. Sie öffnete eins und es roch nach Bonbons. Ich saß auf ihrem hübschen Bett und wählte den dunkelroten Lack, um ihn auf Sylvies breite abgebissene Nägel aufzutragen. Als ich fertig war, hielt ich ihre Hand ganz nah an mein Gesicht und blies sanft darüber. Dann hielt ich ihren Daumennagel an meinen Mund und fuhr mit der Oberlippe über die glatte Oberfläche, um zu prüfen, ob sie trocken war.

»Was machst du da?« Sie lachte schrill.

Ich ließ ihre Hand in ihren Schoß fallen. Midnight, ihre Katze, kam herein und rieb sich an meinen Beinen.

»Tut mir leid.«

Midnight dehnte sich und drängte sich mit noch mehr Nachdruck gegen meine Knöchel. Ich beugte mich runter, um sie hinter den Ohren zu kraulen, und während ich mit der Katze beschäftigt war, öffnete sich Sylvies Zimmertür.

»Raus«, sagte Sylvie genervt. Ich richtete mich schnell auf, besorgt, dass sie mich meinte, aber sie blickte wütend über meine Schulter hinweg zur Tür. Ich drehte mich um und sah ihn da stehen. Unwillkürlich griff ich nach dem Seidentuch an meinem Hals.

»Raus, Tom«, wiederholte Sylvie in einem Ton, als hätte sie sich in die Rolle, die sie in dieser Szene zu spielen hatte, gefügt.

Er lehnte im Türrahmen, die Ärmel seines Hemdes bis zu den Ellbogen hochgekrempelt, und ich bemerkte die feinen Linien seiner Muskeln auf den Unterarmen. Er konnte nicht älter als fünfzehn sein – kaum ein Jahr älter als ich, aber er hatte schon breite Schultern und an seinem Halsansatz war eine dunkle Mulde. Am Kinn hatte er seitlich eine kleine Narbe – nur eine kleine Delle, wie ein Fingerabdruck in Plastilin – und er lächelte spöttisch. Schon damals wusste ich, dass er das absichtlich tat, weil er dachte, dass er dann mehr aussah wie ein Ted. Auf mich hatte das Ganze, dieser Junge, wie er da am Türrahmen lehnte und mich mit seinen blauen Augen – kleinen, tief liegenden Augen – ansah, solche Wirkung, dass ich stark errötete. Ich streckte die Hand aus, tauchte meine Finger wieder in das weiche Fell um Midnights Ohren und richtete den Blick auf den Fußboden.

»Tom! Raus!« Sylvies Stimme war jetzt lauter und die Tür wurde zugeknallt.

Du kannst dir vorstellen, Patrick, dass es ein paar Minuten dauerte, bevor ich mich traute, die Katze nicht mehr hinter den Ohren zu kraulen und Sylvie wieder anzusehen.

Danach tat ich alles, um mit Sylvie fest befreundet zu bleiben. Manchmal nahm ich den Bus nach Patchham, ging an ihrer Doppelhaushälfte vorbei und blickte zu den hellen Fenstern hinauf und redete mir ein, dass ich hoffte, sie würde herauskommen, aber in Wirklichkeit war mein ganzer Körper angespannt in der Erwartung, Tom würde auftauchen. Einmal saß ich auf der Mauer bei ihr um die Ecke, bis es dunkel wurde und ich meine Finger und Zehen nicht mehr spüren konnte. Ich lauschte den Amseln, die sich die Stimme aus dem Hals sangen, roch die Feuchtigkeit, die aus den Hecken rundherum kroch, und nahm schließlich den Bus nach Hause.

Meine Mutter sah viel aus dem Fenster. Immer wenn sie kochte, lehnte sie am Herd und blickte durch den schmalen Glasausschnitt unserer Hintertür. Es kam mir vor, als würde sie immer Soße kochen und aus dem Fenster blicken. Sie rührte eine ganze Weile in der Soße, kratzte dabei die wenigen Reste von Fleisch und Knorpel von der Pfanne. Die Soße schmeckte nach Eisen und war etwas klumpig, aber mein Vater und meine Brüder füllten ihre Teller damit und nahmen so viel Soße, dass sie sie an den Fingern und unter den Fingernägeln hatten. Sie leckten sie ab, während Mum rauchte und darauf wartete, den Abwasch zu erledigen.

Sie küssten sich dauernd, Mum und Dad. In der Küche. Er hatte die Hand fest um ihren Nacken gelegt, sie den Arm um seine Taille, ihn enger an sich ziehend. Es war dann schwer zu erkennen, wie sie zusammenpassten, so fest waren sie verschlungen. Es war normal für mich, sie so zu sehen. Ich saß dann einfach am Küchentisch, legte mein Kinomagazin auf das gerippte Tischtuch, stützte das Kinn in die Hand und wartete, bis sie fertig waren. Das Merkwürdige ist, obwohl sie sich so viel küssten, schienen sie kaum miteinander zu reden. Meistens sprachen sie vermittelt durch uns miteinander: »Das musst du deinen Vater fragen.« Oder: »Was sagt deine Mutter dazu?« Am Tisch redeten Fred, Harry und ich, während Dad die »Gazette« las und Mum am Fenster stand und rauchte. Ich erinnere nicht, dass sie je mit uns am Tisch gesessen und gegessen hat, außer sonntags, wenn Dads Vater, Großvater Taylor, bei uns war. Er nannte Dad »Junge« und verfütterte das meiste von seinem Essen an den vergilbenden Westie, der unter seinem Stuhl kauerte. Also dauerte es nie lange, bis Mum wieder stand und rauchte, die Teller abwusch und die Töpfe in die Spüle knallte. Sie postierte mich am Abtropfständer zum Abtrocknen und band mir eine Schürze um, eine von ihren, die mir viel zu lang war und oben umgeschlagen werden musste, und ich versuchte, mich so gegen das Spülbecken zu lehnen wie sie. Manchmal wenn sie nicht da war, blickte ich aus dem Fenster und versuchte mir vorzustellen, woran meine Mutter dachte, wenn sie hinausblickte auf unseren Schuppen mit dem schrägen Dach, Dads Beet mit dem hochgeschossenen Rosenkohl und das kleine Stück Himmel über den Nachbarhäusern.

In den Sommerferien gingen Sylvie und ich oft ins Black Rock Freibad. Ich wollte zwar immer das Geld sparen und am Strand sitzen, aber Sylvie bestand darauf, ins Freibad zu gehen, zum Teil deswegen, weil Sylvie im Freibad mit Jungen flirten konnte. Während unserer ganzen Schulzeit hatte sie immer irgendeinen Verehrer, dagegen schien sich für mich niemand zu interessieren. Ich hatte keine Lust, wieder einen Nachmittag zuzuschauen, wie die Jungen meine Freundin angafften, aber mit seinen glitzernden Fenstern, dem strahlend weißen Fußboden und den gestreiften Liegestühlen war das Freibad einfach zu schön, um zu widerstehen, und so bezahlten wir meistens die neun Pence und schoben uns durch das Drehkreuz zum Pool.

An einen Nachmittag erinnere ich mich besonders gut. Wir waren beide ungefähr siebzehn. Sylvie hatte einen limettengrünen Bikini an und ich einen roten Badeanzug, der mir viel zu klein war. Ich musste ständig die Träger hoch- und die Beine runterziehen. Damals hatte Sylvie schon ziemlich beeindruckende Brüste und eine hübsche Taille; ich war immer noch kastenförmig mit ein paar Polstern. Ich trug die Haare im Pagenschnitt, was mir gut gefiel, aber sie waren eher orange als rot und ich war zu groß. Mein

Vater sagte mir, ich solle aufrecht gehen, aber er legte auch Wert darauf, dass ich immer flache Schuhe trug. »Kein Mann möchte zu einer Frau aufsehen«, pflegte er zu sagen. »Stimmt's, Phyllis?« Meine Mutter lächelte nur und sagte nichts. In der Schule beharrten sie darauf, dass ich gut in Korbball sein müsste, aber ich war miserabel. Ich stand an der Seite und tat so, als würde ich auf einen Pass warten. Der Pass kam nie und ich spähte über den Zaun zu den Jungen, die Rugby spielten. Ihre Stimmen waren so verschieden von unseren – tief und hölzern und mit dem Selbstvertrauen von Jungen, die wissen, was der nächste Schritt im Leben ist. Oxford. Cambridge. Die Anwaltsexistenz. Die Schule nebenan war eine Privatschule, wie deine, und die Jungen dort schienen so viel besser auszusehen als die, die ich kannte. Sie trugen Jacketts und hatten die Hände in den Taschen, während sie herumspazierten, und ihre langen Ponys fielen ihnen ins Gesicht. Dagegen marschierten die Jungen, die ich kannte (und das waren wenige), mehr oder weniger auf dich zu, den Blick geradeaus. Kein Geheimnis umgab sie. Alles offen. Nicht, dass ich jemals mit einem der Jungen mit den Ponys gesprochen hätte. Du bist auf eine jener Schulen gegangen, aber du warst nie so, oder, Patrick? Wie ich hast du dich nie angepasst. Das habe ich von Anfang an gewusst.

Es war eigentlich nicht warm genug, um draußen zu baden – es blies ein frischer Wind –, aber es war strahlender Sonnenschein. Sylvie und ich lagen flach auf unseren Handtüchern. Ich behielt meinen Rock über dem Badeanzug an, während Sylvie ihre Sachen ordentlich neben mir aufgereiht hatte: Kamm, Puderdose, Strickjacke. Sie setzte sich auf und blinzelte, registrierte die Menschenmengen auf der sonnenüberfluteten Terrasse. Sylvies Mund schien immer wie verkehrt herum zu einem Lächeln verzogen und ihre Schneidezähne zogen die nach unten verlaufende Linie ihrer Oberlippe nach, als wären sie extra in Form gemeißelt. Ich schloss die Augen. Rosa Schatten bewegten sich vor meinen geschlossenen

Lidern, als Sylvie seufzte und sich räusperte. Ich wusste, sie wollte sich mit mir darüber unterhalten, wer sonst noch im Schwimmbad war, wer was mit wem tat und welche Jungen sie kannte, aber ich wollte nur die Wärme auf meinem Gesicht spüren und das entrückte Gefühl haben, das entsteht, wenn man in der Nachmittagssonne liegt.

Ich war fast so weit. Das Blut hinter meinen Augen schien dicker und meine Glieder waren zu Gummi geworden. Das leichte Klatschen von Füßen und das Platschen, wenn die Jungs vom Sprungbrett ins Wasser sprangen, störte mich nicht, und obwohl ich spürte, wie die Sonne meine Schultern verbrannte, blieb ich flach liegen, atmete den kreidigen Geruch des nassen Fußbodens ein und gelegentlich den Hauch von kaltem Chlor, wenn jemand vorbeiging.

Dann fiel etwas Kühles, Nasses auf meine Wange und ich öffnete die Augen. Zuerst war ich geblendet vom hellweißen Licht des Himmels. Ich blinzelte und eine Gestalt wurde sichtbar, umrandet in leuchtendem Rosa. Ich blinzelte noch einmal und hörte Sylvies Stimme, gereizt, aber irgendwie erfreut – »Was machst du denn hier?« –, und wusste sofort, wer es war.

Ich setzte mich auf und versuchte mich zusammenzunehmen, hielt die Hand über die Augen und wischte hastig den Schweiß von meiner Oberlippe.

Da stand er, die Sonne im Rücken, und grinste Sylvie an.

»Du tropfst!«, sagte sie und wischte sich eingebildete Tropfen von den Schultern.

Selbstverständlich hatte ich Tom viele Male bei Sylvie zu Hause gesehen und bewundert, aber dies war das erste Mal, dass ich so viel von seinem Körper sah. Ich versuchte wegzusehen, Patrick. Ich versuchte, nicht auf die Wassertropfen zu starren, die von seiner Kehle zu seinem Bauchnabel rannen, die nassen Haarsträhnen in seinem Nacken. Aber du weißt, wie schwer es ist, wegzusehen, wenn du etwas siehst, was du willst. Also konzentrierte ich mich auf seine Schienbeine: auf die glänzenden blonden Härchen auf seiner Haut. Ich rückte die Träger meines Einteilers zurecht und Sylvie fragte noch einmal mit einem übertrieben dramatischen Seufzer: »Was willst du, Tom?«

Er sah uns an – beide trocken bis auf die Knochen, nur mit Schattenflecken auf dem Körper. »Wart ihr nicht drin?«

»Marion schwimmt nicht«, verkündete Sylvie.

»Warum nicht?«, fragte er und sah mich an.

Ich hätte lügen können. Aber selbst da hatte ich schreckliche Angst, dass es herauskommen würde. Am Ende wird man immer erwischt. Und das ist schlimmer, als wenn man einfach gleich die Wahrheit sagt.

Mein Mund war trocken, aber ich brachte heraus: »Nie gelernt.«

»Tom ist im Schwimmclub«, sagte Sylvie und es klang fast stolz.

Ich hatte nie das Bedürfnis gehabt, nass zu werden. Das Meer war immer da, ein ständiges Geräusch, eine ständige Bewegung am Rande der Stadt. Aber deshalb musste ich nicht hineingehen, oder? Bis zu diesem Moment hatte es nicht die geringste Bedeutung gehabt, dass ich nicht schwimmen konnte. Aber jetzt, das wusste ich, würde ich es tun müssen.

»Ich würde es gerne lernen«, sagte ich und versuchte zu lächeln.

»Tom wird es dir beibringen, oder, Tom?«, sagte Sylvie und sah ihn herausfordernd an.

Tom fröstelte, schnappte sich Sylvies Handtuch und wickelte es sich um die Taille.

»Könnte ich«, sagte er, rubbelte sich kräftig die Haare, versuchte, sie mit einer Hand trocken zu kriegen, und drehte sich zu Sylvie: »Leih uns einen Schilling.«

»Wo ist Roy?«, fragte Sylvie.

Das war das erste Mal, dass ich von Roy hörte, aber Sylvie war offensichtlich interessiert, so wie sie das Thema Schwimmunterricht fallen ließ und sich stattdessen den Hals ausrenkte, um hinter ihren Bruder zu sehen.

»Tauchen«, sagte Tom. »Leih uns einen Schilling.«

»Was macht ihr danach?«

»Das geht dich nichts an.«

Sylvie öffnete ihre Puderdose und betrachtete sich eine Weile prüfend, bevor sie leise sagte: »Ich wette, ihr geht ins Spotted Dog.«

Da machte Tom einen Schritt vorwärts und holte gespielt zum Schlag gegen seine Schwester aus, aber sie duckte sich, um seiner Hand auszuweichen. Das Handtuch fiel auf den Boden und ich musste wieder meine Augen abwenden.

Ich fragte mich, was so schlimm daran war, ins Spotted Dog zu gehen, aber ich wollte nicht unwissend erscheinen und hielt den Mund.

Sylvie ließ einen Moment des Schweigens vergehen, bevor sie murmelte: »Ihr geht da hin. Ich weiß es.« Dann ergriff sie den Handtuchzipfel, sprang auf und drehte es zu einem Strick. Tom stürzte auf sie zu, aber sie war zu schnell. Das Handtuch traf ihn mit einem Knall quer über der Brust und hinterließ eine rote Linie. Damals bildete ich mir ein, dass die Linie pulsierte, aber jetzt bin ich mir nicht mehr sicher. Aber du kannst es dir vorstellen: unser hübscher Junge geschlagen von seiner kleinen Schwester, gezeichnet von ihrem weichen Baumwollhandtuch.

Ein Anflug von Wut huschte über sein Gesicht und in mir zog sich alles zusammen. Es wurde jetzt kühler, ein Schatten kroch über die Sonnenanbeter. Tom blickte auf den Boden und schluckte. Sylvie schwankte, war sich nicht sicher, wie ihr Bruder reagieren würde. Unerwartet griff er zu und hatte das Handtuch wieder; sie duckte sich und lachte, als er wie verrückt mit dem Ding herumwedelte. Hin und wieder traf er sie damit – worauf sie einen schrillen Schrei ausstieß –, aber meistens verfehlte er sie. Er war jetzt sanft, weißt du, ich wusste es damals schon; er tapste umher und benahm sich absichtlich tollpatschig, zog seine Schwester damit auf, dass er eigentlich stärker und treffsicherer war, dass er sie hart treffen könnte.

»Ich hab einen Schilling«, sagte ich und tastete in meiner Strickjackentasche nach Kleingeld. Es war alles, was ich noch hatte, aber ich hielt es ihm hin.

Tom hörte auf, mit dem Handtuch herumzuwedeln. Er atmete schwer. Sylvie rieb sich den Hals, wo das Handtuch sie erwischt hatte. »Rüpel«, murmelte sie.

Er streckte die Hand aus und ich legte die Münze hinein, streifte dabei mit meinen Fingerspitzen seine warme Haut.

»Danke«, sagte er und lächelte. Dann sah er Sylvie an. »Alles in Ordnung?«

Sylvie zuckte mit den Schultern.

Als er sich umdrehte, streckte sie die Zunge heraus.

Auf dem Nachhauseweg roch ich an meiner Hand, atmete den metallischen Duft ein. Der Geruch meiner Münze würde jetzt auch an Toms Fingern sein.

Kurz bevor Tom fortging, um seinen Wehrdienst zu leisten, gab er mir einen Funken Hoffnung, an den ich mich die nächsten zwei Jahre klammerte, und wenn ich ehrlich sein soll, noch länger.

Es war Dezember und ich war zum Tee zu Sylvie gegangen. Du verstehst, dass Sylvie selten zu mir kam, denn sie hatte ein eigenes Zimmer, einen tragbaren Plattenspieler und immer einige Flaschen Vimto-Limonade, während ich mir ein Zimmer mit Harry teilte und das Einzige, was es zu trinken gab, Tee war. Aber bei Sylvie zu Hause ging es zu, als gäbe es keine Lebensmittelrationierung mehr: Wir aßen Schinkenscheiben, die vom Schwarzmarkt stammen mussten, weiches weißes Brot, Tomaten und Salatsoße, danach Mandarinen aus der Dose und Kondensmilch (selbst Sylvies Mutter konnte keine richtige Schlagsahne auftreiben). Sylvies

Vater hatte vorne einen Laden, in dem es aufreizende Postkarten, Schnullerlollis, abgelaufene Fruchtgummis und Figuren aus Muscheln, mit Kragen aus getrocknetem Seegras, zu kaufen gab. Er hieß »Happy News«, weil es dort auch Zeitungen, Zeitschriften und einige Ausgaben der gewagteren Titel, die in Cellophantüten steckten, zu kaufen gab. Sylvie erzählte mir, dass ihr Vater jede Woche fünf Exemplare des »Kama Sutra« verkaufte und dass sich die Zahl über den Sommer verdreifachen würde. Zu der Zeit hatte ich nur eine dunkle Ahnung, dass das Kama Sutra aus Gründen, die ich nicht kannte, ein verbotenes Buch war; aber ich tat so, als wäre ich beeindruckt, machte große Augen und flüsterte »Wirklich?«, und Sylvie nickte triumphierend.

Wir aßen im Wohnzimmer. Der Wellensittich von Sylvies Mutter zwitscherte die ganze Zeit im Hintergrund. Sie hatten Plastikstühle mit Metallbeinen und einen abwischbaren Esstisch ohne Tischtuch. Sylvies Mutter trug orangefarbenen Lippenstift und von dort, wo ich saß, konnte ich das nach Lavendel duftende Reinigungsmittel an ihren Händen riechen. Sie war extrem übergewichtig, was merkwürdig war, denn ich sah sie immer nur Salatblätter und Gurkenscheiben essen und immer nur schwarzen Kaffee trinken. Trotz dieser offenbaren Kasteiung schienen ihre Gesichtszüge im aufgedunsenen Fleisch versunken und ihre Brust war riesig und immer hochgepusht, um sie zu präsentieren, wie ein übergroßes, mit viel Sahne gefülltes Baiser im Schaufenster eines Bäckers. Als ich Tom, der neben seiner Mutter saß, unmöglich länger ansehen konnte, heftete ich den Blick auf Mrs Burgess' gut gepolstertes Dekolleté. Ich wusste, dass ich dort eigentlich auch nicht hinsehen sollte, aber es war besser, als dabei ertappt zu werden, wie meine Augen über ihren Sohn wanderten. Ich war überzeugt, die Wärme zu spüren, die er ausstrahlte; seine bloßen Oberarme lagen auf dem Tisch und es kam mir so vor, als würde sein Körper den ganzen Raum wärmen. Und ich konnte ihn riechen (das habe ich mir nicht nur eingebildet, Patrick): Er roch – erinnerst du dich? – er roch selbstverständlich nach Haaröl – Vitalis wird es gewesen sein – und nach Talkumpuder mit Kiefernduft. Später erfuhr ich, dass er sich jeden Morgen reichlich unter den Armen damit einpuderte, bevor er sein Hemd anzog. Damals, du wirst dich erinnern, hielten Männer wie Toms Vater nichts von Talkumpuder. Das ist jetzt selbstverständlich anders. Wenn ich zum Co-op in Peacehaven gehe, an all den Jungen vorbei, deren Haare so sehr Toms ähneln, wie sie einmal waren – gegelt und in die unmöglichsten Formen gekämmt –, bin ich erschlagen vom Duft ihres Parfums. Sie riechen wie neue Möbel, diese Jungen. Tom hat anders gerochen. Er roch aufregend, denn damals waren Männer, die ihren Schweiß mit Talkum überdeckten, ziemlich verdächtig, was ich sehr interessant fand. Und man hatte beides: den frischen Geruch von Talkum, aber wenn man nah genug war, den erdigen Geruch der Haut.

Als wir unsere Sandwiches aufgegessen hatten, brachte Mrs Burgess Pfirsiche aus der Dose auf rosa Tellern. Wir aßen schweigend. Dann wischte Tom sich den süßen Saft von den Lippen und verkündete: »Ich war heute unten beim Einberufungsbüro. Um mich freiwillig zu melden. Dann kann ich mir aussuchen, wo ich hinkomme.« Er schob seinen Teller weg und sah seinen Vater an. »Ich fange nächste Woche an.«

Nach kurzem Nicken stand Mr Burgess auf und streckte die Hand aus. Tom stand ebenfalls auf und ergriff die Hand seines Vaters. Ich fragte mich, ob sie sich vorher schon jemals die Hände geschüttelt hatten. Es sah nicht so aus, als würden sie es häufig tun. Es war ein fester Händedruck und dann blickten sie sich beide im Zimmer um, als ob sie sich fragten, was sie als Nächstes tun sollten.

»Immer muss er im Vordergrund stehen«, zischte Sylvie mir ins Ohr.

»Was wirst du tun?«, fragte Mr Burgess noch immer stehend und seinen Sohn anblinzelnd.

Tom räusperte sich. »Versorgungskorps.«

Die beiden Männer starrten sich an und Sylvie kicherte.

Mr Burgess setzte sich abrupt hin.

»Das sind Neuigkeiten, was? Wollen wir was trinken, Bill?« Mrs Burgess' Stimme war hoch und ich meinte zu hören, dass sie ihr ein bisschen versagte, als sie ihren Stuhl zurückschob. »Wir brauchen einen Drink, oder? Bei solchen Neuigkeiten.« Als sie aufstand, stieß sie den Rest ihres schwarzen Kaffees auf dem Tisch um. Er breitete sich auf der weißen Plastikoberfläche aus und tropfte auf den Teppich.

»Trampel«, murmelte Mr Burgess.

Sylvie kicherte wieder.

Tom, der die ganze Zeit wie in Trance dagestanden hatte, die Hand immer noch leicht ausgestreckt, wie er seinem Vater die Hand geschüttelt hatte, ging zu seiner Mutter. »Ich hol einen Lappen«, sagte er und fasste sie an der Schulter.

Nachdem Tom aus dem Zimmer gegangen war, blickte Mrs Burgess sich am Tisch um, registrierte jedes unserer Gesichter. »Was sollen wir jetzt bloß tun?« Sie sprach so leise, dass ich mich fragte, ob jemand anders es gehört hatte. Jedenfalls antwortete eine ganze Weile niemand. Schließlich seufzte Mr Burgess und sagte: »Das Versorgungskorps ist nicht die Schlacht an der Somme, Beryl.«

Mrs Burgess schluchzte auf und folgte ihrem Sohn aus dem Zimmer.

Toms Vater sagte nichts. Der Wellensittich zwitscherte und zwitscherte, während wir darauf warteten, dass Tom zurückkam. Ich konnte ihn mit gedämpfter Stimme in der Küche sprechen hören und stellte mir vor, wie seine Mutter in seinen Armen weinte, am Boden zerstört wie ich, dass er fortging.

Sylvie trat gegen meinen Stuhl, aber statt sie anzusehen, blickte ich Mr Burgess durchdringend an und sagte: »Selbst Soldaten müssen essen, oder?« Ich sprach in bestimmtem, sachlichem Ton. Genauso machte ich es später, wenn ein Kind in der Klasse frech wurde oder wenn Tom sagte, dass du am Wochenende dran wärst, Patrick. »Ich bin sicher, Tom wird ein guter Koch.«

Mr Burgess lachte angestrengt, bevor er seinen Stuhl zurückschob und in Richtung Küche brüllte: »Um Himmels willen, wo bleibt der Drink?«

Tom kam zurück und hielt zwei Flaschen Bier in der Hand. Sein Vater schnappte sich eine, hielt sie Tom vors Gesicht und sagte: »Bravo, du hast deine Mutter aufgeregt.« Dann verließ er das Zimmer, aber statt in die Küche zu gehen und Mrs Burgess zu trösten, wie ich dachte, hörte ich, wie die Haustür knallte.

»Hast du gehört, was Marion gesagt hat?«, kreischte Sylvie, schnappte sich die zweite Flasche von Tom und rollte sie zwischen den Händen.

»Das ist meine«, sagte Tom und nahm sie ihr wieder weg.

»Marion hat gesagt, du wirst ein guter Koch.«

Mit einer geschickten Drehung des Handgelenks ließ er die Luft aus der Flasche und warf die metallene Verschlusskappe und den Öffner zur Seite. Er nahm ein Glas oben vom Regal und schenkte sich vorsichtig einen halben Liter dunkles Bier ein. »Na so was«, sagte er und hielt sich das Getränk prüfend vors Gesicht, bevor er ein paar Schlucke nahm, »sie hat recht.« Er wischte sich den Mund mit dem Handrücken ab und sah mich an. »Ich bin froh, dass hier jedenfalls einer vernünftig ist«, sagte er und lächelte breit. »Wollte ich dir nicht Schwimmen beibringen?«

An dem Abend schrieb ich in mein gebundenes schwarzes Notizbuch: »Sein Lächeln ist wie der Herbstmond. Geheimnisvoll. Voller Versprechen.« Ich erinnere mich, dass ich sehr zufrieden damit war. Von da an füllte ich mein Notizbuch jeden Abend mit meiner Sehnsucht nach Tom. »Lieber Tom«, schrieb ich. Oder manchmal »Liebster Tom«, oder sogar »Geliebter Tom«; den Luxus gönnte ich mir jedoch nicht allzu oft. Meistens hatte ich genug Vergnügen daran, seinen Namen von meiner Hand geschrieben vor mir zu sehen. Damals war ich leicht zufriedenzustellen. Wenn man zum ersten Mal in jemanden verliebt ist, reicht schon sein Name. Einfach nur zu sehen, wie meine Hand Toms Namen schrieb, reichte mir. Fast.

Ich schrieb über die Ereignisse des Tages, lächerlich ausführlich, blauäugig und romantisch. Ich glaube nicht, dass ich jemals etwas über seinen Körper geschrieben habe, obwohl der mich doch offenbar am meisten beeindruckte. Ich nehme an, ich schrieb über seine edle Nase (die tatsächlich ziemlich flach ist und zerdrückt aussieht) und den tiefen Klang seiner Stimme. Wie du siehst, Patrick, ich war typisch für damals. Ganz typisch.

Fast drei Jahre schrieb ich mir meine Sehnsucht nach Tom von der Seele und freute mich auf den Tag, an dem er nach Hause kommen und mir Schwimmen beibringen würde.

Erscheint dir solche Verliebtheit ein bisschen lächerlich, Patrick? Vielleicht nicht. Ich vermute, du kennst besser als irgendjemand sonst Begehren und weißt, dass es stärker wird, wenn es nicht erfüllt wird. Jedes Mal, wenn Tom auf Urlaub zu Hause war, verpasste ich ihn und heute frage ich mich, ob ich das absichtlich tat. Verliebte ich mich nur noch mehr in ihn, indem ich auf seine Rückkehr wartete, nicht den wirklichen Tom sah, sondern über ihn in mein Notizbuch schrieb?

Während Toms Abwesenheit machte ich mir jedoch Gedanken darüber, dass ich einen Beruf ergreifen musste. Ich erinnere mich an ein Gespräch, das ich gegen Ende meiner Schulzeit, kurz vor den Abschlussprüfungen, mit Miss Monkton, der stellvertretenden Direktorin des Gymnasiums, führte. Sie fragte mich nach meinen

Plänen für die Zukunft. Sie hatte großes Interesse daran, dass Mädchen Pläne für die Zukunft hatten, aber ich wusste schon damals, dass das alles Hirngespinste waren, die nur innerhalb der Schulmauern existierten. Außerhalb zerschlugen sich Pläne, besonders für Mädchen. Miss Monkton hatte für damalige Verhältnisse ziemlich wilde Haare: eine Menge kleiner Locken, silbern gesprenkelt. Ich war mir sicher, dass sie rauchte, denn ihre Haut hatte die Farbe von hellem Tee und ihre Lippen, die sich häufig zu einem spöttischen Lächeln verzogen, hatten diese gespannte Trockenheit. In Miss Monktons Büro verkündete ich, dass ich gerne Lehrerin werden würde. Es war das Einzige, was mir damals einfiel. Es klang besser, als zu sagen, ich wollte Sekretärin werden, schien aber nicht völlig absurd wie Schriftstellerin oder Schauspielerin.

Ich glaube nicht, dass ich das vorher jemandem gestanden hatte.

Jedenfalls drehte Miss Monkton ihren Füller, sodass die Kappe klickte, und sagte: »Und wie sind Sie zu diesem Entschluss gekommen?«

Ich dachte darüber nach. *Ich konnte nicht gut sagen: Ich weiß nicht, was ich sonst tun könnte. Oder: Es sieht nicht so aus, als würde ich heiraten, oder?*

»Ich mag die Schule, Miss.« Während ich das sagte, wurde mir klar, dass es stimmte. Ich mochte das regelmäßige Klingeln, die sauber gewischten Tafeln, die staubigen Pulte voller Geheimnisse, die langen Flure, in denen sich Mädchen drängten, den Terpentingestank im Kunstraum, das Geräusch des Bibliothekskatalogs, wenn er durch meine Finger glitt. Und plötzlich stellte ich mir mich selbst vorne im Klassenzimmer vor, in einem schicken Tweedrock und mit einem hübschen Nackenknoten, wie ich den Respekt und die Zuneigung der Schüler gewann, weil ich streng, aber gerecht war. Damals hatte ich keine Vorstellung davon, wie autoritär ich werden würde oder wie das Unterrichten mein Leben verändern würde. Du hast mich oft herrisch genannt und du hattest recht; durchs Unterrichten wird man darauf gedrillt. Du oder sie, verstehst du; man muss sich behaupten. Das habe ich schon früh gelernt.

Miss Monkton lächelte auf ihre spöttische Art. »Es ist etwas ganz anderes von der anderen Seite des Pultes aus.« Sie machte eine Pause, legte den Füller hin und drehte sich zum Fenster. Ohne mich anzusehen, sagte sie: »Ich möchte Ihren Ehrgeiz nicht dämpfen, Taylor, aber zu unterrichten erfordert ungeheuer viel Hingabe und beachtliches Rückgrat. Nicht, dass Sie keine ordentliche Schülerin sind. Aber ich würde denken, etwas im Büro wäre eher Ihre Sache. Vielleicht etwas, wo es ein bisschen ruhiger zugeht?«

Ich starrte auf die Milchspur auf ihrem kalt werdenden Tee. Abgesehen von der Teetasse war ihr Pult vollkommen leer.

»Was, zum Beispiel«, fuhr sie fort und drehte sich mit einem schnellen Blick zur Uhr über der Tür wieder zu mir, »halten Ihre Eltern von der Idee? Sind sie bereit, Sie bei diesem Vorhaben zu unterstützen?«

Ich hatte Mum und Dad gegenüber noch nichts davon erwähnt. Sie konnten zuerst kaum glauben, dass ich aufs Gymnasium gekommen bin; mein Vater hatte sich über die Kosten der Schuluniform beklagt, als er davon hörte, und meine Mutter hatte auf dem Sofa gesessen, den Kopf in die Hände gelegt und geweint. Ich hatte mich zuerst gefreut, weil ich annahm, dass sie vor Stolz über meine Leistung zu Tränen gerührt war. Aber als sie nicht aufhörte und ich sie fragte, was los wäre, sagte sie: »Es wird jetzt alles anders werden. Dadurch wirst du uns weggenommen.« Und danach beschwerten sie sich fast jeden Abend, dass ich zu viel Zeit in meinem Zimmer mit Lernen verbrachte, statt mich mit ihnen zu unterhalten.

Ich blickte Miss Monkton an. »Sie stehen hinter mir«, verkündete ich.

WENN ICH IN DIESEN HERBSTTAGEN über die Felder zum Meer blicke, wenn sich das Gras im Wind wiegt und die Wellen klingen wie erregter Atem, erinnere ich mich daran, dass ich einmal starke, verborgene Empfindungen hatte, genau wie du, Patrick. Ich hoffe, dass du mich verstehen wirst, und ich hoffe, dass du mir vergeben kannst.

Frühling 1957. Nachdem er seinen Wehrdienst beendet hatte, war Tom noch immer fort, um eine Ausbildung zum Polizisten zu machen. Ich dachte häufig mit freudiger Erregung daran, dass er zur Polizei ging. Es schien so mutig und erwachsen. Ich kannte niemanden, der so etwas tun würde. Bei uns zu Hause war die Polizei ziemlich suspekt – nicht gerade der Feind, aber eine unbekannte Größe. Ich wusste, als Polizist würde Tom ein anderes Leben als unsere Eltern führen, ein mutigeres, einflussreicheres.

Ich machte die Lehrerausbildung am College in Chichester, sah Sylvie aber ziemlich oft, obwohl ihre Beziehung zu Roy enger wurde. Einmal wollte sie mit mir zur Rollschuhbahn, aber als ich ankam, tauchte sie mit Roy und einem anderen Jungen namens Tony auf, der mit Roy in der Autowerkstatt arbeitete. Tony war anscheinend nicht in der Lage, viel zu reden. Jedenfalls nicht mit mir. Hin und wieder rief er Roy etwas zu, während wir herumfuhren, aber Roy reagierte nicht immer, weil seine Augen von Sylvies gefangen waren. Es schien, als könnte er nirgendwo sonst hinsehen, nicht einmal, wohin sie fuhren. Tony hielt mich nicht am Arm, während wir herumfuhren, und so gelang es mir einige Male, ihn zu überholen. Während ich Rollschuh lief, dachte ich daran, wie Tom mich an dem Tag, als er verkündet hatte, dass er zum Versorgungskorps geht, angelächelt hatte, wie seine Oberlippe über seinen Zähnen verschwunden war und seine Augen schmal geworden waren. Tony lächelte mich nicht an, als wir anhielten, um uns Coke zu kaufen. Er fragte, wann ich die Schule verlassen würde, und ich sagte: »Nie – ich werde Lehrerin.« Da blickte er zur Tür, als wäre er am liebsten sofort hinausgefahren.

Wenig später gingen Sylvie und ich an einem sonnigen Nachmittag in den Preston Park. Wir setzten uns auf eine Bank unter den Ulmen, die wunderschön waren und durch die der Wind rauschte, und sie verkündete, dass sie sich mit Roy verlobt habe. »Wir sind sehr glücklich«, erklärte sie mit einem geheimnisvollen Lächeln. Ich fragte sie, ob Roy mit ihr geschlafen habe, aber sie schüttelte den Kopf und wieder war da dieses Lächeln.

Eine ganze Weile beobachteten wir die Leute, die mit Hunden und Kindern in der Sonne vorbeigingen. Einige hatten Eiskugeln von der Rotunde. Weder Sylvie noch ich hatten Geld für Eiscreme. Da Sylvie immer noch schwieg, fragte ich sie: »Wie weit seid ihr denn gegangen?«

Sylvie ließ den Blick durch den Park schweifen und schwang ihr rechtes Bein ungeduldig vor und zurück. »Ich hab's dir doch gesagt.«

»Nein. Hast du nicht.«

»Ich bin in ihn verliebt«, erklärte sie, streckte die Arme aus und schloss die Augen. »Richtig verliebt.«

Ich konnte das nur schwer glauben. Roy sah nicht schlecht aus, aber er redete zu viel über absolut nichts. Außerdem war er schmächtig. Seine Schultern sahen nicht aus, als könnten sie überhaupt etwas tragen.

»Du weißt nicht, wie es ist«, sagte Sylvie und sah über mich hinweg. »Ich liebe Roy und wir werden heiraten.«

Ich starrte auf das Gras unter meinen Füßen. Selbstverständlich konnte ich nicht zu Sylvie sagen: »Ich weiß genau, wie es ist. Ich bin in deinen Bruder verliebt.« Ich hätte mich über jede lustig gemacht, die in einen von *meinen* Brüdern verliebt gewesen wäre, und warum sollte es bei Sylvie anders sein?

Was sie dann sagte, ließ mich innerlich schaudern und meine Beine zittern. »Ich meine«, sagte sie und sah mich direkt an, »ich weiß, dass du in Tom verknallt bist. Aber das ist nicht das Gleiche.«

Das Blut stieg mir den Hals hinauf und bis zu den Ohren.

»Tom ist anders, Marion«, sagte Sylvie. »Das weißt du, oder?«

Einen Moment lang wollte ich aufstehen und weggehen. Aber meine Beine zitterten immer noch und mein Mund war immer noch zu einem Lächeln verzogen, als wäre es eingefroren.

Sylvie nickte einem vorbeigehenden Jungen zu, der eine große Eistüte in der Hand hatte. »Wünschte, ich hätte auch so eins«, sagte sie laut. Der Junge drehte sich um und blickte sie kurz an, aber sie wandte sich zu mir und kniff mich sanft in den Unterarm. »Du bist nicht böse, dass ich das gesagt habe, oder?«

Ich konnte nichts erwidern. Ich glaube, ich brachte ein Nicken zustande. Ich wollte nur nach Hause und gründlich darüber nachdenken, was Sylvie gesagt hatte. Aber man muss mir meine Gefühle angesehen haben, denn nach einer Weile flüsterte Sylvie: »Ich erzähl dir von Roy.«

Ich konnte immer noch nicht antworten, aber sie fuhr fort: »Ich hab mich von ihm anfassen lassen.«

Meine Augen wanderten zu ihr. Sie leckte sich die Lippen und blickte zum Himmel. »Es war komisch«, sagte sie. »Ich hab nicht viel gefühlt, nur Angst.«

Ich durchbohrte sie mit Blicken. »Wo?«

»Hinter dem Regent …«

»Nein. Wo hat er dich angefasst?«

Sie sah mich einen Moment prüfend an, und als sie sah, dass

ich es ernst meinte, sagte sie: »Du weißt schon. Er hat seine Hand da hingelegt.« Sie warf einen schnellen Blick hinunter auf meinen Schoß. »Aber ich hab ihm gesagt, alles andere muss warten, bis wir verheiratet sind.« Sie streckte sich auf der Bank nach hinten. »Ich hätte nichts dagegen, das ganze Programm durchzuziehen, aber dann wird er mich nicht heiraten, oder?«

An dem Abend, vorm Einschlafen, dachte ich lange darüber nach, was Sylvie gesagt hatte. Ich stellte mir die Szene immer und immer wieder vor, wie wir beide auf der Bank sitzen, Sylvie mit ihren dünnen Beinen schlenkert, seufzt und sagt: »Ich hab mich von ihm anfassen lassen.« Ich versuchte, die Worte noch einmal zu hören. Sie klar und deutlich zu hören. Versuchte zu verstehen, was sie über Tom gesagt hatte. Aber wie ich die Worte auch drehte, sie ergaben keinen Sinn für mich. Ich lag im Dunkeln auf dem Bett, hörte meine Mutter husten, von meinem Vater nichts, atmete ins Laken, das ich mir bis zur Nase gezogen hatte, und dachte, sie kennt ihn nicht so gut wie ich. Ich *weiß*, wie er ist.

MEIN LEBEN ALS LEHRERIN an St. Luke begann. Ich tat alles, um Sylvies Bemerkung zu vergessen, und hatte die Ausbildung durchgehalten, indem ich mir vorgestellt hatte, wie stolz Tom auf mich sein würde, wenn er hören würde, dass ich tatsächlich Lehrerin geworden war. Ich hatte eigentlich keinen Grund anzunehmen, dass er stolz auf mich wäre, aber das hielt mich nicht davon ab, mir vorzustellen, wie er von der Polizeischule nach Hause kam, den vorderen Weg zum Haus der Burgess' entlangging, die Jacke lässig über der Schulter, pfeifend. Wie er Sylvie hochhob und herumwirbelte (in meiner Fantasie waren Bruder und Schwester die besten Freunde), wie er dann ins Haus ging und Mrs Burgess die Wange küsste und ihr ein sorgfältig ausgesuchtes Geschenk gab (den Rosenduft von Coty vielleicht – oder, gewagter, Shalimar), wie Mr Burgess im Wohnzimmer stand und seinem Sohn die Hand schüttelte, sodass Tom vor Freude errötete. Dann erst würde er sich an den Tisch setzen, eine Kanne Tee und einen Sandkuchen vor sich, und würde fragen, wie ich vorankäme. Sylvie würde erwidern: »Sie ist jetzt Lehrerin – ehrlich, Tom, du würdest sie kaum wiedererkennen.« Und Tom würde geheimnisvoll lächeln und nicken, und er würde mit einem Kopfschütteln seinen Tee hinunterschlucken und sagen: »Ich wusste immer, dass sie fähig ist, etwas Nützliches zu tun.«

Das stellte ich mir vor, als ich an meinem ersten Arbeitstag morgens die Queen's Park Road hinaufging. Obwohl mir das Blut in den Adern pochte und meine Beine sich anfühlten, als könnten sie jeden Moment nachgeben, ging ich so langsam, wie ich konnte, um nicht zu stark zu schwitzen. Ich war davon ausgegangen, dass es kalt und nass werden würde, sobald das Schuljahr begann, und so hatte ich ein wollenes Unterhemd angezogen und noch eine dicke Fair-Isle-Strickjacke mitgenommen. Tatsächlich war es ein entnervend strahlender Morgen. Die Sonne schien auf den hohen Glockenturm der Schule und brachte die roten Ziegel zum Leuchten, was ihm einen grimmigen Anschein gab, und jede Fensterscheibe starrte mich zornig an, als ich durch das Tor ging.

Da ich schon sehr früh da war, waren noch keine Kinder auf dem Schulhof. Die Schule war während des Sommers zwei Wochen geschlossen gewesen, dennoch überfiel mich sofort, als ich den langen leeren Flur betrat, der Geruch von süßer Milch und Kreidestaub, vermischt mit Kinderschweiß, der einen ganz speziellen, erdigen Duft hat. Von jetzt an kam ich jeden Tag mit diesem Geruch im Haar und in der Kleidung nach Hause. Wenn ich meinen Kopf nachts auf dem Kissen bewegte, änderte auch der Geruch des Klassenzimmers, der mich wie eine Wolke umgab, seine Lage. Ich habe ihn nie ganz akzeptiert. Irgendwann habe ich mich daran gewöhnt, aber ich habe ihn weiterhin wahrgenommen. Genauso ging es Tom mit dem Geruch der Wache. Sobald er nach Hause kam, zog er sein Hemd aus und wusch sich gründlich. Das habe ich immer an ihm gemocht. Jetzt denke ich, dass er das Hemd für dich vielleicht hätte anlassen sollen, Patrick. Dass du vielleicht den strengen Geruch von Reinigungsmittel und Blut gemocht hättest.

Als ich an jenem Morgen zitternd im Flur stand, blickte ich nach oben zu dem großen Wandbild des heiligen Lukas; wie er da stand mit einem Ochsen hinter sich und einem Esel im Vordergrund. Mit gütigem Gesicht und ordentlich geschnittenem Bart. Er bedeutete mir nichts. Selbstverständlich dachte ich an Tom, wie er mit entschlossen vorgestrecktem Kinn dagestanden hätte, die Ärmel hochgekrempelt, sodass seine muskulösen Unterarme zu sehen waren, und mir kam der Gedanke, wieder nach Hause zu laufen. Als ich den Flur entlangging, immer schneller, sah ich, dass an jeder Tür ein Schild mit dem Namen eines Lehrers war. Keinen davon hatte ich jemals gehört, keiner klang wie ein Name, den zu tragen ich mir vorstellen konnte. Mr R. A. Coppard MA (Oxon) auf einem. Mrs T. R. Peacocke auf einem anderen.

Dann Schritte hinter mir und eine Stimme: »Hallo – kann ich Ihnen helfen? Sind Sie das frische Blut?«

Ich drehte mich nicht um, sondern starrte immer noch auf R. A. Coppard und fragte mich, wie lange ich brauchen würde, um wieder ans andere Ende des Flurs zum Haupteingang und hinaus auf die Straße zu laufen.

Aber die Stimme ließ nicht locker. »Hallo – sind Sie Miss Taylor?«

Eine junge Frau, die ich auf Ende zwanzig schätzte, stand lächelnd vor mir. Sie war groß wie ich und ihr Haar auffallend schwarz und vollkommen glatt. Es sah so aus, als hätte jemand beim Schneiden den Rand einer umgedrehten Schüssel auf ihrem Kopf nachgezogen, wie es mein Vater bei meinen Brüdern tat. Sie trug knallroten Lippenstift. Eine Hand auf meine Schulter legend, verkündete sie: »Ich bin Julia Harcourt. Klasse fünf.« Als ich nicht antwortete, lächelte sie und fuhr fort: »Sie *sind* Miss Taylor, nicht wahr?«

Ich nickte. Sie lächelte wieder, die kurze Nase kraus ziehend. Ihre Haut war gebräunt, und obwohl sie ein ziemlich unmodernes grünes Kleid ohne nennenswerte Taille trug und ein Paar braune Lederschnürschuhe, hatte sie etwas Keckes an sich. Vielleicht war es ihr strahlendes Gesicht und die noch mehr leuchtenden Lippen; anders als die meisten Lehrer an St. Luke trug sie keine Brille. Ich habe mich manchmal gefragt, ob die, die eine trugen, es hauptsächlich wegen der Wirkung taten. Sie konnten zum Beispiel furchteinflößend über den Rand hinwegsehen oder sie abnehmen und in die Richtung eines Missetäters deuten. Ich muss dir gestehen,

Patrick, dass ich während meines ersten Jahres an der Schule kurz daran gedacht habe, mir eine Brille zuzulegen.

»Die Vorschule ist in einem anderen Teil des Gebäudes«, sagte sie. »Deshalb ist Ihr Name an keiner der Türen hier.« Die Hand immer noch auf meiner Schulter fügte sie hinzu: »Die ersten Tage sind immer schrecklich. Bei mir ging's drunter und drüber, als ich anfing. Aber man überlebt es.« Als ich nicht antwortete, ließ sie die Hand von meiner Schulter fallen und sagte: »Hier entlang. Ich zeige es Ihnen.« Nachdem ich einen Moment dagestanden und Julia nachgeschaut hatte, wie sie die Arme seitlich schwingend wegging, als würde sie in den South Downs wandern, folgte ich ihr.

Patrick, hast du dich am ersten Tag im Museum auch so gefühlt? Als hätten sie eigentlich jemand anders eingestellt, aber wegen eines Verwaltungsirrtums wäre der Einstellungsbrief an deine Adresse geschickt worden? Ich bezweifle es. Aber so habe ich mich gefühlt. Außerdem war ich mir sicher, dass ich mich gleich übergeben müsste. Ich fragte mich, wie Miss Julia Harcourt damit umgehen würde, wenn eine erwachsene Frau plötzlich blass wurde und ihr der Schweiß ausbrach und sie ihr Frühstück über die glänzenden Flurfliesen erbrach und dabei die Spitzen ihrer hübschen Schnürschuhe bespritzte.

Aber ich habe mich nicht übergeben. Stattdessen folgte ich Miss Harcourt aus der Grundschule in die Vorschule, die einen eigenen Eingang an der Rückseite des Gebäudes hatte.

Das Klassenzimmer, in das sie mich führte, war hell und selbst an diesem ersten Tag sah ich, dass dieser Umstand nicht genutzt wurde. Die hohen Fenster waren halb von geblümten Gardinen verhängt. Ich konnte den Staub an den Gardinen zwar nicht sehen, aber riechen. Der Fußboden war aus Holz und nicht so glänzend wie der im Flur. Am Ende des Raumes war die Tafel, auf der ich noch schwach die Handschrift eines anderen Lehrers erkennen konnte – »Juli 1957«, in geschwungenen Buchstaben geschrieben, war oben links gerade noch zu erkennen. Vor der Tafel war ein großes Pult und ein Stuhl, daneben ein Boiler, umgeben von Leitungen. Die Reihen niedriger Kinderpulte hatten angestoßene Sitze. Mit anderen Worten, es war deprimierend normal, abgesehen von dem Licht, das durch die Vorhänge zu dringen suchte.

Erst als ich eintrat (Miss Harcourt winkte mich weiter), sah ich das Besondere meines neuen Klassenzimmers: In der Ecke hinter der Tür, versteckt zwischen der Rückwand des Schranks mit den Schreibutensilien und dem Fenster, waren ein Teppich und einige Kissen. Keiner der Klassenräume, die ich während meiner Ausbildung betreten hatte, hatte diese Besonderheit und ich glaube, ich trat beim Anblick der weichen Einrichtungsgegenstände in einer Schule unwillkürlich einen Schritt zurück.

»Ach ja«, murmelte Miss Harcourt. »Ich glaube, die Frau, die vor Ihnen hier war – Miss Lynch –, benutzte diese Ecke für die Erzählstunde.«

Ich starrte den rot-gelben Teppich und die dazu passenden dicken Kissen an, die mit Quasten verziert waren, und stellte mir Miss Lynch vor, wie sie »Alice im Wunderland« aus dem Kopf erzählte, umringt von einer sie anbetenden Brut.

»Miss Lynch war unorthodox. Um ehrlich zu sein, ich fand sie wundervoll, aber es gab einige, die anderer Meinung waren. Vielleicht ist es Ihnen lieber, dass es entfernt wird?« Sie lächelte. »Wir können dafür sorgen, dass der Hausmeister es wegschafft. Schließlich spricht eine Menge dafür, an Pulten zu sitzen.«

Ich schluckte und hatte endlich genug Luft, um zu sprechen. »Ich behalte es«, sagte ich. Meine Stimme war sehr leise in dem leeren Klassenzimmer. Plötzlich wurde mir klar, dass ich nur meine Worte, meine Stimme hatte, um diesen Raum zu füllen; und über meine Stimme – davon war ich in dem Moment überzeugt – hatte ich nur wenig Kontrolle.

»Wie Sie wollen«, zwitscherte Julia und machte auf dem Absatz kehrt. »Viel Glück. Wir sehen uns in der Pause.« Sie salutierte, als sie die Tür schloss, indem ihre Fingerspitzen die abgerundete Linie ihres Ponys streiften.

Draußen erklangen Kinderstimmen. Ich überlegte, die Fenster zu schließen, um den Lärm auszusperren, aber der Schweiß, den ich auf meiner Oberlippe schmeckte, hielt mich an einem so warmen Tag davon ab. Ich legte meine Tasche aufs Pult, überlegte es mir dann anders und stellte sie auf den Boden. Ich ließ meine Fingerknöchel knacken, sah auf die Uhr. Viertel vor neun. Ich durchschritt den Raum der Länge nach, schaute die abweisenden Ziegelsteine an und versuchte, mich auf irgendeinen Rat aus der Ausbildung am College zu konzentrieren. *Lernen Sie frühzeitig ihre Namen und benutzen Sie sie häufig*, war alles, was mir einfiel. Ich stoppte an der Tür und starrte auf die gerahmte Reproduktion von Leonardos »Die Verkündigung«, die darüber hing. Was, fragte ich mich, würden Sechsjährige damit anfangen? Wahrscheinlich gefielen ihnen die kräftigen Flügel des Engels Gabriel und sie wunderten sich, dass die Lilie so dürr war, genau wie ich. Und wie ich konnten sie wahrscheinlich kaum verstehen, was die Jungfrau gleich durchmachen würde.

Unter der Jungfrau öffnete sich die Tür und ein kleiner Junge mit schwarzem Pony, der aussah wie ein Stiefelabdruck auf seiner Stirn, erschien. »Kann ich reinkommen?«, fragte er.

Mein erster Impuls war zu antworten *Ja, oh ja*, um seine Liebe zu gewinnen, aber ich beherrschte mich. Würde Miss Harcourt den Jungen einfach hereinlassen, bevor es klingelte? War es nicht unverschämt von ihm, mich so anzusprechen? Ich blickte ihn von oben bis unten an und versuchte zu erraten, was er vorhatte. Die schwarze Tolle in der Stirn war kein gutes Zeichen, aber seine Augen waren offen und er behielt die Füße auf der anderen Seite des Türrahmens.

»Du musst warten, bis es klingelt«, antwortete ich.

Er blickte auf den Boden und einen schrecklichen Moment lang dachte ich, er würde anfangen zu weinen, aber dann knallte er die Tür zu und ich hörte, wie seine Stiefel den Flur hinunterpolterten. Ich wusste, ich sollte ihn dafür zurückholen. Ich sollte ihm nachrufen, sofort anzuhalten und zurückzukommen, um sich eine Strafe abzuholen. Stattdessen ging ich zu meinem Pult und versuchte mich zu beruhigen. Ich musste vorbereitet sein. Ich nahm den Tafelschwamm und wischte die Überreste von »Juli 1957« in der Ecke der Tafel ab. Ich zog die Schublade des Pultes auf und nahm etwas Papier heraus. Ich würde es später vielleicht brauchen. Dann beschloss ich, meinen Füllfederhalter zu kontrollieren. Ich schüttelte ihn über dem Papier und spritzte dabei das ganze Pult mit glänzenden schwarzen Tropfen voll. Als ich darauf herumrieb, bekam ich schwarze Finger. Dann wurden auch noch meine Handflächen schwarz, als ich versuchte, die Tinte von meinen Fingern zu wischen. Ich ging zum Fenster, um die Tinte in der Sonne zu trocknen.

Während ich mein Pult geordnet und eingerichtet hatte, hatte der Lärm der im Hof spielenden Kinder ständig zugenommen. Es war jetzt so laut, dass die ganze Schule, so kam es mir vor, darin unterzugehen drohte. Ein Mädchen mit ungleichmäßigen Zöpfen fiel mir auf, das ganz allein in der Ecke des Hofs stand, und unwillkürlich trat ich einen Schritt vom Fenster zurück. Sofort verwünschte ich mich für meine Ängstlichkeit. Ich war die Lehrerin. Sie war es, die sich aus meinem Blickfeld entfernen sollte.

Dann betrat ein Mann mit grauem Mantel und Hornbrille den Hof und ein Wunder geschah. Der Lärm hörte sofort vollständig auf, noch bevor er pfiff. Kinder, die zuvor bei irgendeinem Spiel vor Aufregung geschrien hatten oder sich schmollend unter dem Baum neben dem Eingangstor aufgehalten hatten, liefen herbei und stellten sich ordentlich in Reihen auf. Es entstand eine kurze Pause, während der ich die Schritte anderer Lehrer im Flur hörte, das unbeirrte Schlagen anderer Klassenzimmertüren beim Öffnen und Schließen und sogar eine Frau, die lachte und sagte: »Nur eineinhalb Stunden bis zur Kaffeezeit!«, bevor eine Tür zuknallte.

Ich stand vor meiner eigenen Klassenzimmertür. Sie schien weit von mir entfernt. Und während die Kinder näher marschiert kamen, nahm ich das Bild intensiv wahr, in der Hoffnung, dass ich dieses Gefühl der Distanz in den folgenden Minuten bewahren könnte. Die Woge von Stimmen hob sich allmählich wieder, wurde aber bald von einem Mann, der »Ruhe!« bellte, eingedämmt. Es folgte das Öffnen von Türen und Schlurfen und Scharren von Stiefeln auf Holz, als die Kinder in ihre Klassenzimmer gehen durften.

Ich glaube, es wäre falsch zu sagen, dass ich *Panik* empfand. Ich schwitzte nicht oder mir war nicht übel wie im Flur mit Julia. Stattdessen überkam mich eine vollkommene Leere. Ich konnte mich weder aufraffen, den Kindern die Tür zu öffnen, noch, mich hinter das Pult zu begeben. Wieder dachte ich an meine Stimme und überlegte, wo genau in meinem Körper sie sich befand, wo ich sie vielleicht finden könnte, wenn ich suchen würde. Es war, als ob ich träumte, und ich glaube, ich schloss die Augen für eine Minute, in der Hoffnung, dass mir alles wieder wirklich erscheinen würde, wenn ich sie wieder öffnete; meine Stimme würde zurückkehren und mein Körper wäre wieder fähig, sich in die richtige Richtung zu bewegen.

Das Erste, was ich sah, als ich die Augen öffnete, war die gegen die Glasscheibe in der Tür gepresste Wange eines Jungen. Aber meine Glieder bewegten sich immer noch nicht, deshalb war es eine Erleichterung, als die Tür sich öffnete und der Junge mit dem schwarzen Pony mit dem Anflug eines Grinsens wieder fragte: »Können wir jetzt reinkommen?«

»Dürft ihr«, sagte ich und drehte mich zur Tafel, um nicht zusehen zu müssen, wie sie auftauchten. All die kleinen Körper, die Sinn und Gerechtigkeit und Anleitung von mir erwarteten!

Kannst du dir das vorstellen, Patrick? In einem Museum stehst du deinem Publikum nie gegenüber, oder? In einem Klassenzimmer jeden Tag.

Während sie nacheinander hereinkamen, flüsternd, kichernd, Stühle rückend, nahm ich die Kreide und schrieb, wie ich es auf dem College gelernt hatte, das Datum in die linke obere Ecke an die Tafel. Dann kam mir aus irgendeinem unerfindlichen Grund in den Sinn, Toms Namen zu schreiben statt meinen. Ich war so daran gewöhnt, seinen Namen jeden Abend in mein Notizbuch zu schreiben – manchmal entstand eine Spalte Toms und daraus wurde eine Mauer aus Toms oder eine Turmspitze aus Toms –, dass es plötzlich möglich, vielleicht sogar vernünftig schien, dasselbe einfach an diesem öffentlichen Ort zu tun. Das würde die kleinen Rotzlöffel schockieren. Meine Hand schwebte über der Tafel und – ich konnte mir nicht helfen, Patrick – ich musste lachen. In der Klasse wurde es still, während ich ein schallendes Lachen unterdrückte.

Ich brauchte einen Moment, um mich zusammenzunehmen, dann berührte die Kreide die Tafel und begann, Buchstaben zu formen; es entstand dieses herrliche tönerne Geräusch – ganz zart, aber deutlich –, während ich in großen Buchstaben schrieb:

MISS TAYLOR.

Ich trat zurück und sah mir an, was ich geschrieben hatte. Die Buchstaben stiegen nach rechts an, als wollten auch sie diesem Raum entfliehen.

MISS TAYLOR.

So hieß ich von jetzt an.

Ich wollte eigentlich nicht direkt die Reihen von Gesichtern ansehen. Ich wollte die Augen auf die Jungfrau über der Tür heften. Aber da waren sie, unmöglich ihnen auszuweichen, sechsundzwanzig auf mich gerichtete Augenpaare, jedes Paar anders, aber gleichermaßen durchdringend. Ein Paar stach hervor: Der Junge mit dem Pony saß am Ende der zweiten Reihe und grinste; in der Mitte der vorderen Reihe saß ein Mädchen mit ungeheuer dicken schwarzen Locken und einem Gesicht, so blass und schmal, dass ich einen Moment brauchte, um den Blick von ihr abzuwenden; und in der hinteren Reihe saß ein Mädchen mit einer schmutzig aussehenden Schleife seitlich im Haar, die Arme fest verschränkt und mit tiefen Falten um den Mund. Als ich sie ansah, sah sie – anders als die anderen – nicht weg. Ich wollte sie zuerst auffordern, die Arme auseinander zu nehmen, überlegte es mir aber anders. Ich dachte, es würde noch genug Zeit sein, solche Mädchen zurechtzuweisen. Wie ich mich irrte. Selbst jetzt wünschte ich, ich hätte es Alice Rumbold an jenem ersten Tag nicht durchgehen lassen.

ETWAS SELTSAMES GESCHIEHT, während ich schreibe. Ich sage mir immer wieder, dass das, was ich schreibe, ein genauer Bericht der Ereignisse ist, der meine Beziehung zu Tom erklären soll, und alles andere, was dazugehört. Natürlich wird es bald immer schwieriger werden, über *alles andere* zu schreiben – was der eigentliche Grund ist, überhaupt zu schreiben. Aber ganz unerwartet macht es mir ungeheuren Spaß. Meine Tage haben jetzt einen Sinn wie nicht mehr, seitdem ich vom Schuldienst pensioniert wurde. Ich schreibe auch über alle möglichen Dinge, die dich vielleicht nicht interessieren, Patrick. Aber das ist mir egal. Ich will mich an alles genau erinnern, für mich und auch für dich.

Während ich schreibe, frage ich mich, ob ich jemals den Mut haben werde, es dir tatsächlich vorzulesen. Das ist immer mein Plan gewesen, aber je näher ich *allem anderen* komme, desto unwahrscheinlicher scheint es.

Heute Morgen warst du besonders schwierig. Du hast dich geweigert fernzusehen, obwohl ich umgeschaltet hatte, von »Heute Morgen«, das wir beide hassen, zu einer Wiederholung von »As Time Goes By« auf BBC2. Magst du Dame Judi Dench nicht? Ich dachte, jeder mag Dame Judi Dench. Ich dachte, die Verbindung von klassischer Theatralik und nette Frau von nebenan (das ›J‹ in ihrem Namen drückt so viel aus, findest du nicht?) mache sie unwiderstehlich. Und dann der Vorfall mit den pürierten Cornflakes, wie die Schüssel umkippte und Tom ein heftiges »Na« ausstieß. Ich wusste, dass du noch nicht ganz so weit warst, um zum

Frühstück am Tisch zu sitzen, selbst mit deinem speziellen Besteck nicht und all den Kissen, die ich besorgt hatte, um dich zu stützen, wie Schwester Pamela vorgeschlagen hatte. Ich muss sagen, ich finde es schwierig, mich darauf zu konzentrieren, was Pamela sagt, so sehr bin ich fasziniert von den langen Stacheln, die von ihren Augenlidern abstehen. Ich weiß, dass es nicht besonders ungewöhnlich ist, dass mollige Blondinen von Ende zwanzig falsche Wimpern tragen, aber es ist eine sehr merkwürdige Kombination – Pamelas ordentliche weiße Uniform, ihre sachliche Art und ihre Partyaugen. Sie erklärt mir immer wieder, dass sie jeden Morgen und jeden Abend eine Stunde kommt, damit ich eine »Auszeit« habe, wie sie es nennt. Aber ich nehme mir keine Auszeit, Patrick: Ich nutze die Zeit, um das hier zu schreiben. Jedenfalls war es Pamela, die gesagt hat, ich solle dich so oft wie möglich aus dem Bett holen, zum Beispiel um am »Familientisch« an den Mahlzeiten teilzunehmen. Heute Morgen habe ich gesehen, dass deine Hand völlig ziellos war, als du den Löffel zum Gesicht führtest, und ich wollte dich aufhalten, hinüberlangen und dein Handgelenk halten, aber kurz bevor er deine Lippen berührte, hast du mich angesehen und deine Augen glühten so unergründlich – in dem Moment dachte ich, vor Zorn, aber jetzt frage ich mich, ob es nicht eine Art Flehen war – dass ich abgelenkt wurde. Also: wamm! Kippte sie um, milchige Flüssigkeit tropfte in deinen Schoß und auf Toms Schuhe.

Pamela sagt, dass bei einem Schlaganfallpatienten das Gehör das letzte Sinnesorgan ist, das ausfällt. Auch wenn man nicht sprechen kann, kann man hervorragend hören, sagt sie. Das muss so ähnlich sein, als wäre man wieder ein Kleinkind, das verstehen kann, was andere sagen, aber nicht in der Lage ist, mit dem Mund die Laute zu bilden, die notwendig sind, um auch richtig zu sprechen. Ich frage mich, wie lange du das aushalten kannst. Darüber hat niemand etwas gesagt. Inzwischen hasse ich den Satz »Das kann niemand sagen«. Wie lange noch, bis er wieder auf den Beinen ist, Doktor? *Das kann niemand sagen.* Wie lange noch, bis er wieder sprechen kann? *Das kann niemand sagen.* Wird er noch einen Schlaganfall erleiden? *Das kann niemand sagen.* Wird er wieder vollständig genesen? *Das kann niemand sagen.* Die Ärzte und Schwestern sprechen von den nächsten Maßnahmen – Physiotherapie, Sprachtherapie, sogar psychologische Betreuung, wegen der Depression, die einsetzen kann, wie man uns gewarnt hat – aber niemand kann voraussagen, wie die Chancen sind, dass irgendetwas davon tatsächlich etwas bewirkt.

Ich habe das Gefühl, dass es am meisten zu deiner Genesung beiträgt, dass du hier, unter diesem Dach, bist.

Ende September 1957. Frühmorgens am Schultor, der Himmel noch mehr gelb als blau. Über dem Glockenturm rissen gerade die Wolken auf, Ringeltauben gurrten ihr schreckliches Sehnsuchtslied. »Rugúgu gugu.« Und da war Tom, stand an der Mauer, war zu mir zurückgekehrt.

Zu dem Zeitpunkt hatte ich schon einige Wochen unterrichtet und mich allmählich daran gewöhnt, dem Schultag entgegenzutreten. Ich bekam keine weichen Knie mehr und mein Atem war kontrollierter. Aber bei Toms Anblick versagte mir vollkommen die Stimme.

»Marion?«

So oft hatte ich mir seinen unerschütterlichen Gesichtsausdruck vorgestellt, sein offenes Lächeln, die Festigkeit seiner entblößten Unterarme, und hier war er, stand vor mir in Queen's Park Terrace, sah kleiner aus, als ich ihn in Erinnerung hatte, aber reifer; nach fast drei Jahren Abwesenheit war sein Gesicht schmaler geworden und er stand aufrechter.

»Ich hab mich gefragt, ob ich dich treffen würde. Sylvie hat mir erzählt, dass du angefangen hast, hier zu unterrichten.«

Alice Rumbold drängte sich an uns vorbei, »Guten Morgen, Miss Taylor« herunterleiernd, und ich versuchte mich zusammenzunehmen.

»Nicht laufen, Alice.« Mein Blick ruhte noch auf ihren Schultern, als ich Tom fragte: »Was machst du hier oben?«

Er schenkte mir den Anflug eines Lächelns. »Ich bin gerade … hier in Queen's Park spazieren gegangen und dachte, ich seh mir mal die alte Schule an.«

Selbst damals habe ich ihm das nicht ganz geglaubt. War er tatsächlich hier heraufgekommen, nur um mich zu sehen? Hatte er mich ausfindig gemacht? Bei dem Gedanken musste ich Luft holen. Wir schwiegen beide eine Weile, bevor ich herausbrachte: »Du bist jetzt Polizist, oder?«

»Stimmt«, sagte er. »Constable Burgess zu deinen Diensten.« Er lachte, aber ich merkte, dass er stolz war. »Natürlich bin ich noch in der Probezeit«, fügte er hinzu.

Er betrachtete mich von oben bis unten, ziemlich unverschämt, nahm sich dabei Zeit. Meine Hände umklammerten den Korb mit den Büchern, während ich auf das Urteil wartete, das sich in seinem Gesicht abzeichnen würde. Aber als sich unsere Blicke wieder begegneten, war sein Gesichtsausdruck unverändert: ruhig, ein bisschen verschlossen.

»Es ist lange her. Vieles hat sich verändert«, sagte ich und hoffte, dadurch ein Kompliment aus ihm herauszulocken, egal, wie unaufrichtig.

»Wirklich?« Nach einer Pause fügte er hinzu: »Du auf jeden Fall.« Dann brüsk, bevor ich zu stark erröten konnte: »Also, ich lass dich jetzt mal besser weitermachen.« Es kommt mir jetzt so vor, als hätte er auf seine Uhr gesehen, aber das stimmt vielleicht nicht.

Ich hatte die Wahl, Patrick. Ich konnte mich schnell verabschieden und den Rest des Tages bedauern, dass wir nicht mehr

Zeit gehabt hatten. Oder. Oder ich konnte etwas riskieren. Ich konnte etwas Ungewöhnliches zu ihm sagen. Er war zurückgekommen und er stand leibhaftig vor mir und ich konnte die Chance nutzen. Ich war jetzt älter, sagte ich mir; ich war zwanzig, eine Rothaarige, deren Haar zu ordentlichen Locken frisiert war. Ich trug Lippenstift (hellrosa, aber immerhin Lippenstift) und ein blaues Kleid mit ausgestelltem Rock. Es war ein warmer Septembertag, ein traumhafter Tag, das Licht war weich und die Sonne schien noch, als wäre Sommer. »Rugúgu gugu«, gurrten die Ringeltauben. Ich konnte es mir leisten, ein Risiko einzugehen.

Also sagte ich: »Wann gibst du mir Schwimmunterricht?«

Er lachte sein lautes Tom-Lachen. Es übertönte alles um uns herum – die Schreie der Kinder auf dem Schulhof, die Rufe der Tauben. Und er schlug mir zweimal auf den Rücken. Beim ersten Schlag fiel ich beinahe vornüber auf ihn – die Luft um mich wurde sehr warm und ich roch Vitalis –, aber beim zweiten Mal fand ich mein Gleichgewicht wieder und lachte zurück.

»Das habe ich ganz vergessen«, sagte er. »Kannst du immer noch nicht schwimmen?«

»Ich habe darauf gewartet, dass du es mir beibringst.«

Er lachte noch einmal, diesmal etwas unsicher. »Ich wette, *du* bist eine gute Lehrerin.«

»Ja. Und ich muss schwimmen können. Ich muss die Kinder beaufsichtigen, im Schwimmbecken.«

Das war eine ausgemachte Lüge und ich vermied es, Tom direkt anzusehen, als ich es sagte.

Er schlug mir noch einmal auf den Rücken, diesmal ganz leicht. Das tat er am Anfang oft und damals erregte es mich, seine warme Hand zwischen meinen Schulterblättern zu spüren. Heute frage ich mich, ob es nicht Toms Art war, mich auf Abstand zu halten.

»Du meinst es ernst.«

»Ja.«

Er griff sich mit einer Hand in die Haare – sie waren jetzt nach dem Wehrdienst kürzer, nicht mehr so voll, gebändigter, aber immer noch mit der Tolle, die ihm jeden Moment in die Stirn zu fallen drohte – und blickte die Straße hinunter, als suchte er nach einer Antwort.

»Macht es dir was aus, im Meer anzufangen? Es wird nicht gerade für Anfänger empfohlen, aber es ist zurzeit so warm, es wäre schade, es nicht zu tun; und das Salz erleichtert den Auftrieb …«

»Also im Meer. Wann?«

Noch einmal sah er mich von oben bis unten an und diesmal wurde ich nicht rot.

»Samstagmorgen um acht, einverstanden? Wir treffen uns zwischen den Piers. Vor der Milchbar.«

Ich nickte.

Er lachte noch einmal. »Bring deinen Badeanzug mit«, sagte er, als er sich auf den Weg die Straße hinunter machte.

Am Samstagmorgen stand ich früh auf. Ich würde dir gerne erzählen, dass ich die ganze Nacht davon geträumt hatte, mit Tom in den Wellen zu schwimmen, aber das wäre gelogen. Ich erinnere mich nicht daran, was ich träumte, aber es spielte sich wahrscheinlich in der Schule ab und würde davon gehandelt haben, dass ich vergessen hatte, was ich unterrichten sollte, oder dass ich im Klassenschrank eingesperrt war und nicht hinauskonnte und miterlebte, was für ein Chaos die Kinder anrichteten. Alle meine Träume schienen zu der Zeit in diese Richtung zu gehen, wie sehr ich mich auch danach sehnte, von Tom und mir im Meer zu träumen, wie wir uns mit den Wellen hinaustreiben und wieder an Land tragen ließen, an Land getragen wurden und wieder hinaustrieben.

Also: Ich stand früh auf, nachdem ich von Pulten und Kreide und Milchtüten, die oben von einem Strohhalm durchbohrt waren, geträumt hatte. Von meinem Fenster aus sah der Morgen nicht vielversprechend aus. Es war ein milder September gewesen, aber jetzt ging der Monat fast zu Ende, und als ich am Victoria Park vorbeiging, war das Gras ganz nass. Ich war natürlich viel zu früh; wahrscheinlich war es noch nicht einmal sieben, was zu dem köstlichen Gefühl beitrug, etwas Verbotenes zu tun. Als ich gegangen war, hatten meine Eltern noch geschlafen und ich hatte niemandem gesagt, wohin ich ging. Ich war aus dem Haus, weg von meiner Familie, weg von der Schule, und der ganze Tag lag vor mir.

Damit die Zeit verging (ich musste mindestens noch dreißig Minuten totschlagen, bevor die ersehnte Zeit, acht Uhr, gekommen war), schlenderte ich am Wasser entlang. Ich ging vom Palace zum West Pier und an dem Morgen erschien mir das Grand Hotel in seiner ganzen weißen Hochzeitstortenpracht, mit dem schon mit Hut und Handschuhen draußen strammstehenden Portier, unglaublich normal. Ich hatte nicht das schmerzliche Gefühl wie sonst, wenn ich am Grand vorbeiging – die schmerzliche Sehnsucht nach leisen Räumen mit Palmenkübeln, knöcheltiefen Teppichen und von Damen mit Perlenketten, die diskret nach dem Kellner klingelten (denn so stellte ich es mir dort vor, vermutlich angeregt durch Filme mit Sylvia Syms) – nein, das Grand konnte dort stehen und vor Geld und Annehmlichkeiten strotzen. Es bedeutete mir nichts. Ich war froh, auf dem Weg zur Milchbar zwischen den Piers zu sein. Hatte Tom mich nicht von oben bis unten angesehen, hatte er mich nicht mit den Augen verschlungen? Schien er jetzt nicht wie durch ein Wunder groß, größer als ich, und sah er nicht aus wie Kirk Douglas? (Oder war es Burt Lancaster? Der ausgeprägte Kiefer, der stählerne Blick. Ich konnte mich nie entscheiden, wem von beiden er ähnelte.) Ich war zu diesem Zeitpunkt weit davon entfernt zu sehen, was Sylvie mir auf der Bank im Preston Park über Tom gesagt hatte. Ich war eine junge Frau, die einen steifen, spitzen BH trug und eine gelb geblümte Badekappe in ihrem Korb, bereit, ihren kürzlich zurückgekehrten Liebsten heimlich frühmorgens zum Schwimmen zu treffen.

Das dachte ich, als ich neben dem quietschenden Schild der Milchbar stand und aufs Meer blickte. Ich stellte mich selbst ein bisschen auf die Probe: Würde ich es schaffen, nicht in die Richtung des Palace Piers zu blicken, von wo er kommen würde? Ich richtete die Augen aufs Wasser und stellte mir vor, dass er wie Neptun aus dem Meer steigen würde, behängt mit Blasentang, den Nacken voller Krebse, eine Krabbe in den Haaren. Er würde das Tier entfernen und zur Seite werfen, wenn er aus den Wellen kam. Er würde lautlos zu mir an den Strand kommen, trotz der Steine, und würde mich in die Arme nehmen und dorthin zurücktragen, von wo auch immer er gekommen war. Ich musste über mich selbst kichern, und erst als ich Tom sah – den realen, lebendigen, an Land wandelnden Tom –, hörte ich auf. Er trug ein schwarzes T-Shirt und hatte ein verblichenes braunes Handtuch über die Schultern geworfen. Als er mich sah, winkte er kurz und zeigte zurück in die Richtung, aus der er gekommen war. »Im Club gibt es einen Umkleideraum«, rief er. »Hier lang. Unter den Arkaden.« Und bevor ich antworten konnte, ging er weg in die Richtung, aus der er gekommen war.

Ich blieb bei der Milchbar stehen und stellte mir noch immer Neptun-Tom vor, wie er triefend aus dem Wasser kam und Salzwasser und Meeresgetier am Ufer hinterließ aus einer tiefen, dunklen Unterwelt.

Ohne sich umzudrehen, rief er: »Ich hab nicht den ganzen Tag Zeit«, und ich folgte ihm, rannte hinterher und sagte nichts, bis wir eine Stahltür in den Arkaden erreichten.

Da drehte er sich um und sah mich an. »Du hast doch eine Kappe mitgebracht, oder?«

»Klar.«

Er schloss die Tür auf und stieß sie auf. »Komm dann runter, wenn du fertig bist. Ich geh rein.«

Ich ging hinein. Der Raum war wie eine Höhle, feucht und kalkig riechend, Farbe blätterte von der Decke und rostige Leitungen liefen an den Wänden entlang. Der Fußboden war noch nass, die Luft beklemmend und mich schauderte. Ich hängte meine Strickjacke an einen Haken an der Rückwand des Raumes und knöpfte mein Kleid auf. Ich hatte den roten Badeanzug, den ich vor Jahren an jenem Tag im Freibad getragen hatte, abgelegt und mir einen hellgrünen mit Wirbelmuster bei Peter Robinson gekauft. Als ich ihn im Laden anprobiert hatte, war ich mit der Wirkung ganz zufrieden gewesen: Die Cups waren aus etwas geformt, das sich wie Gummi anfühlte, und an der Taille war ein kurzer Faltenrock angesetzt. Aber hier in dieser Höhle von Umkleideraum gab es keinen Spiegel an der Wand, nur eine Liste der Wettschwimmen mit Namen und Datumsangaben (ich las, dass Tom das letzte gewonnen hatte), deshalb ging ich hinaus, nachdem ich meine geblümte Badekappe aufgesetzt und mein Kleid auf der Bank zusammengelegt hatte. Mein Handtuch hatte ich umgebunden.

Die Sonne stand jetzt höher und das Meer glitzerte schwach. Ich blinzelte und sah, wie Toms Kopf sich in den Wellen auf und ab bewegte. Ich beobachtete, wie er aus dem Wasser auftauchte. Im flachen Wasser blieb er stehen, strich sich die Haare zurück und rieb sich mit den Händen die Oberschenkel, als ob er versuchte, wieder etwas Wärme in seinen Körper zu bekommen.

Es gelang mir, in den Sandalen halb den Strand hinunterzugehen, aber ich fiel dabei fast hin und musste das Handtuch festhalten, damit es nicht auf den Boden fiel. Das Knirschen und Knacken der Kieselsteine überzeugte mich, dass das alles wirklich war, dass das tatsächlich mit mir geschah: Ich näherte mich dem Wasser, näherte mich Tom, der nichts als blau gestreifte Shorts trug.

Er kam herauf, um mich zu begrüßen, und fasste mich am Ellbogen, damit ich auf den Steinen Halt hatte.

»Hübsche Kappe«, sagte er mit einem Anflug von Grinsen und dann mit kurzem Blick auf meine Sandalen: »Die ziehst du aus.«

»Ich weiß.« Ich versuchte, locker und heiter zu klingen, so wie er. Damals kam es selten vor, nicht wahr, Patrick, dass Tom ernst klang, wie man es vielleicht nennen würde. Es war immer ein Gefälle in seiner Stimme, etwas Besonderes, fast eine Musikalität (kein Zweifel, dass es für dich so geklungen hat), als ob man nichts richtig glauben konnte, was er sagte. Mit den Jahren hat seine Stimme an Musikalität verloren, ich glaube, zum Teil als Reaktion auf das, was dir geschehen ist. Aber selbst jetzt kommt es gelegentlich vor, dass sich hinter seinen Worten ein Lachen verbirgt, das jeden Moment hervorbrechen kann.

»Okay. Wir gehen zusammen rein. Denk nicht zu viel darüber nach. Halt dich an mir fest. Wir gewöhnen dich erst mal nur ans Wasser. Es ist nicht zu kalt heute, eigentlich ziemlich warm, um diese Jahreszeit ist es immer am wärmsten, und es ist sehr ruhig, also es sieht alles gut aus. Kein Grund zur Sorge. Außerdem ist es hier ganz flach, deshalb müssen wir ein bisschen hinauswaten. Fertig?«

So viel hatte ich ihn noch nie sagen hören, und ich war ein bisschen überrascht von seiner forschen professionellen Art. Er benutzte denselben sanften Ton wie ich, wenn ich versuchte, meine Schüler zu überreden, den nächsten Satz in einem Buch ohne Stocken zu lesen. Mir wurde klar, dass Tom ein guter Polizist sein würde. Er hatte das Talent, so zu klingen, als hätte er alles unter Kontrolle.

»Hast du das hier schon mal gemacht?«, fragte ich. »Leuten Schwimmen beigebracht?«

»In der Army und in Sandgate. Einige von den Jungs waren noch nie im Wasser gewesen. Ich hab ihnen dabei geholfen, nasse Haare zu kriegen.« Er lachte kurz.

Trotz Toms gegenteiliger Versicherungen war das Wasser extrem kalt. Als ich hineinging, zog sich alles in mir zusammen und mir blieb die Luft weg. Die Steine bohrten sich in meine Füße und das Wasser ließ mir sofort das Blut gefrieren. Ich hatte eine Gänsehaut und meine Zähne klapperten. Ich versuchte, mich ganz auf den Punkt zu konzentrieren, wo Toms Finger meinen Ellbogen berührten. Diese Berührung sollte mir das alles wert sein.

Tom schien die Eiseskälte des Wassers oder die scharfen Kanten der Steine selbstverständlich nicht zu bemerken. Als er hineinging, das Wasser an seinen Oberschenkeln schaukelte, dachte ich, wie geschmeidig sein Körper war. Er führte mich und war etwas vor mir; dadurch konnte ich ihn mir genau ansehen, und während ich das tat, gelang es mir, meinen zitternden Kiefer unter Kontrolle zu bringen und in der Kälte, die mit jedem Schritt in meinen Körper drang, zu atmen. Es gab nur Tom in den Wellen, der durchs Wasser hüpfte. Es gab nur seinen Körper, Patrick, und alles glänzte an jenem heiteren Septembermorgen. Das Wasser spritzte bis zu seiner Brust und er hielt mich immer noch am Ellbogen fest. Alles war in Bewegung und Tom bewegte sich ebenfalls: Er bewegte sich mit dem Meer oder hielt ihm stand, ganz wie er wollte, während ich die Bewegung zu spät spürte und es gerade noch schaffte, das Gleichgewicht zu halten.

Er drehte sich um. »Alles in Ordnung?«

Da er mich anlächelte, nickte ich.

»Wie ist das?«, fragte er.

Wie konnte ich ihm überhaupt antworten, Patrick?

»In Ordnung«, sagte ich. »Ein bisschen kalt.«

»Gut. Du machst das gut. Jetzt werden wir ein ganz kleines bisschen schwimmen. Ich möchte, dass du mir folgst, und wenn wir tief genug sind, heb deine Füße vom Boden ab und ich werde dich halten, damit du ein Gefühl bekommst, wie es ist. Ist das in Ordnung?«

Ob das in Ordnung war? Sein Gesicht war so ernst, als er mich das fragte, dass es schwer war, nicht zu lachen. Wie konnte ich etwas dagegen haben, dass Tom mich hielt?

Wir wateten weiter hinaus und das Wasser erreichte meine Oberschenkel und meine Taille, berührte mich überall mit seiner eiskalten Zunge. Dann, als das Wasser mir bis unter die Arme ging und ins Gesicht spritzte und eine salzige Spur auf meinen Lippen hinterließ, legte Tom eine Hand flach auf meinen Bauch und drückte dagegen. »Füße vom Boden«, befahl er.

Ich brauche dir nicht zu sagen, Patrick, dass ich gehorchte, vollkommen fasziniert von der ungeheuren Kraft der Hand auf meinem Bauch und von Toms Augen über meinen, blau und sich ständig verändernd wie das Meer. Ich hob die Füße und wurde vom Salz und der schaukelnden Bewegung des Wassers nach oben getragen. Toms Hand war da, wie eine feste Plattform. Ich versuchte, den Kopf über den Wellen zu halten, und einen Moment lang war alles auf Toms flacher Hand perfekt ausbalanciert und ich hörte ihn sagen: »Gut. Du schwimmst fast.«

Ich drehte mich um, um ihm zuzunicken – ich wollte sein Gesicht sehen, ihn anlächeln und erleben, wie er zurücklächelte (stolzer Lehrer! beste Schülerin!) –, und dann kam das Meer vor mein Gesicht und ich konnte nichts sehen. In meiner Panik ließ ich seine Hand los; Wasser lief rückwärts durch meine Nase, ich schlug wild mit Armen und Beinen, versuchte, etwas zum Festhalten zu finden, irgendetwas Festes, das mir Halt gab, und spürte etwas Weiches, Nachgebendes unter meinem Fuß – Toms Leistengegend, ich wusste es sofort – und ich stieß mich ab und schaffte es, hochzukommen und einmal Luft zu holen, hörte Tom etwas rufen, dann, als ich wieder unterging, umfingen mich seine Arme, packten meine Taille und zogen mich aus dem Wasser, sodass meine Brüste ganz nah an seinem Gesicht waren. Ich kämpfte immer noch, nach Luft schnappend, und erst als ich ihn in leicht verärgertem Ton sagen hörte: »Alles in Ordnung, ich hab dich«, hörte ich auf zu kämpfen und klammerte mich an seine Schultern. Meine geblümte Badekappe flatterte lose seitlich an meinem Kopf wie ein Stück Haut.

Er trug mich schweigend zurück ans Ufer. Als er mich am Strand ablegte, konnte ich ihn nicht ansehen. »Ruh dich einen Augenblick aus«, sagte er.

»Tut mir leid«, keuchte ich.

»Wenn du wieder Luft kriegst, versuchen wir es noch mal.«

»Noch mal?« Ich sah zu ihm hoch. »Machst du Witze?«

Er strich sich mit dem Finger über den Nasenrücken. »Nein«, sagte er, »ich mach keine Witze. Du musst wieder rein.«

Ich blickte den Strand hinunter. Wolken zogen gerade heran und es war überhaupt nicht wärmer geworden.

Er reichte mir die Hand. »Los, komm«, sagte er. »Nur einmal.« Er lächelte. »Ich verzeih dir auch, wo du mich hingetreten hast.«

Wie konnte ich nein sagen?

Danach trafen wir uns jeden Samstag an derselben Stelle und Tom versuchte, mir Schwimmen beizubringen. Die ganze Woche konnte ich die Stunde mit Tom im Meer kaum erwarten, und selbst als es viel kälter wurde, spürte ich eine Wärme in mir, ein Feuer in meiner Brust, das mich dazu brachte, im Wasser zu bleiben, die wenigen Züge in seine wartenden Arme zu schwimmen. Es wird dich nicht überraschen, dass ich absichtlich eine schlechte Schülerin war, und als das Wetter schlechter wurde, waren wir gezwungen, den Unterricht im Schwimmbad fortzusetzen, obwohl Tom noch jeden Tag im Meer schwamm. Und nach und nach fingen wir an zu reden. Er erzählte mir, dass er zur Polizei gegangen sei, weil es nicht die Army wäre und jeder sagte, dass er es sollte, bei seiner Größe und seiner Fitness, und dass es besser wäre, als in Allan Wests Fabrik zu arbeiten. Aber ich spürte, dass er stolz auf seine Arbeit war und dass ihm die Verantwortung gefiel und sogar die Gefahr. Er schien sich auch für meine Arbeit zu interessieren; er stellte mir eine Menge Fragen, wie ich die Kinder unterrichtete, und ich versuchte, ihm Antworten zu geben, die klug klangen, ohne abschreckend zu sein. Wir sprachen über Laika, die Hündin, die die Russen gerade in den Weltraum geschickt hatten, und dass sie uns beiden leidtat. Ich erinnere mich, dass Tom sagte, er würde gerne ins Weltall fahren, und dass ich sagte: »Vielleicht wirst du es eines Tages«, und dass er wie wahnsinnig über meinen Optimismus lachte. Gelegentlich sprachen wir über Bücher, aber bei dem Thema war ich immer mit mehr Begeisterung dabei als Tom, deshalb hütete ich mich, zu viel zu sagen. Aber du kannst dir nicht vorstellen, Patrick, wie befreiend – wie gewagt sogar – es mir erschien, mit Tom über diese Dinge zu sprechen. Ich hatte bis dahin immer gedacht, dass ich meine *kulturellen Interessen*, wie ich jetzt dazu sagen würde, für mich behalten sollte. Zu viel über solche Dinge zu reden bedeutete anzugeben, Vorstellungen zu haben, die jemandem aus meiner Schicht nicht zukamen. Bei Tom war das anders. Er wollte von diesen Dingen hören, weil er auch daran teilhaben wollte. Wir hungerten beide nach dieser anderen Welt und damals schien es, als könnte Tom mein Begleiter in ein neues, noch unbestimmtes Abenteuer sein.

Einmal als wir am Beckenrand entlang zurück zu den Umkleideräumen gingen, beide in unsere Handtücher gewickelt, fragte Tom plötzlich: »Was ist mit Kunst?«

Ich wusste ein bisschen über Kunst; ich hatte Kunst in der Schule als Abiturfach gewählt, mir gefielen natürlich die Impressionisten, besonders Degas, und einige italienische Maler. Deshalb sagte ich: »Gefällt mir.«

»Ich war in einer Kunstausstellung.«

Es war das erste Mal, dass Tom mir etwas erzählte, was er in seiner Freizeit tat – abgesehen vom Schwimmen.

»Ich könnte mich richtig dafür interessieren«, sagte er. »Ich habe mir vorher noch nie so etwas angesehen, weißt du. Ich meine, warum sollte ich?«

Ich lächelte.

»Aber jetzt tue ich es und ich glaube, ich *sehe* dort etwas, etwas Besonderes.«

Wir erreichten die Tür zu den Umkleideräumen. Kaltes Wasser tropfte an meinem Rücken hinunter und ich begann zu zittern.

»Klingt das blöd?«, fragte er.

»Nein, es klingt gut.«

Er grinste. »Ich wusste, dass du das denken würdest. Es ist toll da. Da drin gibt's alle möglichen Bilder. Ich glaube, es würde dir gefallen.«

Würde unser erstes Date in einer Kunstausstellung stattfinden? Es war kein perfekter Ort, aber es war ein Anfang, dachte ich. Also nahm ich strahlend lächelnd meine Badekappe ab und schüttelte, so hoffte ich, verführerisch meine Haare. »Ich würde gerne hingehen.«

»Letzte Woche habe ich ein Bild gesehen, das war riesig und nur vom Meer. Es sah aus, als könnte ich hineinspringen. Wirklich einfach hineinspringen und in den Wellen schwimmen.«

»Klingt wunderbar.«

»Und es gibt da auch Skulpturen und Aquarelle, obwohl mir die nicht so gefallen haben, und Zeichnungen, die unvollendet aussehen, aber ich glaube, sie sollen so sein … und alles Mögliche.«

Jetzt klapperten meine Zähne, aber ich lächelte weiter, sicher würde eine Einladung folgen.

Tom lachte und schlug mir auf die Schulter. »Tut mir leid, Marion. Du frierst. Ich sollte dich nicht vom Anziehen abhalten.« Er fuhr sich mit den Fingern durchs nasse Haar. »Nächsten Samstag um dieselbe Zeit?«

Es war jede Woche das Gleiche, Patrick. Wir unterhielten uns –

damals konnten wir uns gut unterhalten – und dann verschwand er in die Stadt und ließ mich nass und frierend zurück, nur mit der Aussicht, Albion Hill hinaufzutrotten und das Wochenende mit meiner Familie zu verbringen. Manchmal traf ich mich samstagabends oder sonntagnachmittags mit Sylvie im Kino, aber meistens beanspruchte Roy ihre Zeit. Also verbrachte ich die meisten Wochenenden auf meiner Daunendecke und las oder bereitete den Unterricht der nächsten Woche vor. Ich verbrachte auch viel Zeit auf der Fensterbank, blickte in unseren winzigen Garten und erinnerte mich an das Gefühl, von Tom im Wasser gehalten zu werden. Gelegentlich bemerkte ich dabei eine Bewegung der Gardinen eines Nachbarn und fragte mich, wann alles anfangen würde.

Kurz danach gaben Sylvie und Roy ihren Hochzeitstermin bekannt. Sylvie bat mich, Brautjungfer zu sein, und obwohl Fred mich damit aufzog, dass ich eigentlich Trauzeugin sein sollte, freute ich mich auf das Ereignis. Ein ganzer Nachmittag mit Tom.

Niemand benutzte das Wort *Mussheirat* und Sylvie hatte sich mir nicht anvertraut, aber man ging allgemein davon aus, dass die eiligen Vorbereitungen bedeuteten, dass Sylvie in anderen Umständen war, und ich nahm an, das war der Grund, warum Roy überredet worden war, den Gang zum Altar von All Saints anzutreten. Mr Burgess' Gesicht, dunkelrot und mit krampfhaftem Grinsen, deutete zweifellos darauf hin. Und statt einer kunstvollen dreistöckigen Torte und Pomagne Cider, wie Sylvie und ich oft besprochen hatten, gab es einen Empfang mit Fleischwurstpasteten und Bier für alle im Haus der Burgess'.

Du hättest gelacht, Patrick, wenn du mich in meinem Brautjungfernkleid gesehen hättest. Sylvie hatte es von einer Kusine geliehen, die kleiner war als ich, und das Ding reichte mir kaum bis an die Knie und war um die Taille herum so eng, dass ich einen Playtex-Hüfthalter tragen musste, um den Reißverschluss im

Rücken zu schließen. Es war blassgrün, die Farbe von gezuckerten Mandeln, und ich weiß nicht, woraus es gemacht war, aber es raschelte leise, als ich Sylvie in die Kirche folgte. Sylvie sah zerbrechlich aus in ihrem Brokatkleid und dem kurzen Schleier; ihr Haar war weißblond und trotz der Gerüchte gab es kein Anzeichen, dass sie um die Taille dicker geworden war. Sie muss gefroren haben: Es war Anfang November und bitterkalt. Wir trugen beide kleine Sträuße aus bräunlichen Chrysanthemen.

Als ich den Mittelgang entlangging, sah ich Tom, der in der ersten Bankreihe saß, sich sehr gerade hielt und an die Decke starrte. Es war ungewohnt, ihn in grauem Flanellanzug statt Badeshorts zu sehen, und ich lächelte bei dem Gedanken, dass ich den Körper unter dem steifen Kragen und der Krawatte gesehen hatte. Ich starrte ihn an und sagte mir: *Wir werden die Nächsten sein.* Und plötzlich sah ich alles vor mir: Wie Tom am Altar auf mich wartete, wie er sich lächelnd über die Schulter umsah, als ich die Kirche betrat, meine roten Haare im Licht des Eingangs aufleuchteten. *Wieso hast du so lange gebraucht?*, würde er mich aufziehen und ich würde antworten: *Auf das Beste lohnt es sich zu warten.*

Tom sah mich an. Ich riss den Blick von ihm los und versuchte, mich stattdessen auf Mr Burgess' schwitzenden Nacken zu konzentrieren.

Auf der Hochzeit waren alle betrunken, aber Roy war betrunkener als die meisten. Und Roy war nicht jemand, dem man es kaum anmerkte, wenn er betrunken war. Er lehnte an der Anrichte in Sylvies Wohnzimmer, aß große Stücke Hochzeitstorte und starrte seinen Schwiegervater an. Kurz zuvor hatte er Mr Burgess' regungslosen Rücken angeschrien: »Lass mich bloß in Ruhe, alter Mann!«, und dann hatte er sich zur Anrichte zurückgezogen, um sich vollzustopfen. Jetzt war es still im Zimmer und niemand rührte sich, als Mr Burgess seinen Hut und Mantel nahm, in der Tür stand und in ruhigem Ton sagte: »Ich komme nicht eher in dieses Haus zurück, bevor du hier verschwunden bist und meine Schlampe von Tochter mitgenommen hast.«

Sylvie flüchtete nach oben und alle Augen richteten sich auf Roy, der jetzt Kuchenkrümel in seinen kleinen Fäusten zerquetschte. Tom legte eine Tommy-Steele-Platte auf und rief: »Wer will was anderes?«, während ich mich auf den Weg zu Sylvies Zimmer machte.

Sylvies Schluchzen war laut und heftig, aber als ich die Tür aufstieß, war ich überrascht, sie nicht ausgestreckt auf dem Bett zu finden, mit den Fäusten auf die Matratze schlagend. Stattdessen stand sie vor dem Spiegel, nackt bis auf die Unterwäsche, beide Hände auf dem Bauch. Ihr rosa Schlüpfer saß hinten etwas locker, aber ihr BH stand beeindruckend vor. Sylvie hatte den üppigen Busen ihrer Mutter geerbt.

Als sie mich im Spiegel bemerkte, schniefte sie laut.

»Geht's dir gut?«, begann ich und legte eine Hand auf ihre Schulter.

Sie sah weg, ihr Kinn bebte vor Anstrengung, ein weiteres Schluchzen zu unterdrücken.

»Kümmer dich nicht um deinen Dad. Er hat überreagiert. Er verliert heute eine Tochter.«

Sylvie schniefte noch einmal und ließ die Schultern hängen. Ich streichelte ihren Arm, während sie weinte. Nach einer Weile sagte sie: »Es muss schön für dich sein.«

»Was?«

»Lehrerin zu sein. Zu wissen, was man sagen soll.«

Das überraschte mich. Sylvie und ich hatten eigentlich nie über meine Arbeit gesprochen; meistens hatten sich unsere Gespräche um Roy oder Filme, die wir gesehen hatten, oder Platten, die sie gekauft hatte, gedreht. Wir hatten uns seltener gesehen, seit ich an der Schule angefangen hatte, und vielleicht nicht nur, weil ich weniger Zeit hatte und sie mit Roy beschäftigt war. Es war wie zu Hause; ich fühlte mich nie ganz wohl dabei, wenn ich über die Schule sprach, über meinen *Beruf*, wie ich nicht zu sagen wagte, denn kein anderer hatte die geringste Ahnung vom Unterrichten. Für meine Eltern und Brüder waren Lehrer Feinde. Keiner von ihnen war gerne zur Schule gegangen, und obwohl sie sich insgeheim über meinen Erfolg am Gymnasium gefreut hatten, auch wenn es sie ein bisschen irritiert hatte, war meine Entscheidung, Lehrerin zu werden, auf fassungsloses Schweigen gestoßen. Das Letzte, was ich sein wollte, war, was meine Eltern verachteten: eine hochnäsige Angeberin. Und so erzählte ich nie etwas davon, was ich tagsüber machte.

»Ich weiß nicht immer, was ich sagen soll, Sylvie.«

Sylvie zuckte mit den Schultern. »Aber nicht mehr lange und du kannst dir eine eigene Wohnung nehmen, oder? Du verdienst anständiges Geld.«

Es stimmte; ich hatte angefangen, Geld zu sparen, und mir war der Gedanke gekommen, dass ich ein Zimmer mieten könnte, vielleicht in einer der breiten Straßen im Norden Brightons näher an den Downs oder vielleicht sogar an der Küste in Hove, aber der Gedanke, allein zu leben, behagte mir nicht. Frauen lebten damals nicht allein. Nicht, wenn sie nicht mussten.

»Du und Roy werdet auch eine eigene Wohnung haben.«

»Ich würde gerne meine eigene Wohnung haben, damit ich tun kann, was ich will, verdammt noch mal.«

Ich bezweifelte das und sagte mit sanfter Stimme: »Aber du bist jetzt mit Roy zusammen. Ihr werdet eine Familie sein. Das ist viel besser, als allein zu sein.«

Sylvie wandte sich von mir ab und setzte sich auf den Bettrand. »Hast du ein Taschentuch?«, fragte sie und ich gab ihr meines. Sie putzte sich laut die Nase. Ich saß neben ihr und sah zu, wie sie ihren Ehering abnahm, dann wieder ansteckte. Es war ein breiter dunkelgoldener Ring und Roy hatte einen dazu passenden, was mich überraschte. Ich hätte nicht gedacht, dass er ein Mann war, der Schmuck trug.

»Marion«, sagte sie, »ich muss dir etwas sagen.« Sie neigte sich nah zu mir und flüsterte: »Ich hab gelogen.«

»Gelogen?«

»Ich erwarte kein Baby. Ich hab ihn angelogen. Alle.«

Ich starrte sie verständnislos an.

»Wir haben es gemacht und alles. Aber ich bin nicht schwanger.«

Sie legte eine Hand auf den Mund und lachte schrill. »Ist das nicht lustig?«

Ich dachte an Roys geöffneten Mund, voller Torte, daran, mit welchem Eifer er Sylvie auf der Rollschuhbahn herumgeschoben hatte, dass er nicht wusste, was ein interessantes Gesprächsthema war und was nicht. Was für ein absoluter Dummkopf er war.

Ich blickte auf Sylvies Bauch. »Du meinst – da ist nichts …?«

»Nichts drin. Also nur meine Organe.«

Da fing ich auch an zu kichern. Sylvie biss sich in die Hand, um nicht zu laut zu lachen, aber bald kugelten wir beide auf ihrem Bett, hielten uns umklammert, geschüttelt von kaum unterdrückter Heiterkeit.

Sylvie wischte sich mit meinem Taschentuch übers Gesicht und holte tief Luft. »Ich wollte nicht lügen, aber mir ist nichts anderes eingefallen«, sagte sie. »Es ist schrecklich, oder?«

»Nicht so schrecklich.«

Sie schob die blonden Haare hinter die Ohren und kicherte wieder, diesmal ziemlich lasch. Dann blickte sie mich an. »Marion. Wie soll ich es ihm erklären?«

Sylvies eindringlicher Blick, unser hysterisches Lachen kurz vorher und das Bier, das ich getrunken hatte, müssen mich leichtsinnig gemacht haben, Patrick, denn ich antwortete: »Sag, dass du es verloren hast. Er soll es doch nicht wissen, oder? Warte ein bisschen und sag dann, dass es abgegangen ist. Das passiert dauernd.«

Sylvie nickte. »Vielleicht. Das ist eine Idee.«

»Er wird es nie erfahren«, sagte ich und nahm ihre Hände in meine. »Niemand wird es wissen.«

»Nur wir«, sagte sie.

Tom bot mir eine Zigarette an. »Geht es Sylvie gut?«, fragte er.

Es war jetzt später Nachmittag und wurde dunkel. Ich lehnte am Kohlenkasten und Tom saß auf einem umgedrehten Eimer unter einem Efeu hinten im Garten der Burgess'.

»Es geht ihr gut«, ich nahm einen Zug aus der Zigarette und wartete auf das Schwindelgefühl, das meine Wahrnehmung ein bisschen trüben würde. Ich hatte erst kürzlich angefangen zu rauchen. Wenn man ins Lehrerzimmer wollte, musste man sich ohnehin durch eine Rauchwolke kämpfen und ich hatte den Geruch der Senior Service meines Vaters immer gemocht. Tom rauchte Player's Weights, die waren nicht so stark. Aber mit der ersten Wirkung schärfte sie mein Bewusstsein und ich konzentrierte mich auf seine Augen. Er lächelte mich an. »Du bist eine gute Freundin für sie.«

»Ich habe sie in letzter Zeit nicht viel gesehen. Nicht seit der Verlobung.« Ich wurde rot, als ich das Wort aussprach, und war froh über die Dämmerung und den Schatten des Efeus. Als Tom nicht antwortete, preschte ich weiter vor: »Nicht, seitdem wir uns treffen.«

»Uns treffen« war nicht die passende Beschreibung für das, was wir taten. Überhaupt nicht. Aber Tom widersprach mir nicht. Stattdessen nickte er und blies den Rauch aus.

Man hörte vom Haus Türenschlagen und jemand steckte den Kopf aus der Hintertür und rief: »Braut und Bräutigam gehen jetzt!«

»Wir sollten sie verabschieden«, sagte ich.

Als ich mich aufrichtete, legte Tom eine Hand an meine Hüfte.

Natürlich hatte er mich schon vorher berührt, aber diesmal gab es keinen erkennbaren Grund dafür. Das hier war kein Schwimmunterricht. Er brauchte mich nicht zu berühren, also musste er es gewollt haben, überlegte ich. Mehr als irgendetwas sonst war es diese Berührung, Patrick, die mich dazu verleitete, in den folgenden Monaten so zu handeln, wie ich es tat. Sie ging direkt durch das Zuckermandelgrün des Kleides in meine Hüfte. Die Leute sagen, Liebe sei wie ein Blitzstrahl, aber es war anders; es war wie warmes Wasser, das sich in mir ausbreitete.

»Ich möchte, dass du jemanden kennenlernst«, sagte er. »Ich bin gespannt, was du von ihm hältst.«

Das war nicht, was ich zu hören gehofft hatte. Tatsächlich hatte ich überhaupt nicht auf Worte gehofft, sondern auf einen Kuss.

»Wer ist es?«, fragte ich.

»Ein Freund«, sagte er. »Ich dachte, ihr habt vielleicht etwas gemeinsam.«

Mein Magen wurde plötzlich schwer wie Blei. Ein anderes Mädchen.

»Wir sollten sie verabschieden …«

»Er arbeitet in der Kunstabteilung des Museums.«

Ich nahm einen tiefen Zug aus der Zigarette, um die Erleichterung zu verbergen, die ich beim Hören des männlichen Pronomens empfand.

»Du musst nicht«, sagte Tom. »Liegt ganz bei dir.«

»Ich würde gerne«, sagte ich und blies eine Rauchwolke aus. Meine Augen tränten.

Wir blickten uns an. »Geht's dir gut?«, fragte er.

»Mir geht's gut. Prima. Lass uns reingehen.«

Als ich mich umdrehte, um zum Haus zu gehen, legte er wieder die Hand an meine Hüfte, beugte sich zu mir und strich mit den Lippen über meine Wange. »Gut«, sagte er. »Liebe Marion.« Er ging schnell ins Haus und ließ mich in der Dunkelheit stehen. Ich berührte mit den Fingern die feuchte Stelle, die er auf meiner Haut hinterlassen hatte.

HEUTE MORGEN GAB ES einen Fortschritt, ich bin ganz sicher. Zum ersten Mal seit Wochen hast du ein Wort gesagt, das ich verstehen konnte.

Ich wusch dich gerade, was ich jeden Samstag- und Sonntagmorgen tue, wenn Pamela nicht kommt. Sie hat angeboten, an den Wochenenden jemand anders zu schicken, aber ich lehnte ab und sagte, dass ich zurechtkäme. Wie immer benutzte ich den weichsten Waschlappen und meine beste Seife, nicht das billige weiße Zeug vom Co-op, sondern ein klares bernsteinfarbenes Stück, das nach Vanille riecht und einen cremigen Rand an der alten Waschschüssel hinterlässt, die ich für dein Bad im Bett benutze. Ich trug die zerkratzte Plastikschürze, die ich in den Malstunden in St. Luke umgebunden hatte. Ich zog die Decke bis zu deiner Taille zurück, zog dir die Pyjamajacke aus (du musst einer der wenigen Männer auf der Welt sein, die noch eine blau gestreifte Pyjamajacke tragen, mit Kragen, Brusttasche und Paspel unten um die Ärmel) und entschuldigte mich für das, was als Nächstes kam.

Ich will im unausweichlichen Moment nicht den Blick abwenden, nicht in irgendeinem Moment. Ich will nicht wegsehen. Nicht mehr. Aber du siehst mich nie an, wenn ich deine Pyjamahose herunterziehe. Sobald ich die Hose von deinen Beinen gezerrt habe (es ist ein bisschen wie bei einem Zaubertrick: ich wühle unter der Decke herum und – simsalabim! – hole ich eine vollständig heile Pyjamahose hervor), lasse ich, um dein Schamgefühl nicht weiter zu verletzen, die Decke über deiner unteren Körperhälfte, während ich mit der Hand, die den Waschlappen hält, die unreinen Stellen deines Körpers aufspüre.

Währenddessen rede ich – heute Morgen machte ich eine Bemerkung darüber, dass das Meer ständig grau ist, wie unordentlich der Garten ist, was Tom und ich uns am Abend zuvor im Fernsehen angesehen hatten – und die Decke wird feucht, du drückst die Augen fest zu und dein herunterhängendes Gesicht wird noch schlaffer. Aber das erschreckt mich nicht. Mich erschreckt der Anblick all dessen nicht, auch nicht, wie sich dein warmer, schlaffer Hodensack anfühlt, auch nicht der salzige Geruch, der von der faltigen Haut deiner Achselhöhlen ausgeht. All das tröstet mich, Patrick. Es tröstet mich, dich zu pflegen, froh, dass du es mich ohne viel Umstände tun lässt, dass ich jeden Teil deines Körpers waschen kann, ihn reinwaschen kann mit meinem Waschlappen aus dem Luxussortiment von Marks and Spencer und dann das trübe Wasser in den Abfluss gießen kann. Ich kann das alles tun, ohne dass meine Hände zittern, ohne dass meine Herzfrequenz steigt, ohne dass ich den Kiefer mit solchem Ingrimm zusammenpresse, dass ich befürchte, ihn vielleicht nie mehr öffnen zu können.

Auch das ist ein Fortschritt.

Und heute Morgen wurde ich belohnt. Als ich den Waschlappen zum letzten Mal ausdrückte, hörte ich dich etwas murmeln, das klang wie »Oh um«, aber – verzeih mir, Patrick – zuerst habe ich es als eine deiner unartikulierten Äußerungen abgetan. Seit dem Schlaganfall ist dein Sprechvermögen gestört. Du kannst kaum mehr als grunzen, und ich hatte das Gefühl, dass du dich entschieden hast, lieber zu schweigen, als der Demütigung ausgesetzt zu sein, missverstanden zu werden. Da du jemand bist, der einmal über eine beeindruckende sprachliche Ausdrucksfähigkeit verfügt hat – charmant, herzlich und so gebildet –, hatte ich dein Opfer eher bewundert.

Aber ich habe mich geirrt. Deine rechte Gesichtshälfte hängt immer noch stark, was dir ein bisschen das Aussehen eines Hundes verleiht, aber heute Morgen hast du deine ganze Energie zusammengenommen und dein Mund und deine Stimme haben zusammengearbeitet.

Noch immer ignorierte ich die Laute, die du von dir gabst und sich jetzt wie »Whe om« anhörten. Ich schob das Fenster etwas hoch, um den muffigen Geruch der Nacht hinauszulassen, und als ich mich schließlich zu dir umdrehte, starrtest du mich aus den Kissen an, deine eingefallene Brust noch nackt und feucht, dein Gesicht qualvoll verzerrt, und du wiederholtest die Laute. Aber diesmal verstand ich dich beinahe.

Ich setzte mich aufs Bett und zog dich an den Schultern vor, und während dein schmächtiger Rumpf auf meinem lag, tastete ich hinter dir nach den Kissen, zog sie hoch und legte dich zurück in dein Nest.

»Ich hol dir eine frische Jacke.«

Aber du konntest nicht warten. Du platztest noch einmal damit heraus, diesmal noch klarer, mit aller Eindringlichkeit, die du aufbringen konntest, und ich verstand, was du sagtest: »Wo ist Tom?«

Ich ging zur Kommode, damit du meinen Gesichtsausdruck nicht sehen konntest, und fand eine saubere Pyjamajacke. Dann half ich dir, die Arme in die Ärmel zu schieben, und schloss die Knöpfe. Das alles tat ich, ohne dich anzusehen, Patrick. Ich musste wegsehen, weil du es immer wieder sagtest: »Wo ist Tom wo ist Tom wo ist Tom wo ist Tom wo ist Tom«, jedes Mal ein bisschen leiser und ein bisschen langsamer, und ich hatte keine Antwort darauf.

Schließlich sagte ich: »Es ist wunderbar, dass du wieder sprichst, Patrick. Tom wird sehr stolz sein.« Ich machte uns beiden Tee, den wir schweigend zusammen tranken, du hingst erschöpft über deinem Strohhalm, deine untere Hälfte war unter der Decke immer noch nackt und ich blinzelte das graue Quadrat des Fensters an.

Ich bin sicher, du wusstest, dass ich zum ersten Mal dort war. Ich hatte nie einen Anlass gehabt, das Museum und die Kunstsammlung von Brighton zu betreten. Rückblickend bin ich über mich selbst erstaunt. Ich war gerade Lehrerin an der Vorschule St. Luke geworden und noch nie in einer Kunstausstellung gewesen.

Als Tom und ich uns durch die schweren verglasten Türen schoben, dachte ich, dass es dort am ehesten aussah wie in einem Fleischerladen. Das lag an den grünen Kacheln, nicht wie das Grün im Brightoner Schwimmbad, das fast Türkis ist und bei dessen Anblick man sich schon heiter und leicht fühlt, sondern ein moosiges, tiefes Grün. Und dann der kunstvolle Mosaikboden und die glänzende Mahagonitreppe und die blinkenden Vitrinen mit ausgestopften Sachen. Gut, es war eine geheime Welt. Eine Männerwelt, dachte ich, genau wie Fleischerläden. Frauen können zu Besuch kommen, aber hinter den Kulissen, hinten im Laden, wo abgehackt und sortiert wird, sind nur Männer. Nicht, dass mich das damals gestört hätte. Aber ich wünschte, ich hätte nicht das neue fliederfarbene Kleid mit dem weiten Rock und Schuhe mit kleinem Absatz angezogen – zum einen war es Mitte Dezember und die Gehsteige waren vereist und zum anderen bemerkte ich, dass sich die Leute fürs Museum nicht fein machten. Die meisten anderen waren in braune oder marineblaue Wollstoffe gekleidet und es war im ganzen Gebäude dunkel und ernst und still. Nur meine Absätze klapperten unpassend auf dem Mosaikfußboden, machten ein Echo wie hingeworfene Münzen.

In den Schuhen war ich außerdem fast so groß wie Tom, was ihm nicht gefallen haben kann. Wir gingen die Treppe hinauf, Tom etwas vor mir, die Nähte seiner Sportjacke spannten über seinen breiten Schultern. Für einen großen Mann hat Tom einen leichten Schritt. Oben an der Treppe nickte ein ungeheuer dicker Sicherheitsbeamter gerade ein. Seine Jacke war offen und ein paar gelb getupfte Hosenträger waren zu sehen. Als wir vorbeigingen, riss er den Kopf hoch und bellte: »Guten Tag!«, schluckte schwer und blinzelte. Tom muss hallo gesagt haben, denn er antwortete Leuten immer, aber ich bezweifle, dass ich mehr als ein Grinsen zustande brachte.

Tom hatte mir alles über dich erzählt. Auf dem Weg zum Museum musste ich mir noch einmal seine Beschreibungen von Patrick Hazlewood, Kurator der Abteilung für westliche Kunst und der Kunstsammlung im Museum von Brighton, anhören: Er stände mit beiden Füßen auf der Erde, genau wie wir, wäre freundlich und normal, ohne Allüren, dazu gebildet, kenntnisreich und kultiviert. Ich hatte es schon so oft gehört, dass ich überzeugt war, du würdest das genaue Gegenteil sein. Als ich versuchte, dich mir vorzustellen, sah ich das Gesicht des Musiklehrers von St. Luke vor mir – ein kleines, spitzes Gesicht, flankiert von fleischigen Ohrläppchen. Ich war immer wieder erstaunt, dass dieser Lehrer, Mr Reed, so sehr wie ein Musiker aussah. Er trug einen dreiteiligen Anzug und eine Taschenuhr und mit seinen dünnen Händen deutete er häufig auf etwas, als würde er jeden Moment beginnen, ein Orchester zu dirigieren.

Wir lehnten an der Balustrade oben an der Treppe und sahen uns um. Tom war schon oft hier gewesen und wollte mir zeigen, was er wusste. »Guck mal«, sagte er, »das Bild ist berühmt.« Ich warf einen kurzen Blick darauf. »Also, es ist von einem berühmten Künstler«, fügte er hinzu, ohne mir den Namen zu sagen. Ich drängte ihn nicht dazu. Damals drängte ich ihn zu nichts. Es war ein dunkles Bild – alles war fast schwarz, die Farbe sah schmutzig aus –, aber nach wenigen Sekunden entdeckte ich die ausgestreckte weiße Hand oben in der Ecke. »Die Auferstehung des Lazarus«, sagte Tom und ich nickte und lächelte ihn an, stolz, dass er das wusste. Ich wollte ihm zu verstehen geben, dass ich beeindruckt war. Aber als ich in sein sonst so unerschütterliches Gesicht blickte – die breite Nase, der ruhige Blick –, schien es ein bisschen weicher. Sein Hals war gerötet und die Lippen locker geöffnet.

»Wir sind früh dran«, stellte er mit einem Blick auf seine große Armbanduhr fest, ein Geschenk seines Vaters, als er zur Polizei gegangen war.

»Hat er was dagegen?«

»Oh, nein«, sagte Tom. »Kein bisschen.«

In dem Moment wurde mir klar, dass es Tom störte. Wann immer wir uns trafen, er war immer pünktlich.

Ich blickte hinunter in die Halle und bemerkte versteckt neben der Treppe eine riesige bunte Katze aus Pappmaché, wie es schien. Ich weiß nicht, wie ich sie übersehen konnte, als ich zuerst hereinkam, aber, unnötig zu sagen, sie gehörte nicht zu den Dingen, die ich an einem Ort wie diesem erwartet hatte. Sie passte besser auf den Palace Pier, diese Katze. Noch immer hasse ich ihr Grinsen und ihre Augen, die aussehen wie unter Drogeneinfluss. Ein kleines Mädchen steckte einen Penny in den Schlitz in ihrem Bauch und hielt dann die Hände weit auf, wartete darauf, dass etwas passierte. Ich stieß Tom an und zeigte nach unten. »Was ist das?«

Tom lachte. »Hübsch, nicht? Der Bauch leuchtet auf und sie schnurrt, wenn du sie mit Geld fütterst.«

Das Mädchen wartete immer noch, genau wie ich.

»Es passiert nichts«, stellte ich fest. »Was macht sie in einem Museum? Sollte sie nicht besser auf dem Jahrmarkt stehen?«

Tom sah mich etwas verwirrt an und brach dann in ein lautes Tom-Lachen aus: drei kurze Trompetenstöße, Augen zugedrückt. »Geduld, liebe Marion«, sagte er. Ein warmes Gefühl breitete sich in meiner Brust aus.

»Erwartet er uns wirklich?«, fragte ich und war kurz davor,

ärgerlich zu werden, wenn es nicht so war. Es war Anfang der Weihnachtsferien und Tom hatte sich auch einen Tag frei genommen. Es gab viele andere Dinge, die wir in unserer freien Zeit tun konnten.

»Natürlich. Er hat uns eingeladen. Ich hab's dir doch gesagt.«

»Ich hätte nicht gedacht, ihn zu sehen zu kriegen.«

»Warum nicht?« Tom runzelte die Stirn und blickte wieder auf die Uhr.

»Du hast so viel von ihm erzählt … ich weiß nicht.«

»Es wird jetzt Zeit«, sagte Tom. »Er kommt zu spät.«

Aber ich wollte es unbedingt aussprechen. »Ich dachte, er existiert vielleicht gar nicht.« Ich lachte. »Verstehst du, dass er zu gut wäre, um wahr zu sein. Wie der Zauberer von Oz.«

Tom blickte wieder auf die Uhr.

»Um welche Zeit hat er gesagt?«

»Zwölf.«

Auf meiner Uhr war es zwei Minuten vor. Ich suchte seinen Blick, um ihn beruhigend anzulächeln, aber seine Augen schossen unablässig im Raum umher. Alle anderen konzentrierten sich auf ein bestimmtes Ausstellungsstück, mit geneigtem Kopf oder aufgestütztem Kinn. Nur wir standen herum und blickten ins Leere.

»Es ist noch nicht zwölf«, wagte ich mich vor.

Tom machte ein seltsames Geräusch. Es klang, als sollte es ein lässiges »Hey« sein, das aber eher wie ein Wimmern herauskam.

Dann trat er einen Schritt weg von mir und hob die Hand.

Ich blickte auf und da warst du. Mittelgroß. Mitte dreißig. Weißes Hemd, frisch gebügelt. Marineblaue Weste, sehr gute Passform. Dunkle Locken, etwas zu lang, aber gepflegt. Ein hübsches Gesicht: dichter Schnurrbart, rosige Wangen, hohe Stirn. Du hast Tom gebannt angesehen, ohne zu lächeln. Du hast ihn genauso aufmerksam betrachtet, wie die anderen im Raum die ausgestellten Stücke betrachteten.

Du kamst schnell näher, und erst als du dein Ziel erreicht und Toms Hand geschüttelt hattest, verzog sich dein Mund plötzlich zu einem Lächeln. Für jemanden mit gut geschnittener Weste und dichtem Schnurrbart, jemanden, der für die westliche Kunst von 1500 bis 1900 verantwortlich ist, war das ein überraschend jungenhaftes Grinsen. Es war ganz leicht und seitlich etwas hochgezogen, als hättest du genau studiert, wie Elvis Presley die Mundbewegung macht. Ich erinnere mich, dass ich das damals dachte und beinahe kicherte über die Absurdität.

»Tom, du bist gekommen.«

Ihr beide habt euch kräftig die Hände geschüttelt und Tom zog den Kopf ein. Das hatte ich nie zuvor bei ihm gesehen; er begegnete meinem Blick immer direkt und ruhig.

»Wir sind früh dran«, sagte Tom.

»Überhaupt nicht.«

Dein Händeschütteln dauerte zu lange und Tom zog die Hand zurück und ihr habt beide woanders hingesehen. Du hattest dich zuerst wieder gefasst. Zum ersten Mal hast du mich angesehen, dein jungenhaftes Grinsen wurde flacher und breiter, verwandelte sich in ein professionelles Lächeln und du sagtest: »Du hast deine Freundin mitgebracht.«

Tom räusperte sich. »Patrick, das ist Marion Taylor. Marion ist Lehrerin. Grundschule St. Luke. Marion, Patrick Hazlewood.«

Ich hielt deine kühlen weichen Finger einen Moment lang und du hast meinem Blick standgehalten.

»Sehr erfreut, meine Liebe. Wollen wir zusammen Mittag essen?«

»Unser Stammlokal«, verkündete Tom und hielt die Tür des Clock Tower Cafés auf.

Ich war in zweierlei Hinsicht erstaunt. Erstens, dass du und Tom ein »Stammlokal« hattet, und zweitens, dass es das Clock

Tower Café war. Ich kannte es vom Hörensagen, weil mein Bruder Harry gelegentlich vor der Arbeit hinging, um einen Becher Tee zu trinken; er sagte, es wäre gemütlich dort und der Tee so stark, dass er einem nicht nur den Zahnschmelz von den Zähnen holt, sondern auch die Haut von der Kehle. Aber ich hatte es nie selbst besucht. Als wir die North Street hinaufgingen, hatte ich mir vorgestellt, du würdest mit uns in ein Lokal mit weißen Tischdecken und dicken Servietten gehen und wir würden eine gemischte Grillplatte und eine Flasche Bordeaux bestellen. Vielleicht ins Restaurant im Old Ship Hotel.

Stattdessen waren wir hier im Fett geschwängerten Mief des Clock Tower Cafés, dein eleganter Anzug schrecklich auffallend zwischen den Ex-Army-Trenchcoats und grauen Regenmänteln, meine Absätze hier fast so deplatziert, wie sie es im Museum gewesen waren. Abgesehen von dem Mädchen mit rosa Schürze hinter dem Tresen und einer alten Frau mit Lockenwicklern und Haarnetz, die sich in der Ecke über einen Becher mit irgendetwas beugte, waren keine anderen Frauen im Lokal. Am Tresen standen Männer an und rauchten, die Gesichter glänzend vom Dampf des Teekessels. Von den Menschen an den Tischen sprachen nur wenige. Die meisten aßen oder lasen die Zeitung. Das hier war kein Ort für Gespräche, zumindest nicht die Art Gespräch, die du führen würdest, wie ich dachte.

Wir sahen zu den Plastikbuchstaben an der Menütafel hinauf:

FLEISCHPASTETE KARTOFFELBREI SOSSE
FLEISCHPASTETE POMMES FRITES BOHNEN
WÜRSTCHEN BOHNEN EIER
WÜRSTCHEN BOHNEN POMMES FRITES
SPOTTED DICK PUDDING MIT VANILLESOSSE
APFELDESSERT
TEE KAFFEE RINDERBRÜHE LIMONADE

Darunter war ein handgeschriebenes Schild: IN DIESEM BETRIEB WIRD NUR BESTE MARGARINE VERWENDET.

»Ihr beide setzt euch hin, ich bestelle«, sagte Tom und deutete auf einen freien Tisch am Fenster, der noch mit schmutzigen Tellern und Lachen von verschüttetem Tee bedeckt war.

Aber du wolltest nichts davon hören. Und so setzten Tom und ich uns und beobachteten, wie du in der Schlange vorgerückt bist, die ganze Zeit dein freundliches Lächeln behalten und zu dem Mädchen hinter dem Tresen gesagt hast: »Herzlichen Dank, meine Liebe.« Sie kicherte als Antwort.

Toms Knie hüpfte unter dem Tisch auf und ab, sodass die Bank, auf der wir saßen, vibrierte. Du hast uns gegenüber auf einem Stuhl Platz genommen und eine glänzende Papierserviette auf deinem Schoß ausgebreitet.

Wir hatten jeder einen dampfenden Teller mit Fleischpastete und Kartoffelbrei, und obwohl es schrecklich aussah – alles versank in Soße, die über den Tellerrand lief –, roch es köstlich.

»Genau wie das Essen in der Schule«, sagtest du. »Nur dass ich es gehasst habe.«

Tom lachte laut.

»Sagen Sie mir, Marion, woher kennen Sie sich, Sie und Tom?«

»Oh, wir sind alte Freunde«, erklärte ich.

Du hast Tom kurz angesehen, als er sich begeistert über seine Fleischpastete hermachte.

»Wie ich höre, bringt Tom Ihnen das Schwimmen bei.«

Das hob meine Stimmung. Er hatte also über mich gesprochen. »Ich bin keine besonders gute Schülerin.«

Du hast gelächelt und nichts gesagt, dir über den Mund gewischt.

»Marion interessiert sich auch sehr für Kunst«, sagte Tom. »Nicht wahr, Marion?«

»Unterrichten Sie Ihre Klasse auch in Kunst?«, hast du gefragt.

»Oh, nein, der Älteste ist erst sieben.«

»Man kann nie früh genug anfangen«, sagtest du milde lächelnd. »Ich versuche gerade, die Machthaber im Museum zu überreden, an Nachmittagen Kunsterziehung für Kinder jeden Alters anzubieten. Sie wollen es nicht – eine Menge altmodischer Typen, wie Sie sich vorstellen können –, aber ich denke, es würde gut ankommen, meinen Sie nicht? Wenn man sie für etwas gewinnt, wenn sie klein sind, hat man sie fürs ganze Leben gewonnen und so.«

Du hast nach teurem Eau de Cologne gerochen. Es wehte mir entgegen, als du deine Ellbogen auf den Tisch gelegt hast: ein herrlicher Duft, wie frisch geschlagenes Holz. »Verzeihen Sie«, sagtest du, »ich sollte beim Mittagessen nicht über die Arbeit reden. Erzählen Sie mir von den Kindern, Marion. Wer ist Ihr Liebling?«

Ich dachte sofort an Caroline Mears, wie sie in der Vorlesestunde zu mir aufblickte, und ich sagte: »Es gibt ein Mädchen, die vielleicht vom Kunstunterricht profitieren würde …«

»Ich bin sicher, sie bewundern Sie alle. Es muss großartig sein, eine hübsche junge Lehrerin zu haben. Findest du nicht auch, Tom?«

Tom beobachtete gerade, wie das Kondenswasser an der Fensterscheibe herunterlief. »Großartig«, wiederholte er.

»Und wird aus ihm nicht ein großartiger Polizist?«, sagtest du. »Ich muss gestehen, ich habe meine Vorbehalte gegen unsere Jungs in Blau, aber wenn Tom bei der Polizei ist, werde ich nachts ruhiger schlafen. Was ist das noch mal für ein Buch, das du gerade liest, Tom? Es hat einen fantastischen Titel. ›Landstreicher und Einbrecher‹ oder so ähnlich …«

»›Verdächtige und Herumtreiber‹«, sagte Tom. »Und du solltest dich nicht drüber lustig machen. Es ist eine ernste Sache.« Er lächelte, seine Wangen glühten. »Aber wirklich gut ist ›Das Handbuch für Gesichtserkennung‹. Das ist faszinierend.«

»An was würdest du dich bei Marions Gesicht erinnern, Tom? Wenn du sie identifizieren müsstest?«

Tom sah mich einen Moment an. »Es ist schwierig bei Menschen, die man kennt …«

»Was wäre es, Tom?«, fragte ich, obwohl ich wusste, ich sollte nicht auf einer Antwort bestehen. Ich konnte nicht anders, Patrick, und ich glaube, du wusstest das.

Tom sah mich an, als würde er mich eingehend mustern. »Ich glaube, es wäre … ihre Sommersprossen.«

Ich fuhr mir mit der Hand an die Nase.

Du hast leise gelacht. »Es sind auch sehr schöne Sommersprossen.«

Ich hielt mir immer noch die Nase.

»Und deine hübschen roten Haare«, fügte Tom mit einem entschuldigenden Blick in meine Richtung hinzu. »Daran würde ich mich erinnern.«

Als wir das Lokal verließen, hast du mir in den Mantel geholfen und gemurmelt: »Ihr Haar ist tatsächlich atemberaubend, meine Liebe.«

Jetzt nach allem, was seitdem passiert ist, fällt es mir schwer, mich genau daran zu erinnern, was ich an jenem Tag von dir hielt. Aber ich glaube, ich mochte dich. Du sprachst so begeistert über deine Ideen fürs Museum – du wolltest es öffnen, »demokratisch« war das Wort, das du gebraucht hast. Jeder sollte dort willkommen sein. Du plantest eine Reihe von Mittagskonzerten, um neue Leute anzuziehen, und warst fest entschlossen, die Schulkinder ins Museum zu holen, damit sie dort selbst malen und werken konnten. Du hast sogar behauptet, ich könnte dir dabei helfen. Als ob es in meiner Macht gestanden hätte, etwas am Schulsystem zu ändern. Du hast mich beinahe glauben gemacht, dass ich es könnte. Ich dachte, dass dir bestimmt nicht ganz klar war, welchen Lärm und welche Unordnung eine Gruppe von Kindern machen kann. Trotzdem hörten Tom und ich begeistert zu. Wenn die anderen Männer im Lokal dich anstarrten oder die Hälse reckten wegen des überschwänglichen Tons, den du angeschlagen hast, hast du nur gelächelt und geredet und geredet. Du warst überzeugt, dass niemand an Patrick Hazlewood Anstoß nehmen würde, der untadelige Manieren hatte und selbst niemanden nach seinem Äußeren beurteilte. Das hatte mir Tom gleich zu Anfang erzählt: »Er urteilt nicht einfach danach, wie jemand aussiehst.« Dazu wärst du zu großzügig.

Ich mochte dich ganz gern. Und Tom mochte dich auch. Ich merkte es daran, dass er dir zuhörte. Ich vermute, so war es immer zwischen euch. Tom war ganz aufmerksam, wenn du sprachst. Er war ungeheuer konzentriert, als fürchtete er, ein Schlüsselwort oder eine Geste zu verpassen. Ich sah ihn vor mir, wie er alles in großen Schlucken schluckte.

Als wir uns an jenem Mittag von dir trennten, standen wir im Eingang des Museums und Tom schlug mir auf die Schulter. »Ist es nicht komisch?«, sagte er. »Du hast das alles in Gang gebracht, Marion.«

»Alles was?«

Er sah plötzlich schüchtern aus. »Du wirst lachen.«

»Werd ich nicht.«

Er schob die Hände in die Taschen. »Also – diese Art Weiterbildung. Du weißt schon. Ich mochte immer unsere Gespräche – über Kunst und Bücher und das alles –, wo du doch Lehrerin bist, und jetzt hilft Patrick mir auch.«

»Hilft dir?«

»Etwas für meine Bildung zu tun.«

Danach wurden wir für ein paar Monate ein richtiges Trio. Ich weiß nicht, wie oft du Tom allein getroffen hast – ich vermute, ein- oder zweimal die Woche, je nachdem, wie es sein Polizeidienst zuließ. Und es stimmte, was Tom über Weiterbildung gesagt hatte. Du hast nie über unsere Unwissenheit gelacht und uns immer ermutigt, neugierig zu sein. Wir gingen mit dir in den Dom, um Elgars Cellokonzert zu hören, wir sahen uns französische Filme im Gaiety Kino an (die ich normalerweise hasste: so viele schöne, traurige Menschen, die sich nichts zu sagen hatten) und »Chicken Soup with Barley« am Theatre Royal, und du hast uns sogar mit amerikanischer Lyrik bekannt gemacht – dir gefiel E.E. Cummings, aber weder Tom noch ich konnten dir so weit folgen.

An einem Abend im Januar bist du mit uns beiden nach London gefahren, um »Carmen« anzusehen. Du wolltest uns unbedingt mit der Oper bekannt machen und dachtest, dass diese Geschichte über Begierde, Verrat und Mord ein guter Einstieg wäre. Ich erinnere mich, dass Tom den Anzug trug, den er bei der Hochzeit seiner Schwester getragen hatte, und ich ein Paar weiße Handschuhe, die ich mir extra gekauft hatte, weil ich dachte, das wäre in der Oper vorgeschrieben. Sie passten nicht richtig und ich musste immer wieder die Finger beugen, weil sie durch das Rayon eingeengt waren. Meine Handflächen waren schwitzig, obwohl es ein eiskalter Abend war. Im Zug hattest du mit Tom die übliche Auseinandersetzung über Geld. Du hast immer darauf bestanden zu bezahlen, wenn wir irgendwo hingingen, und Tom protestierte immer lautstark, stand auf, wühlte in seinen Hosentaschen nach Münzen. Hin und wieder hast du ihn für sich selbst bezahlen lassen, aber nicht ohne die Mundwinkel hängen zu lassen und dir ungeduldig über die Stirn zu wischen. »Es ist nur vernünftig, dass ich das übernehme, Tom, wirklich …«

Jetzt bestand Tom darauf, zumindest für sich und mich zu zahlen, da er eine Vollzeitstelle habe, wenn auch noch auf Probe. Ich wusste, es war sinnlos, sich einzumischen, deshalb spielte ich mit meinen Handschuhen herum und beobachtete, wie Haywards

Heath am Fenster vorbeiglitt. Zuerst hast du ihn mit einem Lachen abgeschüttelt, einer scherzhaften Bemerkung (»Du schuldest es mir, was hältst du davon? Wir setzen es auf die Rechnung.«), aber Tom war nicht davon abzubringen; er zog seine Brieftasche aus der Jackentasche und begann, die Scheine abzuzählen. »Wie viel, Patrick?«

Du hast ihn gebeten, es wegzustecken, nicht albern zu sein, aber er wedelte noch damit vor deinem Gesicht und sagte: »Lass mich. Nur einmal.«

Schließlich wurdest du lauter. »Sieh mal, sie kosten sieben Pfund das Stück. Wirst du jetzt also das alberne Ding wegstecken und still sein?«

Tom hatte mir stolz erzählt, dass er ungefähr zehn Pfund verdient, also wusste ich, er würde darauf keine Antwort haben.

Den Rest der Fahrt verbrachten wir schweigend. Tom rutschte auf seinem Sitz hin und her, die Rolle Geldscheine im Schoß. Du hast hinausgesehen zu den vorbeiziehenden Feldern, dein Blick zuerst grimmig vor Ärger, dann angestrengt vor Reue. Als wir in Victoria einfuhren, hast du Tom jedes Mal, wenn der sich muckste, angesehen, aber er vermied deinen Blick.

Wir schoben uns durch die Menge, die geschäftig durch den Bahnhof klackte. Du bist Tom gefolgt, den Regenschirm in den Händen drehend und die untere Lippe leckend, als würdest du gleich eine Entschuldigung hervorbringen. Du hast es dir dann aber anders überlegt. Als wir zur U-Bahn-Station hinunterstiegen, hast du meine Schulter berührt und leise gesagt: » Ich hab alles vermasselt, oder?«

Ich habe dich angesehen. Deine Mundwinkel waren heruntergezogen und dein Blick stechend vor Angst. Ich wurde ganz starr. »Sei nicht albern«, befahl ich, ging weiter und griff nach Toms Arm.

London erschien mir dieses erste Mal laut und verraucht und schmutzig. Erst später habe ich seine Schönheit entdeckt: die sich häutenden Platanen im Sonnenschein, den Luftzug auf dem Bahnsteig der U-Bahn, das Klirren von Tassen und Schlagen von Edelstahl an Edelstahl in den Cafés, die Entrücktheit des British Museum mit dem David mit Feigenblatt.

Ich erinnere mich, dass ich mein Spiegelbild in den Schaufenstern betrachtete, an denen wir vorbeigingen, und mich schämte, dass ich größer war als du, besonders mit den Absätzen. Neben dir sah ich hochaufgeschossen, in die Länge gezogen, einfach unmöglich aus. Dagegen sah ich neben Tom fast normal groß aus; ich konnte als klassische Schönheit durchgehen, statt etwas männlich zu wirken.

Während der Oper war ich nicht bei der Sache, konnte mich nicht voll auf das Bühnengeschehen konzentrieren, weil ich durch Toms Körper auf dem Platz neben mir abgelenkt war. Du hattest darauf bestanden, dass ich zwischen euch beiden saß (»Eine Rose zwischen zwei Dornen«, hattest du gesagt). Hin und wieder sah ich verstohlen in deine Richtung, aber du hast nicht ein einziges Mal die Bühne aus den Augen gelassen. Ich hatte gedacht, die Oper würde mir nicht gefallen – es schien so hysterisch, wie eine Pantomime zu seltsamer Musik. Aber als Carmen »L'amour est un oiseau rebelle que nul ne peut apprivoiser« sang, schien sich mein Körper zu erheben und in der letzten, schrecklichen, wunderbaren Szene griff Tom nach meiner Hand. Das Orchester tobte und Carmen wurde ohnmächtig und starb, und Toms Finger lagen im Dunkeln auf meinen. Dann war es vorbei und du sprangst auf, Patrick, klatschend und Bravo rufend und aufgeregt auf der Stelle hüpfend, und Tom und ich schlossen uns dir an, verzückt vor Begeisterung.

ICH HABE DARÜBER nachgedacht, wann ich das erste Mal den Ausdruck »widernatürliche Praktiken« gehört habe. Ob du es glaubst oder nicht, es war im Lehrerzimmer von St. Luke, von den Lippen Mr R.A. Coppards MA (Oxon) – für mich Richard, für seine Freunde Dickie. Er schlürfte gerade Kaffee aus einer braun geblümten Tasse und neigte sich, die Brille abnehmend und mit einer Hand zusammenfaltend, zu Mrs Brenda Whitelady, Klasse zwölf, und runzelte die Stirn. »Wirklich?«, hörte ich sie sagen und er nickte. »Widernatürliche Praktiken, steht im ›Argus‹. Seite sieben. Armer alter Henry.« Mrs Whitelady blinzelte und nahm aufgeregt einen tiefen Atemzug. »Seine arme Frau. Arme Hilda.«

Sie wandten sich wieder ihren Heften zu, füllten die Ränder mit kräftigen roten Häkchen und Kreuzen, ohne ein Wort zu mir zu sagen. Ich saß in der Ecke des Zimmers und war dadurch anscheinend vollkommen unsichtbar. Zu der Zeit war ich bereits einige Monate an der Schule, hatte aber immer noch keinen eigenen Platz im Lehrerzimmer. Tom erzählte, dass es auf der Wache genauso war: Auf eine Reihe von Stühlen waren anscheinend irgendwo die Namen ihrer »Besitzer« mit unsichtbarem Faden gestickt – das musste der Grund sein, warum niemals jemand anders darauf saß. Es gab ein paar Stühle drüben bei der Tür, mit abgewetzten Kissen und schiefen Beinen, die für jeden waren, das hieß für die neuesten Mitglieder des Kollegiums. Ich fragte mich, ob ich warten musste, bis ein anderer Kollege in Rente ging oder starb, bevor ich mir ein Anrecht auf einen normalen Stuhl sichern konnte. Mrs Whitelady hatte auf ihrem sogar ihr eigenes Kissen, bestickt mit violetten Orchideen, so sehr vertraute sie darauf, dass kein anderer Hintern jemals ihren Sitzplatz berühren würde.

Ich habe daran gedacht, weil ich letzte Nacht wieder den Traum hatte, genauso lebhaft wie vor vierzig Jahren. Tom und ich waren unter einem Tisch; diesmal war es mein Pult im Klassenzimmer in St. Luke, aber sonst war alles gleich: Toms Gewicht auf mir, das mich herunterdrückte; sein mächtiger Oberschenkel auf meinem; seine Schulter über mich gebeugt und über mich hinaus reichend wie der Boden eines Bootes. Und ich endlich ein Teil von ihm. Nicht mal Luft passte zwischen uns.

Während ich dies schreibe, wird mir bewusst, dass mich vielleicht die ganze Zeit am meisten beunruhigte, was in mir war. Meine eigenen unnatürlichen Praktiken. Was hätten Mr Coppard und Mrs Whitelady gesagt, wenn sie gewusst hätten, was ich für Tom empfand? Was hätten sie gesagt, wenn sie erfahren hätten, dass ich ihn am liebsten in den Mund genommen und so viel von ihm geschmeckt hätte, wie ich konnte? Solche Wünsche erschienen mir damals unnatürlich für eine junge Frau. Hatte Sylvie mich nicht gewarnt, dass sie nicht viel mehr fühlte als Angst, wenn Roy sie zwischen den Beinen berührte? Meine eigenen Eltern klebten häufig in der Küche zusammen und küssten sich lange, aber auch meine Mutter schlug die Hand meines Vaters weg, wenn sie irgendwohin wanderte, wohin sie nicht sollte. »Lass mich jetzt, Bill«, sagte sie und rückte auf dem Sofa von ihm weg. »Nicht jetzt, mein Lieber.«

Ich dagegen wollte alles und ich wollte es sofort.

Februar 1958. Den ganzen Schultag saß ich so nah wie möglich am Heizkessel. Auf dem Spielplatz schnauzte ich die Kinder an, sich gefälligst zu bewegen. Die meisten von ihnen hatten keine anständigen Mäntel und ihre Knie waren rot vor Kälte.

Zu Hause hatten Mum und Dad angefangen, über Tom zu reden. Ich hatte ihnen von unserem Besuch im Museum, unserem

Ausflug nach London und all den anderen Ausflügen erzählt, weißt du, aber nicht erwähnt, dass Tom und ich nicht allein waren. »Geht ihr nicht zusammen tanzen?«, fragte Mum. »Hat er dich noch nicht mit ins Regent genommen?«

Aber Tom hasste Tanzen, das hatte er mir zu Anfang gesagt, und ich hatte mir eingeredet, dass wir eine besondere Beziehung hatten, weil sie anders war. Wir waren nicht wie andere Paare. Wir lernten uns kennen. Führten richtige Gespräche. Und da ich gerade einundzwanzig geworden war, fand ich mich ein bisschen zu alt für den Teenagerkram, Jukeboxes und Jive.

Einen Freitagabend, an dem ich nicht nach Hause gehen und der unausgesprochen über dem Haus hängenden Frage nach Toms Absichten, was mich betraf, begegnen wollte, blieb ich lange im Klassenzimmer und fertigte Arbeitsbögen für die Kinder zum Ausfüllen an. Unser Thema war zu der Zeit Könige und Königinnen von England. Ich fand es allmählich ziemlich langweilig und wünschte, ich hätte Arbeitsbögen über den Sputnik oder die Atombombe oder irgendetwas gemacht, das die Kinder zumindest ein bisschen spannend finden würden. Aber da war ich jung und machte mir Gedanken, was der Rektor denken würde, also war das Thema Könige und Königinnen. Viele Kinder hatten noch damit zu kämpfen, die einfachsten Wörter zu lesen, während andere wie Caroline Mears bereits die Grundzüge der Zeichensetzung begriffen. Die Fragen waren direkt und die Kinder hatten viel Platz zum Ausfüllen oder ihre Antworten zu zeichnen, so detailliert, wie sie nur wollten: »Wie viele Ehefrauen hatte Heinrich VIII? Kannst du ein Bild vom Tower in London malen?«, und so weiter.

Der Boiler war ausgegangen und selbst in meiner Ecke im Klassenzimmer war es kalt, deshalb wickelte ich mir den Schal um Hals und Schultern und setzte meine Pudelmütze auf, um mich warm zu halten. Ich liebte es, um diese Tageszeit im Klassenzimmer zu sein, wenn alle Kinder und die anderen Lehrer nach Hause gegangen waren und ich die Stühle ordentlich unter die Tische geschoben, die Tafel abgewischt und die Kissen in der Vorleseecke aufgeschüttelt hatte, bereit für einen neuen Tag. Es war dann so ruhig und still, abgesehen vom Kratzen meines Füllfederhalters, und der ganze Raum schien weich gezeichnet, wenn es draußen dämmerte. Ich hatte das wunderbare Gefühl, flott und gut organisiert zu sein, eine Lehrerin, die den Unterricht im Griff hatte, vollkommen vorbereitet war auf die vor ihr liegende Arbeit. In diesen Momenten, wenn ich allein an meinem Pult saß, umgeben von Staub und Stille, redete ich mir ein, dass die Kinder mich mochten. Einige von ihnen, dachte ich, liebten mich vielleicht sogar. Hatten sie sich nicht immerhin am Tag gut benommen? Und endete nicht mittlerweile jeder Tag mit einer erfolgreichen Vorlesestunde, in der ich laut aus »Die Wasserkinder« vorlas und die Kinder mit gekreuzten Beinen auf dem Teppich um mich herumsaßen? Natürlich gab es einige (Alice Rumbold war eine davon), die herumzappelten, sich gegenseitig die Haare flochten oder an den Warzen an ihren Fingern herumpulten (ich denke an Gregory Sillcock), aber andere waren offensichtlich gefesselt von meiner Erzählung, sperrten Mund und Augen auf. Caroline Mears setzte sich an meine Füße und sah mich an, als hätte ich den Schlüssel zu einem Königreich, in das sie gerne hineingelassen werden wollte.

»Hättest du nicht schon längst nach Hause gehen sollen?«

Ich sprang auf. Julia Harcourt stand in der Tür und sah auf ihre Armbanduhr. »Du wirst eingeschlossen, wenn du nicht aufpasst. Ich weiß nicht, wie es dir geht, aber eine Nacht mit der Tafel wäre nicht nach meinem Geschmack.«

»Ich gehe gleich. Mach nur noch einige Dinge fertig.«

Ich war auf die Antwort vorbereitet: *Ist nicht Freitagabend? Solltest du dich nicht fertig machen, um mit deinem Freund ins Kino zu gehen?*

Aber stattdessen nickte sie und sagte: »Eiskalt, nicht?«

Mir fiel die Pudelmütze ein und meine Hand schnellte an den Kopf.

»Du hast es richtig gemacht«, fuhr Julia fort. »Es ist hier im Winter wie in einem Kühlschrank. Manchmal schmuggle ich eine Wärmflasche unter das Kissen auf meinem Stuhl.«

Sie grinste. Ich legte meinen Füllfederhalter hin. Offensichtlich würde sie nicht gehen, bevor wir ein Schwätzchen gehalten hatten.

Julia war in der privilegierten Position, im Lehrerzimmer einen eigenen Stuhl zu haben. Sie war zu jedem freundlich, aber ich hatte bemerkt, dass sie wie ich ihren Lunch gewöhnlich allein einnahm, die Augen selten von ihrem Buch hob, während sie sorgfältig von ihrem Apfel abbiss. Nicht, dass sie schüchtern war, sie sah die männlichen Kollegen – sogar Mr Coppard – an, wenn sie sprach. Und sie organisierte außerdem Schulausflüge in die Downs. Sie war bekannt dafür, ohne Rast meilenweit mit den Kindern zu wandern und sie zu überzeugen, dass es ungeheuren Spaß machte, egal, bei welchem Wetter.

Ich begann, meine Arbeitsbögen auf einen Haufen zu sammeln. »Ich habe gar nicht gemerkt, wie spät es ist«, sagte ich. »Ich gehe jetzt besser.«

»Wo wohnst du noch mal?«, fragte sie, als hätte ich es schon mal erwähnt.

»Nicht sehr weit.«

Sie lächelte und kam herein. Sie trug ein Wollcape, hellgrün, und eine teuer aussehende Aktentasche aus weichem Leder und ich dachte, wie viel besser sie doch war als ein Korb.

»Wollen wir gemeinsam hinaus in die Kälte?«

»Also, wie kommst du zurecht?«, fragte Julia, als wir rasch die Queen's Park Road hinuntergingen. »Ich war mir nicht sicher, ob du den ersten Tag überstehen würdest. Du schienst vor Angst wie erstarrt.«

»Das stimmt«, sagte ich. »Ich dachte, ich müsste mich übergeben und auf deine Schuhe spucken.«

Sie blieb stehen und sah mich an, ohne zu lächeln. Ich dachte, sie würde mir gleich gute Nacht sagen und sich in die andere Richtung aufmachen. Stattdessen kam sie näher und sagte ernst: »Das wäre eine Katastrophe gewesen. Das sind meine besten Schuhe. Ich habe Metallplatten unter die Hacken gemacht, um die Kinder zu warnen, dass ich komme. Ich nenne sie meine Hufe.«

Einen Moment war ich nicht sicher, wie ich darauf reagieren sollte. Dann warf Julia den Kopf zurück und brüllte laut, wobei sie ihre geraden Zähne zeigte, und ich wusste, es war in Ordnung zu lachen.

»Funktionieren sie?«, fragte ich.

»Was?«

»Die Hufe.«

»Darauf kannst du wetten. Wenn ich beim Klassenzimmer angekommen bin, sind sie still wie Tote. Ich kann mit ihnen machen, was ich will, und sie geben keinen Pieps von sich.«

»Solche könnte ich auch gebrauchen.«

»Sie setzen dir zu, was?«

»Nicht wirklich.« Ich hielt inne. »Alice Rumbold ist eine kleine ...«

»Rotznase?«

Julias Augen waren schmal und funkelten. Sie forderte mich wieder zum Lachen heraus. Ich tat es.

»Für Alice brauchst du auf jeden Fall Hufe«, schloss sie.

Als wir an der Ecke angekommen waren, an der meine Straße einmündete, drückte Julia meinen Arm und sagte: »Das sollten wir wiederholen.«

Als der Frühling näher rückte, wurde ich noch ungeduldiger. Tom hatte mich auf die Wange geküsst und meine Hand gehalten und wir sahen uns mindestens einmal die Woche, meistens warst du dabei. Aber das reichte mir nicht. Meine Mutter erinnerte mich gerne daran, dass es für mich noch nicht zu spät war. Noch nicht.

Ich bin mir nicht ganz sicher, wann früher der schreckliche Moment gekommen war, der Moment, in dem über eine Frau das Urteil gefällt wurde, dass sie übrig geblieben war. Immer wenn ich daran dachte, dachte ich an das Ticken einer alten Uhr. Viele der Mädchen, die ich von der Schule kannte, waren schon verheiratet. Ich wusste, ich hatte noch einige Jahre Zeit, aber wenn ich nicht aufpasste, würden die anderen Lehrer mich bald genauso ansehen, wie sie Julia ansahen, eine alleinstehende Frau. Eine Frau, die für ihren Lebensunterhalt arbeiten muss, die zu viele Bücher liest und die man am Samstag mit einem Trolley beim Einkaufen sieht statt mit einem Kinderwagen oder einem Kind im Schlepptau. Die eine Hose trägt und es offensichtlich nicht eilig hat, nach Hause zu kommen. Die keine Eile hat, irgendwohin zu kommen.

Ich weiß, es scheint heute unglaublich, und sicher habe ich damals (es war fast 1960, Herrgott noch mal) Gerüchte über die Existenz jenes Fabeltiers, die Karrierefrau, gehört, aber ich bin mir ebenfalls sicher, dass ich sie verwarf. Eine dieser Frauen zu sein war das Letzte, was ich wollte. Als ich vor der Klasse stand und ihnen die Geschichte von Persephone in der Unterwelt erzählte, befiel mich Panik. Ich ließ sie Bilder von Demeter zeichnen, wie sie mit ihrer Tochter den Frühling zurückbringt, und blickte hinaus auf die kahlen Bäume auf dem Spielplatz, deren Zweige sich wie Adern schwarz gegen den grauen Himmel abzeichneten, und ich dachte: Genug gewartet.

Und dann änderte sich tatsächlich etwas.

Es war ein Samstagabend und Tom kam zu uns, um mich abzuholen. Das war das Erste, was anders war. Normalerweise trafen wir uns beim Kino oder Theater, aber an diesem Samstag würde er zu uns kommen, hatte er gesagt. Ich hatte Mum und Dad nichts davon gesagt, denn ich wusste, was dann passieren würde: Mum würde den ganzen Tag damit verbringen, das Haus zu putzen, Sandwiches zu machen, zu überlegen, welches ihrer besten Kleider sie anziehen sollte, und mir Fragen stellen. Und Dad würde den ganzen Tag schweigen und sich Fragen für Tom überlegen.

Ich tat so, als würde ich den ganzen Nachmittag in meinem Zimmer lesen. Ich hatte mein blassblaues Kleid aus Kunstseide an die Rückseite der Tür gehängt, um jederzeit hineinschlüpfen zu können, und es sah vielversprechend aus. Ich hatte auch eine kleine blaue Strickjacke mit Angoraanteil; noch nie hatte ich etwas so Weiches berührt. Ich hatte nicht viel ausgefallene Unterwäsche – keinen Satin-BH oder Rüschenschlüpfer oder Spitzenmieder, deshalb konnte ich nichts besonders Verführerisches auswählen, obwohl ich es gerne getan hätte. Wenn Tom mich wieder küssen würde, würde ich direkt zu Peter Robinson gehen und etwas Schwarzes kaufen, etwas, das für sich sprach. Etwas, das aus mir Toms Geliebte machte.

Einige Male war ich nahe daran, nach unten zu gehen und anzukündigen, dass Tom vorbeikommen würde. Aber ich konnte mich nicht entscheiden, was reizvoller war: das Wissen, dass er mich abholte, zu teilen oder es geheim zu halten.

Ich schaffte es, bis fünf vor sieben zu warten, bevor ich mich ans Fenster von Mums und Dads Schlafzimmer stellte und nach ihm Ausschau hielt. Ich musste nicht lange warten. Er erschien einige Minuten vor der Zeit und blickte auf seine Uhr. Normalerweise machte Tom große, federnde Schritte, aber heute trödelte er beinahe, schaute in die Fenster, an denen er vorbeiging. Aber seine Bewegungen hatten immer noch etwas Geschmeidiges an sich, und ich presste die Gardine an mein Gesicht und atmete den muffigen Geruch ein, um mich zu beruhigen.

Ich spähte wieder aus dem Fenster und hoffte fast, dass Tom

nach oben sehen und mich dabei erwischen würde, wie ich ihn bespitzelte, aber er zog seine Jacke gerade und griff nach unserem Türklopfer. Ich wünschte plötzlich, er hätte seine Uniform angehabt, sodass meine Eltern einem Polizisten die Tür öffnen konnten.

Als ich mich im Spiegel meiner Mutter betrachtete, sah ich, dass meine Wangen gerötet waren. Das blaue Kleid schimmerte, als das Licht darauf fiel, und blendete mich, und ich lächelte mich an. Ich war bereit. Er war hier.

Vom oberen Treppenabsatz hörte ich, wie Dad die Tür öffnete, und belauschte die folgende Unterhaltung:

DAD (hustend): Hallo. Was kann ich für Sie tun?

TOM (leise, höflich, jede Silbe deutlich aussprechend): Ist Marion da?

DAD (Pause, ein bisschen zu laut): Und wer sind Sie?

TOM: Tut mir leid. Das hätte ich sagen sollen. Ich bin Tom Burgess. Marions Freund. Sie müssen Mr Taylor sein.

DAD (nach einer langen Pause, rufend): PHYLLIS! MARION! Tom ist hier! Tom! Kommen Sie rein, Junge, kommen Sie rein. (Wieder nach oben rufend) Es ist Tom!

Ich ging langsam die Treppe hinunter, mir bewusst, dass beide, Tom und Dad, unten standen und zusahen, wie ich herunterkam.

Wir sahen uns alle an, ohne etwas zu sagen, dann führte Dad uns ins Wohnzimmer, wo wir nur zu Weihnachten saßen oder wenn Dads vornehme Schwester, Marjory, aus Surrey herunterkam. Es roch dort nach Möbelpolitur und Kohlen und es war sehr kalt.

»Phyllis!«, rief Dad. Tom und ich sahen uns einen Moment lang an und ich sah die Angst in seinen Augen. Trotz der Kälte im Raum glänzte seine Stirn vor Schweiß.

»Sie sind Sylvies Bruder«, stellte Dad fest.

»Das stimmt.«

»Marion hat uns erzählt, Sie sind bei der Polizei.«

»Ich fürchte, ja«, sagte Tom.

»Da gibt's nichts zu entschuldigen, nicht in diesem Haus«, sagte Dad und machte die Stehlampe an. Er warf Tom einen kurzen Blick zu. »Setzen Sie sich, Junge. Sie machen mich nervös.«

Tom balancierte auf dem Rand des Sofapolsters.

»Wir haben immer wieder zu Marion gesagt, bring Tom doch mal mit zum Tee, aber sie hat es nie gemacht. Nun sind Sie hier.«

»Wir sollten gehen, Dad. Wir kommen zu spät ins Kino.«

»Phyllis!« Dad stellte sich an die Tür, versperrte uns den Weg. »Deine Mutter soll erst Tom kennenlernen. Wir haben schon darauf gewartet, Tom. Marion hat uns Ewigkeiten warten lassen.«

Tom nickte und lächelte. Und dann kam Mum, sie trug Lippenstift und roch nach Haarspray.

Tom stand da und streckte die Hand aus. Mum nahm sie und hielt sie einen Moment fest, starrte ihn an. »Also«, sagte sie, »hier sind Sie.«

»Hier ist er«, wiederholte Dad und wir sahen alle Tom an, der plötzlich laut lachte. Einen Moment wurde es von niemandem erwidert und ich sah, wie mein Vater ganz leicht die Stirn runzelte. Dann kicherte meine Mutter. Es klang glockenhell, was nicht oft vorkam.

»Hier bin ich«, sagte Tom und Mum kicherte wieder.

»Ist er nicht hübsch und groß, Bill?«, sagte sie. »Sie sind bestimmt ein guter Polizist.«

»Ich habe kaum angefangen, Mrs Taylor.«

»Sie werden Ihnen nicht entwischen, oder? Und Sie sind außerdem Schwimmer.« Sie sah mich mit großen Augen an. »Marion hat zu lange ein Geheimnis aus Ihnen gemacht.«

Ich dachte, gleich würde sie ihn im Scherz auf die Brust schlagen, aber stattdessen tätschelte sie seinen Arm und sah Tom, der wieder lachte, verschämt an.

»Wir sollten gehen«, wiederholte ich.

Als wir die Straße hinuntergingen, war ich mir bewusst, dass Mum und Dad uns nachsahen, als könnten sie nicht glauben, dass ein Mann wie Tom Burgess neben ihrer Tochter ging.

Tom hielt an, um uns eine Zigarette anzuzünden. »Sie waren beeindruckt, oder?«, sagte er und machte das Streichholz aus.

Innerlich jubelnd nahm ich einen kräftigen Zug und blies theatralisch den Rauch aus. »Findest du?«, fragte ich unschuldig.

Wir lachten. Die Grand Parade begann, sich mit Menschen zu füllen, die auf dem Weg in die Stadt waren. Ich griff nach Toms Hand und hielt sie den ganzen Weg bis zum Astoria. Ich hielt sie fest und ließ sie auch nicht los, als wir uns der Stelle näherten, wo wir dich gewöhnlich trafen. Aber du warst nirgends zu sehen und Tom ging einfach weiter.

»Treffen wir Patrick nicht?«, fragte ich und zögerte.

»Nein.«

»Treffen wir ihn irgendwo anders?«

Ein Mann drängte sich an uns vorbei und klopfte Tom auf die Schulter. »Pass auf!«, rief er und der Mann – eigentlich ein junger Mann, jünger als Tom, mit einer pomadigen Stirnlocke – drehte sich um und blickte ihn böse an. Tom blieb standhaft, starrte zornig zurück, bis der Junge seinen Zigarettenstummel auf die Straße warf und mit einem Achselzucken weiterging.

»Patrick ist dieses Wochenende in London«, sagte Tom.

Wir hatten jetzt fast den Pavillon erreicht. Seine Türme strahlten cremefarben gegen den blauschwarzen Himmel. Ich wusste, dass du eine Wohnung in der Stadt hattest, Patrick, aber ich hatte nicht gewusst, dass du dort manchmal das Wochenende verbringst. Du warst am Wochenende immer mit uns zusammen.

Ich konnte nicht anders, ich musste lächeln, als mir klar wurde, was Tom mir gerade sagte. Wir waren allein. Ohne dich.

»Lass uns was trinken!«, sagte ich und lotste Tom ins King and Queen. Ich war entschlossen zu tun, was andere junge Paare am Samstagabend taten, und gab vor, nichts zu hören, als Tom sagte, er hätte etwas anderes vorgehabt. Drinnen war es ohnehin sehr laut, aus der Jukebox hämmerte ein Rhythmus, als wir an der Bar standen und in unsere Drinks blickten. Die Menschenmenge drückte uns eng aneinander, und ich hätte am liebsten den ganzen Abend so gestanden, Toms Wärme gespürt, während er dicht bei mir stand, die Bewegungen seiner Unterarmmuskeln beobachtet, wenn er sein halbes Helles zum Mund führte.

Ich hatte noch kaum etwas von meinem Gin Tonic getrunken, als Tom sich zu mir beugte und sagte: »Wollen wir lieber woanders hingehen? Ich dachte vielleicht –«

»Ich hab noch nicht ausgetrunken«, protestierte ich. »Wie geht's Sylvie?«

Ich wollte nicht, dass das Gespräch auf dich kam, Patrick. Ich wollte nicht wissen, warum du in London warst oder was du da machtest.

Tom trank sein Halbes aus und stellte das Glas auf den Tresen. »Lass uns gehen«, sagte er. »Hier können wir uns nicht unterhalten.«

Ich beobachtete, wie er hinausging. Er sah sich nicht nach mir um oder rief meinen Namen vom Eingang. Er sagte einfach klar, was er wollte, und ging. Ich stürzte den Rest meines Gin Tonics herunter. Ich spürte, wie mir der Alkohol kühl in die Glieder schoss.

Bis ich nach draußen kam und Tom sah, wusste ich nicht, dass ich wütend war. Aber im selben Augenblick zog sich alles in mir zusammen und mein Atem ging schnell. Ich spürte, wie sich mein Arm anspannte und ich die Hand zusammenballte, und wusste, wenn ich den Mund nicht aufmachte und schrie, würde ich ihn schlagen, kräftig. Also stand ich wie angewurzelt auf dem Gehsteig und schrie: »Was ist verdammt noch mal los mit dir?«

Tom starrte mich an, die Augen funkelnd vor Überraschung.

»Können wir nicht was zusammen trinken wie ein normales Paar?«

Er blickte die Straße rauf und runter. Ich wusste, Passanten starrten mich an und dachten: *Rothaarige. Sie sind alle gleich.* Aber es war schon zu spät, um sich darum zu kümmern.

»Marion –«

»Alles, was ich will, ist mit dir allein sein! Ist das zu viel verlangt? Alle anderen kriegen es hin!«

Es folgte eine lange Pause. Meine Arme waren immer noch angespannt, aber meine Hand hatte sich entspannt. Ich wusste, ich sollte mich entschuldigen, aber ich fürchtete, wenn ich den Mund öffnete, käme ein Schluchzen heraus.

Da trat Tom einen Schritt vor, nahm meinen Kopf in die Hände und küsste mich auf die Lippen.

Rückblickend frage ich mich: Tat er es, um mich zum Schweigen zu bringen? Um jede weitere öffentliche Demütigung zu verhindern? Schließlich war er Polizist, wenn auch noch auf Probe, und wurde wahrscheinlich von den örtlichen Kriminellen überhaupt noch nicht ernst genommen. Aber damals kam mir dieser Gedanke nicht. Ich war so überrascht, Toms Lippen auf meinen zu spüren – so plötzlich, so drängend –, dass ich an nichts dachte. Und es war so eine Erleichterung, Patrick, eine Veränderung zu *spüren.* Zuzulassen, dass ich in einem Kuss dahinschmolz, wie man sagt. Und es war wie Dahinschmelzen. Loslassen. Sich in der Wahrnehmung eines anderen Körpers verlieren.

Danach sprachen wir nicht viel. Wir schlenderten zusammen die Strandpromenade entlang, die Arme einander um die Taillen gelegt, dem Wind vom Meer trotzend. Ich konnte die weißen Schaumkronen der Wellen im Dunkeln sehen, wie sie anstiegen, rollten, sich auflösten. Jungen rasten auf Motorrädern den Marine

Drive hinauf, für mich war es jedes Mal, wenn einer vorbeifuhr, ein Anlass, Tom noch fester zu halten.

Ich hatte keine Ahnung, wohin wir gingen – ich verschwendete nicht einmal einen Gedanken daran, in welche Richtung. Es reichte, abends mit Tom spazieren zu gehen, vorbei an den umgedrehten Fischerbooten am Strand, weg vom fröhlichen Lärm des Piers Richtung Kemp Town. Tom küsste mich nicht noch einmal, aber hin und wieder legte ich beim Gehen den Kopf auf seine Schulter. In dem Moment war ich dir sehr dankbar, Patrick. Ich fragte mich sogar, ob du vielleicht absichtlich weggefahren warst, damit wir Zeit für uns hatten. »Geh mit Marion nett aus«, hattest du gesagt. »Und gib ihr um Himmels willen einen Kuss!«

Ich hatte kaum bemerkt, wohin wir gingen, bis wir Chichester Terrace erreichten. Die breiten Gehsteige waren still und leer. Es hat sich dort nichts verändert, seitdem du weggezogen bist: Es ist immer noch eine ruhige, respektable Straße, in der die glänzenden Türen etwas vom Gehsteig zurückliegen, jede flankiert von einem Paar stabiler dorischer Säulen und mit einer Treppe aus schwarz und weiß gefliesten Stufen als Vorbote. In dieser Straße sind die Messingtürklopfer glänzend und einheitlich. Jede Fassade ist grundsätzlich weiß, hochglänzend verputzt, und jedes Geländer gerade und nicht angestoßen. In den hohen Fenstern spiegeln sich deutlich die Straßenlaternen und hin und wieder das Aufblitzen durchfahrender Autos. Chichester Terrace ist vornehm, jedoch zurückhaltend, ohne die Arroganz des Sussex Squares oder Lewes Crescent.

Tom blieb stehen und griff sich in die Hosentasche.

»Ist das nicht …«

Er nickte. »Patricks Wohnung.« Er ließ ein Schlüsselbund vor meinen Augen baumeln, lachte kurz und sprang die Stufen zu deiner Haustür hinauf.

Ich folgte ihm, meine Schuhe klapperten schön hell auf den

Fliesen. Die riesige Tür schleifte auf dem dicken Teppich, als Tom sie öffnete und ein sattgelb tapezierter Flur, mit goldenem Kleeblattmuster, und ein roter Teppich, der die ganze Treppe hinaufführte, zum Vorschein kamen.

»Tom, was machen wir hier?«

Tom legte einen Finger an die Lippen und winkte mich nach oben. Auf dem Treppenabsatz des zweiten Stocks blieb er stehen und fummelte an den Schlüsseln herum. Wir standen vor einer weißen Tür, daneben war ein kleines gold gerahmtes Schild: *P. E. Hazlewood.* Deine Tür. Wir standen vor deiner Tür und Tom hatte die Schlüssel.

Mein Mund war jetzt trocken und mein Herz schlug heftig. »Tom«, begann ich wieder, aber er hatte schon die Tür geöffnet und wir waren in deiner Wohnung.

Er ließ die Tür zufallen, ohne das Licht anzumachen, und für einen Moment glaubte ich, du wärst doch da, dass Tom ausrufen würde: »Überraschung!«, und du blinzelnd in den Flur kommen würdest. Du wärst natürlich erschrocken, aber du würdest dich schnell erholen und bald wieder liebenswürdig sein wie immer, zu trinken anbieten, uns willkommen heißen, reden bis in die frühen Morgenstunden, während wir in getrennten Sesseln saßen und dir bewundernd zuhörten. Aber das Einzige, was ich hörte, war Toms Atmen. Ich stand in der Dunkelheit, meine Haut prickelte, als Tom näher kam.

»Er ist nicht hier, oder?«, flüsterte ich.

»Nein«, sagte Tom. »Nur wir.«

Als Tom mich das erste Mal geküsst hatte, hatte er seinen Mund so fest auf meinen gedrückt, dass ich seine Zähne gespürt hatte. Diesmal waren seine Lippen sanfter. Gerade als ich den Arm um seinen Hals legen wollte, zog er sich zurück und machte das Licht an.

Seine Augen waren tiefblau und ernst. Er sah mich eine ganze Weile an, als wir da in deinem Flur standen, und ich sonnte mich in der Aufmerksamkeit dieses Blicks. Ich hätte mich am liebsten hingelegt und darin geschlafen, Patrick.

Dann grinste er. »Du musst dir alles ansehen«, sagte er. »Los, komm, ich zeig dir alles.«

Ich folgte ihm benommen. Mein ganzer Körper war noch wie betäubt von dem Blick, den Küssen. Aber ich erinnere mich, dass es in deiner Wohnung sehr warm war. Du hattest damals schon Zentralheizung und ich musste meinen Mantel und meine Angorajacke ausziehen. Die Heizkörper summten und tickten, sie waren so heiß, dass man sich daran verbrennen konnte.

Die erste Station war natürlich das Wohnzimmer. Der Raum war größer als mein Klassenzimmer, mit Fenstern, die vom Boden bis zur Decke reichten. Tom sauste herum, knipste riesige Tischlampen an und alles erschien wie im Weichzeichner: das Klavier in der Ecke; das mit Kissen vollgestopfte Chesterfieldsofa; die cremefarbenen Wände, die mit Bildern bedeckt waren, einige davon angestrahlt; der graue Marmorkamin; der Kronleuchter, an dem statt Kristalltropfen Blütenblätter aus Glas hingen und der in allen Farben leuchtete. Und (Tom deutete mit einer schwungvollen Armbewegung darauf) das Fernsehgerät.

»Tom«, sagte ich und versuchte, einen strengen Ton anzuschlagen. »Das musst du mir erklären.«

»Ist es nicht unglaublich?« Er pellte sich aus seiner Sportjacke und warf sie auf einen Sessel. »Er hat alles.«

In seinem Staunen und seiner Aufgeregtheit war er wie ein Kind. »Alles«, wiederholte er und wies erneut auf das Fernsehgerät.

»Es überrascht mich, dass er eins hat«, sagte ich. »Ich hatte gedacht, er hätte etwas gegen solche Dinge.«

»Er findet es wichtig, auf dem Laufenden zu sein.«

»Ich wette, er guckt kein Privatfernsehen.«

Es war ein hübsches Gerät: Walnussfurnier, mit Schnörkeln ober- und unterhalb des Bildschirms.

»Wieso hast du Schlüssel für seine Wohnung?«, fragte ich.

»Wollen wir was trinken?« Tom öffnete stolz deine Hausbar, in der sich reihenweise Gläser und Flaschen befanden. »Gin?«, bot er an. »Whisky? Brandy? Cognac?«

»Tom, was machen wir hier?«

»Oder wie wär's mit einem Martini?«

Ich runzelte die Stirn.

»Komm schon, Marion. Hör auf, dich wie eine Lehrerin zu benehmen, und nimm wenigstens einen Brandy.« Er hielt mir ein Glas hin. »Es ist toll hier, oder? Du kannst mir nicht erzählen, dass es dir nicht gefällt.«

Er lächelte so breit, dass ich auch lächeln musste. Wir setzten uns aufs Sofa und lachten, weil wir in deinen Kissen versanken. Sobald ich mich an den Rand meines Sitzes gekämpft hatte, blickte ich Tom an. »Also?«, sagte ich. »Was geht hier vor?«

Er seufzte. »Es ist in Ordnung. Wirklich. Patrick ist in London und er sagt immer, ich kann seine Wohnung benutzen, wenn er weg ist …«

»Kommst du oft her?«

»Natürlich«, sagte er und nahm einen großen Schluck aus seinem Glas. »Na ja, manchmal.«

Es folgte eine Pause. Ich stellte mein Glas auf deinen Couchtisch neben einen Stapel Kunstzeitschriften.

»Die Schlüssel – sind das deine?«

Tom nickte.

»Wie oft bist du –«

»Marion«, sagte er und beugte sich herüber, um mein Haar zu küssen. »Ich freue mich, dass du hier bist. Und es ist in Ordnung, glaub mir. Patrick würde wollen, dass wir herkommen.«

Sein Tonfall war merkwürdig, passte nicht zu Tom, irgendwie theatralisch, was ich damals der Anspannung zuschrieb. Ich erblickte unsere Spiegelbilder in dem hohen Fenster. Wir sahen beinahe wie ein kultiviertes junges Paar aus, das am Samstagabend etwas zusammen trank, umgeben von geschmackvollen Gegenständen und hochwertigen Möbeln. Ich versuchte, das Gefühl, dass dies alles am falschen Ort mit den falschen Menschen geschah, zu verdrängen, trank schnell meinen Drink aus und sagte zu Tom: »Zeig mir noch mehr von der Wohnung.«

Er führte mich in die Küche. Ich erinnere mich, dass du ein Gewürzregal hattest – es war das erste Mal, dass ich eines gesehen hatte – und eine Spüle mit zwei Becken und einer Abtropffläche, und die Wände waren hellgrün gekachelt. Tom konnte nicht aufhören, mich auf Dinge aufmerksam zu machen. Er öffnete die obere Tür des großen Kühlschranks. »Gefrierfach«, sagte er. »Hättest du nicht auch gerne so einen?«

Ich gab es zu.

»Er ist ein großartiger Koch, weißt du.«

Ich drückte Überraschung aus und Tom öffnete alle Schränke und zeigte mir zum Beweis, was drin war. Es gab Kupferpfannen, Schmortöpfe aus Ton, einen Satz Edelstahlschneidemesser, eines mit einer gekrümmten Klinge, das Mezzaluna genannt wurde, wie Tom erklärte, Flaschen mit Olivenöl und Weinessig, ein Buch von Elizabeth David auf dem Bord.

»Aber du kochst doch auch«, sagte ich. »Du warst beim Versorgungskorps.«

»Nicht so wie Patrick. Pastete und Kartoffelbrei ist so ziemlich alles, was ich kann.«

»Ich mag Pastete und Kartoffelbrei.«

»Einfacher Geschmack«, sagte Tom grinsend, »für eine Lehrerin.«

»Das stimmt«, sagte ich und öffnete den Kühlschrank. »Eine Tüte Fisch und Chips reicht mir völlig. Was hat er hier drin?«

»Er sagte, er würde etwas dalassen. Hast du Hunger?« Tom langte an mir vorbei nach einem Teller mit kaltem paniertem

Hähnchen. »Willst du was?« Er nahm einen Flügel und nagte das Fleisch vom Knochen. »Schmeckt gut«, sagte er und hielt mir den Teller hin. Seine Lippen glänzten.

»Dürfen wir das?«, fragte ich, aber meine Hand war schon an einer Keule.

Tom hatte recht: Es war gut. Die Panade war leicht und knusprig, das Fleisch saftig und fett.

»Das ist gut!« Toms Augen waren immer noch gierig. Er nahm ein Stück nach dem anderen, ließ sich dabei die ganze Zeit darüber aus, wie stilvoll deine Küche, wie schmackhaft das Hähnchen und wie fein dein Brandy wäre. »Wir nehmen alles«, sagte er. Und wir standen in der Küche, verschlangen dein Essen, tranken deinen Alkohol, leckten unsere fettigen Finger und kicherten.

Danach nahm Tom meine Hand und führte mich in ein anderes Zimmer. Da hatte ich schon ein paar Drinks gehabt und beim Gehen die seltsame Wahrnehmung, dass die Umgebung nicht ganz mit mir mitkam. Wir gingen nicht in dein Schlafzimmer, Patrick (obwohl ich es dir zu gern erzählen würde). Wir gingen ins Gästezimmer. Es war klein und weiß, mit einem Einzelbett, Schlüsselblumen auf der Tagesdecke, einem schlichten Spiegel über dem winzigen Kamin und einem Garderobenschrank, in dem die leeren Bügel bei unseren Schritten leicht gegeneinanderschlugen. Ein schlichtes, praktisches Zimmer.

Wir hielten uns immer noch an den Händen, als wir neben dem Bett standen, keiner von uns wagte, es direkt anzusehen. Toms Gesicht war jetzt ganz blass und ernst; seine Augen waren nicht mehr gierig. Ich dachte an ihn am Strand, wie groß und gesund und fröhlich er im Wasser war. Ich erinnerte mich daran, dass ich ihn mir als Neptun vorgestellt hatte, und erzählte ihm beinahe davon, aber etwas in seinen Augen hielt mich davon ab.

»Na ja«, sagte er.

»Ja.«

»Willst du noch was trinken?«

»Nein. Danke.«

Ich begann zu zittern.

»Kalt?«, fragte Tom und legte einen Arm um mich. »Es ist spät«, sagte er. »Wenn du gehen willst …«

»Ich will nicht gehen.«

Er küsste mein Haar, und als seine Finger über meine Wange strichen, zitterten sie. Ich drehte ihm das Gesicht zu und unsere Nasenspitzen berührten sich.

»Marion«, flüsterte er. »Ich hab das noch nie gemacht.«

Ich war schockiert von dem Geständnis und dachte, dass er vielleicht mir zuliebe den Unschuldigen spielte, damit ich mich meiner Unerfahrenheit nicht schämte. Es musste doch sicher jemanden gegeben haben, als er bei der Army war.

Wenn ich das jetzt schreibe und ihn vor mir sehe, wie er mir seine Schwäche gesteht, bin ich wieder von Liebe für ihn erfüllt. Egal, was er mir alles nicht erzählt hat; dass er den Mut hatte, das zuzugeben, war eine Heldentat.

Natürlich wusste ich nicht, wie ich auf dieses Geständnis reagieren sollte, und ich glaube, wir standen lange Nase an Nase, als wären wir zusammengefroren.

Schließlich setzte ich mich aufs Bett, schlug die Beine übereinander und sagte: »Schon gut. Wir müssen gar nichts machen, oder?« Natürlich hoffte ich, dass ihn das anspornen würde, etwas zu tun.

Stattdessen ging Tom zum Fenster, die Hände in den Taschen, und starrte hinaus in die Dunkelheit.

»Wir könnten noch etwas trinken«, schlug ich vor.

Schweigen.

»Mir hat der Abend gefallen«, sagte ich.

Schweigen.

»Noch einen Brandy?«

Schweigen.

Ich seufzte. »Ich glaube, es wird spät. Vielleicht sollte ich besser gehen.«

Da drehte Tom sich zu mir um, biss sich auf die Lippen und sah aus, als würde er gleich in Tränen ausbrechen.

»Was ist denn?«, fragte ich. Als Antwort kniete er sich neben mir hin, umklammerte meinen Leib und legte den Kopf auf meine Brust. Er drückte so fest, dass ich dachte, ich würde rückwärts aufs Bett fallen, aber es gelang mir, mich aufrecht zu halten.

»Tom«, sagte ich, »was ist los?«

Aber er sagte nichts. Ich hielt seinen Kopf an meiner Brust und strich ihm übers Haar, meine Finger blieben in seinen wunderschönen Locken hängen, wühlten darin bis zur Kopfhaut.

Ich muss dir gestehen, Patrick, ein Teil von mir wollte ihn an den Haarwurzeln hochziehen, aufs Bett werfen, ihm das Hemd vom Körper reißen und sich auf ihn stürzen. Aber ich blieb ruhig sitzen.

Er setzte sich zurück auf die Hacken, sein Gesicht war gerötet und die Augen glänzten. »Ich wollte, dass es schön für dich ist«, sagte er.

»Das ist es. Das ist es wirklich.«

Wieder folgte eine lange Pause.

»Und ich wollte dir sagen … was ich fühle.«

»Was denn, Tom?«

»Ich möchte, dass du meine Frau wirst«, sagte er.

II

29. SEPTEMBER 1957

WARUM WIEDER SCHREIBEN? Obwohl ich weiß, dass ich vorsichtig sein muss. Obwohl ich weiß, dass es Wahnsinn ist, meine Wünsche zu Papier zu bringen. Obwohl ich weiß, dass diese schrillen Typen, die unbedingt in der ganzen Stadt herumlaufen müssen, uns anderen alles verderben. (Letzte Woche habe ich Gilbert Harding in seinem scheußlichen Kabinenroller gesehen, als er gerade aus dem Fenster irgendeinem armen Jungen auf dem Fahrrad etwas zukreischte. Ich wusste nicht, ob ich lachen oder weinen sollte.)

Warum wieder schreiben? Weil heute die Dinge anders liegen. Man könnte vielleicht sogar sagen, dass alles anders geworden ist. Und deshalb sitze ich hier und schreibe dieses Tagebuch. Und das bedeutet, indiskret zu sein. Aber über ihn kann ich nicht schweigen. Ich werde keine Namen nennen – so leichtsinnig bin ich nicht –, aber das schreibe ich: Ich habe jemanden getroffen.

Warum wieder schreiben? Weil Patrick Hazlewood, vierunddreißig, nicht aufgegeben hat.

Ich denke, er ist perfekt. Sogar ideal. Und damit meine ich nicht nur seinen Körper (obwohl der auch ideal ist).

Meine Affären – so wie sie nun mal waren und es waren nur wenige – waren eher kompliziert. Schleppend. Widerwillig vielleicht. Wie andere, Charlie zum Beispiel, so verdammt unbekümmert sein können, ist mir ein Rätsel. Die Jungen vom Strich haben ihre Reize, aber es ist alles so – ich will nicht sagen schmutzig, das meine ich nicht – *flüchtig*. Wunderbar, schrecklich flüchtig.

Ich werde das hier verbrennen, nachdem ich es geschrieben habe. Etwas zu Papier zu bringen ist das eine; es herumliegen zu lassen, sodass jedes Paar Augen es verschlingen kann, ist etwas ganz anderes.

Es begann mit einer mittelalterlichen Dame, die auf dem Gehsteig saß. Ich ging die Marine Parade entlang. Es war ein heiterer, warmer Spätsommermorgen. Ein Dienstag. Zeit: ungefähr sieben Uhr dreißig morgens. Früh für mich, aber ich war auf dem Weg ins Museum, um einige Schreibarbeit nachzuholen. Während ich dort entlangspazierte und dachte, wie angenehm die Stille und Einsamkeit war, und schwor, jeden Tag eine Stunde früher aufzustehen, sah ich, wie ein Auto – es war ein cremefarbener Ford, ganz sicher – gegen den Reifen eines Fahrrades stieß. Nur ganz sanft. Es dauerte ein bisschen, bevor das Fahrrad so schwankte, dass die Fahrerin mit gespreizten Händen, die Beine in die Reifen verheddert, auf den Gehsteig kippte. Das Auto fuhr achtlos weiter und überließ es mir, zu der notleidenden Frau zu eilen.

Als ich bei ihr war, saß sie schon auf der Bordkante, deshalb wusste ich, dass sie nicht ernsthaft verletzt war. Sie sah aus, als wäre sie in den Vierzigern, und ihr Korb und die Lenkstange waren schwer mit Taschen aller Art beladen – Netz, Papier, ein Behältnis aus Canvas –, deshalb war es nicht verwunderlich, dass sie das Gleichgewicht verloren hatte. Ich berührte ihre Schulter und fragte, ob alles in Ordnung sei.

»Wonach sieht es aus?«, bellte sie. Ich trat einen Schritt zurück. Ihre Stimme war hasserfüllt.

»Natürlich haben Sie einen Schock.«

»Eine Stinkwut habe ich. Der Scheißkerl hat mich runtergestoßen.«

Sie bot einen jämmerlichen Anblick. Ihre Brille hing auf einer Seite, ihr Hut saß schief.

»Glauben Sie, dass Sie aufstehen können?«

Sie verzog den Mund. »Wir müssen die Polizei holen. Wir brauchen die Polizei, sofort!«

Da ich merkte, dass ich keine Wahl hatte und mich ihren Wünschen fügen musste, rannte ich zum nächsten Polizeihäuschen Ecke Bloomsbury Place. Ich dachte, ich könnte von dort aus anrufen, sie bei einem diensthabenden Verkehrspolizisten lassen und den Rest des Tages weitermachen wie geplant.

Ich habe nie viel Geduld mit unseren Jungs in Blau gehabt. Habe immer ihre brutale Art verachtet, ihre stämmigen Körper, die in dicke Wolle gezwängt sind, die lächerlichen Helme, die auf ihre Köpfe gestülpt sind wie schwarze Marmeladengläser.

Was sagte doch ein Polizist über den Vorfall im Napoleon, wo ein Junge mit einer bis auf die Knochen aufgeschnittenen Gesichtshälfte zurückgelassen wurde? »Die verdammte Schwuchtel kann froh sein, dass sie nicht mehr abgeschnitten haben.« Ich glaube, das waren genau seine Worte.

Deshalb war mir der Gedanke, einem Polizisten gegenüberzutreten, nicht angenehm. Ich wappnete mich für den abschätzenden Blick von oben bis unten, die hochgezogenen Augenbrauen als Reaktion auf meine Stimme. Die geballten Fäuste als Reaktion auf mein Lächeln. Der frostige Umgang als Reaktion *auf meine Nasenspitze.*

Aber der junge Mann, der aus dem Häuschen trat, war ganz, ganz anders. Ich sah es sofort. Zuerst einmal war er richtig groß, mit Schultern, die aussahen, als könnten sie das Gewicht der ganzen Welt tragen, und trotzdem waren sie wohlgeformt. Kein bisschen massig. Ich dachte sofort an den wunderbaren griechischen Jungen mit dem abgebrochenen Arm im British Museum. Wie er vor Schönheit und Kraft strahlt, die Wärme des Mittelmeers ausstrahlt (und trotzdem perfekt in die britische Umgebung passt!). Dieser Junge war genauso. Die schreckliche Uniform konnte ihm nichts anhaben, unter dem rauen schwarzen Wollstoff der Jacke pulsierte das volle Leben. Ich sah es sofort.

Wir sahen uns ganz kurz an, er mit ernster Miene, ich völlig sprachlos.

»Guten Morgen«, sagte er, während ich versuchte mich zu erinnern, was ich wollte. Warum ich überhaupt einen Polizisten ausfindig gemacht hatte.

Schließlich stammelte ich: »Ich brauche Ihre Hilfe, Officer.«

Das waren genau meine Worte. Und Gott weiß, ich meinte es genau so. Ich flehte um Hilfe, wollte beschützt werden. Jetzt erinnert es mich daran, wie Charlie und ich in der Schule Freunde wurden. Ich ging aus Verzweiflung zu ihm, weil ich dachte, er könnte mir helfen, der Schikane ein Ende zu machen. Und er lehrte mich, es nicht so schwer zu nehmen. Charlie hatte immer so eine lässige Art, die alle veranlasste, sich zurückzuhalten – etwas wie »leck mich am Arsch«, wie er es ausdrücken würde –, das habe ich immer gemocht. Mochte es und wünschte, ich könnte auch so sein.

»Es gab einen Unfall«, fuhr ich fort. »Eine Dame ist vom Fahrrad gefallen. Ich bin sicher, es ist nichts Ernstes, aber –«

»Zeigen Sie mir den Weg.« Trotz seiner Jugend klang er kompetent. Und er ging äußerst energisch und entschlossen, runzelte jetzt leicht die Stirn und stellte mir alle notwendigen Fragen – war ich der einzige Zeuge? Was hatte ich gesehen? Welche Marke war das Auto? Hatte ich einen Blick auf den Fahrer werfen können? Während ich seinen großen Schritten folgte, antwortete ich, so gut ich konnte, denn ich wollte ihm alle Informationen liefern, die er brauchte.

Als wir bei der Frau ankamen, saß sie noch immer auf dem Gehsteig, aber ich bemerkte, dass sie wieder genug Kraft hatte, um ihre Taschen um sich zu sammeln. Sobald sie meinen Polizisten sah, änderte sich ihr Verhalten vollkommen. Plötzlich strahlte sie übers ganze Gesicht. Sie sah zu ihm auf, mit glühenden Augen, frisch geleckten Lippen, und erklärte, mit ihr sei alles ganz in Ordnung, vielen Dank.

»Oh nein, Officer, das ist ein Missverständnis gewesen«, sagte sie, ohne auch nur in meine Richtung zu blicken. »Das Auto kam nahe heran, aber es hat mich nicht *erwischt*, ich bin von den Pedalen abgerutscht – das liegt an diesen Schuhen«, sie zeigte ihre abgetragenen schwarzen Pumps, als wären es feine hochhackige Riemchenschuhe, »und ich war ein bisschen perplex, Sie wissen, wie das ist, Officer, früh am Morgen …«

Und sie redete und redete, schwatzte vor sich hin wie ein aufgeregter Spatz. Mein Polizist nickte, mit gelassenem Gesichtsausdruck, während sie ihren Unsinn brabbelte.

Als sie Dampf abgelassen hatte, fragte er: »Also Sie sind nicht runtergestoßen worden?«

»Kein bisschen.«

»Und es geht Ihnen gut?«

»Ich fühle mich pudelwohl.«

Sie streckte ihm die Hand aus, damit er ihr aufhalf. Er tat ihr den Gefallen, das Gesicht immer noch ausdruckslos.

»Es war schön, Sie kennengelernt zu haben, Officer.« Sie stieg jetzt auf ihr Fahrrad, strahlte für England.

Mein Polizist schenkte ihr ein Lächeln. »Passen Sie auf, wohin Sie fahren«, sagte er und wir standen beide und sahen zu, wie sie davonradelte.

Er wandte sich zu mir, und bevor ich mit irgendeiner Erklärung beginnen konnte, sagte er: »Verrückter alter Vogel, was?«, und grinste ein bisschen auf eine Art, wie sie jungen Polizisten während der Probezeit ganz sicher ausgetrieben werden soll.

Er vertraute vollkommen auf das, was ich ihm gesagt hatte. Er glaubte mir, nicht ihr. Und er vertraute mir schon so, dass er eine Dame in meiner Gegenwart beleidigte.

Ich lachte. »Nicht gerade ein schwerwiegender Vorfall …«

»Die sind selten, Sir.«

Ich streckte die Hand aus. »Patrick Hazlewood.«

Ein Zögern. Er betrachtete meine ausgestreckte Hand. Ich überlegte kurz, ob es irgendeine Vorschrift gab, die Polizisten körperlichen Kontakt – außer gewaltsamer Art – mit der Öffentlichkeit verbot.

Dann nahm er meine Hand und sagte mir seinen Namen.

»Ich muss sagen, Sie haben das großartig geregelt«, wagte ich zu äußern.

Zu meiner großen Überraschung färbten sich seine Wangen zartrosa. Ungeheuer rührend.

»Danke, Mr Hazlewood.«

Ich zuckte zusammen, hütete mich aber, in diesem frühen Stadium darauf zu bestehen, dass wir uns beim Vornamen nannten.

»Ich vermute, Sie haben viel mit solchen Vorfällen zu tun? Mit schwierigen Leuten?«

»Manchmal.« Er machte eine kurze Pause, bevor er hinzufügte: »Nicht so viel. Ich bin noch neu. Ich bin erst ein paar Wochen hier.«

Wieder war ich gerührt von seinem unmittelbaren, bedingungslosen Vertrauen. Er ist nicht wie die anderen. Hat mich nicht ein einziges Mal auf diese abschätzende Art angesehen. Ließ sich nicht das Geringste anmerken, als er meine Stimme hörte. Machte nicht dicht. Er war offen. Er blieb offen.

Er dankte mir für meine Hilfe und wandte sich zum Gehen.

Das war vor zwei Wochen.

Am Tag nach dem sogenannten Unfall ging ich wieder an seinem Polizeihäuschen vorbei. Keine Spur von ihm. Ich schwebte immer noch. Die Mädchen im Museum hatten alle Bemerkungen gemacht. »Sie sind heute so aufgekratzt, Mr H.« Und das war ich. Pfiff Bizet, wo ich auch ging. Ich wusste: Das war es. Ich wusste es einfach. Es war nur eine Frage der Zeit. Davon, es richtig anzugehen. Nichts zu überstürzen. Ihn nicht zu verschrecken. Ich wusste, wir könnten Freunde sein. Ich wusste, ich könnte ihm geben, was er wollte. Auf lange Sicht. Mir ist klar, dass man im Argyle schneller und sicherer zu seinem Vergnügen kommt. Oder (Gott behüte) im Spotted Dog. Und es ist nicht so, dass ich etwas gegen diese Orte hätte. Es ist der Konkurrenzkampf, der mich fertigmacht. All die reichen Schwulen, die sich gegenseitig anstarren, sich für den Abend positionieren, sich ein Anrecht auf alles sichern, was durch die Tür kommt. Oh, es kann Spaß machen (ich erinnere mich besonders an einen Matrosen aus Portsmouth mit einem schielenden Auge und massigen Oberschenkeln). Aber ich will … na ja, es ist eigentlich ganz einfach. Ich will mehr.

Also. Tag zwei. Konnte in der Burlington Street kurz einen Blick auf ihn werfen, aber er war so weit weg, dass man hätte laufen müssen, um ihn zu erwischen. Und das wollte ich nicht. Ich pfiff immer noch – vielleicht ein bisschen leiser; schwebte – vielleicht ein bisschen tiefer.

Tag drei: Da war er, ging gerade vom Häuschen los. Ich beeilte mich, um ihn einzuholen, aber ich lief nicht. Ich ging eine Weile hinter ihm – in einem Abstand von ungefähr hundert Metern–, betrachtete seine schlanke Taille, seine blassen Handgelenke, als er mir zuwinkte, als er mit großen Schritten die Straße hinunterging. Ihm etwas zuzurufen wäre grob gewesen. Unerwünscht. Aber ich konnte wirklich nicht schneller gehen. Schließlich ist er Polizist; ich glaube nicht, dass es ihm gefallen würde, von irgendjemandem beschattet zu werden.

Also ließ ich ihn gehen. Ein ganzes Wochenende des Wartens lag vor mir. Ich hatte natürlich nicht daran gedacht, dass Polizisten sich nicht an die Arbeitszeiten von einfachen Sterblichen halten, und war überhaupt nicht darauf vorbereitet, ihm in der St. Georges Road zu begegnen, als ich unterwegs war, um mir eine Zeitung zu kaufen. Der Tag: Samstag. Die Zeit: circa elf Uhr dreißig. Wieder ein warmer Tag Anfang September, strahlend hell. Er kam auf mich zu, am Rand des Gehsteigs. Sobald ich die Uniform sah, ging mein Puls schneller. So war es mir die ganze Woche gegangen – beim Anblick einer Polizeiuniform wurde mir ganz heiß. Wenn das so weiterging, konnte es gefährlich werden.

Ich dachte: Ich blicke kurz in seine Richtung, und wenn er mich nicht ansieht, ist es zu Ende. Ich überlasse es ihm. Er kann den Blick erwidern oder weitergehen. Aus jahrelanger Erfahrung weiß ich, dass es am sichersten ist, sich so zu verhalten. Am besten keinen Ärger herausfordern, dann bekommt man auch keinen. Und den Blick eines Polizisten unbedingt auf sich ziehen zu wollen, ist eine besonders riskante Angelegenheit.

Ich warf ihm also einen kurzen Blick zu. Und er sah mich direkt an.

»Morgen, Mr Hazlewood«, sagte er.

Kein Zweifel, dass ich strahlte, als wir dastanden und ein paar Nettigkeiten über das milde Wetter austauschten. Seine Stimme ist hell. Nicht hoch, aber keine ernste Polizistenstimme. Sie war leise und weich, wie sehr guter Pfeifenrauch.

»Ruhiger Morgen bisher?«, fragte ich. Er nickte.

»Keine Probleme mehr mit unserer Fahrradfahrerin?«

Er lächelte ein bisschen, schüttelte den Kopf.

»So macht die Arbeit vermutlich am meisten Spaß«, sagte ich und versuchte, unsere Unterhaltung in die Länge zu ziehen. »Einfach herumzuspazieren, wenn alles in Ordnung ist.«

Er sah mich an und machte plötzlich ein ernstes Gesicht. »Oh nein. Ich brauche einen Fall. Niemand nimmt einen ernst, bevor man nicht einen Fall gehabt hat.«

Ich glaube, er versucht, ein ernsthafter junger Mann zu sein. Er möchte unbedingt Eindruck machen, das Richtige sagen. Das passt nicht ganz zu seinem Grinsen, zu dem Temperament hinter der Uniform, das ich spüre.

Es entstand eine Pause, bevor er fragte: »Was sind Sie – von Beruf?«

Er hat einen hübschen Brightoner Akzent, überhaupt kein Upperclass-Englisch, ändert daran auch nicht das Geringste aus Rücksicht auf mich.

»Ich arbeite im Museum. In der Kunstsammlung. Und ich male, ein bisschen.«

Seine Augen leuchteten auf. »Sie sind ein Künstler?«

»Sozusagen. Aber das ist nicht im Entferntesten so spannend wie Ihre Arbeit. Dafür zu sorgen, dass es friedlich ist. Die Straßen sicher machen. Kriminelle aufgreifen …«

Es entstand wieder eine Pause, bevor er lachte. »Sie machen Witze.«

»Nein. Das meine ich vollkommen ernst.« Ich sah ihn direkt an und er blickte weg, murmelte etwas wie, dass er weitermüsse, und wir trennten uns.

Es bewölkte sich. Den ganzen Tag machte ich mir Sorgen, dass ich eine Grenze überschritten hatte, dass ich zu viel gesagt hatte, zu einschmeichelnd war, zu eifrig. Am Sonntag regnete es und ich verbrachte die Zeit damit, aus dem Fenster auf das glatte, graue Meer zu blicken, schlecht gelaunt, weil ich meinen Polizisten verloren hatte.

In schlechter Laune bin ich richtig gut. Das war schon in der Schule so.

Montag. Tag sechs. Nichts. Als ich durch Kemp Town gehe, senke ich den Kopf, weil ich nicht durch irgendeine Art von Uniform in Aufregung geraten will.

Dienstag. Der siebte Tag. Als ich die St. Georges Road entlanggehe, höre ich Schritte hinter mir, schnell und zielstrebig. Instinktiv wollte ich die Straße überqueren, hielt aber an, als ich eine Stimme hörte.

»Morgen, Mr Hazlewood.«

Unverkennbar der Pfeifenrauchklang. Ich war so überrascht, dass ich mich sofort herumdrehte und sagte: »Bitte. Sagen Sie Patrick zu mir.«

Da war wieder das Grinsen, das sich für Polizisten nicht gehört. Seine Wangen leicht gerötet. Ein Zeichen äußerster Aufmerksamkeit bei ihm.

Das Grinsen veranlasste mich weiterzumachen: »Ich habe gehofft, dich zu treffen.« Ich passte mich seinen Schritten an. »Ich arbeite an einem Projekt. Bilder von normalen Leuten. Lebensmittelhändler, Postboten, Landwirte, Verkäuferinnen Polizisten und dergleichen.«

Er sagte nichts. Unsere Schritte hatten jetzt in etwa den gleichen Rhythmus, obwohl ich schnell gehen musste, um mit seinen großen Schritten mitzuhalten.

»Und du wärst ein perfektes Modell.« Ich wusste, das ging alles viel zu schnell; aber wenn ich einmal angefangen habe zu reden, kann ich mich immer nicht bremsen. »Ich arbeite gerade an einigen Studien, aus dem Leben, mit geeigneten Leuten, so wie dir, und vergleiche sie mit alten Porträts – normale Leute aus Brighton, das muss ins Museum – das brauchen wir – findest du nicht? Wirkliche Menschen, statt all der aufgeblasenen Typen.«

An der Haltung seines Kopfes sah ich, dass er aufmerksam zuhörte.

»Ich hoffe, dass es ins Museum kommt. Gezeigt wird. Es ist Teil meines Aktionsprogramms, mehr Leute ins Museum zu holen … das heißt mehr normale Leute. Ich glaube, wenn sie dort Leute sehen, die sind wie sie, werden sie eher hineingehen wollen.«

Er hielt an und sah mich an. »Was hätte ich zu tun?«

Ich atmete aus. »Überhaupt nichts. Du sitzt einfach da. Ich zeichne. Im Museum, wenn du willst. Ein paar Stunden deiner Zeit.« Ich versuchte, meinen Gesichtsausdruck möglichst offen zu halten. Es gelang mir sogar, eine lässige Handbewegung zu machen. »Liegt natürlich ganz bei dir. Ich dachte nur, weil ich dich getroffen habe …«

Da nahm er seinen Helm ab und ich sah zum ersten Mal seine Haare, seine Haare und seine edle Kopfform. Das brachte mich beinahe aus der Fassung. Die Haare sind ganz lockig, kurz geschnitten, aber voller Leben. Eine kleine Delle verlief um seinen Kopf herum, wo der hässliche Helm gesessen hatte. Er rieb sich am Hinterkopf, als wollte er die Linie ausradieren, und setzte dann den Helm wieder auf.

»Na ja«, sagte er. »Ich bin noch nie gebeten worden, Modell zu stehen!«

Da hatte ich Angst. Angst, dass er mich durchschaute und sich vollkommen verschloss.

Stattdessen lachte er kurz und sagte: »Wird mein Bild im Museum hängen?«

»Also, vielleicht, ja. Warum nicht?«

Wir gaben uns die Hand – seine war groß und kühl –, vereinbarten einen Termin und trennten uns.

Beim Weggehen begann ich zu pfeifen und musste mich bremsen. Dann hätte ich mich fast noch einmal über die Schulter umgesehen (jämmerliche Kreatur!) und musste mich auch davon abhalten.

Den Rest des Tages hörte ich nichts mehr außer dem »Ja« meines Polizisten.

30. SEPTEMBER 1957

ES IST SCHON SEHR SPÄT und ich kann nicht schlafen. Dunkle Gedanken – böse Gedanken – treiben mich um. Ich habe immer wieder daran gedacht, den letzten Eintrag zu verbrennen. Aber ich kann nicht. Was sonst lässt ihn wirklich werden außer meinen Worten auf Papier? Da niemand davon weiß, wie kann ich mich sonst von seiner tatsächlichen Existenz, von meinen tatsächlichen Gefühlen überzeugen?

Es ist eine schlechte Angewohnheit, alles aufzuschreiben. Manchmal denke ich, es ist ein armseliger Ersatz für das wirkliche Leben. Jedes Jahr entrümpele ich – verbrenne das meiste. Sogar Michaels Briefe habe ich verbrannt. Ich wünschte, ich hätte es nicht getan.

Seitdem ich meinen Polizisten getroffen habe, bin ich entschlossener denn je, dass mich nichts wieder in das dunkle Zimmer zurückbringen kann. Es ist fünf Jahre her, dass ich Michael verloren habe, und ich werde mir nicht den Luxus leisten, mich noch dort aufzuhalten.

Mein Polizist ist ganz anders als Michael. Das ist eines der vielen Dinge, die ich an ihm liebe. Wenn ich an meinen Polizisten denke, fallen mir die Worte *Licht* und *Freude* ein.

Ich werde nicht wieder in das dunkle Zimmer gehen. Arbeiten hat geholfen. Feste, regelmäßige Arbeit. Malen ist gut und schön, wenn man aushalten kann zu versagen, wochenlang zu warten, bis man eine gute Idee hat, meterweise schrecklichen Mist zu produzieren, bevor man etwas Anständiges zustande bringt. Nein. Was man braucht, sind regelmäßige Zeiten. Kleine Aufgaben. Kleine Belohnungen.

Deshalb ist mein Polizist natürlich gefährlich, trotz *Licht* und *Freude.*

Michael und ich, wir haben immer getanzt. Jeden Mittwochabend. Ich habe ihm immer alles recht gemacht. Feuer im Kamin gemacht. Dinner gekocht (er liebte alles mit Sahne und Butter. All diese französischen Soßen – *sole au vin blanc, poulet au gratin à la crème landaise?* Und zum Abschluss, wenn ich die Zeit gehabt hatte, *Saint Émilion au chocolat*). Eine Flasche roten Bordeauxwein. Die Laken frisch und sauber, ein Handtuch zurechtgelegt. Ein frisch gebügelter Anzug. Und Musik. All der sentimentale Zauber, den er liebte. Zuerst Caruso (ich habe ihn immer gehasst, aber Michael zuliebe ertragen). Dann sang Sarah Vaughan »The Nearness of You«. Wir klammerten uns aneinander, schoben über den Teppich wie ein Ehepaar, seine Wange glühend an meiner. Mittwoche waren Luxus. Das weiß ich. Das galt für ihn wie für mich. Ich kochte ihm sein Lieblingsessen mit viel Butter (was meinen Magen ganz durcheinanderbrachte), summte »Danny Boy« mit, und er revanchierte sich dafür, indem er Arm in Arm mit mir tanzte. Erst wenn alle Platten gespielt, die Kerzen zu Wachsseen heruntergebrannt waren, zog ich ihn langsam aus, hier im Wohnzimmer, und wir tanzten wieder, nackt, ganz still, außer unserem schneller werdenden Atem.

Aber das war vor langer Zeit.

Er ist so jung.

Ich weiß, dass ich nicht alt bin. Und weiß Gott, durch meinen Polizisten fühle ich mich wieder wie ein Junge. Wie der Neunjährige, der durch das Geländer vor dem Haus seiner Eltern in London zu dem Schlachterjungen spähte, der bei den Nachbarn etwas abgab. Es waren seine Knie. Dick, aber schön geformt, mit Schorf bedeckt, aufregend unbehandelt. Einmal hat er mich den ganzen

Weg zu den Läden hinten auf seinem Fahrrad mitgenommen. Ich zitterte, als ich mich am Sitz festhielt und seinen kleinen Arsch auf und ab hüpfen sah, wenn er die Pedale trat. Ich zitterte, aber ich fühlte mich stärker, mächtiger als jemals in meinem ganzen Leben.

Hören Sie zu. Schlachterjungen.

Ich sage mir, dass mein Alter in diesem Fall ein Vorteil ist. Ich bin erfahren. Gut situiert. Ich darf nur niemals onkelhaft sein. Eine alte Tunte mit einem jungen Kerl, der an jeder seiner Pfundnoten hängt. Wird mir das passieren? Wird das aus mir werden?

Ich muss jetzt schlafen.

I. OKTOBER 1957

SIEBEN UHR MORGENS.

Es geht mir besser heute Morgen. Ich schreibe dies beim Frühstück. Heute kommt er. Mein Polizist ist lebendig und gesund und er kommt zu mir ins Museum.

Ich darf nur nicht zu eifrig sein. Es ist wichtig, eine professionelle Distanz zu wahren. Zumindest für eine Weile.

Bei der Arbeit gelte ich als Gentleman. Ich glaube nicht, dass es eine boshafte Andeutung ist, wenn sie sagen, dass ich »kunstsinnig« sei. Es ist von Vorteil, dass die meisten junge Frauen sind, viele davon haben Besseres zu tun, als sich mit meinem Privatleben zu beschäftigen. Die ruhige, loyale, geheimnisvolle Miss Butters – für mich Jackie – hält zu mir. Der Direktor, Douglas Houghton – na ja. Verheiratet. Zwei Kinder, das Mädchen auf der Roedean Schule. Mitglied des Hove Rotary Clubs. Aber John Slater erzählte mir, dass er sich aus der Zeit in Cambridge an Houghton erinnert, wo er angeblich ein entschiedener Ästhet war. Egal. Das ist seine Sache und er hat mir gegenüber nicht die geringste Andeutung gemacht, dass er über meine Homosexualität Bescheid weiß. Wir tauschen nicht mal einen Blick, der nicht vollkommen offiziell und korrekt ist.

Wenn mein Polizist kommt, werde ich ihm von meinem Aktionsprogramm erzählen, dass ich unten in der Eingangshalle eine Reihe von Mittagskonzerten veranstalten will, bei denen der Eintritt für alle frei ist. Musik, die während des Mittagsbetriebes bis zur Church Street dringt. Ich werde sagen, dass ich an Jazz denke, auch wenn ich weiß, dass alles unmöglich ist, was ausgefallener ist als Mozart. Die Leute werden stehen bleiben und zuhören, sich hineinwagen und sich vielleicht unsere Kunstsammlung ansehen, während sie da sind. Ich kenne viele Musiker, die sich über die Publicity freuen würden, und was kostet es, ein paar Stühle in die Halle zu stellen? Aber es gibt Widerstand bei denen da oben (das werde ich betonen). Nach Houghtons Ansicht sollte ein Museum ein »friedlicher Ort« sein.

»Es ist keine Bibliothek, Sir«, bemerkte ich, als wir letztes Mal unsere übliche Diskussion über das Thema hatten. Wir tranken gerade Tee nach unserer monatlichen Besprechung.

Er hob die Augenbrauen. Blickte in seine Tasse. »Ist es das nicht? Eine Art Bibliothek für Kunst und Kunstgegenstände? Ein Ort, wo schöne Objekte geordnet und der Öffentlichkeit zugänglich gemacht werden?« Er rührte triumphierend. Klopfte mit dem Löffel an den Tassenrand.

»Schön gesagt«, räumte ich ein. »Ich meinte nur, dass es nicht still sein muss. Es ist kein Ort der Andacht …«

»Ist es das nicht?«, begann er wieder. »Ich will nicht gotteslästerlich sein, Hazlewood, aber sind schöne Objekte nicht dazu da, um verehrt zu werden? Das Museum gewährt Ruhe vor den Problemen des täglichen Lebens, oder nicht? Frieden und stille Betrachtung gibt es hier für die, die danach suchen. Ein bisschen wie in der Kirche, meinen Sie nicht?«

Aber nicht im Entferntesten so erdrückend, dachte ich. Was auch immer dieser Ort gewährt, hier wird keiner verurteilt.

»Absolut richtig, Sir, aber mir liegt daran, die Attraktivität des Museums zu erhöhen. Es für die zugänglich, sogar attraktiv zu machen, die normalerweise nicht solche Erfahrungen suchen würden.«

Aus seiner Kehle kam ein tiefes, gurgelndes Geräusch. »Äußerst bewundernswert, Hazlewood. Ja. Der Meinung sind wir alle, da bin ich sicher. Aber denken Sie daran, Sie können das Pferd zum

Wasser führen, aber Sie können das Vieh nicht zum Trinken bewegen. Hmm?«

Ich werde etwas verändern. Houghton hin oder her. Und ich werde dafür sorgen, dass mein Polizist davon erfährt.

Sieben Uhr abends.

An einem Regentag ist im Museum immer viel los und heute floss das Wasser die Church Street hinunter, spülte gegen Auto- und Fahrradreifen, durchnässte Schuhe und bespritzte Strümpfe. Und so kamen sie herein, mit feuchten, glänzenden Gesichtern, die Kragen dunkel vom Regen, und suchten Schutz. Sie schoben durch die klemmenden Türen, schüttelten sich, stopften ihre Regenschirme in den dampfenden Ständer, steuerten einen trockenen Platz an. Dann standen sie da und tropften auf die Fliesen, sahen kurz die Ausstellungsstücke an, immer mit einem Auge zum Fenster, in der Hoffnung, dass sich das Wetter änderte.

Ich wartete oben. Letzten Winter hatte ich einen Gasofen in meinem Büro installieren lassen. Ich überlegte, ihn anzumachen, um den Raum an so einem düsteren Tag ein bisschen freundlicher zu machen, entschied dann aber, dass es unnötig war. Das Büro genügte, würde ihn genug beeindrucken. Mahagonischreibtisch, Drehstuhl, großes Fenster zur Straße. Ich räumte einige Papiere vom Sessel in der Ecke, damit er eine Sitzgelegenheit hatte, und gab Jackie Anweisung, um halb fünf Tee zu machen. Ich war noch eine Weile mit einem Stapel Briefe beschäftigt, aber hauptsächlich beobachtete ich, wie der Regen die Fensterscheiben hinunterlief. Sah auch immer wieder auf meine Armbanduhr. Aber ich hatte keinen Plan, wie ich vorgehen würde. Ich wusste nicht genau, was ich zu meinem Polizisten sagen würde. Ich vertraute darauf, dass wir irgendwie einen guten Start hatten und klar werden würde, wie es weiterginge. Wenn er erst einmal hier, in diesem Zimmer wäre, würde alles gut werden.

Es war genau vier Uhr, als Bill vom Empfangstresen mich informierte, dass mein Polizist eingetroffen war. Ob er ihn raufschicken sollte. Obwohl ich wusste, dass es am vernünftigsten gewesen wäre, ihn direkt herauf zu mir in mein Büro kommen zu lassen, um jede mögliche Aufmerksamkeit anderer Mitarbeiter zu vermeiden, sagte ich nein. Ich würde hinuntergehen und ihn holen.

Na ja, ich wollte angeben. Ihm alles zeigen. Die geschwungene Treppe mit ihm hinaufgehen.

Da er nicht seine Uniform trug, brauchte ich ein paar Sekunden, um ihn ausfindig zu machen. Er bewunderte gerade die riesige Katze in der Eingangshalle. Die Arme verschränkt, der Rücken gerade. Er sah ohne die silbernen Knöpfe und den hohen Helm viel jünger aus. Und er gefiel mir so noch besser. Weiche Sportjacke (an den Schultern durchnässt), helle Hose, keine Krawatte. Der Hals unbedeckt. Die Haare glatt vom Regen. Er sah wie ein Junge aus und plötzlich kam mir der Gedanke, einen schrecklichen Fehler gemacht zu haben. Beinahe beschloss ich, ihn mit irgendeiner Entschuldigung nach Hause zu schicken. Er war zu jung. Zu verletzlich. Und viel zu schön.

Das alles ging mir durch den Kopf, während ich auf der unteren Stufe stand und einen Moment beobachtete, wie er die Katze betrachtete.

»Füttere sie mit Geld, dann schnurrt sie«, sagte ich und ging zu ihm. Ich streckte geschäftsmäßig die Hand aus und er nahm sie ohne Zögern. Sofort überlegte ich es mir anders. Dies war kein Fehler. Ihn nach Hause schicken war das Letzte, was ich tun würde.

»Ich freue mich, dass du kommen konntest«, sagte ich. »Bist du schon mal hier gewesen?«

»Nein. Ich meine – ich *glaube* nicht …«

Ich winkte ab. »Warum solltest du? Muffige alte Bude. Aber ich nenne es Zuhause – sozusagen.«

Ich musste mich bremsen, nicht zwei Stufen auf einmal nehmend die Treppen hinaufzuspringen, während er mir nach oben folgte.

»Wir haben ein paar hervorragende Ausstellungen, aber ich nehme nicht an, dass du Zeit hast …«

»Reichlich Zeit«, sagte er. »An Wochentagen Frühschicht. Um sechs anfangen, um drei frei.«

Was sollte ich ihm zeigen? Es ist schließlich nicht das British Museum. Ich wollte ihn beeindrucken, aber ich wollte es nicht übertreiben. Mein Polizist sollte lieber etwas Schönes sehen, beschloss ich, als etwas Anspruchsvolles oder Ungewöhnliches.

»Gibt es irgendetwas, was du dir gerne ansehen würdest?«, fragte ich, als wir den ersten Stock erreichten.

Er rieb sich die Nase. Zuckte mit den Schultern. »Ich weiß nicht viel über Kunst.«

»Das musst du nicht. Das ist das Wunderbare daran. Es geht darum, darauf zu reagieren. Sie zu erleben, könnte man sagen. Es hat nicht wirklich etwas mit Wissen zu tun.«

Ich führte ihn in den Raum mit den Aquarellen und Stichen. Das Licht war trübe, leicht grau, und wir waren allein, abgesehen von einem alten Herrn, der mit der Nase beinahe die Glasvitrine berührte.

»Der Meinung bin ich nicht«, sagte er grinsend. Er senkte jetzt die Stimme, als wir bei den Kunstwerken waren, wie fast jeder es tat. Es ist für mich immer gleichermaßen eine große Freude und ein Geheimnis zu sehen, wie die Menschen ihr Verhalten ändern, wenn sie hierherkommen. Ich weiß immer nicht, ob es tatsächlich Ehrfurcht ist oder ob sie sich nur sklavisch an eine Konvention halten, wie man sich in einem Museum verhält. So oder so. Die Stimmen werden gedämpft, Schritte verlangsamt, Lachen unterdrückt. Sie sind irgendwie versunken. Ich denke immer, dass sich die Leute im Museum in sich zurückziehen und dennoch ihre Umgebung stärker wahrnehmen. Bei meinem Polizisten war das nicht anders.

»Und wo hast du diese Meinung her?«, fragte ich, wippte auf den Absätzen, lächelte zurück und senkte ebenfalls die Stimme. »Aus der Schule? Der Zeitung?«

»Einfach die allgemeine Vorstellung. Du weißt schon.«

Ich zeigte ihm mein Lieblingsstück in der Sammlung, eine Skizze von Turner. Natürlich voll donnernder Wellen und tosender Gischt. Aber ganz zart, in Turners Stil.

Er nickte. »Es ist – voller Leben, nicht wahr?« Er flüsterte jetzt beinahe. Der alte Herr hatte uns allein gelassen. Ich sah, wie sich die Wangen meines Polizisten färbten, und begriff, welches Risiko er eingegangen war, in meiner Gegenwart so etwas zu äußern.

»Darum geht's«, flüsterte ich wie ein Verschwörer. »Du hast es verstanden. Vollkommen.«

Sobald wir in meinem Büro waren, ging er im Zimmer auf und ab und schaute meine Fotos an.

»Bist du das?« Er zeigte auf eins von mir, auf dem ich in der Nähe von Merton in die Sonne blinzelte. Es hängt gegenüber von meinem Schreibtisch an der Wand, weil Michael es aufgenommen hat; sein Schatten ist im Vordergrund gerade noch zu sehen. Immer wenn ich das Foto ansehe, sehe ich nicht mich – ein bisschen dünn, viel zu viele Haare, leicht fliehendes Kinn, ungünstig dastehend in einer schlecht sitzenden Jacke mit Hahnentrittmuster –, sondern Michael, wie er seine geliebte Kamera hält, mich auffordert, ganz natürlich zu sein. Jede Sehne seines gelenkigen Körpers in diesem Moment darauf konzentriert, mich aufs Foto zu bannen. Wir waren noch kein Liebespaar und das Foto ist ein bisschen wie das Versprechen – und die Drohung – dessen, was kommen würde.

Ich stand hinter meinem Polizisten, dachte das alles und sagte: »Das bin ich. In einem anderen Leben.«

Er machte einen Schritt von mir weg, hustete ein bisschen.

»Bitte«, sagte ich, »setz dich doch.«

»Ich stehe ganz gerne.« Er hatte die Hände vor sich verschränkt.

Kurzes Schweigen. Noch einmal verdrängte ich die Angst, einen schrecklichen Fehler begangen zu haben. Setzte mich hinter meinen Schreibtisch. Hustete ein wenig. Tat so, als würde ich Papiere ordnen. Dann bat ich Jackie, den Tee zu bringen, und wir warteten, ohne uns anzusehen.

»Ich bin äußerst dankbar, dass du gekommen bist«, sagte ich und er nickte. Ich versuchte es noch einmal: »Willst du dich nicht hinsetzen?«

Er blickte auf den Stuhl hinter sich und ließ sich mit einem leichten Seufzen endlich auf dem Sitz nieder. Jackie kam mit dem Tee herein und wir sahen beide schweigend zu, wie sie zwei Tassen einschenkte. Sie blickte hinüber zu meinem Polizisten, sah dann mich an, ihr langes Gesicht blieb völlig unbewegt. Sie ist meine Sekretärin, seitdem ich hier im Museum bin, und hat nie irgendein Interesse an meinen Privatangelegenheiten gezeigt, genau das gefällt mir an ihr. Heute war wie jeder andere Tag. Sie stellte mir keine Fragen, zeigte keine Spur von Neugierde. Jackie ist in jeder Hinsicht tadellos, nicht ein Haar ist unordentlich, der Lippenstift sorgfältig aufgetragen, und sie ist tüchtig, ohne Aufhebens davon zu machen. Gerüchten zufolge hat sie ihren Liebsten bei der Tuberkuloseepidemie vor einigen Jahren verloren und deshalb nie geheiratet. Manchmal höre ich sie mit den anderen Mädchen lachen und da ist etwas an dem Lachen, das mich ein wenig irritiert – ein Geräusch so ähnlich wie Rauschen im Radio –, aber Jackie und ich machen selten einen Witz. Sie hat sich kürzlich eine neue Brille gekauft mit kleinen Strassverzierungen an den Flügeln des Gestells, was ihr ein ungewöhnliches Aussehen verleiht, irgendetwas zwischen Glamourkönigin und Schuldirektorin.

Als sie sich über den Teewagen beugte, beobachtete ich das

Gesicht meines Polizisten und bemerkte, dass er ihre Bewegungen nicht mit den Augen verfolgte.

Als sie gegangen war, legte ich mit einem langen Vortrag los. Ich sah dabei aus dem Fenster, damit ich meinen Polizisten nicht ansehen musste, während ich mein fingiertes Projekt umriss. »Du willst wahrscheinlich ein bisschen mehr über diese ganze Porträtsache wissen«, begann ich. Dann redete ich weiter, weiß der Himmel wie lange, beschrieb meine Pläne, gebrauchte Wörter wie »demokratisch«, »neue Perspektive« und »Vision«. Die ganze Zeit wagte ich nicht, ihn anzusehen. Ich wollte nur, dass sich sein kräftiger Körper in den abgenutzten Kissen entspannte, und so redete ich immer weiter und hoffte dabei, dass meine Worte ihn beruhigen würden.

Als ich fertig war, entstand eine Pause, bevor er seine Tasse hinstellte und sagte: »Ich bin noch nie gemalt worden.«

Ich sah ihn an, sah sein Grinsen, den geöffneten weichen Kragen seines Hemdes, seine Haare auf meinem Sesselschoner. Ich sagte: »Nichts dabei. Du musst nur still halten.«

»Wann fangen wir an?«

Ich hatte nicht mit seinem Eifer gerechnet. Ich hatte gedacht, wir würden uns einige Male treffen, bevor wir tatsächlich anfangen würden zu arbeiten. Ein bisschen Zeit zum Aufwärmen. Ich hatte nicht einmal Malzeug mitgebracht.

»Wir haben schon angefangen«, sagte ich.

Er sah verwirrt aus.

»Sich näher kennenzulernen gehört dazu. Ich werde erst mal noch keine Skizzen machen. Es ist wichtig, dass wir vorher eine Beziehung aufbauen. Uns gegenseitig ein bisschen kennen. Nur dann bin ich in der Lage, deine Persönlichkeit in eine Zeichnung zu übertragen ...« Ich hielt inne, fragte mich, ob ich mit dieser Argumentation durchkam. »Ich kann dich nicht zeichnen, wenn ich nicht weiß, wer du bist. Verstehst du?«

Er blickte kurz zum Fenster. »Also heute keine Skizzen?«

»Keine Skizzen.«

»Scheint ein bisschen … seltsam.«

Er sah mich direkt an und ich sah nicht weg.

»Die übliche Verfahrensweise«, sagte ich. Dann lächelte ich und fügte hinzu, »also, meine Verfahrensweise jedenfalls.« Angesichts seines überraschten Ausdrucks hatte ich das Gefühl, ich sollte am besten ohne Rücksicht weitermachen. »Sag mal«, sagte ich, »bist du gerne Polizist?«

»Gehört das auch zum Verfahren?« Er grinste ein bisschen und rutschte auf seinem Sitz hin und her.

»Wenn du so willst.«

Er lachte kurz. »Ja. Ich glaube schon. Es ist eine gute Arbeit. Besser als die meisten anderen.«

Ich nahm ein Stück Papier und ergriff einen Bleistift, um einen professionellen Eindruck zu machen.

»Es ist gut zu wissen, dass ich etwas tue«, fuhr er fort. »Für die Allgemeinheit. Leute beschützen, weißt du.«

Ich schrieb »beschützen« auf meinen Zettel. Ohne aufzusehen, fragte ich: »Was machst du sonst?«

»Was sonst?«

»Außer deinem Job.«

»Oh.« Er überlegte einen Moment. »Ich schwimme. Im Meer-Schwimmclub.«

Das erklärte die Schultern. »Auch um diese Jahreszeit?«

»Jeden Tag im Jahr«, erklärte er mit unverhohlenem Stolz. Ich schrieb auf »Stolz«.

»Was ist nötig, um ein guter Schwimmer zu sein, was meinst du?«

Ohne zu zögern, antwortete er: »Liebe zum Wasser. Du musst gerne drin sein.«

Ich stellte mir vor, wie seine Arme die Wellen durchschnitten, sich Tang um seine Beine wand. Ich schrieb »Liebe« auf. Dann strich ich das Wort durch und schrieb »Wasser«.

»Sehen Sie Mr Hazlewood –«

»Patrick, bitte.«

»Kann ich dich etwas fragen?« Er beugte sich in seinem Sessel vor.

Ich legte den Bleistift hin. »Alles.«

»Bist du einer von diesen … du weißt schon …« Er legte die Hände ineinander.

»Was?«

»Einer von diesen *modernen* Künstlern?«

Ich hätte beinahe gelacht. »Ich bin mir nicht sicher, ob ich verstehe, was du meinst …«

»Na ja, wie ich schon sagte, ich verstehe nichts von Kunst, aber was ich meine, ist: Wenn du mich zeichnest, sieht es aus wie ich, oder? Nicht wie – eins von diesen neuen Hochhäusern oder so was.«

Da lachte ich doch. Ich konnte nicht anders. »Ich versichere dir«, sagte ich, »ich könnte dich niemals wie ein Hochhaus aussehen lassen.«

Er schien ein bisschen verärgert. »In Ordnung. Ich wollte nur sichergehen. Man weiß ja nie.«

»Du hast recht. Vollkommen recht.«

Er sah auf seine Armbanduhr.

»Nächste Woche um dieselbe Zeit?«, fragte ich.

Er nickte. An der Tür drehte er sich noch einmal um und sagte: »Danke, Patrick.«

Ich höre immer noch, wie er meinen Namen sagt. Es war, als würde ich ihn zum ersten Mal hören.

Nächste Woche um dieselbe Zeit.

Eine Ewigkeit bis dahin.

3. OKTOBER 1957

ES IST ERST ZWEI TAGE HER, dass er hier war, und ich verliere schon den Verstand vor Ungeduld. Jackie fragte heute plötzlich: »Wer war der junge Mann?«

Es war früher Nachmittag und sie gab mir das Protokoll meiner letzten Besprechung mit Houghton. Sie ließ die Frage fallen, ohne auch nur mit der Wimper zu zucken. Aber sie hatte einen Blick, den ich noch nie bei ihr gesehen hatte – ehrliche Neugierde lag darin. Ich sah es trotz der Brille mit Strassgestell vor ihren Augen.

Der Frage auszuweichen würde nur das Feuer schüren. Also erwiderte ich: »Er war ein Modell.«

Sie hatte eine Hand an der Hüfte und wartete auf mehr.

»Wir planen ein Porträt. Ein neues Projekt. Ganz normale Menschen dieser Stadt.«

Sie nickte. Dann, nachdem sie einen Moment gewartet hatte: »Ist er denn ganz normal?«

Ich wusste, sie spionierte gerade. Die anderen Mädchen haben über ihn geredet. Über mich. Natürlich haben sie. Wirf ihr einen Leckerbissen hin, dachte ich. Um sie loszuwerden.

»Er ist Polizist«, sagte ich.

Es entstand eine Pause, in der sie diese Information verdaute. Ich drehte mich halb von ihr weg und nahm den Telefonhörer ab, um sie zum Gehen zu ermuntern, aber sie ignorierte den Hinweis.

»Er sieht nicht wie ein Polizist aus«, sagte sie.

Ich tat so, als ob ich das nicht gehört hätte, und begann, eine Nummer zu wählen.

Als sie endlich gegangen war, legte ich den Hörer wieder auf und saß ganz still, damit mein rasendes Herz sich beruhigte. Kein Grund zur Sorge, sagte ich mir. Nur natürliche Neugier. Natürlich wollen die Mädchen wissen, wer er ist. Ein gut aussehender Fremder. Das hat man nicht oft im Museum. Und trotzdem. Alles ist korrekt. Professionell. Und Jackie ist loyal. Jackie ist diskret. Geheimnisvoll, aber vertrauenswürdig.

Aber. Da ist wieder das Aufwallen, das heftige Pochen in meiner Brust. Das passiert häufig. Ich war deswegen schon beim Arzt. Langland. Er ist bekannt dafür, dass er mitfühlend ist. Das heißt mitfühlend bis zu einem gewissen Grad. Er ist psychoanalysebegeistert, glaube ich. Ich erklärte ihm, dass es meistens nachts kommt, wenn ich zu schlafen versuche. Während ich still im Bett liege, könnte ich schwören, dass ich sehen kann, wie dieser Muskelknoten in meiner Brust springt. Langland sagt, das sei vollkommen normal. Oder, wenn nicht normal, so doch üblich. Er nennt es ektopischer Herzschlag. Erstaunlich verbreitet, sagt er. Manchmal ist der Herzschlag falsch herum und dann merkt man, wie das Herz schlägt. Er macht es vor: »Statt De-DUM« – er schlug mit der Hand auf den Schreibtisch – »geht es DUM-De. Kein Grund zur Sorge.« »Ah«, sagte ich. »Sie meinen, es ist Trochäus statt Jambus.« Das schien ihm zu gefallen. »Genau«, strahlte er.

Jetzt, da ich einen Namen dafür habe, ist es ein bisschen einfacher, es nicht so ernst zu nehmen, aber nicht weniger schwierig, es zu ignorieren. Mein trochäisches Herz.

Ich blieb an meinem Schreibtisch sitzen, bis es sich beruhigt hatte. Dann ging ich hinaus. Aus meinem Büro, die lange Galerie entlang, die Treppe hinunter, an der Geldkatze vorbei und auf die Straße.

Ich war erstaunt, dass mich niemand aufhielt. Nicht ein Einziger blickte in meine Richtung, als ich vorbeimarschierte. Böen feuchter, salziger Luft kamen mir über die Steine entgegen. Lieder, die vom Pier herüberdröhnten, wurden in die eine oder andere Richtung geweht. Ich ging hinüber in die St. James Street. Obwohl der Himmel einen bräunlichen Farbton hatte, fühlte sich die Luft nach dem Museum angenehm frisch an. Ich ging schneller. Ich wusste, wohin ich ging, aber ich wusste nicht, was ich tun würde, wenn ich da wäre. Trotzdem ging ich weiter, froh, dem Büro ohne Aufhebens entkommen zu sein. Erleichtert, dass mein Herz wieder regelmäßig schlug. De-DUM. De-DUM. De-DUM. Nichts Ungewöhnliches oder Gehetztes daran. Kein Blutandrang von der Brust zum Kopf, kein Pochen in den Ohren. Nur der ruhige, regelmäßige Schlag, während ich zielstrebig zum Polizeihäuschen ging.

Der Regen wurde stärker. Ich war ohne Mantel oder Schirm hinausgegeangen und meine Knie waren nass. Auch mein Kragen war feucht. Mit jedem Schritt war ich näher bei ihm. Ich musste mich nicht erklären oder Entschuldigungen liefern. Ich musste ihn nur sehen.

Das letzte Mal, dass es mir so ging, war mit Michael. Ich hatte so ein Verlangen, ihn zu sehen, dass alles möglich schien. Konventionen, die Meinung anderer Leute, das Gesetz, alles erschien lachhaft gegen den Wunsch, das Verlangen, zu dem Geliebten zu kommen. Ein herrlicher Zustand. Aber das Gefühl ist flüchtig. Bald merkst du, dass du im Regen gehst, durchnässt wirst, wenn du eigentlich an deinem Schreibtisch sitzen solltest. Frauen mit Kindern rempeln dich an, werfen misstrauische Blicke auf einen einzelnen Mann, der sich ohne Hut und Mantel mitten am Nachmittag in einer Einkaufsstraße herumtreibt. Alte Ehepaare, die zu Bushaltestellen hasten, gehen mit ihren Regenschirmen auf dich los. Und du denkst, selbst wenn er da ist, was sollte ich denn zu ihm sagen? Selbstverständlich sind genau in dem Moment, in dem seligen Moment, wenn alles möglich ist, keine Worte nötig. Man fällt sich einfach in die Arme, er versteht endlich alles – *alles*. Aber wenn das Gefühl nachlässt, wenn eine Frau gerade »Entschuldigung« gesagt hat und dir trotzdem auf den Fuß getreten ist, wenn du einen flüchtigen Blick auf dein Spiegelbild im Schaufenster von Sainsbury geworfen und einen wild dreinblickenden, durch den Regen laufenden Mann gesehen hast, der die erste Blüte der Jugend hinter sich hat, dann wird dir klar, dass Worte nötig sind.

Und was hätte ich ihm sagen sollen? Welche Entschuldigung sollte ich vorbringen, dass ich um diese Zeit durchnässt bis auf die Haut zu seinem Polizeihäuschen kam? *Ich konnte es einfach nicht mehr erwarten, dich zu sehen? Oder: Ich musste dringend einige Skizzen zur Vorbereitung machen?* Ich hätte den launenhaften Künstler spielen können. Aber wahrscheinlich ist es besser, die Karte für schwierigere Zeiten in Reserve zu behalten.

Also drehte ich um. Änderte dann wieder die Richtung und steuerte meine Wohnung an. Sobald ich dort war, rief ich Jackie an und sagte ihr, dass ich mich unwohl fühlte. Sagte, ich wäre schnell weggegangen, um eine Zeitung zu kaufen (das ist nachmittags, wenn es im Museum ruhig ist, nicht ganz ungewöhnlich), und mir wäre übel geworden. Ich würde mich hinlegen und wäre am nächsten Morgen früh wieder da. Sie sollte alle Anrufer auf morgen vertrösten. Sie klang nicht überrascht. Stellte keine Fragen. Gute, loyale Jackie. Worüber hatte ich mir zuvor nur Sorgen gemacht?

Ich zog die Vorhänge zu. Drehte die Heizung an. Es war nicht kalt in der Wohnung, aber ich hatte das Bedürfnis nach möglichst viel Wärme. Ich zog meine nassen Sachen aus. Ging in dem Pyjama ins Bett, den ich hasste. Flanell, blaue Streifen. Ich zog ihn an, weil es besser war, als nackt im Bett zu liegen. Nackt zu sein erinnert nur daran, dass man allein ist. Wenn man nackt ist, kann man sich nur an den Laken reiben. Flanell auf der Haut ist zumindest eine Schutzschicht.

Ich dachte, ich müsste vielleicht weinen, es war nicht so. Ich lag da mit Gliederschmerzen und vernebeltem Kopf. Ich dachte nicht an Michael. Ich dachte nicht daran, wie ich wie ein Narr ziellos die Straßen entlanghastete. Ich zitterte nur, dann hörte das Zittern auf und ich schlief ein. Ich schlief den Rest des Nachmittags und in den Abend hinein. Dann wachte ich auf und schrieb das hier.

Jetzt werde ich wieder schlafen.

4. OKTOBER 1957

ICH SCHREIBE DIES Freitagabend. Ein höchst befriedigender Tag.

Nachdem ich ein bisschen schwach geworden war, fand ich mich damit ab, dass ich bis Dienstag warten musste. Aber dann. Halb fünf. Schrecklich langweilige Besprechung mit Houghton vorbei. Ich ging durch die Hauptsammlung, dachte flüchtig an Tee und Kekse mit Vanillecremefüllung, aber insbesondere daran, dass es nur noch drei Tage bis Dienstag waren.

Und dann: die unverwechselbare Form seiner Schultern. Mein Polizist stand da, den Kopf zur Seite gelegt, und betrachtete einen eher mittelmäßigen Sisley, den wir vorübergehend als Leihgabe erhalten hatten. Keine Uniform (dieselbe Sportjacke wie letztes Mal). Wunderbar lebendig und wirklich hier, im Museum. Ich hatte ihn mir in den letzten Tagen so oft vorgestellt, dass ich mir ungläubig die Augen rieb, wie es Mädchen in Filmen tun, wenn sie etwas nicht fassen können.

Ich ging auf ihn zu. Er drehte sich um und sah mich direkt an, dann zu Boden. Ein bisschen verschämt. Als wäre er ertappt worden. DUM-De ging mein trochäisches Herz.

»Runde beendet?«, fragte ich.

Er nickte. »Dachte, ich guck noch mal. Um zu sehen, womit meine Visage mithalten muss.«

»Willst du heraufkommen? Ich wollte gerade Tee trinken.«

Wieder sah er zu Boden. »Ich will nicht, dass du meinetwegen Schwierigkeiten bekommst.«

»Keine Schwierigkeiten«, sagte ich und ging schon voraus zu meinem Büro.

Ich brachte ihn hinein, nickte zustimmend, als Jackie anbot, Tee zu bringen, und ignorierte ihren interessierten Blick. Er setzte sich in den Sessel. Ich hockte auf der Schreibtischkante. »Und hast du was Interessantes gesehen?«

Er zögerte nicht mit der Antwort. »Ja. Da ist eins von einer Frau, hat nichts an, sitzt auf einem Felsen, ihre Beine sind wie von einer Ziege …«

»Satyrn. Französische Schule.«

»Das war ziemlich interessant.«

»Warum?«

Er blickte wieder zu Boden. »Na ja, Frauen haben keine Ziegenbeine, oder?«

Ich lächelte. »Das ist eine mythologische Sache … von den alten Griechen. Sie ist eine Kreatur, die Satyr genannt wird, nur halb Mensch …«

»Ja. Aber ist das nicht alles nur eine Ausrede?«

»Eine Ausrede?«

»Kunst. Ist es nur eine Ausrede um – na ja, nackte Menschen anzugucken? Nackte Frauen.«

Diesmal sah er nicht nach unten, sondern blickte mich so forschend an, die kleinen Augen so klar und blau, dass ich wegsehen musste.

»Na ja«, ich rückte meine Manschetten zurecht. »Also, es gibt sicherlich eine Leidenschaft für die menschliche Form – die Körper – und ja, manchmal eine Verherrlichung der Schönheiten des Fleisches, ich glaube, man könnte sagen – männliche und weibliche …«

Ich warf ihm einen Blick zu, aber ausgerechnet in dem Moment kam Jackie mit dem Teewagen herein. Sie trug ein narzissengelbes Kleid mit eng anliegender Taille. Dazu passende gelbe Schuhe. Eine Kette aus gelben Perlen. Man war fast geblendet. Ich sah, dass mein Polizist diese goldene Erscheinung mit einigem

Interesse registrierte. Aber dann sah er mich wieder an und da war das leichte, fast versteckte Grinsen.

Jackie, die nicht sah, dass wir Blicke austauschten, sagte: »Schön, Sie wiederzusehen, Mr …«

Er sagte ihr seinen Namen. Sie reichte ihm seinen Tee. »Sie lassen sich porträtieren?«

Seine Wangen röteten sich. »Ja.«

Es entstand eine kurze Pause, als sie die Untertasse festhielt und aussah, als wollte sie noch weiterbohren.

Ich stand da und hielt die Tür auf. »Danke, Jackie.«

Mit einem verkrampften Lächeln schob sie den Teewagen hinaus.

»Tut mir leid.«

Er nickte, schlürfte seinen Tee. »Du sagtest gerade etwas.«

»Tatsächlich?«

»Über nackte Körper?«

»Oh, ja.« Ich nahm wieder auf der Ecke des Schreibtisches Platz. »Ja. Hör zu, wenn es dich wirklich interessiert, zeige ich dir einige interessante Beispiele.«

»Jetzt?«

»Wenn du Zeit hast.«

»In Ordnung«, sagte er, während er sich einen zweiten Keks nahm. Er isst schnell, sogar geräuschvoll. Den Mund leicht geöffnet. Genussvoll. Ich hielt ihm den Teller hin. »Nimm so viele, wie du willst«, sagte ich. »Dann zeige ich dir was.«

Wir hatten noch eine halbe Stunde bis zur Schließung und ich beschloss, zum Kern der Sache zu kommen: dem bronzenen Ikarus. Wir gingen schweigend nebeneinander, bis ich sagte: »Ich will nicht unhöflich sein, aber ist es nicht ungewöhnlich für einen Polizisten, sich für Kunst zu interessieren? Glaubst du, dass es einem von deinen Kollegen auch so geht?«

Er lachte los. Laut und hemmungslos, und es hallte durch die ganze Kunstabteilung. »Himmel, nein«, sagte er.

»Das ist schade.«

Er zuckte mit den Schultern. »Wenn dir Kunst gefällt, bist du unten auf der Wache ein Waschlappen. Oder schlimmer.«

Wir sahen uns an. Seine Augen lächelten, das schwöre ich.

»Na ja – das ist die allgemeine Auffassung, glaube ich …«

»Ich kenne nur einen anderen Menschen, der sich dafür interessiert.«

»Und wer ist das?«

»Ein Mädchen, das ich kenne. Eine Freundin. Sie ist Lehrerin. Obwohl sie sich mehr für Bücher interessiert. Aber wir führen Gespräche …«

»Über Kunst?«

»Über alles Mögliche. Ich bringe ihr Schwimmen bei.« Er lachte wieder, diesmal leiser. »Aber sie ist nicht besonders gut. Wird überhaupt nicht besser.«

Das wette ich, dachte ich.

Ich ging weiter, führte ihn in die Skulpturensammlung. *Freundin*, hatte er gesagt. Eine kleine Enthüllung. Nichts, um in Panik zu geraten. Als er von ihr sprach, war seine Gesichtsfarbe unverändert geblieben. Er war meinem Blick nicht ausgewichen. Mit einer *Freundin* kann ich leben. *Eine Freundin. Die Freundin. Liebste. Verlobte.* Mit ihnen allen kann ich mich arrangieren. Ich habe Erfahrung damit. Michael hatte eine Freundin. War ein beschränktes kleines Ding. Hat ihn immer mit Sandwiches gefüttert. Ziemlich süß auf ihre Art.

Sogar mit einer *Ehefrau*. Ich glaube, ich könnte mich mit einer Ehefrau arrangieren. Ehefrauen sind zu Hause, das ist das Gute an ihnen. Sie sind zu Hause, sie sind still und sie sind froh, wenn sie ihn von hinten sehen. Normalerweise. Nur mit einer *Geliebten* kann ich nicht leben. Geliebte sind etwas anderes.

»Das hier«, sagte ich, »ist *Ikarus*, von Alfred Gilbert. Es ist ein Bronzeguss. Im Moment als Leihgabe bei uns.«

Da war er, seine Flügel um ihn herum wie das Cape eines Stierkämpfers, und kein Feigenblatt. Das Beeindruckendste an ihm ist für mich sein Glaube an diese Flügel. Nutzlos, fragil, an seinen Armen mit ein Paar Manschetten befestigt, und trotzdem glaubt er an sie, wie ein Kind daran glaubt, dass ein Umhang es unsichtbar macht. Er ist jugendlich muskulös, steht da mit zur Seite geschobener Hüfte, ein Bein gebeugt, seine glänzende Brust fängt das Licht des Spots über ihm ein. Die Linie vom Hals zum Unterleib ist leicht geschwungen. Er steht allein auf seinem Stein, blickt verschämt nach unten. Er ist ernst und lächerlich zugleich, und er ist schön.

Mein Polizist und ich standen vor ihm und ich sagte: »Kennst du die Geschichte?«

Er warf mir einen Blick von der Seite zu.

»Schon wieder griechische Mythologie, fürchte ich. Ikarus und sein Vater, Daedalus, sind aus dem Gefängnis entkommen, indem sie Flügel benutzten, die sie aus Federn und Wachs gemacht hatten. Aber gegen den Rat seines Vaters flog Ikarus zu nah an die Sonne, seine Flügel schmolzen und – na ja, den Rest kannst du dir denken. Die Geschichte wird oft Schulkindern erzählt als Warnung davor, zu ehrgeizig zu sein. Und um ihnen einzuschärfen, dass es wichtig ist, auf seinen Vater zu hören.«

Er beugte sich über die Glasvitrine, atmete dagegen. Er ging rundherum, betrachtete den Jungen aus allen Blickwinkeln, während ich mich zurückhielt und ihn beobachtete. Wir erblickten unsere Spiegelbilder auf der Glasscheibe, unsere Gesichter verschmolzen mit Gilberts goldenem Ikarus und wurden verzerrt.

Ich wollte ihm sagen: *Ich kann nicht schwimmen. Bring es mir bei. Bring mir bei, mit dir durch die Wellen zu pflügen.*

Aber das sagte ich nicht. Stattdessen sagte ich so fröhlich, wie ich konnte: »Du solltest sie herbringen.«

»Wen?«

Genau die Antwort, auf die ich gehofft hatte.

»Deine Freundin. Die Lehrerin.«

»Oh. Marion.«

›Marion‹. Sogar der Name ist schulmeisterlich. Erinnert an dicke Strümpfe und noch dickere Brillengläser. »Bring sie her.«

»Ins Museum?«

»Und um mich kennenzulernen.«

Er richtete sich auf. Legte eine Hand in den Nacken, runzelte die Stirn. »Soll sie auch an dem Projekt teilnehmen?«

Ich lächelte. Er fürchtete schon, verdrängt zu werden.

»Vielleicht«, sagte ich. »Aber du bist unser erstes Motiv. Wir gucken erst mal, wie es läuft, in Ordnung? Du kommst doch?«

»Dienstag.«

»Dienstag.« Aus einem Impuls heraus fügte ich hinzu: »Hast du was dagegen, wenn wir uns woanders treffen? In meinem Büro ist nicht wirklich Platz. Und nicht die nötigen Zeichenutensilien.« Ich zog meine Visitenkarte aus der Tasche und gab sie ihm. »Wir könnten uns hier treffen. Es müsste ein bisschen später sein. Sagen wir halb acht?«

Er sah auf die Karte. »Ist das dein Studio?«

»Ja. Und ich wohne dort.«

Er drehte die Karte um, bevor er sie in die Jacke steckte. Er lächelte, als er sagte: »In Ordnung«, aber ich wusste nicht, ob er lächelte, weil ihm der Gedanke, in meine Wohnung zu kommen, gefiel, aus Belustigung über meinen Trick, ihn dorthin zu locken, oder aus bloßer Verlegenheit. Aber. Er hat die Karte in der Tasche. Und Dienstag steht fest.

5. OKTOBER 1957

HEUTE MORGEN HATTE ICH einen schrecklichen Kater. Ich bin sehr spät aufgestanden und habe herumgesessen, Kaffee getrunken und noch mal Agatha Christie gelesen, in der Hoffnung, dass mich das aufmuntern würde. Bisher nicht.

Nach dem Schreiben habe ich mich gestern Abend entschlossen, ins Argyle zu gehen. Teils, weil mir die Vorstellung, wieder einen ganzen Abend darauf zu warten, dass es Dienstag würde, nicht angenehm war. Aber in Wahrheit war ich aufgekratzt wegen meines Erfolgs. Der Junge würde hierherkommen, in meine Wohnung. Er war einverstanden. Er kommt allein, Dienstagabend. Wir haben uns zusammen Ikarus angesehen und er hat mich heimlich angelächelt und er kommt.

Deshalb dachte ich, es würde vielleicht Spaß machen, ins Argyle zu gehen. Es tut nicht gut, an solche Orte zu gehen, wenn man deprimiert und einsam ist. Sie verschlimmern den Kummer nur, besonders wenn man am Ende allein bleibt. Aber wenn man optimistisch ist … na ja, dann ist das Argyle genau der richtige Ort. Es ist ein Ort der *Möglichkeiten.*

Ich war sehr lange nicht dort gewesen; seitdem ich vor ein paar Jahren den Kuratorjob ergattert hatte, musste ich sehr diskret sein. Nicht, dass ich das jemals nicht gewesen wäre, wirklich nicht. Michael und ich gingen sehr selten aus. Mittwochnacht war die einzige, die wir zusammen verbrachten, und ich wollte sie nicht vergeuden, indem ich mit ihm ausging und ihn mit jemand anders teilte. Ich besuchte ihn oft tagsüber, aber er wollte immer, dass ich um acht Uhr aus seinem Zimmer verschwand, für den Fall, dass seine Vermieterin misstrauisch wurde.

Aber nur am Argyle vorbeizugehen ist riskant. Was wenn Jackie mich sah, wenn ich gerade zur Tür blickte? Oder Houghton? Oder eines von den Mädchen aus dem Museum? Selbstverständlich lernt man, vorsichtig zu sein, wenn man in Bars geht – nach Einbruch der Dunkelheit gehen, allein gehen, keine Aufmerksamkeit erregen, wenn man die Straße entlanggeht, nicht in ein Lokal gehen, das in der Nähe der eigenen Wohnung ist. Deshalb genieße ich die Abende in London mit Charlie. Dort ist es viel einfacher, anonym zu sein. Brighton ist trotz der internationalen Atmosphäre eine kleine Stadt.

Es war ein trüber Abend, feucht und mild, sehr wenige Sterne. Ich war froh, dass es regnete – es lieferte mir den Vorwand, mich unter meinem größten Regenschirm zu verstecken. Ich ging die Promenade entlang, am Palace Pier vorbei, und überquerte die King's Road, um das Stadtzentrum zu umgehen. Ich ging schnell, hatte es aber nicht eilig. Ich bog in die Middle Street ein, hielt den Kopf gesenkt. Zum Glück war es schon fast halb zehn und die Straßen ziemlich ruhig. Alle waren damit beschäftigt, ihre Drinks auszutrinken.

Ich schlüpfte durch die schwarze Tür (die nur ein kleines goldenes Schild zierte: ARGYLE HOTEL), trug mich unter dem Namen ein, den ich an solchen Orten immer verwendete, zog den Mantel aus, steckte meinen durchnässten Schirm in den Ständer und ging in die Bar.

Kerzenlicht. Kaminfeuer, das zu viel Wärme verbreitete. Ledersessel. Der junge Orientale am Klavier spielte »Stormy Weather«. Es heißt, er hätte in Raffles Hotel in Singapur gespielt. Der Geruch von Gin, Givenchy Eau de Cologne, Staub und Rosen. Es standen immer frische Rosen auf dem Tresen. Gestern Abend waren sie blassgelb, sehr erlesen.

Sofort hatte ich das altbekannte Gefühl, von mehr als einem Dutzend männlichen Augenpaaren begutachtet zu werden. Ein Gefühl, das gleichermaßen angenehm und schmerzlich war. Nicht, dass sie sich alle umdrehten und mich anstarrten – im Argyle lief es nicht so offen ab –, aber meine Anwesenheit wurde bemerkt. Ich hatte viel Sorgfalt auf mein Äußeres verwendet, den Schnurrbart gestutzt, etwas Öl in die Haare gegeben und mein am besten geschnittenes Jackett (das grau melierte aus der Jermyn Street) gewählt, bevor ich mich hinausgewagt hatte, also war ich vorbereitet. Ich halte mich fit – mache jeden Morgen Gymnastik. Zumindest in der Hinsicht war die Army nützlich für mich. Und ich habe noch nicht ein einziges graues Haar auf dem Kopf. Ich bin nie auf diese Äußerlichkeiten fixiert gewesen, aber ich habe sie unter Kontrolle. Ich war bereit. Ich sah ziemlich elegant aus, fand ich. Ich war – in meinem Kopf war das bereits eine eigene Realität geworden – ein Künstler, der gerade mit einem gewagten neuen Porträtprojekt beginnen wollte.

Ich näherte mich der Bar und vermied es, jemanden anzusehen. Ich muss einen Drink in der Hand haben, bevor ich dazu in der Lage bin. Die Misses Brown saßen wie gewöhnlich auf ihren hohen Hockern hinter der Bar. Die Jüngere – die mittlerweile bald sechzig sein muss – zählt die Einnahmen. Die Ältere begrüßt die Herren und schenkt die Drinks ein. Sie trägt einen hohen Spitzenkragen und raucht einen langen Zigarillo. Sie begrüßte mich, erinnerte sich an meinen Namen.

»Und wie geht es Ihnen?«

»Oh, ganz passabel.«

»Wie mir, wie mir.« Sie lächelte warm. »Wunderbar, Sie wieder hier zu sehen. Einer der Jungs wird Ihre Bestellung aufnehmen.«

Die ältere Miss Brown ist berühmt dafür, Botschaften zwischen ihren Gästen weiterzuleiten. Man schiebt ihr die Nachricht über den Tresen und sie gibt sie an den angesprochenen Herrn weiter. Wenn er an dem Abend nicht kommt, bewahrt sie die Nachricht hinter einer Flasche Crème de Cacao auf dem unteren Bord auf. Es sind immer ein paar neue Zettel hinter der Flasche. Nie wird ein Wort dabei gesprochen; die Nachricht wird bloß mit dem Wechselgeld übergeben.

Die Herzogin von Argyle, wie er genannt wird, nahm meine Bestellung, einen trockenen Martini, entgegen und führte mich zu einem Tisch an dem mit schweren Vorhängen versehenen Erkerfenster. Sein Gesicht war gepudert und seine rote Jacke saß wie immer sehr eng und war gerade noch an der Grenze zur Uniform. Nach ein paar Schlucken entspannte ich mich und sah mich um. Ein paar Gesichter erkannte ich. Bunny Waters, gepflegt wie immer, saß an der Bar, trug leuchtend weiße Hemdsärmel, einige goldene Armreifen und eine kastanienbraune Weste. Er nickte erkennend in meine Richtung, hob das Glas und ich erwiderte die Geste. Ich habe einmal an einem Neujahrstag zugesehen, wie er mit dem bestaussehenden Jungen Foxtrott um die Tanzfläche tanzte. Jetzt frage ich mich, ob es Wirklichkeit war, dieses Bild zweier hübscher dunkelhaariger Männer, die durch den Raum glitten. Jeder bemerkte sie, jeder bewunderte sie, aber niemand hielt es für notwendig, sich das Geringste anmerken zu lassen. Es war ein begnadeter Moment. Wir alle stimmten wortlos überein, dass es schön war, und selten, und dass nicht darüber gesprochen werden musste. Wir benahmen uns, als wäre es das Normalste auf der Welt. Später hörte ich, dass Bunny an dem Abend im Queen of Clubs war, als dort eine Razzia stattfand, angeblich weil sie keine Lizenz für Abendessen hatten. Irgendwie entging er dem ganzen Spektakel mit der Presse, den Angestellten und so weiter und wurde nicht angezeigt. Andere hatten nicht so viel Glück.

An einem Tisch nicht weit von meinem saß Anthony B. Ich bin sicher, dass Charlie in dem Jahr, bevor er nach London zog, eine kurze Affäre mit ihm hatte. Er nannte ihn Anton. Er sieht genau so seriös aus wie immer – las gerade die »Times«, die Haare ein bisschen grauer, und blickte immer wieder zur Tür, aber er wäre in jedem Club wie zu Hause. Hat immer noch dieselben roten Wangen. Rote Wangen haben bei seriösen Männern etwas Anziehendes. Vielleicht eine Andeutung, dass das Fass überläuft. Dass er seine Gefühle nicht immer beherrschen kann. Dass unter dem beherrschten Äußeren viel Temperament steckt; Temperament, das irgendwann herauswill.

Ich glaube nicht, dass ich seit der Schulzeit rot geworden bin. Damals litt ich sehr darunter. *Kühles, nasses Gras*, sagte Charlie immer zu mir. *Denk daran. Leg dich einfach hinein.* Es hat nie funktioniert. Einer der Sportlehrer nannte mich »Streber mit roter Birne«. »Vorwärts, Hazlewood. Streng dich an, warum tust du es nicht. Du kannst nicht dein ganzes Leben ein Streber mit roter Birne bleiben, oder?« Gott, ich hasste ihn. Ich träumte immer davon, Säure in sein riesiges verschwitztes Gesicht zu schütten.

Ich bestellte noch einen Martini.

Ungefähr um zehn kam ein junger Mann herein. Braune Haare, die so kurz und drahtig waren, dass es aussah wie ein Fell. Ein schmales Gesicht und ein stämmiger, hübscher kleiner Körper. Alle rührten sich, als er in der Tür stehen blieb, sich eine Zigarette anzündete und auf die Bar zusteuerte. Er blickte nach unten, während er ging, genau wie ich es getan hatte. Lass sie erst einen Blick auf dich werfen, bevor du zurückblickst.

Er nahm sich Zeit, der junge Mann. Stand sehr gerade an der Bar, lehnte das Angebot der älteren Miss Brown sich zu setzen ab. Bestellte einen Baby Tolly, den ich sehr süß finde. Dann rauchte er weiter und betrachtete sein Spiegelbild hinter der Bar.

So würde sich mein Polizist nicht benehmen. Er würde lächeln und nicken, Fremde freundlich grüßen, Interesse an seiner Umgebung zeigen. Ich stellte mir die Szene vor: Wir beide kommen herein, schütteln den Regen von den Mänteln. Die ältere Miss Brown würde fragen, ob es uns leidlich gut ginge, und wir würden ihr antworten, mehr als das, danke, und ein vielsagendes Lächeln tauschen, bevor wir uns an unseren üblichen Tisch zurückzogen. Alle Augen wären auf uns gerichtet, den hinreißenden jungen Mann und den gut aussehenden Gentleman. Wir würden über den Film oder die Show sprechen, die wir gerade gesehen hatten. Bevor wir aufstanden, um zu gehen, eine Berührung der Schulter – ich würde meinen Polizisten mit einer leichten, aber unmissverständlichen Geste an der Schulter berühren, eine Geste, die bedeutete: *Komm schon, Darling, es wird spät, lass uns nach Hause ins Bett gehen.*

Aber er würde niemals einen Ort wie diesen betreten. Wenn er schon auf die Leute vom Sittendezernat gestoßen ist, weiß er Bescheid. Aber alles deutet darauf hin, dass er ein sensibler junger Mann ist. Der anders sein könnte. Sich widersetzen könnte. (Ich bin im Augenblick so gut gelaunt, dass ich trotz des Katers unglaublich optimistisch, geradezu naiv bin.)

Ich bestellte noch einen trockenen Martini.

Und dann dachte ich: Warum nicht? Der junge Mann an der Bar hatte sich noch keinen weiteren Drink bestellt und blickte in sein leeres Glas. Also stellte ich mich neben ihn. Nicht zu nah. Den Körper von ihm abgewandt, mit Blick in den Raum.

»Was trinkst du?«, fragte ich. Na ja, irgendwo muss man anfangen.

Ohne zu zögern, erwiderte er: »Scotch.« Ich bestellte ihm einen doppelten bei der Herzogin und wir beobachteten beide, wie die ältere Miss Brown seinen Drink einschenkte.

Er bedankte sich bei mir, als er den Whisky nahm, trank mit einem Schluck die Hälfte, ohne in meine Richtung zu sehen.

»Immer noch nass draußen?«, versuchte ich es wieder.

Er leerte sein Glas. »Schüttet wie aus Kübeln. Meine Schuhe sind total nass.«

Ich bestellte ihm noch einen Drink. »Warum kommst du nicht zu mir ans Feuer? Da wirst du schnell trocken.«

Da sah er mich an. Große Augen. Sein blasses Gesicht hatte etwas Ausgelaugtes und Hungriges. Etwas Junges, aber Unnahbares. Ohne ein weiteres Wort ging ich zurück zu meinem Tisch und setzte mich. Ich war mir sicher, er würde mir folgen.

Was auch geschieht, dachte ich, Dienstag kommt jedenfalls mein Polizist zu mir. Er kommt in meine Wohnung. Inzwischen kann ich hier ein bisschen Spaß haben, was immer daraus wird.

Wenige Augenblicke später war er bei mir. Ich bestand darauf, dass er seinen Stuhl näher ans Feuer rückte – näher zu mir. Nachdem er es getan hatte, herrschte lange Schweigen. Ich bot ihm eine Zigarette an. Kaum hatte er sie genommen, kam die Herzogin mit Feuer. Ich beobachtete, wie der junge Mann rauchte. Er hob die Zigarette langsam zum Mund, als würde er die Bewegungen eines Schauspielers in einem Film imitieren. Er kniff die Augen zusammen. Zog die Wangen ein. Hielt ein paar Sekunden die Luft an und blies dann aus. Als er die Hand wieder zum Mund führte, bemerkte ich einen Bluterguss an seinem Handgelenk.

Ich fragte mich, wie er hier gelandet war, wer ihm empfohlen hatte, ausgerechnet hierherzukommen. Seine Jacke war leicht abgetragen, aber die Schuhe brandneu und vorne spitz. Er hätte eigentlich im Greyhound sitzen sollen. Jemand hatte ihn schlecht beraten. Oder vielleicht – das hatte ich einmal vor Jahren gemacht – hatte er einfach seinen ganzen Mut zusammengenommen und war in das erste Lokal gegangen, über das er ein schmutziges Gerücht gehört hatte.

»Also, was hat dich in diese alte Bruchbude verschlagen?«, fragte ich. (Ich war schon ein bisschen angesäuselt.)

Er zuckte mit den Schultern.

»Ich bestell dir noch einen«, ich nickte der Herzogin zu, die an der Bar lehnte und uns beide genau beobachtete.

Als die neuen Drinks kamen, zusammen mit einem sauberen Aschenbecher, von der Herzogin mit einem sehnsüchtigen Blick serviert, rückte ich ein bisschen näher an den Jungen heran. »Ich hab dich hier noch nie gesehen«, sagte ich.

»Ich dich auch nicht.«

Treffer.

»Nicht, dass ich oft hier war«, fügte er hinzu.

»Hier kann man gut hingehen. Der Laden ist besser als die meisten.«

»Ich weiß.«

Wahrscheinlich wegen der Menge trockener Martinis, die ich schon getrunken hatte, verlor ich plötzlich die Geduld. Der Junge war offensichtlich gelangweilt; er wollte nur einen Drink, den er sich selbst nicht leisten konnte; er war nicht im Geringsten an mir interessiert.

Ich stand auf, schwankte ein bisschen.

»Du gehst?«

»Es wird reichlich spät ...«

Er sah zu mir hoch. »Vielleicht könnten wir ... woanders reden?«

Ausgesprochen unverschämt, wirklich.

»Black Lion«, sagte ich und drückte meine Zigarette aus. »In zehn Minuten.«

Ich bezahlte die Rechnung, ließ ein großzügiges Trinkgeld für die gaffende Herzogin da und ging. Ich war ganz ruhig, als ich die Straße überquerte und den schmalen Durchgang betrat, der zur Black Lion Street führte. Es hatte aufgehört zu regnen. Ich schwenkte meinen Regenschirm und fühlte mich beim Gehen ganz leicht vom Alkohol. Ich ging schnell, ohne eine Anstrengung zu spüren, ich hätte »Stormy Weather« pfeifen können.

Ohne Zögern nahm ich die ersten Stufen hinunter zur Klappe. Ich sah mich nicht einmal um, um zu prüfen, ob ich beobachtet wurde. Ich bin eigentlich nie jemand für so etwas gewesen. Selbstverständlich habe ich meine Erfahrungen gemacht, besonders bevor Michael und ich uns regelmäßig getroffen haben. Aber seitdem habe ich sehr wenig intimen Kontakt zu Männern gehabt. Letzte Nacht merkte ich plötzlich, wie sehr ich es brauchte. Wie sehr ich es vermisst hatte.

Dann tauchte ein großer Mann in einem schicken Tweedmantel auf und begann, die Stufen hinaufzusteigen. Als er sich an mir vorbeidrängte, murmelte er: »Scheiß Schwuler.«

Weiß Gott, nicht das erste Mal. Und bestimmt nicht das letzte Mal. Aber es schockierte mich. Schockierte mich und ließ mein heißes Verlangen völlig erkalten. Ich hatte zu viele Martinis gehabt. Es hatte aufgehört zu regnen. Mein Polizist würde am Dienstag kommen. Ich war dumm genug gewesen, mir einzubilden, dass ich mit diesem Jungen Spaß haben und ausnahmsweise einmal einfach weitermachen könnte.

Ich hielt auf halbem Weg nach unten an und lehnte mich gegen die kalte gekachelte Wand. Der Geruch von Urin, Desinfektionsmittel und Sperma stieg von der Klappe unten herauf. Ich könnte immer noch hinuntergehen. Ich könnte den Jungen immer noch halten und mir vorstellen, es wäre mein Polizist. Ich könnte seine drahtigen braunen Haare berühren und mir weiche blonde Locken vorstellen.

Aber mein trochäisches Herz protestierte. Deshalb schleppte ich mich dort heraus und nahm ein Taxi nach Hause.

Seltsam. Was mir jetzt bleibt, ist die Befriedigung zu wissen, dass ich tatsächlich da war. Ich bekam es mit der Angst zu tun, aber zumindest war ich erst im Argyle und dann beim Black Lion. Beides habe ich sehr selten geschafft seit Michael. Und trotz dieses elenden Katers bin ich erstaunlich unbeschwert.

Nur noch zwei Tage, und dann …

8. OKTOBER 1957

DER TAG: DIENSTAG. Die Zeit: sieben Uhr dreißig abends.

Ich stehe am Fenster und warte auf ihn. Die Wohnung hier drinnen ist so aufgeräumt, dass sie fast unbewohnt aussieht. Das dunkle Meer draußen ist ruhig.

DUM-De geht mein Herz.

Ich habe den Barschrank geöffnet, die neueste Ausgabe von »Art und Artists« auf dem Couchtisch ausgelegt, mich überzeugt, dass das Badezimmer makellos sauber ist. Die Putzfrau, Mrs Gunn, kommt nur einmal die Woche zu mir und ich bin mir nicht sicher, dass sie noch so gut sieht wie früher. Ich habe meine alte Staffelei abgestaubt und im Gästezimmer aufgestellt, zusammen mit einer Palette, ein paar Farbtuben, einigen in ein Marmeladenglas gestopften Messern und Pinseln. Der Raum sieht immer noch zu ordentlich für ein Studio aus – der gesaugte Teppich, das frisch gemachte Bett –, aber ich nehme an, es ist das erste Mal, dass er den Arbeitsplatz eines Künstlers sieht, und er wird nicht viele Erwartungen haben.

Ich habe die Fotos von Michael nicht weggeräumt, obwohl ich daran gedacht habe, es zu tun. Habe überlegt, Musik anzustellen, aber entschieden, dass das zu viel wäre.

Gerade heute Abend ist es ziemlich kalt geworden, deshalb ist die Heizung an und ich bin in Hemdsärmeln. Immer wieder berühre ich meinen Hals, wie als Vorbereitung darauf, dass mein Polizist vielleicht die Hand dorthin legt. Oder die Lippen.

Aber daran sollte ich nicht denken.

Ich gehe zum Barschrank und schenke mir ein großes Glas Gin

ein, dann stelle ich mich wieder ans Fenster, höre, wie das Eis sich im Alkohol auflöst. Die Katze von nebenan schleicht auf meinem Fenstersims entlang und starrt mich hoffnungsvoll an. Aber ich lasse sie nicht herein. Heute Abend nicht.

Während ich warte, kommt die Erinnerung an die Mittwoche in mir hoch. Daran, dass die Vorbereitungen für Michaels Kommen – das Kochen, das Herrichten der Wohnung, von mir – zumindest für eine Weile fast schöner waren als die Treffen selbst. Es war die Erwartung, was kommen würde, ich weiß. Manchmal stand ich nachts auf, nachdem wir ins Bett gegangen waren und er schlief, und sah mir das Durcheinander an, das wir angerichtet hatten. Die schmutzigen Teller. Leere Weingläser. Unsere auf dem Boden verstreute Kleidung. Zigarettenkippen im Aschenbecher. Platten ohne Hüllen auf dem Sideboard. Und es reizte mich, alles wieder an seinen Platz zu räumen, sodass der Abend wieder von vorn beginnen konnte. Wenn ich alles wieder zurücktun könnte, würde Michael, wenn er vor Tagesanbruch aufstand, sehen, dass ich bereit für ihn war. Auf ihn wartete. Ihn erwartete. Und er würde vielleicht die nächste Nacht auch bleiben und die nächste und die nächste und die nächste.

Die Türklingel geht. Ich stelle meinen Drink hin, fahre mir mit der Hand durch die Haare. Hole Luft. Gehe nach unten zur Haustür.

Er hat nicht seine Uniform an, dafür bin ich dankbar. Es ist schon riskant genug, wenn ein einzelner Mann abends nach sechs an meiner Tür klingelt. Aber er hat eine Tasche bei sich, die er vor mir schwenkt. »Uniform. Dachte, du willst, dass ich sie anhabe. Für das Porträt.«

Er wird ein bisschen rot und blickt nach unten auf die Fußplatte. Ich winke ihn herein. Er folgt mir die Treppe hinauf (zum Glück leer) und in die Wohnung, seine Stiefel quietschen.

»Auch einen?« Als ich das Glas hochhalte, zittert meine Hand.

Er sagt, er nimmt ein Bier, wenn eins da ist; er ist jetzt nicht im Dienst bis morgen früh um sechs. Als ich die einzige Flasche helles Bier öffne, die im Barschrank ist, werfe ich einen verstohlenen Blick auf ihn. Mein Polizist steht auf dem Teppich, herrlich aufrecht, das Licht des Kronleuchters fällt auf seine blonden Locken und er sieht sich mit vor Staunen leicht geöffnetem Mund um. Sein Blick verweilt auf dem neu erworbenen Ölbild, das ich stolz über den Kamin gehängt habe – das Porträt eines Jungen mit stämmigem nacktem Körper von Philpot –, bevor er zum Fenster geht.

Ich reiche ihm sein Glas. »Herrlicher Blick, was?«, sage ich idiotischerweise. Es ist nicht viel zu sehen außer unseren eigenen Spiegelbildern. Aber er stimmt zu und wir spähen schweigend hinaus in den dunklen Himmel. Ich kann ihn jetzt riechen: ein Hauch von Karbol, was mich an die Schule erinnert – zweifellos der Geruch der Wache –, aber auch eine Spur Pinientalkum.

Ich sollte weiterreden, damit er nicht zu nervös wird, aber mir fällt absolut nichts ein, was ich sagen könnte. Endlich ist er hier, steht neben mir. Ich höre ihn atmen. Er ist so nahe, dass mir ganz schwindelig wird von seinem Geruch, seinem Atem und der Art, wie er sein Bier in großen Schlucken trinkt.

»Mr Hazlewood –«

»Patrick, bitte.«

»Soll ich mich umziehen? Sollten wir nicht anfangen?«

Als er ins Gästezimmer kommt, hat er den Helm in der Hand, aber alles andere angezogen. Die schwarze Wolljacke. Die fest geknotete Krawatte. Den Gürtel mit der silbernen Schnalle. Die Kette der Trillerpfeife hängt zwischen der Brusttasche und dem obersten Knopf. Die polierte Nummer auf seiner Schulter. Die glänzenden Stiefel. Es ist ein eigenartig erregendes Gefühl, einen Polizisten in der Wohnung zu haben. Gefährlich, trotz seines schüchternen Blicks. Aber auch ein bisschen lächerlich.

Ich sage ihm, dass er großartig aussieht, und bitte ihn, sich auf den Stuhl zu setzen, den ich ans Fenster gestellt habe. Ich habe eine starke Lampe daneben gestellt und eine alte grüne Tischdecke als Hintergrund an der Gardinenstange drapiert. Ich habe ihn gebeten, den Helm auf die Knie zu legen und über meine rechte Schulter in die Zimmerecke zu blicken.

Ich mache es mir auf einem Stuhl bequem, Skizzenblock auf dem Schoß, Bleistifte in der Hand. Es ist ganz still im Zimmer und ich bin einen Augenblick damit beschäftigt, eine leere Seite in dem Block zu finden (der in Wahrheit seit Jahren nicht benutzt wurde) und den richtigen Bleistift zu wählen. Als mir klar wird, dass ich ihn jetzt stundenlang so ungeniert anschauen kann, wie ich will, halte ich erstarrt inne.

Ich kann nicht. Ich kann die Augen nicht zu ihm heben. Mein Herz spielt verrückt unter der Last dieses uneingeschränkten Vergnügens, das vor mir liegt. Ich lasse Bleistift und Papier fallen und krieche schließlich vor ihm auf dem Fußboden herum, versuche verzweifelt, die Dinge wieder einzusammeln.

»Alles in Ordnung?«, fragt er. Seine Stimme ist leise und dennoch ernst und ich hole Luft. Setze mich wieder auf den Stuhl. Mache es mir bequem.

»Alles bestens«, sage ich.

Die Arbeit beginnt.

Es ist seltsam. Zuerst kann ich ihn immer nur kurz ansehen. Denn ich fürchte, dass ich vielleicht vor Freude anfange zu lachen. Dass ich vielleicht über seine Jugend lache, darüber, wie er strahlt, wie seine Wangen gerötet sind, seine Augen vor Interesse leuchten. Wie seine Oberschenkel nebeneinanderliegen, wenn er sitzt. Wie er seine schönen Schultern gerade hält. Oder dass ich, in diesem Zustand, vielleicht sogar anfange zu weinen.

Ich versuche mich zusammenzunehmen. Ich muss mir einreden, dass es mir mit der Zeichnung sehr ernst ist. Nur so kann ich mir erlauben, ihn genau zu betrachten. Ich muss versuchen, ihn von innen zu sehen, wie mein Kunstlehrer immer sagte. Sieh den Apfel von innen. Nur dann kannst du ihn zeichnen.

Ich halte mir den Bleistift vors Gesicht und blinzele, um seine Proportionen zu prüfen: Augen zu Nase zu Mund. Kinn zu Schulter zu Taille. Ich markiere die Punkte auf dem Blatt. Bemerke, wie hell seine Augenbrauen sind. An der Nasenwurzel ist eine leichte Erhebung. Die Nasenflügel sind elegant abgewinkelt. Der Mund hat eine klare Linie. Die Oberlippe ist etwas voller als die Unterlippe (an diesem Punkt verliere ich fast die Konzentration). Sein Kinn hat eine feine Spalte.

Während ich skizziere, gelingt es mir tatsächlich gut, mich völlig in die Arbeit zu vertiefen. Das flüsternde Geräusch des Bleistiftes ist sehr beruhigend. Deshalb ist es irgendwie ein Schock, als er sagt: »Ich wette, du hast nicht gedacht, dass mal ein Polizist in deinem Schlafzimmer sitzen würde.«

Aber ich stocke nicht, sondern zeichne weiter, in weichen Linien, versuche, mich auf die Arbeit zu konzentrieren.

»Ich wette, du hast nicht gedacht, dass du mal in ein Künstleratelier kommen würdest«, gab ich zurück, zufrieden mit mir, weil ich so gelassen blieb.

Er lacht ein bisschen. »Vielleicht doch. Vielleicht auch nicht.«

Ich sehe ihn an. Er kann sich unmöglich nicht bewusst sein, wie gut er aussieht, denke ich. Trotz seiner Jugend muss er ein bisschen um seine Wirkung wissen.

»Aber mal im Ernst. Ich habe mich immer für Kunst und so was interessiert«, erklärt er. Er klingt stolz, aber seine Aufschneiderei hat etwas Jungenhaftes. Es ist bezaubernd. Er will sich mir gegenüber beweisen.

Dann kam mir plötzlich ein Gedanke: Wenn ich weiter schweige, wird er weiterreden. Er wird alles herauslassen. In diesem stillen Zimmer, mit einer Tischdecke vor dem Fenster und einer Lampe, die seinen Körper beleuchtet, meine Augen auf ihm ruhend, aber meine Stimme zum Schweigen gebracht, kann er der sein, der er sein will: der kultivierte Polizist.

»Die anderen Bullen interessieren sich natürlich nicht dafür. Sie finden es eingebildet. Aber ich denke mir, na ja, es ist da, oder nicht? Du kannst es mitnehmen, wenn du willst. Es ist alles da. Es ist nicht mehr so, wie es mal war.«

Er errötet noch stärker; die Haare an seinen Schläfen werden dunkel vom Schweiß.

»Ich meine, ich bin nicht besonders gebildet, wirklich – Realschule, immer nur Holzarbeiten und technisches Zeichnen –, und in der Army, na ja. Wenn du nur ein bisschen Mozart summst, reißen sie dich in Stücke. Aber jetzt bin ich für mich selbst verantwortlich, oder? Es liegt ganz bei mir.«

»Ja«, sage ich, »das stimmt.«

»Du bist natürlich im Vorteil, wenn ich das sagen darf. Du bist hineingeboren. Literatur, Musik, Malerei …«

Ich höre auf zu zeichnen. »Das stimmt zum Teil. Aber nicht jeder, den ich kannte, hielt etwas von diesen Dingen. Zunächst einmal mein Vater. Und der alte Spicer, der Hausmeister der Schule. Einmal sagte er zu mir: ›Englische Literatur ist nichts für einen Mann, Hazlewood. Romane. Studieren Sie das nicht an diesen Frauen-Colleges?‹ Ich glaube, meine Schule war genauso mit Banausen vollgestopft wie deine«, sage ich.

Es entsteht eine kleine Pause. Ich beginne wieder zu zeichnen.

»Aber wie du sagst«, fahre ich fort, »du kannst es ihnen jetzt zeigen. Sie haben sich geirrt und du kannst es ihnen zeigen.«

»Wie du es getan hast«, sagt er.

Unsere Blicke treffen sich.

Langsam lege ich meinen Bleistift hin. »Ich glaub, das reicht für heute.«

»Ist es fertig?«

»Es wird einige Wochen dauern. Vielleicht mehr. Dies ist nur eine vorbereitende Skizze.«

Er nickt, blickt auf die Uhr. »War's das dann?«

Und plötzlich kann ich es nicht mehr ertragen, dass er in der Wohnung ist. Ich weiß, ich kann mich nicht mehr viel länger verstellen. Ich kann nicht mehr über Kunst und Ausbildung und die Schwierigkeiten, ein junger Polizist zu sein, plaudern. Ich muss ihn berühren, und der Gedanke, dass er sich abwendet, ist so entsetzlich, dass ich sage, bevor ich mich beruhigen kann: »Das war's. Nächste Woche um dieselbe Zeit?« Ich spreche hastig und kann ihn nicht ansehen.

»In Ordnung«, sagt er und steht auf, offenbar ein bisschen verwirrt. »In Ordnung.«

Kaum dass ich es gesagt habe, will ich es zurücknehmen, ihn am Arm packen und an mich ziehen, aber er geht in Richtung Wohnzimmer, stopft seine Uniformjacke in die Tasche und wirft sich den Mantel über. Als ich ihn zur Tür bringe, lächelt er und sagt: »Danke.« Und ich nicke stumm.

13. OKTOBER 1957

SONNTAG, EIN TAG, DEN ICH wegen der unterschwelligen Anständigkeit immer gehasst habe, scheint passend für einen Familienbesuch. Deshalb nahm ich heute Morgen den Zug nach Godstone, um Mutter zu besuchen. Jedes Mal, wenn ich hinfahre, ist sie stiller. Ich erinnere mich zwar immer wieder daran, dass sie nicht allein ist. Sie hat Nina, die alles für sie tut. Es immer getan hat und immer tun wird. Sie hat Tante Cicely und Onkel Bertram, die oft zu Besuch kommen.

Aber es ist – muss – drei Jahre her sein, seit sie das Haus nicht mehr verlassen hat. Es ist alles so blitzsauber wie immer, aber leblos und schal innerhalb dieser Wände, was mich davon abhält, häufiger hinzufahren, was ich eigentlich sollte.

Es war Mittag, als ich die lange, gepflasterte Auffahrt hinaufging, vorbei am perfekt geschnittenen Liguster und den Kiesweg an der Seite des Hauses entlang, wo ich einmal unter dem hohen Küchenfenster gegen die Wand gepinkelt habe, genau dort, wo mein Vater unsere Nachbarin, Mrs Drewitt, geküsst hatte. Er hatte sie gleich dort geküsst und Mutter wusste davon, schwieg aber wie immer, wenn er sie betrog. Mrs Drewitt kam jedes Weihnachten zu uns und aß Mince Pie und trank Ninas Punsch. Und jedes Weihnachten reichte meine Mutter ihr eine Serviette und erkundigte sich nach dem Befinden ihrer beiden schrecklichen Söhne, die sich nur für Rugby und die Börse interessierten. Nachdem ich Zeuge eines dieser Gespräche gewesen war, entschied ich, die Hauswand mit dem natürlichen Muster meines Urins zu verzieren.

Mutters Haus ist mit Möbeln vollgestopft. Seit der alte Herr gestorben ist, bestellt sie sie bei Heals. Sie sind alle modern – blassgraue Sideboards mit Rollladentüren, Couchtische mit Metallbeinen und Rauchglasplatten, Stehlampen mit riesigen weißen Kugeln als Schirme. Nichts davon passt zum Haus im nachgemachten Tudorstil, ein scheußlicher Bau aus den Dreißigern inklusive der Bleiglasfenster. Ich habe versucht, Mutter zu überreden, in etwas Praktischeres umzuziehen, sogar (Gott möge verhüten, dass das tatsächlich passiert) eine Wohnung in meiner Nähe. Sie könnte sich problemlos Lewes Crescent leisten, aber Brunswick Terrace ist vielleicht wegen der größeren Entfernung sicherer.

Ich ging in die Küche, wo Nina Käsetoast unter dem Grill und das Radio laut aufgedreht hatte. Ich schlich mich von hinten an sie heran und kniff sie in den Unterarm. Sie sprang in die Luft.

»Du bist es!«

»Wie geht's dir, Nina?«

»Du hast mich so erschreckt …« Sie blinzelte mich ein paar Mal an, holte Luft, dann drehte sie das Radiogeplärr leiser. Nina muss inzwischen in den Fünfzigern sein. Sie trägt die Haare immer noch im kurzen Pagenschnitt, kohlrabenschwarz gefärbt, wie als ich ein Junge war. Sie hatte immer noch dieselben erschreckten grauen Augen und dasselbe sanfte Lächeln.

»Deine Mutter ist heute ein bisschen abwesend.«

»Hast du es mit Elektroschocktherapie versucht? Ich habe gehört, das wirkt Wunder.«

Sie lachte. »Du warst immer oberschlau. Soll ich dir Toast machen?«

»Ist das alles, was es gibt?«

»Ich wusste nicht, dass du kommst – sie hat nichts gesagt.«

»Ich hab ihr nichts gesagt.«

Es trat eine Pause ein. Nina sah auf die Uhr. »Ei und Speck?«

»Spitze.« Bei Nina greife ich immer auf den Jungsjargon zurück.

Ich nahm mir eine Banane aus dem Früchtekorb auf der Anrichte und setzte mich an den Küchentisch, um zuzusehen, wie Nina etwas zusammenbrutzelte. Ei und Speck bedeutete bei Nina nicht einfach nur Ei und Speck. Es bedeutete gegrillte Tomaten, geröstetes Brot, möglicherweise pikante Hammelnierchen.

»Gehst du nicht zu ihr rein?«

»Gleich. Was hast du mit ›abwesend‹ gemeint?«

»Du weißt schon. Nicht sie selbst.«

»Ist sie krank?«

Nina legte drei Scheiben Speck unendlich behutsam in eine Pfanne. »Du solltest öfter kommen. Sie vermisst dich.«

»Ich hatte zu tun.«

Sie schnitt zwei Tomaten in Hälften und legte sie unter den Grill. Eine Pause, dann sagte sie: »Dr. Shire sagt, es ist nichts. Das Alter, das ist alles.«

»Der Doktor war hier?«

»Er sagt, es ist nichts.«

»Wann war der Doktor hier?«

»Letzte Woche.« Sie schlug zwei Eier in die Pfanne, ohne einen Tropfen zu verschütten. »Geröstetes Brot?«

»Nein danke. Warum hat sie mir nichts gesagt? Warum hast du mir nichts gesagt?«

»Sie wollte kein Aufheben machen.«

»Aber ich verstehe nicht. Was ist mit ihr?«

Nina richtete das Essen auf dem Teller an und sah mich an. »Es ist etwas passiert, Patrick. Letzte Woche. Wir spielten gerade Scrabble und da sagt sie zu mir: ›Ich kann die Wörter nicht sehen.‹ Und sie war vollkommen panisch.«

Ich starrte sie an, konnte nicht antworten.

»Ich dachte, dass sie vielleicht am Abend vorher ein paar Gläser zu viel getrunken hätte«, fuhr Nina fort. »Du weißt, wie sie ihren Wein liebt. Aber gestern ist es wieder passiert. Diesmal die Zeitung.

›Es ist alles verschwommen‹, sagt sie. Ich sagte zu ihr, die Schrift wäre komisch, aber ich glaube nicht, dass sie es mir abgenommen hat.«

»Der Doktor muss noch einmal kommen. Ich werde ihn anrufen, heute Nachmittag.«

Als Nina mich ansah, hatte sie Tränen in den Augen. »Das wäre gut. Iss jetzt deinen Lunch«, sagte sie. »Sonst wird es kalt.«

Ich brachte Mutter ihren mit Käse überbackenen Toast in den Wintergarten. Dort war es warm von der Sonne und ich konnte die Erde des großen Farns im Kübel neben der Tür riechen. Sie schlief in ihrem Korbsessel – ihr Kopf war nicht heruntergefallen, aber schräg zur Seite gelehnt, wie ich es kannte. Sie rührte sich nicht, deshalb stand ich einen Augenblick und sah hinaus in den Garten. Einige Rosen hielten noch durch und ein paar vertrocknete violette Chrysanthemen waren noch da, aber insgesamt wirkte es kahl. Wir zogen hierher, als ich sechzehn war, deshalb fühle ich mich dem Haus nicht besonders verbunden. Es war Vaters Art, neu anzufangen nach dem Vorfall mit dem Mädchen, das bei seinem Schneider arbeitete und das er leichtsinnigerweise schwängerte. Mutter weinte eine Woche lang und als Abbitte erlaubte er ihr, zurück nach Surrey zu ziehen.

Sie bewegte sich. Mein Seufzen hat sie vielleicht aufgeschreckt.

»Tricky.«

»Hallo, Mutter.«

Ich beugte mich herunter und küsste ihr Haar. Sie griff mir mit der Hand an die Wange. »Hast du gegessen?«

»Nina sagt, du wärst abwesend gewesen.«

Mit einem abwehrenden »Unsinn« ließ sie meine Wange los. »Lass dich ansehen.«

Ich stand vor ihr, mit dem Rücken zum Garten.

Sie setzte sich in ihrem Sessel auf. Ihre Haut ist noch nicht so faltig, wie es bei einer Fünfundsechzigjährigen zu erwarten wäre, und ihre grünen Augen sind klar. Ihre Haare, die sie hochgesteckt trägt, sind immer noch dick, aber jetzt mausgrau. Sie hatte wie üblich die Rubin-Halskette um. Ihre Sonntagsjuwelen. Sie gingen immer zur Kirche, dann Drinks, gefolgt von Lunch mit Freunden und Nachbarn. Damals hasste ich das alles, aber in dem Moment hatte ich Sehnsucht nach dem Klirren von Eis in Gin, dem Geruch von Lammbraten, dem Gemurmel der Leute, die sich im Wohnzimmer unterhielten. Jetzt ist es Käsetoast mit Nina.

»Du siehst gut aus«, sagte sie. »So gut wie schon lange nicht mehr. Habe ich recht?«

»Das hast du doch immer.«

Das ignorierte sie. »Schön, dich zu sehen.«

Ich stellte das Tablett mit ihrem Lunch auf den Tisch vor ihr.

»Mutter, Nina sagt, dass du abwesend gewesen bist …«

Sie winkte ab, die Hand vor ihrem Gesicht. »Tricky. Wirke ich abwesend auf dich?«

»Nein, Mutter. Du wirkst vollkommen präsent.«

»Gut. Und jetzt erzähl, was ist im schmutzigen alten Brighton los? Benimmst du dich?«

»Bestimmt nicht.«

Sie zeigte ihr teuflischstes Lächeln. »Wunderbar. Lass uns was trinken und du erzählst mir alles darüber.«

»Zuerst Lunch. Dann rufe ich Dr. Shire, um nach dir zu sehen.«

Sie blinzelte. »Sei nicht albern.«

»Ich weiß alles über diese Zustände, die du gehabt hast. Und ich möchte, dass er kommt und nach dir sieht.«

»Es wäre völlige Zeitverschwendung. Er war schon hier.« Ihre Stimme war ruhig. Sie wandte den Blick von mir ab in den Garten.

»Und was war seine Diagnose?«

»Ich leide an der weit verbreiteten Krankheit, die Alter genannt wird. Diese Dinge passieren. Und sie werden mehr und mehr passieren.«

»Sag das nicht.«

»Tricky, Liebling. Es stimmt.«

»Wenn es wieder vorkommt, ruf mich an. Sofort.« Ich ergriff ihre Hand. Hielt sie fest. »In Ordnung?«

Sie drückte meine Hand. »Wenn du darauf bestehst.«

»Danke.«

»Jetzt lass uns was trinken. Ich mag Käse auf Toast nicht ohne ein Glas Bordeaux.«

Wir beließen es dabei. Die nächsten zwei Stunden verbrachte ich damit, meine Mutter mit Geschichten von meinen Zusammenstößen mit Houghton, meinem Umgang mit Jackie und sogar mit der Geschichte von der Frau auf dem Fahrrad zu unterhalten, wobei ich die Rolle meines Polizisten bei dem Vorfall auf ein Minimum reduzierte.

Mutter hat mir gegenüber nie meine Homosexualität erwähnt und ich habe nie davon angefangen. Ich bezweifle, dass das Thema jemals zwischen uns zur Sprache kommt, aber ich bin überzeugt, dass sie meine Situation vage, unbewusst versteht. Zum Beispiel hat sie nicht einmal gefragt, wann ich ein nettes Mädchen mit nach Hause bringe und ihr vorstelle. Als ich einundzwanzig war, habe ich zufällig gehört, wie sie Mrs Drewitts jährliche Erkundigung nach meinem Familienstand mit den Worten abwehrte: »Dafür ist Tricky nicht geschaffen.«

Amen.

14. OKTOBER 1957

IMMER WENN HOUGHTON SEINE glänzende Glatze durch die Tür steckt und trällert: »Lunch, Hazlewood? East Street?«, gibt es Ärger. Das letzte Mal, als wir beide essen waren, verlangte er, dass ich mehr hiesige Aquarelle ausstelle. Ich erklärte mich einverstanden, aber bis jetzt ist es mir gelungen, die Anordnung zu missachten.

Der Dining Room in der East Street passt zu Houghton: große weiße Teller, silberne Saucieren, in die Jahre gekommene Kellner mit brüchigem Lächeln, die es nicht eilig haben, einem das Essen zu bringen, alles gekocht. Aber der Wein ist normalerweise leidlich und sie machen einen guten Pudding. Stachelbeer-Pie, Biskuitkuchen mit Sirupfüllung, Spotted Dick, so etwas.

Nachdem wir lange gewartet hatten, bevor wir überhaupt bedient wurden, beendeten wir schließlich unseren Hauptgang (ein ziemlich zähes Lammkotelett mit Kartoffeln, die aus der Dose waren, da war ich sicher, garniert mit ein paar Zweigen Petersilie). Erst danach erklärte Houghton, dass er beschlossen hätte, für meine Kindernachmittage grünes Licht zu geben. Dagegen könnte er auf keinen Fall den Mittagskonzerten zustimmen. »Wir sind für das Visuelle zuständig, nicht das Akustische«, sagte er und leerte das dritte Glas Bordeauxwein.

Ich hatte auch schon ein paar Gläser und konterte: »Spielt das eine Rolle? Auf die Art könnte man die, die mehr zum Akustischen tendieren, für das Visuelle gewinnen.«

Er nickte langsam und holte tief Luft, als ob das genau die Art von Herausforderung war, die er von Leuten wie mir erwartet hatte, und er tatsächlich froh war, dass ich auf eine Art geantwortet hatte, auf die er bestens vorbereitet war. »Mir scheint, Hazlewood, es ist Ihr Job, die fortwährende Qualität unserer Sammlung europäischer Kunst sicherzustellen. Die Qualität der Sammlung – nicht irgendein musikalischer Gag – wird die Öffentlichkeit ins Museum locken.« Nach einer Pause fügte er hinzu: »Haben Sie was dagegen, wenn wir den Pudding weglassen? Ich bin ziemlich in Eile.«

Pudding, wollte ich sagen, war das Einzige, für das sich dieses Erlebnis gelohnt hätte. Aber selbstverständlich erwartete er auf die Frage keine Antwort, sondern bat um die Rechnung.

Mit der Brieftasche herumspielend, hielt er dann noch eine kleine Ansprache: »Ihr Reformer schießt immer übers Ziel hinaus. Nehmen Sie einen Rat von mir an und lassen es auf sich beruhen. Es ist leicht, mit neuen Ideen irgendwo hineinzuplatzen, aber Sie müssen sich erst mal an einem Arbeitsplatz eingewöhnen, bevor Sie zu viel davon verlangen, verstehen Sie?«

Ich bejahte. Und ich sagte, dass ich nun schon fast vier Jahre am Museum sei, was mir meiner Ansicht nach das Recht gäbe anzunehmen, dass ich dort Fuß gefasst hätte.

»Das ist nichts«, sagte er und winkte ab. »Bin selbst zwanzig da und der Vorstand hält mich immer noch für einen Neuling. Es braucht Zeit, bis Ihre Kollegen Sie richtig einschätzen können.«

Ich bat ihn höflich, diese Aussage näher zu erläutern.

Er sah auf die Uhr. »Ich wollte eigentlich nicht davon anfangen« – ich begriff, dass dies der Punkt war, auf den unser Lunch tatsächlich von Anfang an zusteuerte –, »ich sprach neulich mit Miss Butters und sie erwähnte ein Projekt von Ihnen, von dem ich absolut nichts weiß. Was ziemlich merkwürdig war. Sie sagte, es hätte was mit Porträts von normalen Bürgern zu tun.«

Jackie. Was in aller Welt machte Jackie in Houghtons Büro?

»Nun, natürlich höre ich nicht auf das Geplapper der Büromädchen – zumindest versucht man, es auszublenden ...«

Ich lachte pflichtschuldig.

»… aber bei dieser Gelegenheit spitzte ich die Ohren, wie man so sagt.«

Er sah mich an, seine blauen Augen ruhig und klar. »Und deshalb bitte ich Sie, Hazlewood, das übliche Verfahren im Museum zu beachten. Jedes neue Projekt muss von mir genehmigt werden, und wenn ich denke, es passt, vom Vorstand. Die korrekten Dienstwege müssen eingehalten werden. Sonst regiert das Chaos.«

Haben Sie als Ästhet in Cambridge niemals das Protokoll ignoriert?, wollte ich ihn fragen. Ich versuchte, mir Houghton in einem Stechkahn auf dem Cam vorzustellen, ein dunkelhaariger, geheimnisvoller Junge. War er jemals davon überzeugt? Oder war es bei ihm nur ein Liebäugeln, wie mit linker Politik und ausländischem Essen? Etwas, was man auf der Universität ausprobiert und beim Eintritt in die reale Arbeitswelt erwachsener Männer schnell verwirft.

»Nun denn. Wir gehen zurück und Sie können mir erzählen, worum es bei diesem Porträtdings geht.«

Draußen auf der Straße behauptete ich, dass Jackie es falsch verstanden haben müsse. »Es ist zurzeit nur eine Idee. Ich habe noch nichts unternommen.«

»Also, wenn Sie eine Idee haben, erzählen Sie es mir, um Gottes willen, und nicht dem Büromädchen, klar? Verdammt peinlich, von Ihrer Miss Butters auf dem falschen Fuß erwischt zu werden.«

Und dann passierte etwas Wunderbares. Als wir die North Street überquerten, schwebte die Herzogin von Argyle vorbei. Und er sah tatsächlich aus wie ein Schwan. Zartes weißes Halstuch. Eng sitzendes cremefarbenes Jackett und Hose. Schuhe in der Farbe der untergehenden Sonne, mit passendem Lippenstift. Mein Herz machte heftig DUM-De, aber ich brauchte keine Angst zu haben. Die Herzogin warf mir nicht einmal einen Blick zu. Ich hätte wissen müssen, dass im Argyle niemals der Typ angestellt wurde, der dich auf der Straße anmacht.

Jemand zischte: »Verdammte Schwulensau«, und ein paar Frauen auf dem Gehsteig kicherten. An einem Wochentag um die Mittagszeit ist die North Street vielleicht nicht der beste Ort, um herumzuspazieren. Aber die Herzogin wird älter – im hellen Tageslicht sah ich seine Krähenfüße – und vielleicht kümmert er sich nicht mehr besonders darum. Ich hatte plötzlich das Bedürfnis, ihm nachzulaufen, seine Hand zu küssen und ihm zu sagen, dass er tapferer war als jeder Soldat, mit diesem auffälligen Make-up in einer englischen Seestadt, selbst wenn diese Stadt Brighton war.

Diese Begegnung brachte Houghton für einige Augenblicke zum Schweigen und ich rechnete damit, dass er so tun würde, als hätte der Vorfall nicht stattgefunden. Er ging jedenfalls schnell, als wollte er der verpesteten Luft entkommen, durch die die Herzogin gerade geschwebt war. Aber dann sagte er: »Ich vermute, der Bursche kann nicht anders. Aber er muss es nicht so zur Schau stellen. Ich verstehe nicht, was man durch so ein Benehmen gewinnt. Ich meine, Frauen sind so wunderschöne Geschöpfe. Sein Theater ist herabwürdigend für das schöne Geschlecht, finden Sie nicht?« Er sah mich direkt an, aber sein Gesicht war umwölkt, wahrscheinlich vor Verwirrung, etwas anderes konnte ich mir nicht vorstellen.

Vielleicht war es die Tatsache, dass mein Polizist den Abend vorher in meiner Wohnung gewesen war, vielleicht der Groll über Houghtons Versuche, mich zurechtzuweisen, vielleicht Wagemut, hervorgerufen durch das bewundernswerte Beispiel der Herzogin, das mich veranlasste zu entgegnen: »Ich versuche, mir darüber keine Gedanken zu machen, Sir. Schließlich sind nicht *alle* Frauen wunderschön. Einige sehen ziemlich männlich aus und niemand zuckt bei ihnen auch nur mit der Wimper, nicht wahr?«

Den Rest des Rückweges spürte ich, dass Houghton nach einer Erwiderung suchte. Er fand keine und wir gingen schweigend ins Museum.

Vor meinem Büro blickte Jackie erwartungsvoll auf. Ich bat sie um ein Gespräch, nannte sie in meinem Ärger beinahe »Miss Butters«.

Sie saß in dem Sessel gegenüber meinem Schreibtisch. Ich ging ein bisschen auf und ab, hasste mich selbst dafür, dass ich in dieser Situation war. Ich wusste, eine Standpauke war nötig. Houghton hatte mir eine gehalten und jetzt musste ich dasselbe mit Jackie tun. Aber wem würde Jackie eine halten? Vielleicht ihrem Hund. Ich habe sie einmal im Queen's Park gesehen, wie sie für einen Cockerspaniel einen Stock warf. Auf ihrem Gesicht war ein ungeheures Lächeln und die Art, wie sie sich hinkniete, um den Hund dafür zu loben, dass er ihr den Stock zu Füßen gelegt hatte, und wie sie zuließ, dass er seine Pfoten auf ihre Schultern legte und jeden erreichbaren Zentimeter ihres Gesichtes mit seiner Zunge bedeckte, hatte etwas Unbekümmertes. In dem Moment sah sie beinahe schön aus. Frei.

Als ich mich räusperte, sagte sie: »Mr Hazlewood, es tut mir so unendlich leid, wenn ich Ihnen Ärger gemacht habe.«

Sie umklammerte ihren Rocksaum – sie trug wieder das gelbe Ensemble –, zog ihn über die Knie und bewegte die Füße hin und her. »Der Lunch mit Mr Houghton hat so lange gedauert und ich sagte mir, dass das normalerweise Ärger bedeutet.« Sie machte große Augen. »Und dann fiel mir ein, dass ich Ihr Porträtprojekt neulich Houghton gegenüber erwähnt hatte und er so eigenartig guckte, als ich es sagte … und ich fragte mich, ob ich vielleicht etwas Falsches gesagt hatte?«

Ich fragte sie, was genau sie ihm gesagt hatte.

»Eigentlich nichts.«

Ich saß auf der Schreibtischkante, wollte milde auf sie herablächeln und auf die Art mächtig, aber nicht bedrohlich wirken. Aber Gott weiß, welchen Gesichtsausdruck ich hatte – wahrscheinlich panische Angst, als ich sagte: »Sie müssen etwas gesagt haben.«

»Er fragte mich, ob Sie ›irgendetwas Neues vorhaben‹. Ich glaube, so hat er sich ausgedrückt. Aber es war nur … Gerede. Manchmal fragt er mich Sachen.«

»Er fragt Sie Sachen?«

»Nachdem Sie nach Hause gegangen sind. Er kommt hier rein und fragt mich Sachen.«

»Welche Art Sachen?«

»Dumme Sachen. Sie wissen schon.« Sie senkte verschämt die Augenlider und blickte zu Boden, aber ich verstand immer noch nicht, was sie meinte.

»Sie wissen schon«, sagte sie. »Geschwätz.«

Geschwätz? Ich hätte schreien können. Houghton schwatzte? Dann dämmerte es mir. »Wollen Sie mir damit sagen, dass der alte Houghton hier reinkommt und mit Ihnen flirtet?«

Sie kicherte oder so etwas Ähnliches. »Ich nehme an, man könnte es so nennen.«

Ich sah es alles ganz deutlich vor mir. Er, wie er sich über ihre Schulter beugt, den noch frischen Packen Durchschläge befingert. Sie, wie sie ihre Schmetterlingsbrille abnimmt und über seinen warmen Händen atmet. Und es erwischte mich völlig auf dem falschen Fuß. So sehr, dass ich nicht mehr wusste, was ich sagen sollte.

Es folgte ein langes Schweigen. Dann kam von Jackie: »Es ist nichts Ernstes, Mr Hazlewood. Er ist verheiratet. Es ist nur ein Spaß.«

»Es hört sich für mich nicht sehr spaßig an.«

»Bitte seien Sie nicht böse, Mr Hazlewood. Es tut mir unendlich leid, dass ich Ärger gemacht habe.«

»Das haben Sie nicht«, erklärte ich. »Aber es wäre mir lieber, Sie würden das Porträtprojekt bei Ihren kleinen … Plaudereien mit Houghton nicht wieder erwähnen. Es ist noch in einem ganz frühen Stadium und es muss noch niemand etwas darüber erfahren.«

»Ich habe ihm nicht viel erzählt.«

»Gut.«

»Nur dass der nett aussehende Polizist vorbeikam. Sonst nichts.«

Ich versuchte, mir nicht das Geringste anmerken zu lassen. Jackie strich wieder ihren Rock glatt. Trotz ihres gepflegten Äußeren waren ihre Nägel bis zum Fleisch heruntergekaut. Ich starrte auf die ausgefransten Stummel und brachte heraus: »Das ist gut. Es ist einfach das Beste, wenn ich Mr Houghton das Projekt präsentiere, wenn ich so weit bin.«

»Ich verstehe.«

Ich sagte ihr, sie könne gehen. An der Tür wiederholte sie: »Ich verstehe, Mr Hazlewood. Ich werde nichts sagen.« Und sie verabschiedete sich.

Jetzt zu Hause muss ich an Michaels Vermieterin denken. Mrs Esme Owens, Witwe. Sie wohnte unten, stellte keine Fragen, strickte endlos Socken für die Armen und machte Michael freitags Fischpastete, die köstlich war, wie er versicherte. Er sagte immer, sie wäre die Diskretion in Person. Sie hatte im Krieg ein- oder zweimal etwas gesehen, die alte Esme, und nichts schockierte sie mehr. Für seine Gesellschaft revanchierte sie sich mit Schweigen. Denn sie musste bemerkt haben, wie häufig ich ihn besuchte, und sich gefragt haben, warum er jede Mittwochnacht außer Haus verbrachte.

Aber ich habe mich oft gefragt, wer Michael diese Briefe schrieb. Er sagte, es wäre niemand, den wir kannten, eine professionelle Bande, die von der Erpressung Homosexueller wahrscheinlich gut lebte. Im ersten Brief stand nichts von Bedeutung, bis zu dem Punkt: HABE DICH IM P RODIS MIT EINEM STRICHER GESEHEN. WENN ICH SCHWEIGEN SOLL, SCHICK BIS FREITAG FÜNF PFUND. Die Adresse war ein Haus in West Hove. Rechtschaffen wütend liefen wir dort einen Sonntagnachmittag herum, ohne Plan, ohne eine Ahnung, was wir wollten. Als wir ein paar Mal an der Tür vorbeigegangen waren, merkten wir, dass das Haus vollkommen leer war. Diese Leere machte mir plötzlich den Ernst der Situation bewusst. Diese Bedrohung hatte kein Gesicht. Es war etwas, das wir nicht sehen konnten, geschweige denn bekämpfen. Wir gingen schweigend nach Hause. Ich versuchte, Michael davon abzubringen, aber er schickte das Geld. Ich wusste, dass er keine Wahl hatte, aber ich dachte, ich müsste widersprechen.

Einige Wochen später fand ich einen weiteren Brief in seiner Wohnung und diesmal hatte sich das Schweigegeld verdoppelt. Zwei Monate nach dem ersten Brief hatte Michael sich umgebracht.

Und so denke ich manchmal an Mrs Esme Owens und ihre Diskretion. Auf Michaels Beerdigung trug sie eine sehr teuer aussehende Pelzstola. Und tat um einiges verzweifelter, als man von einer Vermieterin erwarten würde.

15. OKTOBER 1957

DIE SACHE MIT MUTTER hat mich sehr beunruhigt. Sonntagabend lag ich wach im Bett und war überzeugt, dass sie nur noch wenige Tage hatte und ich mich auf ihren Tod vorbereiten müsste. Aber am Montag dachte ich, vielleicht müsste ich mich schlimmstenfalls auf eine lange Krankheit gefasst machen und ich sollte sie nach Brighton holen, damit ich sie pflegen konnte. Ich warf auf dem Heimweg vom Museum sogar einen Blick ins Schaufenster von Cubitt und West, um zu sehen, ob bei mir in der Nähe Wohnungen frei waren. Heute Morgen dachte ich aber, dass Mutter zu der Sorte gehörte, die durchhielt und wahrscheinlich noch einige gute Jahre vor sich hatte, bevor mein Eingreifen notwendig war. Trotzdem hatte ich beschlossen, sie zumindest zu bitten herzukommen, um meine Bereitwilligkeit zu zeigen. Und als ich mich heute Abend mit einem Gin und Tonic hinsetzte, um ihr das zu schreiben, klingelte es.

Nächste Woche um dieselbe Zeit. Ich lächelte. Obwohl ich wegen Mutters Krankheit beunruhigt gewesen war, hatte ich natürlich auf ihn gewartet und das Gästezimmer hergerichtet. Aber erst als es klingelte, gestand ich mir selbst ein, dass ich erwartet hatte, dass mein Polizist wiederkommen würde, obwohl ich ihn letztes Mal weggeschickt hatte.

Ich saß einige Augenblicke da und genoss die Erwartung, ihn gleich zu sehen. Ich ließ mir Zeit und las sogar noch einmal, was ich geschrieben hatte. »Liebe Mutter«, hatte ich angefangen, »ich hoffe, du denkst nicht, dass ich mich einmische oder über deinen Zustand aufrege.« Beides traf natürlich zu.

Dann klingelte es wieder. Diesmal ein langes, ungeduldiges Klingeln. Er war wiedergekommen. Ich hatte ihn weggeschickt, aber er war wiedergekommen. Und das machte einen bedeutenden Unterschied. Es war seine Entscheidung. Er war der Hartnäckige, nicht ich. Da draußen war er und drückte wieder meine Klingel. Ich stürzte den Rest des Gins herunter und ging nach unten, um ihn hereinzulassen.

Seine ersten Worte, als er mich sah, waren: »Bin ich zu früh?«

»Überhaupt nicht«, sagte ich, ohne auf die Uhr zu sehen. »Du bist pünktlich.« Ich führte ihn über die Treppe hinauf in die Wohnung und ging hinter ihm, damit er meinen unwillkürlich federnden Gang nicht sah.

Er trug die Uniform wieder in der Hand und hatte einen schwarzen Pullover und Jeans an. Wir gingen ins Wohnzimmer und standen zusammen auf dem Teppich. Zu meiner Überraschung lächelte er mir ein bisschen zu. Er schien nicht so nervös zu sein, wie ich zuerst gedacht hatte. Für einen Moment schien alles ganz einfach: Er war wieder hier, in der Wohnung. Alles andere war gleichgültig. Mein Polizist war hier und er lächelte.

»Also dann«, sagte er. »Wollen wir anfangen?« In seinem Ton lagen jetzt Selbstvertrauen und Entschlossenheit.

»Ich denke, das sollten wir.«

Und er drehte sich um, ging ins Gästezimmer und schloss die Tür hinter sich. Ich versuchte, die Vorstellung zu verdrängen, dass er sich hinter der Tür auszog, während ich in die Küche ging, um ihm ein Bier zu holen. Als ich am Spiegel im Flur vorbeiging, warf ich einen prüfenden Blick auf mein Äußeres und konnte mir nicht verkneifen, mein Spiegelbild durchtrieben anzugrinsen.

»Fertig«, rief er und öffnete die Tür zum »Studio«. Und da stand er, fertig angezogen für mich, und wartete darauf anzufangen.

Nachdem ich ihn gezeichnet hatte, gingen wir wieder ins Wohnzimmer und ich gab ihm noch etwas zu trinken.

Das Bier musste ihn entspannt haben. Er öffnete seinen Gürtel, zog die Jacke aus, hängte sie über einen Sessel und setzte sich unaufgefordert auf das Chesterfieldsofa. Ich betrachtete die Form der Jacke auf der Rückenlehne des Sessels und dachte, wie schlaff sie aussah, wenn sein Körper sie nicht ausfüllte.

»Magst du die Uniform?«, fragte ich.

»Du hättest mich sehen sollen, als ich sie bekommen habe. Bin die ganze Zeit im Wohnzimmer auf und ab gegangen und hab mich im Spiegel angeguckt.« Er schüttelte den Kopf. »Da habe ich noch nicht gemerkt, wie schwer sie sein würde.«

»Schwer?«

»Wiegt 'ne Tonne. Zieh sie mal an.«

»Sie passt mir nicht …«

»Los. Probier mal.«

Ich nahm sie. Er hatte recht: Das Ding war schwer. Ich rieb die Wolle zwischen Finger und Daumen. »Es ist ein bisschen rau …«

Seine Augen funkelten, als sich unsere Blicke trafen. »Wie ich.«

»Überhaupt nicht wie du.«

Es entstand eine Pause. Keiner von uns sah weg.

Ich zog mir die Jacke über und mühte mich ab, um in die Ärmel zu finden. Sie war zu groß – die Taille zu tief, die Schultern zu breit –, aber noch warm von seinem Körper. Sie roch stark nach Karbol und Pinientalkum. Der raue Kragen kratzte an meinem Hals und ich schauderte. Ich wollte meine Nase im Ärmel vergraben, den Stoff fest um mich ziehen und den Geruch einatmen. Seine Wärme. Stattdessen knickste ich und sagte ziemlich kläglich: »'n Abend, alle zusammen.«

Er lachte. »Hab das noch nie jemand sagen hören. Nicht im richtigen Leben.«

Ich zog die Jacke aus und schenkte mir noch einen Gin ein. Dann setzte ich mich neben ihn aufs Sofa, so nah ich mich traute.

»Bin ich denn ein gutes Motiv?«, fragte er. »Wird es ein gutes Porträt?«

Ich schlürfte meinen Drink. Ließ ihn auf die Antwort warten. Mein trochäisches Herz schlug aufgeregt.

Ich sah ihn nicht an, aber ich spürte, wie er hin und her rutschte. Er seufzte ein bisschen und streckte einen Arm aus. An der Rückenlehne des Chesterfieldsofas entlang. In meine Richtung.

Draußen vorm Fenster war der Himmel schwarz. Ich konnte nur den Schein von ein paar Straßenlaternen sehen und die verschwommenen Umrisse des sich in der Scheibe widerspiegelnden Zimmers. Ich versuchte, mich selbst zur Vernunft zu bringen. Ich bin hier, dachte ich, mit einem Polizisten in der Wohnung, und ich werde ihn gleich berühren müssen, wenn er sich weiter so benimmt, aber er ist Polizist, um Himmels willen, ein größeres Risiko kann man kaum eingehen, und ich sollte an Jackies vielsagende Bemerkung denken, und an Mrs Esme Owens und daran, was mit dem Jungen im Napoleon passiert ist …

Das dachte ich. Aber ich fühlte die Wärme seines Arms auf der Rückenlehne des Chesterfieldsofas, jetzt ganz nah an meiner Schulter. Den Geruch von Bier an ihm, ein brotähnlicher Geruch. Das Knarzen seines Gürtels, als er die Hand ein bisschen näher schob.

»Du wirst ein wunderbares Porträt abgeben«, sagte ich. »Ganz wunderbar.«

Und dann streiften seine Fingerspitzen meinen Hals. Noch immer sah ich ihn nicht an. Ich starrte ins Leere und das Spiegelbild des Zimmers in der Fensterscheibe verschwamm in eine weiche Masse aus Licht und Dunkel. Es verschwamm alles, das ganze Zimmer, im Gefühl der Finger meines Polizisten in meinen Haaren. Er hielt jetzt meinen Nacken, hielt ihn fest, und ich wollte meinen Kopf zurücklehnen, in seine große, kräftige Hand. Seine Berührung war entschlossen, erstaunlich sicher, aber als ich mich endlich umdrehte, um ihn anzusehen, war sein Gesicht blass und sein Atem ging schnell.

»Patrick …«, begann er, es war kaum ein Flüstern.

Ich knipste die Lampe auf dem Tisch aus und legte meine Hand auf seinen wunderschönen Mund. Ich spürte seine fleischige Oberlippe, als er Luft holte. »Sag nichts«, sagte ich zu ihm.

Ich ließ die Hand auf seinem Mund, während ich mit der anderen oben auf seinen Oberschenkel drückte. Er schloss die Augen, atmete aus. Ich rieb ihn durch den rauen Wollstoff seiner Uniformhose, bis er schwer schluckte und meine Hand nass von seinem Atem war. Als ich spürte, wie sein Schwanz sich aufrichtete, nahm ich die Hand weg und lockerte seine Krawatte. Er sagte nichts, keuchte weiter. Ich knöpfte sein Hemd auf, so schnell ich konnte, mein Herz hämmerte im verkehrten Rhythmus, und er begann, einen meiner Finger zu lecken, ganz leicht zuerst, aber als ich den Mund auf seinen entblößten Hals legte, dann auf seine Brust, saugte er gierig daran. Und als ich das feine Haar küsste, das zu seinem Bauchnabel hinaufkroch, biss er zu, kräftig. Ich küsste weiter. Er biss weiter. Dann nahm ich die Hand von seinem Mund, nahm sein Gesicht in die Hände und küsste ihn, ganz zart, ohne seine angestrengt suchende Zunge zu berühren. Er gab ein schwaches Geräusch von sich, ein leises Stöhnen, und ich griff nach unten, nahm seinen Schwanz in die Hand und flüsterte ihm ins Ohr: »Du wirst wunderbar sein.«

Hinterher lag ich mit der Hand in seinem Schoß und wir schwiegen zusammen. Die Vorhänge waren noch auf und das Zimmer war von den Straßenlaternen draußen schwach beleuchtet. Ein paar Autos dröhnten vorbei. Die letzte Möwe schrie in den Abendhimmel. Mein Polizist legte seinen Kopf auf die Rückenlehne des

Chesterfieldsofas, die Hand immer noch in meinem Haar. Keiner von uns sagte etwas, es schienen Stunden zu vergehen.

Schließlich hob ich den Kopf, um etwas zu ihm zu sagen. Aber bevor ich sprechen konnte, war er aufgestanden, knöpfte seinen Hosenschlitz zu, griff nach seinem Mantel und sagte: »Ich sollte lieber nicht wiederkommen, oder?«

Es war eine Frage. Eine Frage, keine Feststellung.

»Natürlich solltest du.«

Er sagte nichts. Schnallte den Gürtel zu, zog die Jacke an und begann, sich von mir zu entfernen. Ich fügte hinzu: »Wenn du willst.«

Er blieb in der Tür stehen. »So einfach ist es nicht, oder?«

Genau wie Michael, jede Mittwochnacht. Ging er. Die Tür schlägt zu und das war's. Lass uns jetzt nicht darüber reden, dachte ich. Bleib einfach noch ein bisschen.

Ich rührte mich nicht. Saß da und lauschte seinen Schritten. Das Einzige, was ich herausbrachte, war: »Nächste Woche um dieselbe Zeit?«

Aber er hatte schon die Haustür zugeschlagen.

19. OKTOBER 1957

DIE GANZE WOCHE WAREN meine Träume von seinem Stöhnen erfüllt, als ich ihn geküsst hatte. Wie sein Schwanz gegen meine flache Hand stieß. Dem Geräusch der zuschlagenden Haustür.

Er hat bestimmt Angst. Er ist jung. Unerfahren. Obwohl ich weiß, dass viele Jungen seiner Schicht weit mehr Erfahrung haben, als ich hatte. Ein Bursche, den ich einmal im Greyhound Stadium traf, schwor Stein und Bein, dass ein Freund seines Vaters ihn in seinem Schrebergarten missbraucht hätte, als er kaum fünfzehn war. Und dass es ihm gefallen hätte. Aber ich glaube nicht, dass meinem Polizisten etwas Ähnliches passiert ist. Ich glaube, auch wenn das ziemlich romantisch ist, bei ihm ist es so, wie es bei mir war: Er hat viele Jahre, schon seitdem er ein ganz kleiner Junge war, Männer angesehen und wollte von ihnen berührt werden. Vielleicht hat er schon angefangen, sich einzugestehen, dass er schwul ist. Vielleicht weiß er sogar schon, dass ihn keine Frau »heilen« kann. Ich hoffe, er weiß es, obwohl es mir überhaupt nicht klar war, bis ich fast dreißig war. Selbst als ich mit Michael zusammen war, war noch ein Rest Zweifel in mir, ob mich nicht eine Frau da herausreißen könnte. Aber als er starb, wusste ich, wie äußerst töricht das war, denn für das, was ich verloren hatte, gab es kein anderes Wort als Liebe. So. Jetzt habe ich es niedergeschrieben.

Ich bezweifle, dass vor mir ein anderer Mann meinen Polizisten berührt hat. Ich bezweifle, dass er den Kopf eines anderen Mannes in der Hand gehalten hat. Er war kühn – er hat mich damit überrascht und beglückt. Aber ist er wirklich so selbstsicher, wie er tut? Wie viel Angst er wirklich hat, kann ich unmöglich wissen. Das Lachen, die funkelnden Augen sind ein guter Schutz, vor der Welt und vor sich selbst.

25. OKTOBER 1957

EIN RIESIGER SKANDAL bei der Brightoner Kriminalpolizei beschäftigt gerade die Zeitungen. Ich glaube, es steht sogar in der »Times«. Der Polizeipräsident und ein Kriminalinspektor sind angeklagt. Ihnen wird Korruption vorgeworfen. Die Einzelheiten sind im Moment noch unklar, aber fest steht, dass diese beiden Männer darin verwickelt sind. Sie sollen Deals mit verschiedenen zwielichtigen Personen gemacht haben, wie man sie im Bucket of Blood antrifft. Ich muss zugeben, ich freute mich, als ich die Überschrift im »Argus« las: POLIZEIPRÄSIDENT UND ZWEI ANDERE ANGEKLAGT – endlich erfuhren unsere Jungs in Blau einmal allgemeine Verachtung und möglicherweise Inhaftierung – aber meine Schadenfreude verflog, als mir klar wurde, was das vielleicht für meinen Polizisten bedeutete. Normale, ehrliche Mitglieder der Polizei werden mit Sicherheit für die Vergehen ihrer Chefs bezahlen müssen. Gott weiß, unter welchem Druck sie jetzt stehen.

Aber ich kann nichts daran ändern. Ich kann bloß warten, dass er wiederkommt. Das ist alles, was ich tun kann.

4. NOVEMBER 1957

HEUTE MORGEN GLITZERTE FROST auf dem Gehsteig. Uns steht ein kalter Winter bevor.

Er ist fast drei Wochen nicht hier gewesen. Und jeden Tag geht etwas von der Erinnerung an unseren gemeinsamen Abend verloren. Ich fühle noch seine Lippen, kann mich aber nicht mehr genau an die Form des Knubbels an seiner Nasenwurzel erinnern.

Im Museum hat Jackie mich hinter ihren Brillengläsern genau beobachtet und Houghton hat unentwegt von der Notwendigkeit geredet, den Direktor, den Vorstand und den Stadtrat bei Laune zu halten, indem nichts zu Ausgefallenes unternommen wird. Das Porträtprojekt ist nicht mehr erwähnt worden. Aber, vielleicht beflügelt von der Erfahrung, dass ich noch einen Jungen von Anfang zwanzig verführen konnte, trieb ich meine Reformen weiter voran. Ich muss jetzt nur noch eine Schule finden, die bereit ist, ihre jungen Schützlinge durch diese Pforten zu schicken und meinem zweifelhaften Einfluss zu überlassen.

Heute Abend hatte ich das Gefühl, ich müsste nach London, um Charlie zu besuchen. Es war schon ziemlich spät, aber ich hätte noch ein paar Stunden mit ihm, bevor der letzte Zug zurückfährt. Ich wollte ihm unbedingt von meinem Polizisten erzählen. Reden. Seinen Namen herausschreien. Wenn er schon nicht da war, war das Nächstbeste, ihn lebendig zu machen, indem ich ihn Charlie beschrieb. Ich muss zugeben, ich wollte auch ein bisschen angeben. Seit der Schule war es immer Charlie, der mir von der erregenden Schulterform irgendeines Jungen erzählt hat, der süßen Art, in der Bob oder George oder Harry zu ihm aufsieht und von der Unterhaltung gefesselt ist, und der ihm auch noch vollkommene Befriedigung im Bett verschafft. Jetzt hatte ich auch was zu erzählen.

Charlie war nicht überrascht, dass ich kam – ich kündige meine Besuche niemals an –, aber er ließ mich einen Augenblick draußen auf der Treppe warten. »Hör zu«, sagte er. »Hab grad jemanden bei mir im Moment. Kannst du nicht vielleicht morgen wiederkommen?«

Er hat sich nicht geändert. Ich sagte ihm, dass ich im Gegensatz zu ihm morgen arbeiten müsste, deshalb ginge es nur jetzt oder nie. Er öffnete die Tür und sagte: »Dann komm rein und lern Jim kennen.«

Charlie hatte sein Reihenhaus in Pimlico kürzlich ganz und gar renovieren lassen – viele Spiegel und Metalllampen, leicht wirkende Möbel und moderne Wandbehänge. Es ist sauber und hell, sehr beruhigend fürs Auge. Tatsächlich die perfekte Umgebung für Jim, der auf Charlies neuem Sofa saß und eine Woodbine rauchte. Barfuß. Sah aus, als ob er sich vollkommen zu Hause fühlte. »Freut mich, Sie kennenzulernen«, sagte er und streckte eine weiche, weiße Hand aus, ohne aufzustehen.

Wir schüttelten die Hände, er richtete seine rostbraunen Augen auf mich.

»Jim arbeitet für mich«, erklärte Charlie.

»Oh? Was macht er?«

Die beiden grinsten sich an. »Ungewöhnliche Jobs«, sagte Charlie. »Sehr nützlich, jemanden im Haus wohnen zu haben. Drink?«

Ich bat um einen Gin Tonic und zu meiner Überraschung sprang Jim auf. »Ich nehm das Übliche, Liebling«, wies Charlie ihn an und beobachtete, wie der Junge hinausging. Jim war klein, aber gut proportioniert, lange Beine und ein fester kleiner Arsch.

Ich sah Charlie an, der in Gelächter ausbrach. »Dein Gesicht«, gluckste er.

»Ist er dein … Diener?«

»Er ist, was ich gerade will.«

»Weiß *er* das?«

»Natürlich.« Charlie setzte sich in den Sessel am Kamin und fuhr sich mit der Hand durch seine schwarzen Haare. Ein paar graue Strähnen inzwischen, aber immer noch dick. Er erzählte mir in der Schule immer, dass seine Haare Scheren stumpf machten. Das konnte ich mir gut vorstellen. »Es ist wirklich wunderbar. Eine für beide Seiten befriedigende Regelung.«

»Wie lange …«

»Das schon geht? Oh, ungefähr vier Monate jetzt. Ich rechne ständig damit, dass es mir langweilig wird. Oder ihm. Aber das ist einfach noch nicht eingetreten.«

Jim kam mit den Drinks wieder herein und wir verbrachten eine angenehme Stunde zusammen. Hauptsächlich erzählte Charlie Geschichten von Leuten, die ich lange nicht gesehen hatte oder nicht kannte. Es machte mir nichts aus. Obwohl Jims Anwesenheit mich daran hinderte, über meinen Polizisten zu sprechen, war es schön, die beiden zu beobachten, wie ungezwungen sie miteinander waren. Charlie, wie er gelegentlich Jims Hals berührte, Jim, wie er dann sein Handgelenk ergriff. Während ich sie ansah, gab ich mich einer kleinen Fantasie hin. Stellte mir vor, ich könnte so mit meinem Polizisten zusammenleben. Wir könnten abends mit Freunden plaudern, zusammen etwas trinken, uns benehmen, als wären wir – verheiratet.

Trotzdem war ich froh, als Charlie mich alleine zur Tür brachte.

»War schön, dich zu sehen«, sagte er. »Du siehst besser aus denn je.«

Ich lächelte.

»Wie heißt er?«

Ich sagte es ihm. »Er ist Polizist«, fügte ich hinzu.

»Zum Teufel«, sagte Charlie. »Was ist aus dem vorsichtigen alten Hazlewood geworden?«

»Ich habe ihn begraben«, sagte ich.

Charlie zog die Tür hinter sich zu und wir gingen die Treppe hinunter auf die Straße. »Patrick«, sagte er, »ich will nicht väterlich erscheinen, aber …« Er unterbrach sich. Legte sanft die Hand um meinen Hals und zog mein Gesicht nah an seins. »Ein *Polizist*?«, zischte er.

Ich lachte. »Ich weiß. Aber er ist kein Durchschnittspolizist.«

»Offensichtlich nicht.«

Es herrschte für kurze Zeit Schweigen. Charlie ließ mich los. Zündete uns beiden eine Zigarette an. Wir lehnten am Geländer und bliesen den Rauch in die Nacht. Wie beim Fahrradunterstand in der Schule, dachte ich.

»Wie ist er denn?«

»Anfang zwanzig. Intelligent. Athletisch. Blond.«

»Verdammt«, sagte er grinsend.

»Das ist es, Charlie.« Ich konnte nicht anders. »Das ist es wirklich.«

Charlie runzelte die Stirn. »Jetzt werde ich wirklich väterlich. Sei vorsichtig.«

Ein Funke Wut glimmte in mir auf. »Warum sollte ich?«, fragte ich. »Du bist es auch nicht. Deiner lebt bei dir.«

Charlie drückte seine Zigarette im Rinnstein aus. »Ja, aber … das ist was anderes.«

»Wieso anders?«

»Patrick. Jim ist mein *Angestellter*. Die Regeln sind klar, für uns und für den Rest der Welt. Er lebt unter meinem Dach und ich bezahle ihn für … seine Dienste.«

»Willst du damit sagen, dass es nur ein finanzielles Arrangement ist? Nicht mehr?«

»Natürlich nicht. Aber für Außenstehende könnte es so sein.

Auf diese Art ist es unmissverständlich, oder nicht? Alles andere ist … vollkommen unmöglich. Das weißt du.«

Nachdem wir uns verabschiedet hatten und er wieder die Treppe zum Haus hinaufging, rief ich: »Wart's ab. Nächstes Jahr um diese Zeit wohnt er bei mir.«

Und in dem Moment, glaubte ich wirklich, was ich sagte.

12. NOVEMBER 1957

IMMER NOCH FROST auf den Gehwegen. Aus dem Gasofen strömt Rauch in mein Büro. Ich trage einen Pullover unter dem Jackett. Jackie zittert geräuschvoll bei jeder Gelegenheit. Und er ist wiedergekommen.

Die Zeit: sieben Uhr dreißig. Der Tag: Dienstag. Ich saß in der Wohnung und aß gerade einen Teller Gulasch zu Ende. Und plötzlich schrillte die Klingel. DUM-De ging mein Herz, aber nur einmal. Ich hatte mir schon fast angewöhnt, nicht mehr damit zu rechnen, dass er herkäme.

Aber da war er. Er sagte nichts, als ich öffnete. Ich blickte ihn kurz an, bevor er nach unten sah.

»Es ist Dienstag, oder?«, sagte er. Er klang ruhig, fast kühl.

Ich führte ihn herein. Diesmal hatte er keine Uniform dabei und einen langen grauen Mantel an, den ich ihm abnehmen durfte, sobald wir drinnen waren. Das Kleidungsstück war groß genug, um als Baldachin zu dienen, unter dem man Schutz fand, und ich stand einen Augenblick, hielt es im Arm und beobachtete, wie er unaufgefordert ins Gästezimmer ging.

In einem Aufräumanfall hatte ich Staffelei und Farben weggeräumt und der Stuhl, auf dem er Modell gesessen hatte, war jetzt wieder an seinem richtigen Platz neben dem Bett.

Er blieb in der Mitte des Zimmers stehen und drehte sich um, sah mich an. »Willst du mich nicht malen?« Seine normalerweise roten Wangen waren blass und seine Augen kalt.

Ich hielt immer noch den Mantel fest. »Wenn du willst …«, sagte ich, mich nach einem Platz umsehend, wo ich ihn ablegen könnte. Ihn aufs Bett zu legen, schien ein bisschen zu dreist. Wie das Schicksal herausfordern.

»Ich dachte, das würden wir hier machen. Ein Porträt. Dienstagabends. Ein Porträt von einem *normalen* Menschen. Wie mir.«

Ich hängte seinen Mantel über den Stuhl. »Ich kann dich zeichnen, wenn du willst.«

»Wenn ich will? Ich dachte, du wolltest es.«

»Nichts ist vorbereitet, aber –«

»Das hier ist gar kein Studio, stimmt's?«

Ich überhörte das. Ließ einen Moment des Schweigens verstreichen. »Warum besprechen wir das nicht im Wohnzimmer?«

»Hast du mich unter einem Vorwand hierhergeholt?« Seine Stimme war leise und zitterte vor Wut. »Du bist einer von diesen *Aufreißern*, stimmt's? Du hast mich nur aus einem Grund hierhergeholt, stimmt's?«

Er leckte sich die Lippen. Schob seine Manschetten hoch. Machte einen Schritt auf mich zu. In dem Augenblick war er jeder Zoll der einschüchternde Polizist.

Ich trat zurück, setzte mich aufs Bett und schloss die Augen. Ich war bereit für den Schlag. Für die große Faust auf meinem Wangenknochen. Du hast dir diesen Schlamassel selbst eingebrockt, Hazlewood, sagte ich mir. Diese harten Kerle sind alle gleich. Genau wie Thompson in der Schule: Nachts hat er mich gefickt und tagsüber bekämpft.

»Beantworte meine Frage«, forderte er mich auf. »Oder hast du keine Antwort?«

Ohne die Augen zu öffnen, entgegnete ich so sanft, wie ich konnte: »Behandelst du so deine Verdächtigen?«

Ich weiß nicht genau, was mich dazu trieb, ihn so herauszufordern. Ich vermute, ein Rest Vertrauen in ihn. Irgendein Glaube, dass seine Angst vorübergehen würde.

Ein langes Schweigen. Wir waren immer noch nah beieinander;

ich konnte hören, wie seine Atmung langsamer wurde. Ich öffnete die Augen. Er ragte bedrohlich vor mir auf, hatte aber wieder seine normale, leicht gerötete Gesichtsfärbung. Seine Augen waren tiefblau.

»Ich kann dich zeichnen«, sagte ich und sah zu ihm auf. »Ich würde es gerne tun. Ich will das Porträt fertig machen. Das ist keine Lüge.«

Sein Kiefer arbeitete langsam, als würde er eine Äußerung zurückhalten.

Ich sagte seinen Namen. Und als ich die Hand ausstreckte und sie um seinen Oberschenkel schlang, rührte er sich nicht von der Stelle. »Es tut mir leid, wenn du denkst, ich hätte dich nur aus einem Grund hierhergeholt. Das stimmt ganz und gar nicht.«

Ich sagte noch einmal seinen Namen. »Bleib diesmal über Nacht«, sagte ich.

Ich spürte seinen Oberschenkel hart an meiner Hand.

Nach einer Weile atmete er aus. »Du hättest mich nicht herbitten sollen.«

»Du wolltest kommen. Bleib über Nacht.«

»Ich weiß nicht …«

»Es gibt nichts zu überlegen. Es gibt nur das, was du und ich tun müssen.« Meine Wange war jetzt dicht an seiner Leiste.

Er entzog sich meinem Griff. »Ich bin hergekommen, um dir zu sagen, dass ich nicht mehr kommen kann.«

Langes Schweigen. Ich blickte ihn unverwandt an, aber er erwiderte den Blick nicht.

Schließlich sagte ich und hoffte, dass ich dabei heiter klang: »Musstest du herkommen, um mir das zu sagen? Konntest du nicht einen Brief durch die Tür stecken?«

Als er nicht antwortete, konnte ich nicht anders, als hinzuzufügen: »Vielleicht mit ungefähr folgendem Text: ›Lieber Patrick, es war nett, dich kennengelernt zu haben, aber ich muss unsere

Freundschaft beenden, denn ich bin ein ehrbarer Polizist und auch ein Feigling‹ –«

Er schlug mit einem Arm. Instinktiv duckte ich mich, aber es kam kein Schlag. Ich war beinahe enttäuscht. Mit Scham gebe ich zu, dass ich seine Hand spüren wollte, egal, was es kostete. Statt meine Wange zu treffen, ging seine Faust an seine eigene Schläfe und er bohrte die Knöchel ins Fleisch. Dann machte er ein merkwürdiges Geräusch – etwas zwischen Gurgeln und Seufzen. Sein Gesicht verwandelte sich in eine schreckliche rote Maske, Augen und Mund zusammengekniffen.

»Lass es«, sagte ich, stand auf und legte eine Hand auf seinen Arm. »Bitte lass es.«

Wir standen eine ganze Weile beieinander, während er darum kämpfte, seine Atmung wieder unter Kontrolle zu bringen. Schließlich hob er den Unterarm vors Gesicht, rieb sich damit immer wieder über die Augen. »Kann ich was zu trinken haben?«, fragte er.

Ich holte uns Drinks und wir setzten uns zusammen aufs Sofa und hielten unsere Brandys fest. Ich überlegte die ganze Zeit, was ich sagen könnte, um ihn zu beruhigen, aber mir fielen nur Plattitüden ein und so schwieg ich. Und langsam kühlte sein Gesicht ab und seine Schultern entspannten sich.

Ich schenkte mir noch einen ein und wagte zu sagen: »Du bist kein Feigling. Es ist mutig von dir, überhaupt hierherzukommen.«

Er blickte in sein Glas. »Wie machst du das?«

»Was?«

»Leben … dieses Leben?«

»Oh«, sagte ich. »Das.«

Wo sollte ich anfangen? Ich hatte plötzlich den Wunsch, aufzustehen und umherzuschreiten wie ein Anwalt und ihm eine Wahrheit oder zwei über *dieses Leben*, wie er sich ausdrückt, zu sagen.

Mein Leben meinend. Das Leben von anderen. Die moralisch Zügellosen. Die Sexualverbrecher. Die, die die Gesellschaft zu Isolation, Angst und Selbsthass verurteilt hat.

Aber ich hielt mich zurück. Ich wollte dem Jungen keine Angst machen.

»Ich habe keine große Wahl. Ich vermute, ich wurstele mich so durch …«, begann ich. »Mit den Jahren lernt man …« Ich verstummte. Was lernt man? Fremde zu fürchten und sogar den Menschen in deiner Nähe zu misstrauen? Möglichst zu heucheln? Dass Einsamkeit unausweichlich ist? Dass dein Liebhaber, mit dem du seit acht Jahren zusammen bist, nie länger als eine Nacht bleibt, sich immer mehr von dir entfernt, bis du schließlich in sein Zimmer einbrichst und seinen kalten, grauen, mit Erbrochenem bedeckten Körper über dem Bett zusammengesackt findest?

Nein, das nicht.

Dann vielleicht, dass dich trotz allem die Vorstellung von *Normalität* mit vollkommenem Grauen erfüllt?

»Also, man lernt so zu leben, wie es möglich ist.« Ich nahm einen großen Schluck Brandy und fügte hinzu. »Wie man muss.« Ich versuchte, die Bilder von Michael aus meinem Kopf zu verbannen. Der Geruch war so schrecklich. Die süßliche Nähe des Todes durch Tabletten. Ein Klischee. Das dachte ich sogar, als ich seinen armen, schönen Körper in den Armen hielt. Sie hatten gewonnen. Er hatte sie gewinnen lassen.

Ich bin deshalb immer noch wütend auf ihn.

»Hast du nie daran gedacht zu heiraten?«

Ich hätte beinahe gelacht, aber sein Gesicht war ernst. »Es gab mal ein Mädchen«, sagte ich, erleichtert, an etwas anderes zu denken. »Wir haben uns gut verstanden. Ich vermute, dass ich daran gedacht habe … aber, nein. Ich wusste, es wäre unmöglich.«

Alice. Ich hatte eine ganze Weile nicht an sie gedacht. Gestern Abend redete ich es vor meinem Polizisten klein, aber es war alles wieder da: der Moment in Oxford, als ich dachte, dass Alice zu heiraten die beste Lösung wäre. Wir waren gerne zusammen. Wir gingen sogar tanzen. Nach ein paar Wochen merkte ich jedoch, dass sie etwas *nach* dem Tanzen erwartete. Eine Erwartung, die ich nicht erfüllen konnte. Aber sie war heiter, freundlich, sogar aufgeschlossen und mir kam tatsächlich der Gedanke, dass ich mit Alice als Ehefrau vielleicht meiner Homosexualität entkommen könnte. Es würde mir ein angenehm achtbares Leben ermöglichen. Ich hätte jemanden, der sich um mich kümmert und vielleicht nicht zu viele Forderungen stellt. Der vielleicht sogar meine gelegentlichen Sünden verzeihen würde … Und ich mochte sie. Viele Ehen gründen auf viel weniger als das. Dann wurden Michael und ich Liebhaber. Arme Alice. Ich glaube, sie wusste, was – oder vielmehr wer – mich davon abhielt, sie weiter zu treffen, aber sie machte nie eine Szene. Szenen waren nicht Alices Stil, das war eines der vielen Dinge, die ich an ihr mochte.

»Ich habe vor zu heiraten«, sagte mein Polizist.

»Hast es vor?« Ich holte Luft. »Du meinst, du bist verlobt?«

»Nein. Aber ich denke darüber nach.«

Ich stellte mein Glas hin. »Du wärst nicht der Erste.« Ich versuchte zu lachen. Wenn ich es herunterspielen könnte, dachte ich, könnten wir das Thema fallen lassen. Und je schneller wir das Thema fallen ließen, desto schneller vergaß er vielleicht all den Unsinn und wir könnten ins Bett gehen. Ich wusste, was in ihm vorging. Ich habe es ein paar Mal erlebt. Das Hetero-Gerede, nachdem man mit einem Mann zusammen war. *Ich bin nicht schwul. Das weißt du doch, oder? Ich habe eine Frau und Kinder zu Hause. Das ist mir noch nie passiert.*

»Darüber nachdenken und es tun sind zwei völlig verschiedene Dinge«, sagte ich und streckte die Hand nach seinem Knie aus

Aber er hörte nicht zu. Er wollte reden.

»Neulich wurde ich zum Chef gerufen. Und weißt du, was er

mich gefragt hat? Er sagte: ›Wann werden Sie ein Mädchen zur achtbaren Ehefrau eines Polizisten machen?‹«

»Unverschämtheit!«

»Es ist nicht das erste Mal, dass er es erwähnt hat ... Manche Junggesellen, sagt er, manche Junggesellen haben es schwer, in dieser Abteilung zu höheren Dienstgraden aufzusteigen.«

»Was hast du gesagt?«

»Nicht viel. Klar, dass sie uns jetzt alle hart rannehmen, wo doch der Chef auf der Anklagebank sitzt ... Jeder muss jetzt weißer sein als weiß.«

Ich wusste, dass die ganze Sache nicht gut für uns sein würde. »Du hättest ihm sagen können, dass du noch viel zu jung zum Heiraten bist und dass es nicht sein Bier ist.«

Er lachte. »Du solltest dich hören. *Sein Bier.*«

»Was ist falsch an *sein Bier*?«

Er schüttelte nur den Kopf. »Viele sind schon viel früher verheiratet als ich.«

»Und guck dir an, wie es ihnen geht.«

Er zuckte mit den Schultern. Dann sah er mich von der Seite an. »Es wäre nicht so schlecht, oder?«

Er sagte das absichtlich so leichthin, deshalb war klar, dass er an jemanden dachte. Dass er es schon plante. Und ich vermutete, es war die Lehrerin, die er an dem Tag erwähnt hatte, als ich ihm Ikarus gezeigt hatte. Warum sollte er sie sonst überhaupt erwähnen. Ich war so dumm gewesen.

Also sagte ich so fröhlich, wie ich konnte: »Es ist das Mädchen, das du erwähnt hast, nicht wahr?«

Er schluckte. »Wir sind im Moment nur Freunde. Nichts Ernstes, weißt du.«

Er log.

»Na ja. Wie ich gesagt habe, ich würde sie gerne kennenlernen.«

Ich habe keine Wahl. Das weiß ich. Ich kann so tun, als ob sie nicht existiert, und riskieren, ihn ganz zu verlieren, oder ich kann das Martyrium auf mich nehmen und ein bisschen von ihm behalten.

Ich könnte sogar alles daran setzen, ihm die Lust an der Frau zu nehmen.

Wir haben verabredet, dass sie bald einmal zum Museum kommt. Ich vermied es absichtlich, ein genaues Datum festzulegen, in der jämmerlichen Hoffnung, er würde das Ganze vergessen.

Er war einverstanden, Modell zu sitzen und das Porträt zu beenden. Ich werde ihn auf Papier bringen, egal, was es kostet.

24. NOVEMBER 1957

ES IST SONNTAG UND ICH habe ein Picknick für uns gepackt. Hören Sie. *Uns.*

Gestern habe ich Ochsenzunge bei Brampton gekauft, ein paar Bier für ihn, ein gutes Stück Roquefort, ein Glas Oliven und zwei Biskuittörtchen mit Zuckerguss. Während ich alles aussuchte, dachte ich daran, was mein Polizist vielleicht gerne essen würde, aber auch daran, was er, wie ich fand, einmal probieren sollte. Ich schwankte, ob Servietten und eine Flasche Champagner dabei sein sollten. Am Ende packte ich beides ein. Warum nicht versuchen, ihn zu beeindrucken?

Das alles ist völlig grotesk, nicht zuletzt deshalb, weil es der bisher kälteste Morgen des Jahres ist. Die Sonne lässt sich nicht blicken, feuchter Nebel hängt über dem Strand und heute früh auf dem Klo sah ich meinen Atem. Aber er kommt um zwölf und ich will mit ihm im Fiat nach Cuckmere Haven fahren. Eigentlich sollte ich eine Thermosflasche mit Tee und ein paar warme Decken mitnehmen. Vielleicht packe ich die auch ein, nur für den Fall, dass wir nicht aus dem Auto steigen.

Trotzdem, das trübe Wetter heute verspricht, dass wir ungestört sind. Nichts verdirbt einen Ausflug mehr als zu viele argwöhnische Blicke. Ich hoffe, er trägt so etwas Ähnliches wie Wandersachen, um zumindest passend auszusehen. Michael weigerte sich immer, Tweedsachen zu tragen, und besaß nicht ein einziges Paar Wanderschuhe – einer der Gründe, warum wir gewöhnlich drinnen blieben. Natürlich gibt es Orte auf dem Land, wo nie viele Leute auftauchen, aber die, die es tun, können ein dummes Pack sein, das mit wettergegerbten Gesichtern jeden anstarrt, der nicht genau so aussieht wie sie. Man lernt, einiges zu ignorieren, aber ich kann den Gedanken nicht ertragen, dass mein Polizist von diesen wütenden Blicken besudelt wird.

Ich muss nachsehen, ob der Fiat anspringt.

Er kam pünktlich. Die üblichen Jeans, T-Shirt, halbhohe Stiefel. Und der lange graue Mantel darüber. »Was?«, fragte er, als ich ihn von oben bis unten ansah. »Nichts«, sagte ich lächelnd. »Nichts.«

Ich fuhr rücksichtslos. Sah verstohlen zu ihm hin, wenn ich konnte. Riss das Auto um die Kurven. Der Fuß auf dem Gaspedal vermittelte mir ein solches Gefühl von Macht, dass ich beinahe anfing zu lachen.

»Du fährst zu schnell«, bemerkte er, als wir auf der Küstenstraße aus der Stadt herausfuhren.

»Wirst du mich festnehmen?«

Er lachte kurz. »Ich dachte nicht, dass du der Typ bist, das ist alles.«

»Der Schein«, sagte ich, »kann trügen.«

Ich bat ihn, mir alles über sich zu erzählen. »Fang von vorne an«, sagte ich. »Ich will alles über dich wissen.«

Er zuckte mit den Schultern. »Nicht viel zu erzählen.«

»Ich weiß, dass das nicht stimmt«, drängte ich und warf einen bewundernden Blick in seine Richtung. Er sah aus dem Fenster. Seufzte. »Das meiste weißt du schon. Ich hab's dir erzählt. Schule. Blödsinn. Wehrdienst. Langweilig. Polizei. Nicht schlecht. Und Schwimmen …«

»Ja, und was ist mit deiner Familie? Deinen Eltern? Geschwistern?«

»Was soll mit ihnen sein?«

»Wie sind sie?«

»Sie sind … du weißt schon. In Ordnung. Ganz normal.«

Ich versuchte es anders. »Was willst du im Leben?«

Er sagte erst nichts, dann: »Im Moment will ich etwas über dich wissen. Das will ich.«

Also übernahm ich das Reden. Ich konnte beinahe fühlen, wie er zuhörte, so begierig war er zu hören, was ich zu sagen hatte. Das ist natürlich das Schmeichelhafteste: einen willigen Zuhörer zu haben. Also redete und redete ich, über das Leben in Oxford, die Jahre, die ich versucht hatte, vom Malen zu leben, wie ich die Stelle im Museum bekommen hatte, meine Ansichten über Kunst. Ich versprach, ihn mit in die Oper zu nehmen, in ein Konzert in der Royal Festival Hall und in alle bedeutenden Gemäldesammlungen in London. Er sagte, er wäre schon in der National gewesen. Auf einem Schulausflug. Ich fragte ihn, woran er sich dort erinnerte, und er nannte Caravaggios »Abendmahl in Emmaus«: den glatt rasierten Christus. »Ich konnte den Blick nicht von ihm abwenden«, sagte er. »Jesus ohne Bart. Das war wirklich seltsam.«

»Seltsam wie wunderbar?«

»Vielleicht. Es schien irgendwie nicht richtig, aber es war wirklicher als alles andere dort.«

Ich stimmte zu. Und wir haben uns vorgenommen, nächstes Wochenende zusammen hinzugehen.

Bei Seaford war der Nebel noch schlimmer, und als wir Cuckmere Haven erreichten, schien die Straße vor uns völlig verschwunden. Der Fiat war das einzige Auto auf dem Parkplatz. Ich sagte, wir müssten nicht spazieren gehen – wir könnten einfach reden. Und essen. Und wozu wir sonst Lust bekamen. Aber er war entschlossen. »Wir sind den ganzen Weg gefahren«, sagte er und stieg aus dem Auto. Es war eine ziemliche Enttäuschung zu erleben, dass er einfach so von mir wegging, sich nicht länger gefangen halten ließ.

Der Fluss, der sich langsam zum Meer hinunterschlängelt, verlor sich vor uns im Nebel. Wir konnten nur den grauen Kalkstein des Fußweges sehen und den Fuß – nicht die Kuppen – der Hügel an der einen Seite. Gelegentlich tauchte aus dem Nebel die stumme Gestalt eines Schafes auf. Mehr nicht.

Mein Polizist, die Hände in den Taschen, stiefelte voran.

Während wir gingen, fielen wir in angenehmes Schweigen. Es war, als wären wir im stillen, versöhnlichen Nebel geborgen. Wir sahen keinen einzigen Menschen. Hörten nichts außer unseren eigenen Schritten auf dem Weg. Ich sagte, wir sollten umkehren – es wäre sinnlos: Wir könnten vom Fluss, von den Downs und vom Himmel überhaupt nichts sehen. Und ich hatte Hunger; ich hatte ein Picknick gepackt und ich wollte essen. Er drehte sich um und sah mich an. »Wir müssen erst einen Blick aufs Meer werfen«, sagte er.

Nach einer Weile konnte ich Sog und Wellenschlag des Kanals hören, auch wenn ich den Strand nicht sehen konnte. Mein Polizist ging schneller und ich folgte ihm. Sobald wir da waren, standen wir nebeneinander am steilen Kieselsteinufer und starrten in den grauen Dunst. Er atmete tief ein. »Gut zum Schwimmen hier«, sagte er.

»Wir kommen wieder. Im Frühling.«

Er sah mich an. Das Lächeln spielte um seine Lippen. »Oder früher. Wir könnten abends kommen.«

»Es wäre kalt«, sagte ich.

»Es wäre geheim«, sagte er.

Ich berührte seine Schulter. »Wir kommen wieder, wenn die Sonne scheint. Wenn es warm ist. Dann schwimmen wir beide.«

»Aber es gefällt mir so. Nur wir und der Nebel.«

Ich lachte. »Für einen Polizisten bist du sehr romantisch.«

»Für einen Künstler hast du viel Angst«, sagte er.

Als Antwort küsste ich ihn fest auf den Mund.

13. DEZEMBER 1957

WIR HABEN UNS EINIGE MALE um die Mittagszeit getroffen, wenn er länger Pause machen konnte. Aber er hat die Lehrerin nicht vergessen. Und gestern hat er sie zum ersten Mal mitgebracht.

Wie habe ich mich angestrengt, charmant zu sein und sie freundlich zu empfangen. Sie passen so offensichtlich nicht zusammen, dass ich lächeln musste, als ich sie zusammen sah. Sie ist fast so groß wie er, versucht nicht, es zu kaschieren (trägt Absätze), und sieht nicht annähernd so gut aus wie er. Aber es ist klar, dass ich das denke.

Gleichwohl hat sie etwas Ungewöhnliches an sich. Vielleicht sind es die roten Haare. So kupferrot, dass niemand sie übersehen kann. Oder vielleicht weil sie anders als viele junge Frauen nicht wegsieht, wenn man ihrem Blick begegnet.

Nachdem wir uns im Museum getroffen hatten, ging ich mit den beiden ins Clock Tower Café. Es ist mittlerweile das Stammlokal von mir und meinem Polizisten für herzhaftes, einfaches Essen, auf das ich manchmal Lust habe. Jedenfalls ist es immer herrlich, nach der nüchternen Stille des Museums in dem fettgeschwängerten Mief dort zu sein, und ich war entschlossen, mich überhaupt nicht anzustrengen, um Miss Taylor zu beeindrucken. Ich wusste, sie würde silbernes Besteck und eine Tischdecke erwarten, also bot ich ihr das Clock Tower. Nicht gerade die Art Lokal, in dem eine Lehrerin gerne gesehen wird. An ihren Absätzen sehe ich, dass sie der aufstrebende Typ ist und meinen Polizisten mit nach oben ziehen will. Sie wird seine Zukunft schon geplant haben wie Küche, Fernsehgerät und Waschmaschine.

Aber ich bin unfair. Ich muss mir immer wieder sagen, dass ich ihr eine Chance geben muss. Dass es am klügsten ist, sie für mich einzunehmen. Wenn sie mir vertraut, wird es leichter sein, ihn weiterhin zu sehen. Und warum sollte sie mir nicht vertrauen? Schließlich wollen wir beide nur das Beste für meinen Polizisten. Ich bin sicher, sie will, dass er glücklich ist. Genau wie ich.

Das überzeugt nicht einmal mich selbst. In Wahrheit habe ich Angst, dass ihre roten Haare und ihr selbstsicheres Auftreten ihm den Kopf verdreht haben. Dass sie ihm etwas bieten kann, was ich nicht kann. Zunächst einmal Sicherheit. Ansehen (das hat sie in höchstem Maße, auch wenn sie sich dessen nicht bewusst ist). Und vielleicht eine Beförderung.

Sie scheint eine würdige Rivalin zu sein. An der Art, wie sie darauf wartete, dass mein Polizist ihr die Tür des Cafés aufhielt, und wie sie ihn genau beobachtete, wenn er sprach, als versuchte sie dahinterzukommen, was er wirklich meinte, konnte ich ihre Standhaftigkeit ablesen – oder war es Sturheit? Miss Taylor ist eine entschlossene junge Frau, daran habe ich keinen Zweifel. Und eine sehr ernsthafte.

Als wir zum Museum zurückgingen, hielt sie den Arm meines Polizisten fest und steuerte ihn vorwärts.

»Nächsten Dienstagabend«, sagte ich zu ihm, »wie immer?«

Sie starrte ihn an, ihr großer Mund zu einer geraden Linie zusammengepresst, als er sagte: »Klar.«

Ich legte eine Hand auf die Schulter meines Polizisten. »Und ich will mit euch beiden im neuen Jahr in die Oper gehen. ›Carmen‹ in Covent Garden. Ich lade euch ein.«

Er strahlte. Aber Miss Taylor wandte ein: »Wir können unmöglich. Das ist zu viel …«

»Natürlich können Sie. Sag ihr, sie kann.«

Mit einem Nicken in ihre Richtung sagte er: »Das ist schon in Ordnung, Marion. Wir können einen Teil bezahlen.«

»Davon will ich nichts hören.« Ich wandte ihr den Rücken zu und sah ihn direkt an. »Ich sag dir am Dienstag Näheres.«

Ich verabschiedete mich und ging die Bond Street hinunter, hoffte, sie bemerkte, wie ich mit den Armen schlenkerte.

16. DEZEMBER 1957

GESTERN ABEND KAM ER spät in meine Wohnung.

»Sie hat dir doch gefallen, oder?«

Ich war benommen vom Schlaf aus dem Bett gestolpert, im Schlafanzug, halb träumend noch von ihm, und da stand er auf der Schwelle: angespanntes Gesicht, die Haare feucht von der Nacht. Fragte mich nach meiner Meinung.

»Um Himmels willen komm rein«, zischte ich. »Du weckst die Nachbarn.«

Ich führte ihn nach oben ins Wohnzimmer. Als ich eine Tischlampe anknipste, sah ich die Uhrzeit: Viertel vor zwei morgens.

»Was zu trinken?«, fragte ich und deutete zum Barschrank. »Oder vielleicht Tee?«

Er stand auf dem Teppich, genau wie bei seinem ersten Besuch – aufrecht, nervös –, und starrte mich so forschend an, wie ich es noch nicht gesehen hatte.

Ich rieb mir die Augen. »Was?«

»Ich hab dich was gefragt.«

Nicht schon wieder, dachte ich. Die Verhörmethode. »Ziemlich spät, oder«, sagte ich, es war mir egal, ob ich gereizt klang.

Er sagte nichts. Wartete.

»Hör mal. Lass uns erst mal Tee trinken. Ich bin noch nicht ganz wach.«

Ohne auf seinen Widerspruch zu warten, holte ich meinen Morgenmantel und ging dann in die Küche, um den Kessel aufzusetzen.

Er folgte mir. »Du mochtest sie nicht.«

»Komm und setz dich hin, ja? Ich brauche Tee. Dann können wir reden.«

»Warum sagst du es mir nicht?«

»Das werde ich!« Ich lachte und ging auf ihn zu, aber etwas an der Art, wie er dastand – so standfest und gerade, wie zum Sprung bereit –, hielt mich davon ab, ihn zu berühren.

»Ich brauche nur einen Augenblick, um meine Gedanken zu ordnen –«

Das Pfeifen des Kessels unterbrach uns und ich war mit Abmessen, Aufgießen und Umrühren beschäftigt, wobei mir die ganze Zeit bewusst war, dass er unbeweglich dastand.

»Komm, setzen wir uns«, ich hielt ihm eine Tasse hin.

»Ich will keinen Tee, Patrick …«

»Ich habe von dir geträumt«, sagte ich. »Wenn es dich interessiert. Und jetzt bist du hier. Es ist ein bisschen seltsam. Und schön. Und es ist spät. Setzen wir uns erst mal.«

Er gab nach und wir setzten uns an entgegengesetzte Enden des Chesterfieldsofas. Da er so nervös und unnachgiebig war, wusste ich, was ich tun musste. Ich sagte: »Sie ist ein tolles Mädchen. Und sie hat Glück.«

Sofort hellte sich sein Gesicht auf, seine Schultern entspannten sich. »Denkst du das wirklich?«

»Ja.«

»Ich dachte, dass du sie vielleicht nicht magst.«

Ich seufzte. »Es liegt nicht bei mir, oder? Es ist deine Entscheidung …«

»Die Vorstellung, ihr beide könntet euch nicht verstehen, ist unerträglich.«

»Wir haben uns bestens verstanden, oder?«

»Sie mochte dich. Das hat sie mir gesagt. Sie findet, du bist ein richtiger Gentleman.«

»Tatsächlich.«

»Sie meinte es wirklich.«

Vielleicht weil es schon so spät war oder vielleicht als Reaktion auf die Eröffnung von Miss Taylors Wertschätzung, konnte ich meine Gereiztheit nicht länger verbergen. »Hör mal«, blaffte ich, »ich kann dich nicht davon abhalten, sie zu treffen. Aber erwarte nicht, dass sich dadurch was ändert.«

»Was denn?«

»Das zwischen uns.«

Wir sahen uns eine ganze Weile an.

Dann lächelte er. »Hast du wirklich gerade von mir geträumt?«

Nachdem ich meine offizielle Zustimmung gegeben hatte, wurde ich reichlich von ihm belohnt. Zum ersten Mal kam er in mein Bett und blieb die ganze Nacht.

Ich hatte schon fast das Glücksgefühl vergessen, aufzuwachen und noch vor dem Augenöffnen an der Form der Matratze unter mir, der Wärme der Laken zu erkennen, dass er noch da ist.

Ich sah seine erstaunlichen Schultern. Er hat den anziehendsten Rücken. Stark vom vielen Schwimmen, mit einem weichen Haarbüschel ganz unten an der Wirbelsäule, wie der Ansatz eines Schwanzes. Seine Brust und Beine sind mit borstigem blondem Flaum bedeckt. Letzte Nacht legte ich meinen Mund auf seinen Bauch, biss leicht in die Haare dort und war überrascht, wie fest sie zwischen meinen Zähnen waren.

Ich beobachtete die Bewegung seiner Schultern beim Atmen, wie seine Haut erhellt wurde, als die Sonne durch die Vorhänge drang. Als ich seinen Hals berührte, schreckte er aus dem Schlaf auf, setzte sich auf und sah sich im Zimmer um.

»Guten Morgen«, sagte ich.

»Herrgott«, entgegnete er.

»Nicht ganz«, ich lächelte. »Nur Patrick.«

»Herrgott«, sagte er wieder. »Wie spät ist es?«

Er schwang die Beine aus dem Bett, gab mir kaum Gelegenheit, das Wunderwerk seines ganzen Körpers, nackt, zu bewundern, bevor er in seine Unterhose schlüpfte und die Hose anzog.

»Nach acht, würde ich denken.«

»Herrgott!«, sagte er noch einmal lauter. »Ich muss um sechs anfangen. Herrgott!«

Während er herumhüpfte und nach verschiedenen Kleidungsstücken suchte, die in der Nacht liegen geblieben waren, zog ich einen Morgenmantel an. Es war klar, dass alle Bemühungen um eine Unterhaltung zwecklos waren, ganz zu schweigen davon, Intimität wiederherzustellen.

»Kaffee?«, fragte ich, als er auf die Tür zuging.

»Dafür kriege ich einen Anschiss.«

Ich folgte ihm ins Wohnzimmer, wo er nach seinem Mantel griff.

»Warte.«

Er blieb stehen und sah mich an. Ich streckte die Hand aus und strich ein Büschel Haare bei ihm glatt.

»Ich muss gehen –«

Ich hielt ihn auf, indem ich ihn fest auf den Mund küsste. Dann öffnete ich die Tür und prüfte, ob niemand in der Nähe war. »Geh jetzt«, flüsterte ich. »Sei brav. Und pass auf, dass dich niemand auf der Treppe sieht.«

Vollkommen leichtsinnig, wirklich, ihn um diese Zeit gehen zu lassen. Aber ich war wieder in diesem Zustand. Der Zustand, in dem alles möglich erscheint. Als er weg war, legte ich »Quando me'n vo' soletta per la via« auf dem Plattenspieler auf. Drehte auf volle Lautstärke. Walzte allein durch die Wohnung, bis mir schwindelig war. Mutter sagt immer: »Mir ist ganz schwindelig geworden.« Es ist ein wunderbares Gefühl.

Zum Glück war es ein ruhiger Morgen. Es gelang mir, mich die meiste Zeit in meinem Büro einzuschließen, aus dem Fenster zu sehen und mich an die Berührungen meines Polizisten zu erinnern.

Das reichte, um die Stunden bis ungefähr zwei Uhr auszufüllen. Da fiel mir plötzlich ein, dass ich keine Ahnung hatte, wann ich ihn wiedersehen würde. Vielleicht, dachte ich, würde die eine Nacht zusammen unsere letzte sein. Vielleicht war die Arbeit nur ein Vorwand. Eine Möglichkeit, aus meiner Wohnung zu flüchten, weg von mir und dem, was passiert war. Ich musste ihn sehen, und wenn es nur für eine Minute war. Das Ganze erschien mir jetzt schon traumhaft, weil es so unwahrscheinlich war, es würde zerbröseln, wenn ich es nicht tat.

Als Jackie hereinkam, um zu fragen, ob ich Tee wollte, sagte ich, dass ich auf dem Weg zu einem dringenden Treffen sei und den Tag nicht mehr zurückkommen würde. »Soll ich es Mr Houghton sagen?«, fragte sie, den Mund auf einer Seite leicht hochgezogen.

»Nicht nötig«, sagte ich und drängte mich an ihr vorbei, bevor sie noch mehr fragen konnte.

Draußen war der Nachmittag frisch und kalt. Die Intensität der Sonne überzeugte mich, dass ich mich richtig entschieden hatte. Der Pavillon leuchtete in sattem Creme. Die Fontänen am Steinufer glitzerten.

Sobald ich an der frischen Luft war, hatte ich es nicht mehr ganz so eilig. Ich trabte die Strandpromenade entlang, genoss die kühle Brise auf meinem Gesicht. Nahm das blendende Weiß der Regency Häuser wahr. Dachte zum x-ten Mal, welches Glück ich hatte, in dieser Stadt zu wohnen. Brighton liegt am äußersten Rand von England und wir haben hier ein bisschen das Gefühl, dass wir irgendwo ganz woanders sind. Irgendwo weit weg von der Düsternis hinter den Hecken Surreys, den feuchten, tief liegenden Straßen von Oxford. Hier können Dinge geschehen, die woanders nicht geschehen würden, auch wenn sie nur flüchtig sind. Hier kann ich meinen Polizisten nicht nur berühren, er kann über Nacht bei mir bleiben, mein Oberschenkel zwischen seinem schweren und der Matratze eingeklemmt. Der Gedanke daran war so ungeheuerlich, so aberwitzig und dennoch war es wirklich, dass ich auflachte, direkt hier auf der Marine Parade. Eine Frau, die an mir vorbei in die andere Richtung ging, lächelte mich an wie jemand, der nachsichtig mit einem Verrückten ist. Immer noch leise in mich hineinlachend, bog ich in die Burlington Street und ging auf den Bloomsbury Place zu.

Da war das Polizeihäuschen, nicht größer als ein Toilettenhäuschen, das blaue Licht schwach in der Sonne. Zu meiner Freude lehnte kein Fahrrad von außen daran. Ein Fahrrad draußen bedeutet Besuch vom Sergeant; das hat er mir erzählt. Trotzdem blieb ich stehen und blickte die Straße rauf und runter. Niemand zu sehen. Das leise Rauschen des Meeres in der Ferne. Die Milchglasscheiben der Zelle verrieten nichts, aber ich vertraute darauf, dass er drin war. Auf mich wartete.

Was für ein idealer Ort für ein Stelldichein, dachte ich. Drinnen wären wir versteckt, aber wir wären an einem öffentlichen Ort. Ein Polizeihäuschen bietet sowohl Abgeschiedenheit als auch Spannung. Was kann man mehr verlangen? Sich in einem Polizeihäuschen lieben. Daraus könnte man eins dieser wunderbaren Heftchen machen, die nur im Versandhandel erhältlich sind.

Schwindelig. Und alles scheint möglich.

Ich klopfte laut an die Tür. DUM-De schlug mein Herz. DUM-De. DUM-De. DUM-De.

POLIZEI, stand auf dem Schild. IM NOTFALL RUFEN SIE VON HIER AN.

Das hier war eine Art Notfall.

Sobald sich die Tür öffnete, sagte ich: »Entschuldige«, und fühlte mich plötzlich wie ein katholischer Junge, der um die Beichte bat.

Es entstand eine Pause, während der er registrierte, was geschah.

Dann, zuerst prüfend, ob die Luft rein war, packte er mich am Kragen, zog mich hinein und schlug die Tür zu. »Was zum Teufel spielst du für ein Spiel?«, zischte er.

Ich klopfte mir den Schmutz von der Kleidung. »Ich weiß, ich weiß …«

»Reicht es nicht, dass ich einen Anschiss bekomme, weil ich zu spät gekommen bin? Musst du alles noch schlimmer machen?« Er blies die Wangen auf und hielt sich die Stirn.

Ich entschuldigte mich, lächelte. Während ich ihm Zeit gab, den Schock, mich zu sehen, zu überwinden, sah ich mich um. Es war ziemlich düster da drinnen, aber es gab eine elektrische Heizung in der Ecke und auf dem Bord standen eine Brotdose und eine Thermosflasche. Ich stellte mir vor, wie seine Mutter ihm Dreiecke aus weißem Brot mit Fleischpaste schnitt, und wieder wallte die Liebe für ihn in mir auf.

»Willst du mir keinen Tee anbieten?«, fragte ich.

»Ich bin im Dienst.«

»Oh«, sagte ich, »ich auch. Na ja. Ich sollte es sein. Ich habe mich aus dem Büro geschlichen.«

»Das ist etwas völlig anderes. Du kannst gegen die Regeln verstoßen, ich nicht.« Als er das sagte, ließ er den Kopf hängen wie ein schmollender Junge.

»Ich weiß«, sagte ich. »Tut mir leid.« Ich streckte die Hand aus, um seinen Arm zu berühren, aber er wich aus.

Es entstand eine Pause. »Ich bin hergekommen, um dir das zu geben«, ich hielt ihm einen Satz Schlüssel für meine Wohnung hin. Ich habe sie als Ersatz im Büro. Eine plötzliche Eingebung. Eine Entschuldigung. Um ihn für mich zu gewinnen. »Dann kannst du kommen, wann du willst. Selbst wenn ich nicht da bin.«

Er sah die Schlüssel an, machte aber keine Anstalten, sie zu nehmen. Also legte ich sie aufs Bord neben die Thermosflasche. »Dann geh ich jetzt«, seufzte ich. »Ich hätte nicht kommen sollen.

Tut mir leid.« Aber statt mich zur Tür zu wenden, griff ich nach dem obersten Knopf seiner Jacke. Ich hielt ihn fest, spürte ihn kühl zwischen meinen Fingern. Ich öffnete ihn nicht, hielt ihn nur, bis er in meinen Fingern warm geworden war.

»Es ist nur«, sagte ich, während ich zum nächsten Knopf überging und ihn festhielt, »ich kann scheinbar …«

Da er sich nicht rührte und keinen Laut von sich gab, ging ich zum nächsten Knopf über: »… nicht aufhören, daran zu denken …«

Nächster Knopf: »… wie schön du bist.«

Sein Atem wurde schneller, als ich mich weiter nach unten arbeitete, und als ich den letzten Knopf erreichte, fasste er mich an der Hand. Behutsam führte er zwei meiner Finger in seinen geöffneten Mund. Seine Lippen waren so heiß an diesem kalten Tag. Er saugte und saugte, nahm mir den Atem. Er ist verrückt nach mir, ich weiß es. Genau so wie ich nach ihm.

Dann nahm er meine Finger aus dem Mund, presste sie gegen seine Leiste und fragte: »Kannst du teilen?«

»Teilen?«

»Kannst du mich teilen?«

Ich spürte, wie er steif wurde, und nickte. »Wenn es sein muss. Ja. Ich kann teilen.«

Und dann war ich vor ihm auf den Knien.

III

PEACEHAVEN, NOVEMBER 1999

WÄHREND ICH BEOBACHTE, wie du durchs Fenster dem Regen zusiehst, frage ich mich, ob du dich an den Tag erinnerst, an dem Tom und ich geheiratet haben, wie es geregnet hat, als würde es nie aufhören. Wahrscheinlich ist der Tag für dich wirklicher als dieser Mittwoch im November Ende des 20. Jahrhunderts in Peacehaven, an dem es keine Abwechslung zum Grau des Himmels oder dem Heulen des Windes an den Fenstern gibt. Mir erscheint er jedenfalls wirklicher.

Der 29. März 1958. Mein Hochzeitstag, und es regnete und regnete. Nicht nur ein Frühlingsschauer, der Kleider feucht und Gesichter frisch machen konnte, sondern ein absoluter Wolkenbruch. Als ich aufwachte, hämmerte der Regen auf unser Dach, rauschte die Regenrinne hinunter. Damals schien es Glück zu versprechen, eine Art Taufe für ein neues Leben. Ich lag im Bett und stellte mir reinigende Sturzbäche vor, dachte an shakespearische Heldinnen, die an fremden Küsten gestrandet waren, ihr bisheriges Leben weggespült, und schöne neue Welten betraten.

Wir waren nur kurz verlobt – weniger als einen Monat. Tom schien ganz wild darauf, die Sache voranzutreiben, und ich natürlich auch. Rückblickend habe ich mich oft über die Eile gewundert. Damals war es aufregend, sich kopflos in eine Heirat zu stürzen, und es war auch schmeichelhaft. Aber jetzt habe ich den Verdacht, dass er es hinter sich bringen wollte, bevor er es sich anders überlegte.

Der Weg draußen vor der Kirche war tückisch unter meinen Satinschuhen und mein Pillbox-Hut mit kurzem Schleier bot mir keinen Schutz. Die Narzissen hingen alle ramponiert herunter, aber ich ging den Weg aufrecht, ließ mir Zeit, obwohl mein Vater so schnell wie möglich die relative Sicherheit des Portals erreichen wollte. Ich hatte erwartet, dass er etwas sagen würde, sobald wir dort waren, seinen Stolz oder seine Ängste offenbaren würde, aber er schwieg. Als er meinen Schleier in Ordnung brachte, zitterte seine Hand. Jetzt denke ich bei mir: Mir hätte klar sein müssen, wie bedeutsam dieser Moment war. Es war das letzte Mal, dass mein Vater den Anspruch erheben konnte, der wichtigste Mann in meinem Leben zu sein. Und er war kein schlechter Vater. Er hat mich nie geschlagen, selten die Stimme erhoben. Als Mum nicht aufhörte zu weinen, weil ich zum Gymnasium gehen würde, zwinkerte mein Vater mir verschmitzt zu. Er hatte nie gesagt, ich wäre gut oder schlecht oder etwas dazwischen. Ich glaube, in erster Linie verwirrte ich ihn, aber er hat mich dafür nicht bestraft. In dem Moment, an der Schwelle zu meinem neuen Leben mit einem anderen Mann, hätte ich etwas zu meinem Vater sagen sollen. Aber ich konnte natürlich nur an Tom denken, der auf mich wartete.

Als ich den Mittelgang hinaufging, sahen sich alle außer dir um und lächelten. Aber das war mir gleichgültig. Meine Schuhe waren völlig durchnässt und meine Strümpfe mit Matsch bespritzt und du warst Trauzeuge anstelle von Roy, was Ärger verursacht hatte, aber das alles war gleichgültig. Selbst dass Tom den Anzug trug, den du ihm gekauft hattest (der gleiche wie deiner, nur eher grau als dunkelbraun), statt seiner Uniform, habe ich kaum wahrgenommen. Denn sobald ich ihn erreichte, gabst du ihm den Ring, der mich zu Mrs Tom Burgess machte.

Im Anschluss an die Zeremonie tranken wir Bier und aßen Sandwiches im Gemeindehaus, wo es ganz ähnlich roch wie in St. Luke – nach Kinderturnschuhen und verkochtem Rindfleisch. Sylvie, die jetzt tatsächlich schwanger war, trug ein kariertes Kleid und saß rauchend in der Ecke und beobachtete Roy, der anscheinend schon betrunken gewesen war, bevor der Empfang begann. Ich hatte Julia eingeladen, ich war sicher, wir würden enge Freundinnen werden. Und sie kam in einem jadegrünen Kostüm und mit ihrem strahlenden Lächeln. Hast du mit ihr gesprochen, Patrick? Ich erinnere mich nicht. Ich erinnere mich nur, dass sie versuchte, ein Gespräch mit meinem Bruder Harry anzufangen, der immer wieder an ihr vorbei auf Sylvies Brüste sah. Toms Eltern waren natürlich da; sein Vater schlug jedem auf die Schulter, etwas zu kräftig (plötzlich wusste ich, woher Tom es hatte). Der Busen seiner Mutter, der einer Ablage ähnelte, war größer denn je und in eine geblümte Bluse gezwängt. Nach der Zeremonie küsste sie mich auf die Wange und ich roch ihren etwas muffigen Lippenstift, als sie sagte: »Willkommen in unserer Familie«, und sich die Augen tupfte.

Ich wollte eigentlich mit meinem frisch angetrauten Ehemann nur weg von dort.

Was hast du in deiner Rede gesagt? Zuerst hörte keiner genau zu; alle waren nur scharf auf die Sandwiches mit Frühstücksfleisch und das Harvey-Bier. Doch du hast vorne im Saal gestanden und trotzdem weitergeredet, während Tom sich ängstlich umsah. Nach einer Weile sorgte allein deine ungewohnt übertriebene, samtweiche Sprechweise mit den Oxbridge-Vokalen dafür, dass die Leute die Ohren spitzten. Tom runzelte ein bisschen die Stirn, als du erklärt hast, wie ihr beide euch kennengelernt habt. Es war das erste Mal, dass ich von der Frau auf dem Fahrrad hörte. Du hast es genossen, die Geschichte zu erzählen, hast kurz innegehalten, um die Komik zu steigern, bevor du wiederholt hast, was Tom über sie gesagt hatte: dass sie ein verrückter alter Vogel sei, worüber mein Vater laut lachte. Du hast etwas darüber gesagt, dass Tom und ich das perfekte, kultivierte Paar wären – der Polizist und die Lehrerin. Niemand könnte uns vorwerfen, nicht unsere Pflicht für die Gesellschaft zu tun. Die Menschen in Brighton könnten nachts ruhig schlafen, mit dem Wissen, dass Tom durch die Straßen patrouilliert und ich mich um die Erziehung ihrer Kinder kümmere. Ich war mir nicht sicher, wie ernst du das gemeint hast, selbst damals nicht, aber ich empfand ein bisschen Stolz, als du das gesagt hast. Dann hast du dein Glas zu einem Toast erhoben, dein halbes Stout in ein paar Schlucken ausgetrunken, etwas zu Tom gesagt, das ich nicht verstehen konnte, seinen Arm getätschelt, mir energisch die Hand geküsst und bist gegangen.

Am Abend vor der Hochzeit ging ich zu Sylvie in die Wohnung. Heutzutage würde man das vermutlich meinen Junggesellinnenabschied nennen, da Tom mit einigen Jungs von der Polizei weggegangen war.

Sylvie und Roy hatten es endlich geschafft, bei Roys Mutter in Portsdale auszuziehen. Ihre Wohnung war in einem neuen Hochhaus mit Aufzügen und großen Fenstern mit Blick über den Marktplatz. Das Haus war erst seit ein paar Monaten bewohnt; die Gänge rochen noch nach nassem Zement und neuer Farbe. Aber als ich den glänzenden Fahrstuhl betrat, öffneten sich die Türen reibungslos.

Auf der Tapete bei Sylvie waren Schwertlilien und an die Vorhänge im Wohnzimmer erinnere ich mich – tiefblau mit gelben Tupfen. Aber alles andere war modern. Das Sofa mit niedriger Sitzhöhe und schmalen Armlehnen war mit einem rutschigen, kalten Stoff bezogen, der zum größten Teil aus Plastik sein musste. »Dad hat dafür geblecht, weil wir ihm leidgetan haben«, sagte sie, als sie sah, dass ich einen kurzen Blick auf die Holzuhr in Sonnenform über dem Gasofen warf. »Schlechtes Gewissen.«

Er hatte sich monatelang nach der Hochzeit geweigert, Sylvie zu sehen.

»Bier? Setz dich doch.«

Sie war schon ziemlich dick. Die Formen der kleinen, zerbrechlichen Sylvie verschwammen. »Krieg bloß nicht so schnell ein Kind wie ich, hörst du? Es ist schrecklich.« Sie gab mir ein Glas und ließ sich auf dem Sofa nieder. »Das wirklich Ärgerliche daran ist«, fuhr sie fort, »dass ich Roy nicht mal anlügen musste. Sobald wir verheiratet waren, wurde ich sowieso schwanger. Er denkt, ich bin im sechsten Monat, aber ich weiß, dieses Baby kommt spät.« Sie stupste mich an und kicherte. »Ich freue mich richtig darauf, wirklich. Mein eigenes kleines Ding zum Knuddeln.«

Ich erinnerte mich daran, was sie an ihrem Hochzeitstag gesagt hatte. Sie wünschte sich, sie könnte tun, was sie wollte, und ich fragte mich, was passiert war, dass sie ihre Meinung geändert hatte, sagte aber nur: »Nett hast du es hier.«

Sie nickte. »Nicht schlecht, was? Die Kommune hat uns einziehen lassen, bevor es fertig war – die Tapete war noch feucht –, und es ist schön, so hoch oben zu sein. Wir sind praktisch oben in den Wolken.«

Der vierte Stock war wohl kaum in den Wolken, aber ich lächelte. »Genau, wo du hingehörst, Sylvie.«

»Und wo du sein musst, wo du doch morgen heiratest, selbst wenn mein nichtsnutziger Bruder der Auserwählte ist.« Sie drückte mein Knie und ich spürte, dass ich vor Freude rot wurde.

»Du liebst ihn wirklich, was?«, fragte sie.

Ich nickte.

Sylvie seufzte. »Er kommt mich nie besuchen, weißt du. Ich weiß, er hat sich mit Roy wegen der Trauzeugensache mächtig gestritten, aber er könnte vorbeikommen, wenn Roy nicht da ist, oder?« Sie sah mich mit großen klaren Augen an. »Wirst du ihn darum bitten, Marion? Sag ihm, er soll mich nicht wie eine Fremde behandeln.«

Ich versprach es. Ich hatte nicht gewusst, dass das Zerwürfnis zwischen Tom und Roy so ernst war.

Wir tranken unser süßes Bier und Sylvie redete über Babykleidung, und dass sie sich Sorgen machte, wie sie die Windeln in der Wohnung trocknen sollte. Als sie weitere Getränke holte und weiterschwatzte, wanderten meine Gedanken zu den Ereignissen des nächsten Tages und ich stellte mir vor, wie ich an Toms Seite war und meine roten Haare im Sonnenlicht leuchteten. Wir würden mit Konfetti beworfen werden und er würde mich so durchdringend ansehen, als sähe er mich zum ersten Mal. *Strahlend.* Das wäre das Wort, das ihm einfiele.

»Marion, erinnerst du dich, was ich vor einem Jahr über Tom zu dir gesagt habe?« Sylvie war beim dritten Bier und saß ganz nah bei mir.

Ich holte tief Luft und stellte mein Getränk auf die Sofalehne, nur um woanders hinsehen zu können. »Was meinst du?«, fragte ich, während mein Herz ein bisschen schneller schlug. Ich wusste sehr wohl, was sie meinte.

»Dass ich sagte, Tom ist nicht, du weißt schon, wie andere Männer …«

So hatte sie es nicht gesagt, dachte ich. Das hatte sie nicht gesagt. Nicht genau das.

»Erinnerst du dich, Marion?«, beharrte Sylvie.

Ich richtete den Blick auf die Glastüren ihrer Vitrine. Es war nichts drin außer einem blauen Krug mit der Aufschrift »Grüße aus Camber Sands« an der Seite und ein Foto von Sylvie und Roy, ungerahmt, an ihrem Hochzeitstag. Sylvies niedergeschlagene Augen ließen sie noch jünger aussehen, als sie war.

»Eigentlich nicht«, log ich.

»Also. Das ist gut. Ich möchte nämlich, dass du es vergisst. Ich meine, keiner von uns dachte, dass er heiraten würde, und jetzt bist du da …«

Es war kurz still. Nachdem ich mich beruhigt hatte, indem ich mich auf das Foto von Sylvies Hochzeit konzentriert hatte, sagte ich: »Ja. So ist es.«

Sylvie schien aufzuatmen. »Dann muss er sich geändert haben oder vielleicht haben wir uns geirrt oder so, aber wie auch immer, ich möchte, dass du es vergisst, Marion. Es ist mir sehr peinlich.«

Ich sah sie an. Obwohl ihr Gesicht rosig und aufgedunsen war, war es immer noch attraktiv, und ich saß wieder auf der Bank und hörte ihr zu, wie sie mir erzählte, dass Roy sie berührt hatte und dass ich jede Hoffnung aufgeben müsste, jemals die Zuneigung ihres Bruders zu gewinnen.

»Ich weiß nicht mal mehr, was du gesagt hast«, behauptete ich. »Also lassen wir das Thema, okay?«

Wir saßen eine Weile schweigend da. Ich konnte fühlen, wie Sylvie nach den richtigen Worten suchte. Schließlich sagte sie: »Bald sind wir beide verheiratete Frauen und schieben unsere Kinderwagen die Strandpromenade entlang.« Aus irgendeinem Grund schien meine Verärgerung durch diese Äußerung noch größer zu werden.

Ich stand auf. »Eigentlich habe ich vor, weiter in der Schule zu arbeiten, deshalb werden wir Kinder noch ein bisschen aufschieben.« Die Wahrheit war, dass Kinder in meinen Tagträumen über die Ehe mit Tom überhaupt nicht vorgekommen waren. Ich hatte nicht einmal die Möglichkeit in Betracht gezogen. Ich hatte mir nie vorgestellt, dass ich einen Kinderwagen schob. Ich hatte mir nur vorgestellt, dass ich an seiner Seite war.

Mit der Ausrede, dass ich früh aufstehen müsste wegen der Vorbereitungen für die Hochzeit, holte ich meinen Mantel. Sylvie sagte nichts. Sie ging mit mir in den kalten Korridor und beobachtete schweigend, wie ich auf den Aufzug wartete.

Als sich die Türen des Aufzugs öffneten, blickte ich mich nicht um, um mich zu verabschieden, aber Sylvie rief: »Bring Tom dazu, herzukommen, machst du das?« Ohne mich umzusehen, brummte ich meine Zustimmung.

»Und Marion?«

Ich hatte keine Wahl, ich musste den Aufzug anhalten und warten. »Ja?«, fragte ich, den Blick auf den Knopf gerichtet, auf dem »Erdgeschoss« stand.

»Viel Glück.«

Unsere »Flitterwochen« waren eine Nacht im Old Ship Hotel. Wir hatten vage davon gesprochen, irgendwann ein paar Tage in Weymouth zu verbringen, aber da Tom eine ganze Weile noch keinen Urlaub nehmen konnte, würde das warten müssen.

Wenn es auch nicht das Grand war, so hatte das Ship doch die Art von dezentem Glanz, der mich damals beeindruckte. Wir verstummten beide, als wir uns durch die Drehtür aus Glas in die Lobby schoben. Der mit dickem Teppich bedeckte Fußboden knarrte und ächzte unter unseren Füßen und ich verkniff mir die Bemerkung, dass es sogar *klang* wie ein altes Schiff. Toms Vater hatte das Zimmer und das Abendessen bezahlt. Es war sein Hochzeitsgeschenk. Wir hatten beide noch nie eine Nacht in einem Hotel verbracht und ich glaube, wir waren beide ein bisschen panisch, weil wir nicht wussten, wie man sich an solchen Orten benahm. In den Filmen, die ich gesehen hatte, gab es Pagen, die das Gepäck trugen, und Empfangschefs, die Angaben zur Person aufnahmen, aber an diesem Nachmittag war es ganz still im Ship. Ich hatte einen kleinen Koffer, in den ich mein neues spitzenbesetztes Nachthemd gepackt hatte, blass aprikosenfarben, extra für diesen Anlass gekauft. Ich hatte das Hochzeitskleid schon gegen einen türkisfarbenen Wollrock und Twinset mit Bouclejacke getauscht und fand mich schick genug. Meine Schuhe waren nicht neu und an den Zehen stark abgewetzt, aber ich versuchte, nicht daran zu denken. Tom hatte nur eine Leinentasche bei sich und ich wünschte, er hätte einen Koffer genommen, um passender auszusehen. Aber, dachte ich, so waren Männer eben. Sie reisten mit leichtem Gepäck. Machten keine Umstände.

»Sollte hier nicht jemand sein?«, fragte Tom und blickte sich angestrengt nach einem Lebenszeichen um. Er ging zur Rezeption und legte beide Hände auf die glänzende Oberfläche. Eine goldene Klingel befand sich ganz in der Nähe seiner Hand, aber er berührte sie nicht. Stattdessen wartete er, trommelte mit den Fingern auf die Holzplatte und starrte auf die verglaste Tür hinter dem Tresen.

Ich sah mich hinter ihm ein bisschen um, studierte die Menütafel für den Abend (Seezunge in Weißwein, Zitronentarte) und die Liste der Veranstaltungen und Bälle der folgenden Woche. Ich traute mich nicht, mich in einen der Ledersessel mit hoher Rückenlehne zu setzen, denn es könnte jemand auftauchen und mich fragen, ob ich etwas trinken wollte. Lieber drehte ich noch eine Runde. Und immer noch wartete Tom. Und immer noch kam keiner.

Da ich nicht länger meine Runden drehen wollte, blieb ich am Tresen stehen und ließ die Hand abrupt auf die Klingel fallen. Als der helle Klingelton durch die Lobby hallte, zuckte Tom zurück. »Das hätte ich tun sollen«, zischte er.

Sofort erschien ein Mann mit glänzenden schwarzen Haaren und gestärkter weißer Jacke. Er blickte von Tom zu mir und wieder zurück, bevor er ein Lächeln zustande brachte. »Tut mir leid, dass Sie warten mussten, Mr und Mrs …«

»Burgess«, sagte Tom, bevor ich es konnte. »Mr und Mrs Thomas Burgess.«

Die finanziellen Mittel von Toms Vater reichten nicht ganz für einen Meerblick. Unser Zimmer war an der Rückseite des Hotels mit Blick auf einen Hinterhof, wo sich das Personal zum Schwatzen und Rauchen traf. Als wir erst einmal drinnen waren, setzte Tom sich nicht hin, sondern stolzierte im Zimmer herum, zog an den schweren purpurroten Gardinen, die den größten Teil des

Fensters bedeckten, strich über das leberfarbene Federbett, wies laut auf die luxuriöse Ausstattung hin (»Sie haben eine Mischbatterie!«), so wie er es getan hatte, als wir in deiner Wohnung waren, Patrick. Nach einem Kampf mit dem Riegel und einem fürchterlichen Knirschen gelang es ihm, das Fenster zu öffnen, um das nachmittägliche Kreischen der Möwen hereinzulassen.

»Geht es dir gut?«, fragte ich. Das wollte ich eigentlich nicht sagen. *Komm vom Fenster weg und küss mich*, wollte ich sagen. Ich hatte sogar überlegt, kurz, überhaupt nichts zu sagen; einfach zu beginnen mich auszuziehen. Es war noch früh; noch nicht fünf Uhr nachmittags vorbei, aber wir waren frisch verheiratet. In einem Hotel. In Brighton. Wo solche Dinge ständig passieren.

Er grinste mich gewinnend an. »Es ging mir nie besser.« Er kam zu mir herüber und küsste meine Wange. Ich bewegte die Hand nach oben, zu seinen Haaren, aber er war schon wieder am Fenster, riss an den Gardinen und sah hinaus. »Ich dachte«, sagte er, »wir sollten ein bisschen Spaß haben. Es ist schließlich unser Honeymoon.«

»Oh ja?«

»Wir könnten so tun, als wären wir Urlauber«, sagte er, während er sich die Jacke anzog. »Es ist noch viel Zeit bis zum Abendessen. Los komm, wir gehen zum Pier.«

Es regnete immer noch. Zum Pier gehen oder überhaupt hinausgehen war das Letzte, was ich wollte. Ich hatte mir vorgestellt, wir hätten noch eine Stunde für Intimität – Herumschmusen, wie wir es damals nannten, und Herumturteln darüber, dass wir frisch verheiratet waren –, dann Abendessen, dann schnell ins Bett.

Es hört sich für dich vielleicht so an, als hätte mich nur eines interessiert. Vielleicht bist du sogar erstaunt, dass ich es im Jahr 1958 mit einundzwanzig kaum erwarten konnte, meine Jungfräulichkeit zu verlieren. Heute ist es etwas Alltägliches, auch bei viel Jüngeren; obwohl, um ehrlich zu sein, ich glaube, dass ich selbst 1958 ein Spätzünder war. Ich erinnere mich genau, dass ich der

Meinung war, ich sollte zumindest ein bisschen Angst davor haben, mit Tom zu schlafen. Dabei hatte ich überhaupt keine Erfahrung und wusste kaum etwas über den Akt selbst, außer dem, was Sylvie und ich aus einem Exemplar von »Married Love« erfahren hatten, das sie irgendwo gestohlen hatte. Aber ich hatte viele Romane gelesen und rechnete fest damit, dass sich eine Art romantischer Nebel herabsenken würde, sobald Tom und ich in den Laken lagen, gefolgt von einem geheimnisvollen, mystischen Zustand, genannt »Ekstase«. Schmerz und Scham kamen mir nicht in den Kopf. Ich vertraute darauf, dass er wusste, was zu tun war, und dass ich entzückt sein würde, an Körper und Seele.

Als Tom lächelte und die Hand nach mir ausstreckte, wusste ich, ich sollte trotzdem so tun, als ob ich nervös wäre. Eine gute jungfräuliche Braut würde ängstlich sein; sie würde erleichtert sein, dass ihr Ehemann sie bat, draußen spazieren zu gehen statt direkt ins Bett zu springen.

Und so bummelten wir ein paar Minuten später Arm in Arm auf den Lärm und die Lichter des Palace Piers zu.

Meine Boucléjacke war ziemlich dünn und ich klammerte mich an Toms Arm, da wir beide unter einem Hotelschirm Schutz suchten. Ich war froh, dass nur einer verfügbar war, so mussten wir ihn uns teilen. Wir eilten über die King's Road, wurden von einem vorbeifahrenden Bus nass gespritzt, und Tom bezahlte für uns, damit wir die Drehkreuze passieren konnten. Der Wind drohte unseren Schirm wegzuwehen, aber Tom hatte ihn fest im Griff, obwohl die Wellen um die eisernen Beine des Piers schäumten und Kiesel an den Strand schleuderten. Wir kämpften uns an den tropfnassen Liegestühlen, Wahrsagern und Donutständen vorbei. Meine Haare waren vom Wind zerzaust und die Hand, mit der ich über Toms den Schirm umklammerte, war taub. Aus Toms Gesicht und Körper sprach die Entschlossenheit, dem Wetter zu trotzen.

»Lass uns zurückgehen …«, begann ich, aber der Wind musste meine Stimme mitgenommen haben, denn Tom ging weiter und rief: »Rutschbahn? Haus der Hölle? Oder Geisterbahn?«

Da begann ich zu lachen. Was sollte ich sonst tun, Patrick? Da stand ich an meinem Honeymoon, umtost von einem feuchten Wind auf dem Palace Pier, unser warmes Hotelzimmer nur wenige hundert Meter entfernt – das Bett noch tadellos gemacht –, und mein frisch angetrauter Ehemann forderte mich auf, mir ein Fahrgeschäft auszusuchen.

»Ich bin für die Rutschbahn«, sagte ich und begann, auf den blau-rot gestreiften Turm zuzulaufen. Die Rutsche – damals »The Joy Glide« genannt – war ein gewohnter Anblick, aber ich war tatsächlich noch nie hinuntergerutscht. Plötzlich schien es eine gute Idee. Meine Füße waren durchnässt und kalt, und wenn ich sie bewegte, würden sie zumindest ein bisschen wärmer werden. (Tom hat die Kälte nie gespürt, hast du das bemerkt? Als wir schon eine Weile verheiratet waren, fragte ich mich, ob sich durch das viele Schwimmen im Meer unter seiner Haut eine Art schützende Fettschicht entwickelt hatte wie bei einem Seehund. Vielleicht war das auch eine Erklärung dafür, dass er auf meine Berührung nicht reagierte. Mein zähes, schönes Meerestier.)

Das Mädchen in der Bude – schwarzer Zopf und blassrosa Lippenstift – nahm unser Geld und gab uns ein Paar Matten. »Einer nach dem anderen«, befahl sie. »Und nicht die Matte teilen.«

Ich war erleichtert, aus dem Wind in den Holzturm zu kommen. Tom folgte mir die Treppe hinauf. Ungefähr alle zehn Stufen bekamen wir kurz den grauen Himmel draußen zu sehen. Je weiter wir nach oben stiegen, desto lauter heulte der Wind. Auf der Hälfte des Weges nach oben hielt ich aus irgendeinem Grund an und sagte: »Hol sie der Teufel. Wir können uns eine Matte teilen. Wir sind frisch verheiratet.« Ich warf meine die Treppe hinunter. Sie verfehlte knapp Toms erschrecktes Gesicht und landete mit einem Plumps. Er lachte nervös. »Ist da genug Platz?«, fragte er, ohne anzuhalten. Die Bodenbretter der engen Plattform ächzten im Wind. Ich atmete in großen Zügen die salzige Luft ein. Von dort oben konnte ich sehen, wie die Lichter in den Zimmern des Ship Hotels angingen, und ich dachte wieder an unser Bett mit der dicken Decke und die perfekt gebügelten Laken.

»Beeil dich«, rief ich. »Ich kann nicht ohne dich runterkommen.«

Als er sich näherte, sah er sehr blass aus, und ohne nachzudenken, trat ich vor und küsste seinen kalten Mund. Es war ein kurzer Kuss, aber seine Lippen wurden nicht starr und hinterher lehnte er, wie um Atem zu holen, den Kopf an meine Schulter. Er zitterte ein bisschen und ich seufzte erleichtert. Endlich. Er hatte auf mich reagiert.

Dann sagte er: »Marion. Du wirst denken, ich bin ein Feigling, aber ich mag Höhen nicht besonders.«

Ich blickte über die tosende See und versuchte zu begreifen, was er gesagt hatte. Tom Burgess, Meerschwimmer und Polizist, hatte Angst, weil er oben auf der großen Rutsche stand. Bis zu dem Moment hatte es so ausgesehen, als wäre er zu allem fähig, durch nichts aus der Fassung zu bringen. Und jetzt diese Schwäche. Das war meine Chance, ihm näherzukommen. Ich hielt ihn fest, roch seinen neuen Anzug und war erstaunt, wie warm er war, selbst an dieser eisigen, dem Wetter ausgesetzten Stelle. Ich hätte vorschlagen können, dass wir die Treppe hinuntergehen, aber ich wusste, das würde seinen Stolz verletzen, und außerdem wollte ich nicht die Chance verpassen, die Matte mit meinem frisch angetrauten Ehemann zu teilen, die Chance, dass wir beide aneinander geklammert die Rutsche hinunterrasten. »Dann sollten wir lieber runterrutschen, was?«, sagte ich. »Ich geh nach vorne und du setzt dich hinter mich.«

Er hielt sich am Geländer fest und blickte mich unverwandt

an, und ich wusste, ich musste ihm nur sagen, was er tun sollte, und er würde es tun. Wenn ich einfach, so gut ich konnte, mit meiner beruhigenden, aber festen Lehrerinnenstimme weitersprach, würde er alles tun, was ich sagte. Er nickte stumm und beobachtete, wie ich mich auf die kratzige Matte setzte. »Los komm«, forderte ich ihn auf. »Wir sind im Nu unten.«

Er setzte sich hinter mich und schlang die Arme um meine Taille. Ich lehnte mich gegen ihn und spürte seine Gürtelschnalle an meinem Kreuz. Der Wind blies über uns hinweg und mindestens fünfzig Meter unter uns schäumte das Meer.

»Fertig?«

Der Druck seiner Oberschenkel nahm mir fast den Atem. Ich hörte ein Grunzen, nahm es als »Ja« und stieß uns so kräftig ab, wie ich konnte. Sobald wir in Bewegung kamen, umfasste Tom mich fester. In der ersten Kurve legten wir an Geschwindigkeit zu und in der nächsten waren wir so schnell, dass sogar ich befürchtete, wir könnten über die Seitenwand schießen und aufs Wasser hinaussegeln. Dröhnende Musik waberte in Wellen aus der Lautsprecheranlage des Piers und durch das Grau des Tages fuhr plötzlich ein erfrischender Windstoß, ein aufregender Blick auf die Wellen unten bot sich. Für einen Moment schien es, als wäre nichts zwischen uns und der Tiefe außer einer quadratischen Bastmatte. Ich schrie vor Freude. Toms klammernde Oberschenkel trieben meine Schreie in eine höhere Tonlage, und erst als wir fast unten waren, merkte ich, dass nicht nur ich solchen Lärm machte; Tom schrie auch.

Wir schossen ein gutes Stück über das Ende der Rutschbahn hinaus und krachten gegen den Zaun um die Matten. Unsere Glieder waren auf unmögliche Art miteinander verheddert, aber Tom umfasste noch immer meine Taille. Ich begann unbändig zu lachen, meine nassen Wangen berührten seine, sein Atem ging schwer an meinem Hals. In dem Moment entspannte sich alles in mir und ich dachte – es wird alles gut. Tom braucht mich. Wir sind verheiratet und es wird alles gut.

Tom befreite sich von meinem Körper und klopfte seinen Anzug ab.

»Wollen wir noch mal?«, fragte ich und sprang auf.

Er rieb sich das Gesicht. »Gott, nein …«, stöhnte er. »Bitte zwing mich nicht.«

»Ich bin deine Frau. Es ist unser Honeymoon. Und ich will noch mal rutschen«, sagte ich lachend und zog ihn an der Hand. Seine Finger waren glitschig vor Schweiß und zitterten ein wenig.

»Können wir nicht einfach eine Tasse Tee trinken gehen?«

»Bestimmt nicht.«

Tom starrte mich an, nicht sicher, ob ich Spaß machte. »Warum gehst du nicht noch mal und ich sehe zu«, schlug er vor und holte den Schirm aus dem Ständer neben der Bude.

»Aber ohne dich macht es keinen Spaß«, schmollte ich.

Ich genoss die neue Erfahrung, unbekümmert zu flirten, aber Tom schien wieder nicht sicher, wie er darauf reagieren sollte.

Nach einer Pause sagte er: »Als dein Ehemann befehle ich dir, mit mir zurück ins Hotel zu kommen.« Und er schlang einen Arm um meine Taille.

Wir küssten uns einmal, ganz zart, und ohne ein Wort ließ ich zu, dass er mich zurück zum Ship führte.

Während des gesamten Abendessens konnte ich nicht aufhören zu lächeln und über Kleinigkeiten zu lachen. Vielleicht war es die Erleichterung, dass die Hochzeit vorbei war, vielleicht war es das aufregende Erlebnis der Rutschbahn, vielleicht war es die Erwartung, was kommen würde. Was immer es war, ich hatte das Gefühl, atemlos auf etwas zuzulaufen, Hals über Kopf, unachtsam.

Tom lächelte, nickte, reagierte mit einem leisen Lachen, als ich einen langen Monolog darüber beendete, warum das Hotel tatsächlich einem alten Schiff sehr ähnelte (der knarrende Fußboden, die klappernden Türen, der an den Fenstern rüttelnde Wind, das etwas seekrank aussehende Personal), aber ich hatte den Eindruck, dass er einfach nur darauf wartete, dass diese etwas hysterische Stimmung vorbeiging. Ich redete trotzdem weiter, aß fast nichts, trank zu viel Burgunder und lachte unverhohlen über den watschelnden Gang des Kellners.

In unserem Zimmer knipste Tom die Nachttischlampen an und hängte seine Jacke auf, während ich kichernd aufs Bett fiel. Er bestellte zwei Gläser Scotch, die uns aufs Zimmer gebracht werden sollten. Als der Junge mit einem kleinen Tablett erschien, dankte Tom ihm in so vornehmem Ton, wie ich es noch nie bei ihm gehört hatte (er muss es von dir gelernt haben), und ich kicherte noch mehr.

Er setzte sich auf den Bettrand, leerte seinen Whisky und sagte: »Warum lachst du?«

»Vermutlich bin ich glücklich«, entgegnete ich und nahm einen brennenden Schluck Scotch.

»Das ist gut«, sagte er. Und dann: »Wollen wir ins Bett gehen? Es ist spät.« Mir gefiel der erste Teil des Satzes: Er hatte das Wort *Bett* benutzt, der zweite gefiel mir wegen des praktischen Tons, der Anspielung auf Schlaf, weniger. »Willst du das Badezimmer benutzen?«, fuhr er fort.

Er sprach immer noch in dem ruhigen, gedehnten, etwas nach Oberschicht klingenden Tonfall, den er bei dem Jungen an der Tür ausprobiert hatte. Ich saß ganz aufrecht, mir drehte sich alles. Nein, wollte ich sagen. Nein, ich will nicht das Badezimmer benutzen. Ich will, dass du mich ausziehst, hier auf dem Bett. Ich will, dass du den Reißverschluss meines Rocks öffnest, die Haken von meinem neuen BH und nach Luft schnappst wegen meiner schönen Brüste.

Natürlich sagte ich nichts der Art. Stattdessen ging ich ins

Badezimmer, knallte die Tür zu, setzte mich auf den Rand der Badewanne und unterdrückte den Drang zu kichern. Ich holte einige Male tief Luft. Zog Tom sich auf der anderen Seite der Tür aus? Sollte ich ihn überraschen, indem ich nur mit Slip bekleidet ins Zimmer platzte? Ich sah mich im Spiegel. Meine Wangen waren fleckig und der Wein hatte meine Lippen braun gefärbt. Sah ich jetzt, da ich verheiratet war, anders aus? Würde ich morgen anders aussehen?

Als wir zuerst ins Hotel gekommen waren, hatte ich mein aprikosenfarbenes Rayonnachthemd ausgepackt und an die Rückseite der Badezimmertür gehängt, in der Hoffnung, Tom würde es entdecken und er würde aufgereizt durch den tiefen Halsausschnitt, den langen Schlitz an der Seite. Jetzt ließ ich Rock und Twinset auf einem Haufen auf dem Fußboden liegen, zog das Nachthemd über den Kopf und kämmte mein Haar, bis es knisterte. Dann putzte ich mir die Zähne und öffnete die Tür.

Im Zimmer war es dämmrig. Tom hatte alle Lichter ausgemacht, außer der Lampe an seiner Seite des Bettes. Seine pyjamabedeckten Schultern lagen gerade und reglos zwischen Kissen und Laken. Seine Augen folgten mir, als ich mich dem Bett näherte, das Laken zurückzog und mich neben ihn legte. Mein Herz klopfte heftig und der Drang zu lachen war vollkommen weg. Was würde ich tun, wenn er einfach das Licht ausmachte, gute Nacht sagte und mir den Rücken zuwandte? Was, Patrick, hätte ich dagegen tun sollen? Während wir reglos dalagen, begannen meine Zähne zu klappern. Ich konnte ihn nicht zuerst berühren. Wir waren endlich verheiratet, aber ich dachte, ich hätte kein Recht, etwas zu fordern. Soviel ich wusste, durften Ehefrauen keine körperlichen Ansprüche stellen. Frauen, die nach Sex verlangten, waren verabscheuungswürdig, unnatürlich.

»Du siehst hübsch aus«, sagte Tom und ich drehte mich um, um ihn anzulächeln, aber er hatte schon das Licht ausgemacht. Ich erstarrte. Das sollte es gewesen sein. Schlaf war alles, was mich erwartete. Es herrschte lange Schweigen. Dann strich er mit der Hand über meine Wange. »Alles in Ordnung?«, fragte er sanft. Ich wusste nicht, was ich antworten sollte.

»Marion? Geht's dir gut?« Ich nickte. Er musste die Bewegung gespürt haben, denn er schob seinen großen Körper an mich heran und dann waren seine Lippen auf meinem Mund. Warme Lippen. Ich wollte mich verlieren. Ich wollte, dass der Kuss mich verzückte, wie es in den Romanen geschah, die ich gelesen hatte. Und es war ein bisschen so. Ich öffnete den Mund, um mehr von Tom hereinzulassen. Da begann er, an meinem Nachthemd zu zerren, zog es hoch bis an die Taille, indem er möglichst viel von dem Stoff in einer Hand zusammenraffte. Ich versuchte, mich so zu bewegen, dass es leichter für ihn war, aber das war schwierig, denn seine andere Hand lag auf meiner Hüfte und nagelte mich am Bett fest. Mein Atem wurde schneller; ich streichelte sein Gesicht. »Oh Tom«, flüsterte ich, und indem ich es sagte, hatte ich das Gefühl, dass ich das alles tatsächlich erlebte, hier und jetzt, in diesem makellosen Bett im Old Ship Hotel. Mein frisch angetrauter Ehemann schlief mit mir. Tom pflanzte seine Ellbogen zu beiden Seiten meiner Schultern und hievte seinen Körper auf meinen. Ich legte die Hände an sein Kreuz und bemerkte, dass er seine Pyjamahose ausgezogen hatte. Ich ließ die Hände an sein Gesäß gleiten, das weicher war, als ich es mir hätte vorstellen können. Er stieß ein paar Mal in meine Richtung. Er kam nicht einmal in die Nähe des Ziels, aber ich sagte nichts. Zum einen hielt ich den Atem an. Zum anderen wollte ich nichts verderben, indem ich etwas Falsches sagte.

Nach einer Weile hielt er leicht keuchend inne und sagte: »Meinst du, du könntest – deine Beine ein bisschen weiter öffnen?«

Ich gehorchte, dankbar, dass ich unter ihn rutschen und meine Oberschenkel um seine Hüften legen konnte. Er gab keinen Laut von sich, als es ihm gelang, in mich einzudringen. Alles, was ich fühlte, war ein stechender Schmerz, aber ich sagte mir, dass das vorbeigehen würde. Wir waren jetzt angekommen. Bis zur Ekstase konnte es nicht mehr weit sein.

Und es war wunderbar, mich an Tom festzuhalten, während er sich in mir bewegte, seinen Schweiß an meinen Fingern zu spüren, seinen heißen Atem an meinem Hals. Allein ihm so unglaublich nah zu sein war wie ein Wunder.

Aber, Patrick, selbst in dem Moment spürte ich – obwohl ich bezweifle, dass ich es mir damals eingestand –, dass die Zärtlichkeit fehlte, mit der er mich in unseren Schwimmstunden gehalten hatte. Während er zustieß, stellte ich mir noch einmal vor, wie ich untergegangen war und Tom mich gefunden hatte, wie er mich an der Taille festgehalten hatte, während ich im Salzwasser trieb, wie er mich zurück ans Ufer getragen hatte.

Plötzlich hielt Tom den Atem an, stieß ein letztes Mal zu, sodass ich beinahe vor Schmerz aufstöhnte, und sackte dann neben mir zusammen.

Ich strich ihm übers Haar. Als er wieder Luft bekam, sagte er ganz leise: »War das in Ordnung?« Aber ich konnte nicht antworten, weil ich jetzt weinte und jeden Muskel brauchte, um es leise und reglos zu tun. Es war die Erleichterung und das Wunder und die Enttäuschung. Also tat ich so, als hätte ich die Frage nicht gehört, und er küsste meine Hand, drehte sich um und schlief ein.

Ich erzähle dir das alles, Patrick, damit du weißt, wie es zwischen mir und Tom war. Damit du weißt, dass es sowohl Zärtlichkeit als auch Schmerz gab. Damit du weißt, wie wir gescheitert sind, wir beide, aber auch, dass wir es versucht haben.

HEUTE SIND WIR MÜDE. Ich war fast die ganze Nacht auf und habe geschrieben und jetzt, um elf Uhr dreißig morgens, habe ich mich gerade mit einem Kaffee hingesetzt, nachdem ich dich gebadet und angezogen, dir dein Frühstück gegeben und dich so gelagert habe, dass du aus dem Fenster sehen kannst, obwohl ich weiß, dass du innerhalb der nächsten Stunde wieder schlafen wirst. Es hat aufgehört zu regnen, aber es ist windig und ich habe die Heizung angedreht, damit das Haus den trockenen, staubigen Geruch bekommt, den ich tröstlich finde.

Wenn ich ehrlich bin, frage ich mich, wie viel Zeit wir noch haben, um mit dieser Geschichte fertig zu werden. Und ich frage mich, wie viel Zeit ich habe, um Tom zu überzeugen, mit dir zu sprechen. Letzte Nacht hat er auch nicht gut geschlafen – ich habe gehört, dass er mindestens dreimal aufgestanden ist. Es wird dich nicht überraschen zu erfahren, dass wir seit vielen Jahren getrennte Zimmer haben. Tagsüber geht er aus und ich frage ihn nicht mehr, wo er seine Zeit verbringt. Ich habe vor mindestens zwanzig Jahren aufgehört zu fragen, nachdem ich die Antwort bekam, von der ich gewusst hatte, dass sie kommen würde. Ich erinnere mich, Tom war auf dem Weg zur Arbeit und trug seine Sicherheitsdienstuniform. Sie glänzte, die Uniform – ganz silberne Knöpfe und Schulterstücke und eine große Gürtelschnalle in der Taille. Eine schlechte Kopie der Polizeiuniform, aber Tom sah trotzdem umwerfend darin aus. Er arbeitete damals in Nachtschichten. Auf meine Frage, wie er den Tag verbrachte, während ich arbeitete, sah er mich an und sagte: »Ich treffe Fremde. Manchmal trinken wir etwas zusammen. Manchmal haben wir Sex. Das tue ich. Bitte frag mich nicht noch einmal danach.«

Als ich das hörte, war ein Teil von mir erleichtert, weil ich nun wusste, dass ich meinen Mann nicht vollkommen zerstört hatte.

Vielleicht trifft er immer noch Fremde. Ich weiß es nicht. Ich weiß, dass er an den meisten Tagen lange Spaziergänge mit Walter durch die Downs macht. Früher arbeitete ich dienstags freiwillig in der örtlichen Grundschule, half den Kleinen beim Lesenlernen und an dem Tag blieb Tom zu Hause. Aber da du zu uns kamst, habe ich der Schule gesagt, dass ich nicht mehr zur Verfügung stehe, und Tom läuft jeden Tag herum. Er ist immer beschäftigt. Er hat sich immer beschäftigt. Jeden Morgen schwimmt er, selbst jetzt. Nicht länger als fünfzehn Minuten, aber er fährt immer noch runter nach Telscombe Cliffs und geht in das eisige Wasser. Ich brauche dir nicht zu sagen, Patrick, dass er für einen Mann von dreiundsechzig außergewöhnlich fit ist. Er lässt sich nie gehen. Achtet genau auf sein Gewicht, trinkt fast nie etwas, schwimmt, geht mit dem Hund spazieren und sieht sich abends Dokumentationen an. Alles, was mit wirklich geschehenen Verbrechen zu tun hat, interessiert ihn, was mich immer erstaunt, wenn man bedenkt, was passiert ist. Und er spricht mit niemandem, am wenigsten mit mir.

Verstehst du, die Wahrheit ist, dass er nicht wollte, dass du herkommst. Es war meine Idee. Tatsächlich habe ich darauf bestanden. Du wirst es kaum glauben, aber in über vierzig Jahren Ehe habe ich nie auf etwas bestanden, nur in diesem Fall.

Ich hoffe jeden Morgen, dass mein Mann nicht aus dem Haus geht. Aber seit dem Morgen, an dem ich versuchte, dich am »Familientisch«, wie Schwester Pamela sagt, sitzen zu lassen, frühstückt Tom nicht einmal mehr mit uns. Früher war ich über seine Abwesenheit immer irgendwie erleichtert, nach allem, was wir durchgemacht hatten, aber jetzt hätte ich ihn gerne hier an meiner

Seite. Und ich hätte ihn auch gerne an deiner Seite. Ich hoffe, dass er zu uns in dein Zimmer kommt, wenn auch nur kurz. Ich hoffe, dass er kommt und dich zumindest ansieht – dich wirklich ansieht – und sieht, was ich sehe: dass du ihn trotz allem immer noch liebst. Ich hoffe, dass dich das zum Sprechen bringt.

Statt vier Tage Weymouth hast du uns angeboten, die Ferien in deinem Cottage auf der Isle of Wight zu verbringen.

Obwohl ich Bedenken hatte, stimmte ich zu, weil ich unbedingt dem Haus von Toms Eltern entkommen wollte, in das wir gezogen waren, solange wir auf ein Haus von der Polizei warteten, und wo wir in getrennten Betten schliefen. (Tom sagte, in seinem Zimmer wäre kein Platz für ein Doppelbett, also landete ich in Sylvies altem Zimmer.) Tom und ich würden vier Nächte für uns haben und du würdest die letzten drei dazukommen, um uns »die Gegend zu zeigen«. Es würde bedeuten, eine ganze Woche weg zu sein, und die meiste Zeit davon würde ich mit Tom allein sein. Also willigte ich ein.

Das Cottage war ganz anders, als ich es mir vorgestellt hatte. Als du Cottage sagtest, hatte ich angenommen, du wärst bescheiden gewesen und meintest eigentlich ein »kleines Landhaus« oder zumindest eine »gut ausgestattete Villa am Meer«.

Aber nein. Cottage war noch eine übertriebene Beschreibung. Es lag an einer düsteren schmalen kleinen Straße in Bonchurch, nicht weit vom Meer, aber nicht nah genug, um einen Blick auf die Küste zu gewähren. Im ganzen Haus war es feucht und stickig. Es gab zwei Schlafzimmer, das mit Doppelbett hatte eine schräge Decke und eine durchgelegene Matratze. Vor dem Haus war ein verwilderter Garten und hinten hinaus ein Plumpsklo. Es gab eine winzige Küche ohne Elektrizität, aber das Cottage hatte Gasanschluss. Alle Fenster waren klein und ziemlich schmutzig.

Wenn wir die Straße hinuntergingen, war der fruchtige Geruch von frischem Knoblauch überwältigend und selbst im Cottage konnte ich das Zeug riechen, vermischt mit dem Geruch feuchter Teppiche und Gas. Ich fragte mich, wie man etwas so übel Riechendes essen konnte. Für mich roch es am ehesten nach altem Schweiß. Heute mag ich Knoblauch ganz gern, aber damals machten mich die Schärfe und der Geruch fast verrückt, der mir in die Nase stieg, wenn ich nur die Straße entlangging, vorbei an den Reihen grüner Zungen und weißer Blüten.

Trotzdem war es eine angenehme Woche und während der Tage, die wir allein waren, gönnten wir uns die üblichen Urlauberattraktionen. Wir gingen am Blackgang Chine entlang, ins Puppentheater in Ventnor (Tom lachte sehr, als der Polizist erschien), besuchten das Miniaturdorf in Godshill. Tom kaufte mir eine Korallenkette, pfirsich- und sahnefarben. Jeden Morgen briet er uns Eier und Speck, und während ich aß, machte er einen Vorschlag, was wir am Tag machen könnten, dem ich immer zustimmte. Nachts war ich froh darüber, dass das Bett durchhing – dadurch rollten wir beide zusammen und mussten dicht beieinander schlafen. Ich lag viele Stunden wach, genoss es, wie mein Körper hilflos gegen seinen gepresst wurde, mein Bauch die Mulde seines Rückens ausfüllte, meine Brüste gegen seine Schultern gequetscht wurden. Manchmal blies ich sanft gegen seinen Nacken, um ihn zu wecken. Am Abend unserer Ankunft gelang uns eine Wiederholung unserer Hochzeitsnacht und ich erinnere mich, dass es weniger weh tat, aber es war sehr schnell vorbei. Trotzdem dachte ich, wir könnten uns verbessern. Ich dachte, wenn ich wüsste, wie ich Tom ermutigen könnte, ihn leiten könnte, ohne ihm Anweisungen zu geben, dann würden unsere Schlafzimmeraktivitäten vielleicht angenehmer werden. Wir standen schließlich noch am Anfang unserer Ehe. Und hatte Tom mir nicht an dem Abend in deiner Wohnung erzählt, dass er sehr wenig Erfahrung hätte?

Und dann kamst du. Ich musste beinahe lachen, als du in

deinem grünen Fiat Sportwagen angefahren kamst, heraussprangst und das dazu passende Gepäck herausholtest. Du trugst einen leichten braunen Anzug mit einer roten Krawatte, die locker um den Hals gebunden war, und sahst aus wie der perfekte englische Gentleman in den Frühlingsferien. Während ich dich vom Schlafzimmerfenster aus beobachtete, bemerkte ich, dass sich dein leichtes Stirnrunzeln in einem Lächeln verlor, als Tom den Weg herunterkam, um dich zu begrüßen.

In der Küche packte ich die Kisten mit Vorräten aus, die du mitgebracht hattest – Olivenöl, Rotweinflaschen, ein Bund frischer Spargel, den du unterwegs an einem reizenden Straßenstand gekauft hattest.

»Es tut mir wirklich leid wegen des Betts«, hast du erklärt, als wir Tee tranken. »Es ist ein schreckliches altes Ding, was? Als müsste man in einer rutschenden Sandgrube schlafen.«

Ich griff nach Toms Hand. »Das macht uns überhaupt nichts aus«, sagte ich.

Du hast dir über den Schnurrbart gestrichen und kurz nach unten auf den Tisch geblickt, bevor du verkündet hast, dass du dir auf einem Spaziergang zum Meer die Beine vertreten wolltest. Tom sprang auf und sagte, er würde mitgehen. Ihr beide wärt rechtzeitig zum Lunch wieder da, informierte er mich.

Du musst mein erschrecktes Gesicht gesehen haben, denn du hast eine Hand auf Toms Schulter gelegt und mich ansehend gesagt: »Eigentlich habe ich ein Picknick mitgebracht. Wir sollten alle runtergehen und den ganzen Tag dort verbringen, was meint ihr? Es wäre schade, dieses herrliche Wetter zu vergeuden, meinst du nicht, Marion?«

Ich war dir dankbar für deine Freundlichkeit.

Die nächsten paar Tage hast du uns den Weg entlang der Südküste der Insel gezeigt. Wenn wir wanderten, hast du immer darauf geachtet, dass ich zwischen euch beiden ging. Wenn der Weg es zuließ, musste ich neben dir gehen und du hast mich fest an der Hand gehalten, nicht zugelassen, dass ich zurückblieb. Du schienst ein bisschen besessen von der Gesteinsart zu sein, aus der die Landschaft besteht, hast uns erklärt, wie die verschiedenen Steine, Kiesel und Sandkörner entstanden wären, uns auf die verschiedenen Größen, Formen und Farben aufmerksam gemacht. Du hast die Landschaft »plastisch« genannt und von der »Palette der Natur« und der Beschaffenheit ihrer »Materialien« gesprochen.

Auf einer besonders langen Wanderung, als meine Schuhe begonnen hatten zu drücken, bemerkte ich: »Für dich ist alles ein Kunstwerk, nicht wahr?«

Du bliebst stehen und sahst mich mit ernster Miene an: »Natürlich. Es ist das große Kunstwerk. Das, das wir alle versuchen nachzuahmen.«

Tom schien sehr beeindruckt von der Antwort und zu meinem Ärger fiel mir absolut keine Erwiderung ein.

Jeden Abend hast du Abendessen für uns gekocht und Stunden in der Küche mit der Zubereitung der Gerichte verbracht. Ich weiß immer noch, was es gab: am ersten Abend Rindergulasch in Rotweinsoße, Hühnchen nach Jägerart am nächsten und am letzten Lachs mit Sauce hollandaise. Der Gedanke, dass man solche Soßen zu Hause zubereiten und essen konnte und nicht nur in einem schicken Restaurant, war neu für mich. Tom saß immer am Küchentisch und redete mit dir, während du kochtest, aber ich hielt mich im Allgemeinen heraus und nutzte die Gelegenheit, mit einem Roman zu verschwinden. Ich habe es immer als ermüdend empfunden, mich zu viel mit anderen zu unterhalten, und obwohl ich noch in dem Stadium war, in dem ich deine Gesellschaft genoss, musste ich ihr ab und zu entfliehen.

Nach dem Abendessen, das immer köstlich war, saßen wir

noch bei Kerzenlicht und tranken Wein. Sogar Tom fand Geschmack an deinen Roten. Du hast natürlich über Kunst und Literatur geredet, was Tom und ich aufsaugten, aber du hast mich auch ermutigt, übers Unterrichten, über meine Familie und über meine Ansichten über die »Rolle der Frau in der Gesellschaft«, wie du dich ausdrücktest, zu reden. Am zweiten Abend, nach dem Hähnchen nach Jägerart und zu vielen Gläsern Beaujolais, hast du mich nach meiner Meinung über arbeitende Mütter gefragt. Welche Folgen hätte es meiner Meinung nach für das Familienleben? Waren arbeitende Mütter schuld daran, wenn Kinder als Erwachsene kriminell wurden? Ich wusste, es hatte kürzlich eine große Debatte darüber in den Zeitungen gegeben. Eine Frau – eine Lehrerin sogar – wurde für den Tod ihres Sohnes verantwortlich gemacht. Er war an Lungenentzündung gestorben und es hieß, wenn sie mehr zu Hause gewesen wäre, hätte sie den Ernst der Krankheit des Jungen früher erkannt und er wäre am Leben geblieben.

Obwohl ich mit einigem Interesse über den Fall gelesen hatte – hauptsächlich weil eine Lehrerin betroffen war –, war ich noch nicht so weit, zu der Angelegenheit eine Meinung zu äußern. Damals stützte ich mich nur auf meine Gefühle. Ich hatte scheinbar nicht die Worte, über solche Dinge zu sprechen. Trotzdem, ermuntert durch den Wein und deinen forschenden, interessierten Blick, gab ich zu, dass ich die Arbeit nicht würde aufgeben wollen, selbst wenn ich Kinder hätte.

Ich sah, wie sich die Lippen unter deinem Schnurrbart zu einem kleinen Lächeln formten.

Tom, der während der Unterhaltung mit einer Pfütze Kerzenwachs gespielt hatte, sah auf. »Wie bitte?«

»Marion hat gerade gesagt, sie würde gerne weiterarbeiten, wenn ihr Kinder habt«, hast du ihn informiert, mein Gesicht beobachtend, während du sprachst.

Tom sagte einen Moment nichts.

»Ich habe mich noch nicht wirklich entschieden«, sagte ich. »Wir müssten darüber sprechen.«

»Warum solltest du weiterarbeiten?«, fragte Tom in bewusst sanftem Ton, der, wie ich später wusste, ziemlich gefährlich war. Aber damals verstand ich die Warnung noch nicht.

»Ich finde, Marion hat recht.« Du hast Toms Weinglas bis zum Rand gefüllt. »Warum sollten Mütter nicht arbeiten gehen? Besonders, wenn ihre Kinder in der Schule sind. Es hätte meiner eigenen Mutter unglaublich gut getan, einen Beruf zu haben, ein Ziel.«

»Aber du hattest ein Kindermädchen, oder? Und du warst die meiste Zeit auf einem Internat.« Tom schob sein Glas weg. »Es war vollkommen anders für dich.«

»Unglücklicherweise ja.« Du hast mich angelächelt.

»Keines meiner Kinder …«, begann Tom und verstummte. »Kinder brauchen ihre Mutter«, begann er wieder. »Du brauchst nicht arbeiten zu gehen, Marion. Ich könnte für eine Familie sorgen. Das ist die Aufgabe des Vaters.«

Damals war ich erstaunt, wie entschieden Tom in dieser Sache war. Jetzt, rückblickend, kann ich es besser verstehen. Tom stand seiner Mutter immer sehr nahe. Als sie vor mittlerweile über zehn Jahren starb, legte er sich zwei Wochen ins Bett. Bis dahin hatte er sie immer jede Woche besucht, für gewöhnlich allein. Am Anfang unserer Ehe schwieg ich die meiste Zeit, wenn ich das Haus meiner Schwiegermutter betrat, während Tom sie über seine neuesten Erfolge bei der Polizei aufklärte. Manchmal waren sie erfunden, das wusste ich, aber ich stellte ihn deswegen nie zur Rede. Sie war ungeheuer stolz auf ihn; überall im Haus waren Fotos ihres Sohnes in Uniform und er erwiderte das Kompliment, indem er ihr Kataloge mit Kleidung in Übergrößen mitbrachte und sie beriet, was ihr gut stehen könnte. Gegen Ende wählte er die Kleidung sogar aus und bestellte sie für sie.

»Niemand bestreitet deine Fähigkeit, Vater zu sein, Tom«, sagtest du in besänftigendem, beruhigendem Ton. »Aber was ist mit Marions Wünschen?«

»Ist das nicht alles ein bisschen theoretisch?«, fragte ich und versuchte zu kichern. »Vielleicht haben wir gar nicht so viel Glück, Kinder zu bekommen –«

»Natürlich werden wir«, sagte Tom und langte herüber und legte eine warme Hand auf meine.

»Darum geht es nicht«, sagtest du schnell. »Wir reden darüber, ob Mütter arbeiten gehen sollten –«

»Was sie nicht sollten«, sagte Tom.

Du hast gelacht. »Du bist sehr entschieden in dem Punkt, Tom. Ich hätte nicht gedacht, dass du so – na ja, *kleinbürgerlich* bist, was das angeht.«

Wieder hast du gelacht, aber Tom nicht. »Was weißt du schon darüber?«, fragte er leise.

»Wir diskutieren das Thema doch nur, oder? Das sprichwörtliche Reden über Gott und die Welt.«

»Aber du weißt nichts darüber, nicht wahr?«

Ich stand auf und begann, die Teller abzuräumen, spürte eine zunehmende Spannung, die ich nicht ganz verstand. Aber Tom fuhr fort, lauter werdend: »Du weißt nichts über Kinder oder übers Elternsein. Und du weißt nichts übers Verheiratetsein.«

Es gelang dir weiterzulächeln, aber ein Schatten huschte über dein Gesicht, als du gemurmelt hast: »Und das soll auch so bleiben.«

Ich wollte, dass das Dessert reibungslos verlief, und redete die ganze Zeit davon, wie wunderbar deine Apfel-Rhabarber-Tarte gelungen sei (dein Gebäck war immer besser als meins – es zerging auf der Zunge), um euch beiden Zeit zu geben, euch zu beruhigen. Ich wusste, dass Toms Launen schnell verflogen, und wenn ich weiter über Vanillesoße und Löffel und Fruchtfüllungen zwitscherte, wäre alles in Ordnung.

Du hast dich vielleicht schon damals gewundert, warum ich das tat. Warum ließ ich den Streit nicht zu einem Crescendo eskalieren, was uns veranlassen würde, unsere Sachen zu packen und abzufahren? Warum war ich unschlüssig, konnte ich meinen Mann weder verteidigen noch ihn dazu drängen, dich zu verurteilen? Obwohl ich mir die Wahrheit über dich und Tom noch nicht eingestanden hatte, konnte ich es nicht ertragen, wie leicht du ihn provozieren konntest, wie wichtig es ihm offensichtlich war, was du von ihm dachtest. Ich wollte nicht darüber nachdenken, was das bedeuten könnte.

Außerdem stimmte ich dem, was du gesagt hattest, insgeheim zu. Ich dachte, Frauen, die arbeiten gehen, könnten auch gute Mütter sein. Ich wusste, du hattest recht und Tom hatte unrecht. Und es war nicht das letzte Mal, dass ich dieser Meinung war, obwohl ich es weiterhin jedes Mal leugnete.

An unserem letzten Tag auf der Insel setzte ich meinen Willen durch, einen Ausflug nach Osborne House zu machen. Ich war nie besonders am Königshaus interessiert, aber ich habe immer gern auf herrschaftlichen Anwesen herumgeschnüffelt, und man konnte unmöglich auf die Isle of Wight fahren, ohne einen Blick auf Queen Victorias Ferienhaus zu werfen. Damals war das Anwesen nur an bestimmten Nachmittagen geöffnet und viele Räume waren für Besucher unzugänglich. Es gab ganz sicher keinen Souvenirladen, keine Cafeteria oder auch nur besonders viele Informationen; das Ganze hatte einen muffigen, verbotenen Beigeschmack. Es war so, als würde man in einer privaten Welt herumschnüffeln, eine, die schon vor vielen Jahren untergegangen war, und genau das gefiel mir.

Du hast vorsichtig gegen den Vorschlag protestiert, aber nach der Diskussion am Abend vorher war Tom auf meiner Seite und wir ignorierten deine lächelnd vorgetragenen Beteuerungen, dass der Geschmack der Königsfamilie schrecklich und ihre Einrichtungen zweitklassig seien und wir mit Ladungen von Touristen herumgeschoben würden (ich fragte nicht, was uns von ihnen unterschied). Schließlich hast du nachgegeben und uns hingefahren.

Niemand zwingt dich mitzukommen, dachte ich. Tom und ich konnten allein gehen. Aber du hast dich mit uns in die Schlange für Eintrittskarten gestellt und am Ende der Tour gelang es dir sogar, nicht alles, was der Führer uns erzählte, mit einem Augenrollen zu kommentieren.

Der eindruckvollste Teil des Hauses war das Durbar-Zimmer, das aussah, als wäre es komplett aus Elfenbein, so weiß, dass es fast blendete. Jede Oberfläche war verziert: die Decke mit tiefen Kassetten, die Wände bedeckt mit Elfenbeinschnitzereien. Sogar du bist verstummt, als wir eintraten. Die hohen Fenster boten einen Blick auf den glitzernden Solent, aber drinnen war reinstes Anglo-Indien. Der Führer erzählte uns etwas über den Agra-Teppich, den Kaminaufsatz, der einen Pfau darstellt, und, am schönsten von allem, das aus Knochen geschnitzte Modell eines Maharadschapalastes. Als ich hineinblickte, konnte ich die Maharadschas sehen, ihre kleinen glitzernden Schuhe, deren Spitzen sich hochbiegen. Der Führer sagte, das Zimmer wäre der Versuch der Königin, ein Stück Indien auf der Isle of Wight zu erschaffen. Obwohl sie selbst niemals dort war, war sie von Prinz Alberts Erzählungen von seinen Reisen auf dem Subkontinent entzückt. Sie stellte sogar einen indischen Jungen als persönlichen Sekretär ein und entwickelte ein sehr enges Verhältnis zu ihm. Wie alle anderen Bediensteten musste er jedoch wegsehen, wenn er mit seiner Herrscherin sprach. Es gab im Zimmer ein Foto von dem Jungen, auf dem er einen Turban trug, der mit Goldfäden durchzogen war. Die Königin hatte offenbar darauf bestanden, obwohl es nicht üblich war. Seine Augen waren groß und blickten ernst; seine Haut schimmerte. Ich stellte mir vor, wie er den Turban abwickelt und seine Haare wie eine schwarze Schlange zum Vorschein kommen, und Victoria – in den Fünfzigern, eingezwängt in Korsetts, die eigenen Haare so straff zusammengebunden, dass ihre Augen schmerzen mussten –, die ihn beobachtet und sich danach sehnt, es zu berühren. Er sah aus wie ein schönes Mädchen, der Junge. Kein Wunder, dass Bärte und Schwerter es ihnen angetan hatten, dachte ich.

Obwohl mir das Zimmer unglaublich frivol erschien, es grenzte ans Unmoralische – all die Elefantenstoßzähne, nur zum Vergnügen einer Königin mit einer Vorliebe fürs Exotische --, verstand ich, was du gemeint hast, als du die Kühnheit gelobt hast, die »fantastisch sinnlose Schönheit«, wie du dich ausgedrückt hast. Tatsächlich hatte mich der Ort so gefangen genommen, dass ich nicht bemerkte, wie du und Tom aus dem Zimmer geschlüpft seid. Als ich aufsah, nachdem ich eine weitere Stickerei aus Millionen Goldfäden betrachtet hatte, wart ihr beide nirgendwo zu sehen.

Dann sah ich deine rote Krawatte kurz draußen zwischen den Hecken aufblitzen. Unser Führer hatte begonnen, die Gruppe darauf vorzubereiten, das Zimmer zu verlassen, aber ich blieb zurück, hielt mich in der Nähe des Fensters auf. Ich sah jetzt Tom, die Hände in den Taschen, halb von einem hohen Busch verdeckt. Du standest ihm gegenüber. Keiner von euch lächelte oder sagte etwas; ihr habt euch nur angesehen, so durchdringend, wie ich das Foto des indischen Jungen angesehen hatte. Eure Körper nah beieinander habt ihr euch unverwandt in die Augen geblickt, und als deine Hand auf Toms Oberarm fiel, sah ich, wie mein Mann für einen Moment die Augen schloss und sein Mund sich unwillkürlich öffnete.

LETZTE NACHT, WÄHREND du schliefst, blieb ich wach in der Hoffnung, ich könnte mit Tom reden. Das bedeutete eine Störung unserer üblichen Routine, an die wir uns halten, seitdem wir beide in Rente sind, und die folgendermaßen abläuft: Jeden Abend bereite ich ein eher langweiliges Essen, nicht wie die Festessen, die du uns immer geboten hast: ofenfertige Lasagne, Hühnerpastete oder ein paar Würstchen vom Schlachter in Peacehaven, der es irgendwie fertigbringt, zugleich mürrisch und servil zu sein. Wir essen am Küchentisch, führen vielleicht ein kurzes Gespräch über den Hund oder die Nachrichten. Anschließend wasche ich ab, während Tom mit Walter einen letzten Spaziergang um den Block macht. Dann sehen wir ungefähr eine Stunde fern. Tom kauft jede Woche die »Radio Times« und markiert die Sendungen, die er nicht verpassen will, mit einem gelben Textmarker. Wir haben eine Satellitenschüssel, sodass er den History Channel und National Geographic bekommt.

Während Tom noch eine Dokumentation über Polarbären sieht, wie Caesar sein Reich aufgebaut hat oder Al Capone, lese ich für gewöhnlich die Zeitung oder fülle das Kreuzworträtsel aus. Spätestens um zehn ziehe ich mich zurück, während er noch mindestens zwei Stunden fernsieht.

Wie du gemerkt haben wirst, lässt diese Routine kaum ein echtes Gespräch oder irgendeine Abweichung zu. Ich glaube, sie hat auch etwas Beruhigendes für uns beide, für Tom wie für mich.

Seitdem du bei uns bist, sorge ich dafür, dass du dein Essen bekommst, bevor Tom und ich essen. Ich füttere dich mit einem

Löffel, um Missgeschicke zu vermeiden. Und obwohl du im Bett im Zimmer am Ende des Flurs bist, sprechen wir nicht über deine Anwesenheit.

Aber in letzter Zeit habe ich mir angewöhnt, bei dir zu sitzen, während mein Mann fernsieht. Tom hat nichts dazu gesagt, aber ich sitze lieber an deinem Bett und lese laut vor, statt mit ihm im Wohnzimmer zu sitzen. Wir lesen gerade mit Vergnügen »Anna Karenina«. Du kannst zwar immer noch nicht sprechen, aber ich weiß, dass du jedes Wort verstehst, Patrick, und nicht nur, weil du den Roman zweifellos sehr gut kennst. Ich sehe, dass du die Augen schließt und den Rhythmus der Sätze genießt. Dein Gesicht wird ganz ruhig, deine Schultern entspannen sich und das einzige Geräusch, abgesehen von meiner Stimme, ist das regelmäßige Gemurmel des Fernsehers aus dem Wohnzimmer. Ich habe Tolstois Verständnis der weiblichen Psyche immer bemerkenswert gefunden. Gestern Abend las ich einen meiner Lieblingsabschnitte: Dollys Reflexionen über die Leiden von Schwangerschaft und Geburt. Tränen traten mir in die Augen, denn in all den Jahren habe ich mich so oft nach diesen Leiden gesehnt und mir vorgestellt, dass ein Kind mich und Tom hätte einander näher bringen können – trotz allem bin ich überzeugt, dass er Kinder wollte. Und selbst als ich wusste, dass das niemals geschehen könnte, dachte ich, dass ein Kind mich mir selbst näher bringen könnte.

Während ich weinte, sahst du mich an. Deine Augen, die heutzutage aussehen, als wärst du betrunken, waren sanft. Ich interpretierte das als Anteilnahme. »Tut mir leid«, sagte ich und du bewegtest den Kopf ganz leicht – kaum ein Nicken, aber beinahe, vielleicht.

Als ich dein Zimmer verließ, fühlte ich mich seltsam beschwingt und vielleicht veranlasste mich das, komplett angezogen bis nach ein Uhr morgens auf dem Bettrand zu sitzen und darauf zu warten, dass Tom sich zurückzog.

Schließlich hörte ich seinen leichten Schritt auf dem Flurläufer und sein lautes Gähnen.

»Du gehst spät ins Bett.« Ich stand in meinem Türrahmen und sprach leise. Er sah einen Moment erschreckt aus, dann war sein Gesicht wieder zerknittert vor Müdigkeit.

»Kann ich dich kurz sprechen?« Ich hielt meine Tür einladend auf und fühlte mich wieder wie die stellvertretende Schulleiterin kurz vor Ende meiner Zeit an St. Luke, als ich oft ein »kurzes Gespräch« mit einem neuen Lehrer darüber führen musste, dass die Aufsicht auf dem Spielplatz eine ernst zu nehmende Verantwortung ist oder dass es gefährlich ist, mit den bedürftigeren Kindern eine zu vertraute Beziehung einzugehen.

Er sah auf die Uhr. Ich hielt die Tür ein bisschen weiter auf. »Bitte«, fügte ich hinzu.

Mein Mann setzte sich in meinem Zimmer nicht hin. Stattdessen lief er hin und her, als wäre es ihm äußerst fremd (was es vermutlich in gewisser Hinsicht auch ist). Es erinnerte mich an unsere Nacht im Ship. Mein Zimmer ist jedoch ganz anders, als jenes Zimmer war: Statt Gardinen habe ich eine praktische Holzjalousie; statt eines bestickten Federbetts habe ich eine Steppdecke, die nicht gebügelt werden muss. Diese Dinge habe ich zusammen mit den Schlafzimmermöbeln bei IKEA gekauft, als ich einzog. Ich habe nur wenige Gedanken an die ganze Sache verschwendet und IKEA hat mir geholfen, »den Chintz rauszuschmeißen«, wie sie sagen. Und raus kamen all die Dinge, die ich von Mum and Dad geerbt hatte – eine Stehlampe mit Fransenschirm, ein Wandspiegel mit einer verzierten Ablage, ein zerkratzter Eichentisch –, und herein kam der IKEA-Stil. Ich glaube, ich wollte Nüchternheit. Es war nicht so sehr der Versuch eines Neuanfangs als vielmehr die Weigerung, mich mit dem Vorgang zu identifizieren. Vielleicht der Wunsch zu leugnen, dass ich überhaupt an dem Ort war. Deshalb sind die Wände beigefarben gestrichen und die Möbel, die alle furniert sind, haben die Farbe »blond«. Bei dem Wort muss ich lächeln – ein merkwürdiges Wort für einen Schrank. Blond. Es klingt so glamourös, so sinnlich. Sexbomben sind blond. Und Sirenen. Und Tom natürlich, auch wenn seine Haare jetzt grau sind; immer noch dick, aber ohne den hellen Schein der Jugend.

Der einzige Luxus in meinem Zimmer ist das vom Boden zur Decke reichende Bücherregal, das ich an einer Wand aufgestellt hatte. Ich hatte immer deine Bücherregale in der Chichester Terrace bewundert, die aus Mahagoni gefertigt und mit gebundenen Büchern mit Ledereinbänden und übergroßen Kunstmonografien gefüllt waren. Ich frage mich, was mit all den Büchern geschehen ist. In deinem Haus in Surrey war keine Spur davon. Ich fuhr vor ungefähr einem Monat hin, das erste Mal, als ich dich zu finden versuchte und nicht wusste, dass du im Krankenhaus bist, und dann, um einige Sachen für dich zu holen. Das Haus war ganz anders als die Wohnung in der Chichester Terrace. Wie lange hast du dort gelebt, nachdem deine Mutter gestorben war? Es müssen über dreißig Jahre sein. Ich habe keine Ahnung, was du in der ganzen Zeit gemacht hast. Der Nachbar, der mir erzählt hat, dass du einen Schlaganfall hattest, sagte, dass du immer für dich geblieben bist. Aber auf der Straße hättest du immer hallo gesagt und dich aufmerksam nach seiner Gesundheit erkundigt. Da musste ich lächeln und wusste, dass ich den richtigen Patrick Hazlewood gefunden hatte.

Nachdem Tom einen Rundgang ums Zimmer gemacht hatte, blieb er schließlich mit verschränkten Armen vor der Jalousie stehen.

»Es geht um Patrick«, sagte ich.

Er stöhnte kurz auf. »Marion«, sagte er, »es ist spät …«

»Er hat nach dir gefragt. Vor ein paar Tagen. Er hat deinen Namen gesagt.«

Tom sah auf den beigefarbenen Teppich. »Nein. Das hat er nicht.«

»Wie willst du das wissen?«

»Er hat nicht meinen Namen gesagt.«

»Ich hab es gehört, Tom. Er hat dich gerufen.«

Tom atmete aus, schüttelte den Kopf. »Er hatte zwei schwere Schlaganfälle, Marion. Der Doktor hat gesagt, es ist nur eine Frage der Zeit, bevor er noch einen bekommt. Der Mann kann nicht sprechen. Er wird nie wieder sprechen. Das bildest du dir ein.«

»Es gab einen echten Fortschritt«, sagte ich und war mir bewusst, dass ich übertrieb. Schließlich hattest du kein Wort von dir gegeben, seitdem du Toms Namen ausgestoßen hattest. »Er braucht einfach Ermutigung. Er braucht Ermutigung von dir.«

»Er ist fast achtzig.«

»Er ist sechsundsiebzig.«

Tom sah mich direkt an. »Darüber haben wir schon gesprochen. Ich weiß überhaupt nicht, warum du ihn hierher gebracht hast. Und ich weiß nicht, welchen seltsamen Plan du verfolgst.« Er lachte kurz auf. »Wenn du Krankenschwester spielen willst, schön. Aber erwarte nicht, dass ich dabei mitmache.«

»Er hat niemanden«, sagte ich.

Es herrschte lange Schweigen. Tom löste die verschränkten Arme und fuhr sich mit der Hand übers müde Gesicht. »Ich gehe jetzt ins Bett«, sagte er leise.

Aber ich machte blindlings weiter. »Er hat Schmerzen«, sagte ich, meine Stimme schwankte jetzt. »Er braucht dich.«

Tom blieb an der Tür stehen und drehte sich zu mir um, seine Augen glühten vor Wut. »Er hat mich vor Jahren gebraucht, Marion«, sagte er. Und er verließ das Zimmer.

Frühsommer 1958. Es war schon warm. In der Schule wurde der Geruch von warmer Milch penetrant und die Mittagsruhe der Kinder war angenehm, selbst für mich, weil alle schläfrig waren. Deshalb ergriff ich die Gelegenheit, als Julia vorschlug, mit unseren beiden Klassen einen Ausflug nach Woodingdean zu machen. Der Schulleiter stimmte einem Freitagnachmittag zu. Wir mussten den Bus nehmen und dann zu Fuß nach Castle Hill gehen. Wie die meisten Kinder war ich noch nie dort gewesen und der Gedanke an eine Abwechslung von der gewohnten Schulroutine war für mich genauso aufregend wie für sie. Wir verbrachten die ganze Woche damit, Bilder von den Pflanzen und der Tierwelt zu zeichnen, die wir sehen würden – Feldhasen, Lerchen, Stechginster –, und ich schaffte es, dass alle Kinder lernten, wie man die Wörter Günsel, Orchidee und Schlüsselblume buchstabiert. Ich muss zugeben, Patrick, dass ich dabei größtenteils durch Dinge inspiriert war, auf die du Tom und mich auf unseren Spaziergängen auf der Isle of Wight aufmerksam gemacht hast.

Wir verließen die Schule ungefähr um halb zwölf. Die Kinder hielten ihre Sandwichdosen umklammert und gingen immer zu zweit hintereinander, Julia vorne und ich am Ende. Es war ein herrlicher Tag, windig, aber warm und die Rosskastanien streckten uns ihre Kerzen entgegen, als der Bus über die Rennbahn Richtung Woodingdean fuhr. Milly Oliver, dem ruhigen, ziemlich dürren Mädchen mit den dicken schwarzen Locken, von dem ich an meinem ersten Tag kaum den Blick wenden konnte, war schon schlecht, bevor wir die Downs überhaupt erreicht hatten. Bobby Blakemore, der Junge mit der Tolle in der Stirn, saß ganz hinten im Bus und streckte den vorbeifahrenden Autofahrern die Zunge heraus. Alice Rumbold sprach den ganzen Weg laut von dem neuen Motorrad, das sich ihr Bruder gekauft hatte, obwohl Julia sie einige Male mit einem Pst! zum Schweigen brachte. Aber die meisten Kinder waren still vor Erwartung, schauten aus dem Fenster, als wir die Stadt hinter uns ließen und die Hügel und das Meer zu sehen waren.

Wir stiegen alle an einer Bushaltestelle am Rande des Dorfes aus und Julia führte uns über die Downs. Sie war immer so energiegeladen. Damals fand ich ihre grenzenlose Energie ein bisschen einschüchternd, aber heutzutage sehne ich mich eher danach. Sie würde dich im Handumdrehen baden, Patrick. An dem Tag trug sie eine Hose aus Twill, einen leichten Pullover und feste Schuhe, aber um ihren Hals hing eine Kette aus hellroten Perlen und auf der Nase hatte sie eine große Hornsonnenbrille. Eine Schar Kinder folgte ihr und ich bemerkte, dass sie jede Gelegenheit nutzte, um sie zu berühren. Sie gab ihnen einen Klaps auf die Schulter, steuerte sie in die Richtung, die sie wollte, indem sie eine Hand flach auf ihren Rücken legte, oder kniete sich hin, sodass sie auf gleicher Höhe mit ihnen war, hielt sie an den Ellbogen, wenn sie mit ihnen sprach. Ich schwor mir, im Umgang mehr wie sie zu sein. Ich erlaubte mir selten, ein Kind zu berühren, aber im Gegensatz zu einigen der anderen Lehrer schlug ich die Kinder nicht ganz selbstverständlich und sah auch später wenig Anlass für solche Bestrafungen. Ich erinnere mich jedoch, dass ich Alice Rumbold zu Anfang mit dem Lineal schlagen musste. Sie starrte mich an, als ich das Holz auf ihre Handfläche führte, die Augen ruhig und schwarz. Ich ließ die Waffe beinahe fallen, so zitterte meine Hand. Meine Scheu, meine schwitzigen ungeschickten Hände und Alices durchdringender Blick führten dazu, dass ich sie tatsächlich kräftiger traf, als ich sollte, und noch viele Wochen danach bedauerte ich, dass ich es überhaupt getan hatte.

Es war eine Wohltat, abwärts, aus dem Wind zu gehen und über das tiefe Tal zu blicken. Obwohl ich mein ganzes Leben in Brighton gelebt hatte, war mir nie ganz bewusst gewesen, dass meine Heimatstadt von einer solchen Landschaft umgeben war. Die Hügel waren baumlos, aber das schien die Schönheit ihrer Rundungen und Linien nur zu betonen, und die Farben – alles von rotbraun bis grasgrün – leuchteten in der klaren Luft. Von oben riefen die Lerchen beharrlich, genau wie auf der Isle of Wight, und im Gras verstreut waren Butterblumen. Wir konnten das Meer sehen, das weiße Funken sprühte. Ich hielt inne und staunte, während die Sonne auf meine bloßen Arme schien. Ich hatte nicht damit gerechnet, dass der Wind hier oben so stark war, und meine Strickjacke an der Stuhllehne im Klassenzimmer hängen lassen, sodass ich nur meine rosa Bluse als Schutz hatte.

Julia sagte den Kindern, sie könnten ihren Lunch essen, und wir beide setzten uns ein bisschen abseits hinter sie und beaufsichtigten sie. Gruppen von Stechginster, dick und stachelig, umgaben uns, verbreiteten einen kokosnussartigen Geruch, sodass das Ganze den Eindruck vermittelte, in den Ferien zu sein.

Als ich meine eigenen Ei-Kresse-Brote aufgegessen hatte, bot mir Julia eins von ihren an. »Komm schon«, sagte sie und schob ihre Sonnenbrille in die Haare. »Die sind mit Räucherlachs. Eine Freundin von mir bekommt ihn ganz billig.«

Ich war mir nicht sicher, ob ich Räucherlachs mochte, ich hatte ihn noch nie zuvor probiert, aber ich nahm ein Sandwich und biss hinein. Es war ein intensiver Geschmack: salzig wie das Meer, aber mit einer öligen Milde. Ich mochte es sofort.

Bobby Blakemore stand auf und ich befahl ihm, sich wieder hinzusetzen, bis alle ihren Lunch beendet hatten. Zu meiner Überraschung gehorchte er sofort.

»Das machst du schon gut«, sagte Julia mit einem leisen Lachen und ich spürte, wie ich vor Freude rot wurde.

»Also. Du hast mir noch nichts von deinen Flitterwochen erzählt«, sagte sie. »Isle of Wight, oder?«

»Ja«, sagte ich. »Es war – na ja …«, ein nervöses Lachen entfuhr mir, »schön.«

Julia hob die Augenbrauen und sah mich so interessiert an, dass ich nicht anders konnte als fortzufahren. »Wir wohnten in einem Cottage, das Toms Freund Patrick gehört. Er war Trauzeuge bei der Hochzeit.«

»Ich erinnere mich.« Julia hielt inne, um von ihrem Apfel abzubeißen und zu kauen. »Das war großzügig von ihm, nicht?«

Ich betrachtete meine Nägel. Ich hatte niemandem erzählt, dass du auch gekommen warst, nicht einmal meinen Eltern und sicher nicht Sylvie.

»Dann habt ihr eine schöne Zeit gehabt?«

An diesem warmen, klaren Tag waren Geständnisse unwiderstehlich. Und so sagte ich: »Na ja, Tom und ich hatten eine schöne Zeit. Aber er kam auch.«

»Wer?«

»Toms Freund. Patrick. Nur für die letzten paar Tage.« Ich biss wieder vom Sandwich ab und wandte mich von Julia ab. Sobald die Worte heraus waren, wurde mir bewusst, wie schrecklich sie klangen. Wer würde in seinen Flitterwochen irgendeine Art von Dreier dulden? Nur ein verdammter Idiot.

»Ich verstehe.« Julia aß ihren Apfel auf und warf das Kerngehäuse in den Ginster. »Hat es dir was ausgemacht?«

Ich konnte nicht anders als die Wahrheit sagen. »Nicht wirklich. Er ist ein guter Freund. Von uns beiden.«

Julia nickte.

»Er ist tatsächlich ein interessanter Mann«, fuhr ich holprig fort. »Er ist Kurator beim Museum. Geht mit uns immer zu Aufführungen und Konzerten, bezahlt für alles.«

Julia lächelte. »Ich mochte ihn. Er ist *comme ça*, oder?«

Ich hatte keine Ahnung, was sie meinte. Sie sah mich ziemlich hoffnungsvoll an, mit einem kleinen Funkeln in den Augen, aber ich verstand nicht, was sie meinte, sosehr ich es wollte.

Als sie meine Verwirrung sah, beugte sie sich zu mir und sagte für mein Gefühl nicht annähernd leise genug: »Er ist homosexuell, nicht wahr?«

Der Räucherlachs schmeckte jetzt wie ranziges Öl. Ich konnte kaum glauben, dass sie das Wort so unbekümmert ausgesprochen hatte, als würde sie sich nach deinem Sternzeichen oder deiner Schuhgröße erkundigen.

Sie muss meine Panik gespürt haben, denn sie fügte hinzu: »Ich meine – ich dachte, er wäre es vielleicht. Als ich ihn kennenlernte. Aber vielleicht täusche ich mich?«

Ich versuchte zu schlucken, aber mein Magen protestierte und mein Mund war ganz trocken geworden.

»Oje«, sagte Julia und legte eine Hand auf meinen Arm, genau so, wie sie es tat, wenn sie neben einem Kind kniete. »Ich habe dich schockiert.«

Es gelang mir zu lachen. »Nein, wirklich …«

»Es tut mir leid, Marion. Vielleicht hätte ich das nicht sagen sollen.«

Bobby Blakemore stand wieder einmal auf und ich bellte ihn an, sich hinzusetzen, erstickte fast an der Macht meiner Worte. Der Junge sah mich erstaunt an und sank auf die Knie.

Julia hatte immer noch eine Hand auf meinem Arm und ich hörte sie sagen: »Ich bin so ein Idiot – immer trete ich ins Fettnäpfchen. Ich dachte nur … na ja, ich nahm an …«

»Ist schon gut«, sagte ich und stand auf. »Wir sollten los, sonst ist der Nachmittag vergeudet.« Ich klatschte in die Hände und befahl den Kindern aufzustehen. Julia nickte, vielleicht ein bisschen erleichtert, und übernahm die Führung. Sie führte die Kinder den Hügel hinunter, machte auf Vögel und Pflanzen aufmerksam, während sie ging, nannte sie alle beim Namen. Aber ich konnte sie nicht ansehen. Ich konnte nirgendwo hinsehen außer auf meine eigenen Füße, die sich schwerfällig durchs Gras bewegten.

Ich kann nicht sagen, Patrick, dass ich nicht schon vorher daran gedacht hatte. Aber bis zu dem Moment in Castle Hill hatte niemand das Wort mir gegenüber laut ausgesprochen und ich tat alles, um es zu verdrängen, an einen weit entfernten Ort in meinem Kopf zu verbannen, wo es niemals richtig geprüft werden könnte. Wie konnte ich nur den Gedanken zulassen? Damals war so etwas nicht zulässig. Ich hatte nicht die geringste Vorstellung von einem freien Leben, wie ich es jetzt nennen würde. Ich kannte nur die Überschriften in den Zeitungen – der Montagu-Fall war der bekannteste, aber es gab häufig kleinere Geschichten im »Argus«, gewöhnlich auf Seite zehn, zwischen den Scheidungen und den Verkehrsvergehen. »Schulleiter wegen grober Unzucht angeklagt« oder »Geschäftsmann beging widernatürliche Handlungen«. Ich beachtete sie kaum. Sie erschienen so regelmäßig, dass es fast normal schien; man erwartete sie fast in jeder Zeitung zusammen mit dem Wetterbericht und dem Radioprogramm.

Wenn ich jetzt zurückblicke und dies schreibe, ist es für mich offensichtlich, dass ich es auf einer bestimmten Ebene die ganze Zeit gewusst hatte – vielleicht von da an, als Sylvie mir sagte, dass Tom *anders* wäre, und sicherlich von dem Moment an, als ich euch beide in Osborne House draußen zusammenstehen sah. Aber damals schien es überhaupt nicht klar zu sein – oder zumindest *zulässig* – und es ist mir unmöglich, genau den Moment zu bestimmen, in dem ich zuließ, dass mir alles klar wurde. Aber der Vorfall in Castle Hill war sicherlich ein Wendepunkt. Von da an betrachtete ich dich, und damit auch Tom, unvermeidlich auf ganz neue Art. Das Wort war ausgesprochen und es gab kein Zurück.

Als ich nach Hause kam – wir waren in ein kleines Reihenhäuschen in der Islingword Street gezogen, kein Haus von der Polizei, wie wir gehofft hatten, sondern eines, das wir durch Vermittlung eines Kollegen von Tom bei der Polizei bekommen hatten –, war ich entschlossen, etwas zu meinem Mann zu sagen. Ich würde ihm dadurch nur Gelegenheit geben, es zu bestreiten, sagte ich mir. Die Sache würde schnell geklärt und wir würden unser Leben weiterleben wie bisher.

Ich wusste nur, mit welchen Worten ich beginnen wollte, nichts weiter: »Julia hat heute etwas Schreckliches über Patrick gesagt.« Darüber hinaus hatte ich keine Ahnung, was ich sagen würde oder wie weit mich vorwagen würde. Ich wusste nichts als diesen ersten Satz und wiederholte ihn immer wieder leise, während ich nach Hause ging, um mich davon zu überzeugen, dass ich diese Worte tatsächlich aussprechen würde, egal, wohin es führte.

Tom hatte in der Woche Frühschicht und war deshalb vor mir zu Hause. Ich hatte gehofft, dass er nicht da wäre, sodass ich etwas Zeit hätte, mich zu beruhigen und auf irgendeine Art auf die bevorstehende Situation vorzubereiten. Aber sobald ich über die Türschwelle trat, roch ich Seife. Das Haus hatte oben ein Badezimmer und eine Toilette am Ende des Flurs, aber Tom bevorzugte, sich am Waschbecken in der Küche auszuziehen und zu waschen. Er ließ das Waschbecken volllaufen, setzte den Wasserkessel auf, und wenn er Gesicht und Hals geschrubbt und Ellbogen eingeseift hatte, war er bereit für seine Tasse Tee. Ich hatte nie etwas gegen diese Gewohnheit eingewendet; vielmehr hatte ich immer gerne zugesehen, wie er sich auf diese Art wusch.

Ich kam in die Küche, stellte meinen Korb mit Büchern ab und sah seinen nackten Rücken. *Julia hat heute etwas Schreckliches über Patrick gesagt.* Ich hatte mich immer noch nicht an den Anblick des nackten Körpers meines Mannes gewöhnt, und statt gleich damit herauszukommen, hielt ich inne, um ihn zu bewundern, nahm jede Bewegung seiner muskulösen Schultern wahr, während er sich den Hals mit einem Handtuch rubbelte. Der Wasserkessel pfiff, füllte den kleinen Raum mit Dampf und ich nahm den Deckel ab.

Tom drehte sich um. »Du bist heute früh da«, sagte er lächelnd. »Wie war die Wanderung?«

Trotz deiner Leidenschaft fürs Wandern war Tom immer mehr im Wasser zu Hause und betrachtete Wandern ein bisschen als Zeitverschwendung. Für ihn war Wandern kein richtiger Sport – zu wenig Anstrengung, zu wenig Risiko. Jetzt verbringt er natürlich viele Stunden mit Walter in den Downs, aber damals ging er nie spazieren, ohne ein bestimmtes Ziel im Kopf zu haben.

»Gut«, antwortete ich, drehte ihm den Rücken zu und beschäftigte mich damit, Tee zu bereiten. *Julia hat heute etwas Schreckliches über Patrick gesagt.* Sein Anblick – herrlich im Licht des Nachmittagslichtes, das durch das kleine Küchenfenster fiel – hatte mich verwirrt. Es wäre so viel einfacher, dachte ich, nichts zu sagen. Ich könnte das Wort, das Julia benutzt hatte, einfach verdrängen, an jenen Ort in meinem Kopf verbannen, wo ich schon Sylvies Bemerkungen und das Bild von dir und Tom im Park von Osborne House aufbewahrte. Hier war mein Mann, der Mann, den ich schon so lange gewollt hatte, stand halb nackt vor mir in unserer Küche. Ich konnte nicht solche Worte in unser Leben zerren.

Tom tätschelte mich am Arm. »Ich ziehe ein sauberes Hemd an, dann trinken wir eine Tasse.«

Ich brachte den Tee in unser Wohnzimmer und stellte ihn auf den Tisch vorm Fenster, wo wir auch aßen. Wir hatten eine Decke von Toms Mutter geerbt – sie war senfgelb, aus dickem Velours und ich hasste sie. Sie erinnerte mich an die Einrichtung von alten Leuten und Bestattungsunternehmen. Es war die perfekte Tischdecke, um eine hässliche Pflanze wie eine Schusterpalme daraufzustellen. Ich setzte meine Teetasse heftig ab, in der Absicht, etwas zu verschütten und den Stoff zu beschmutzen. Dann setzte ich mich hin und wartete auf Tom, sah mich im Zimmer um, während meine Gedanken hin und her sprangen. *Julia hat heute etwas Schreckliches über Patrick gesagt.* Ich musste es sagen. Ich starrte auf das Linoleum, stellte mir die Silberfischchen vor, die darunter lauerten, metallisch und schlängelnd. Unser Schlafzimmer, das zur Straße lag, war hell und luftig, mit zwei großen Fenstern und Wandfarbe statt Tapete, aber dieses Zimmer war immer noch düster und ziemlich feucht. Ich muss etwas daran ändern, dachte ich. *Julia hat heute etwas Schreckliches über Patrick gesagt.* Ich könnte eine Kugelleuchte in einem der Trödelläden in der Tidy Street kaufen. Ich könnte riskieren, diese verdammte Tischdecke loszuwerden. *Julia hat heute etwas Schreckliches über Patrick gesagt.* Ich hätte es sagen sollen, sobald ich zur Tür hereinkam. Ich hätte mir keine Zeit zum Nachdenken geben dürfen. *Julia hat heute etwas Schreckliches über Patrick gesagt.*

Tom kam zurück und setzte sich mir gegenüber. Er schenkte sich eine Tasse Tee ein und trank sie in einem Zug. Als er sie geleert hatte, schenkte er sich eine weitere Tasse ein und trank wieder gierig. Ich beobachtete, wie sich sein Hals zusammenzog und er die Augen schloss, als er schluckte. Mir fiel plötzlich ein, dass ich nie Toms Gesicht gesehen hatte, wenn wir uns liebten. Wir waren zu dem Zeitpunkt in eine Art Routine verfallen und ich redete mir ein, dass es jeden zweiten Samstag ein bisschen besser wurde. Ich hatte sogar angefangen, jeden Monat auf Anzeichen für eine Schwangerschaft zu achten, und wenn meine Periode nur einen Tag verspätet war, wurde ich ganz übermütig vor Aufregung. Aber Tom machte immer das Licht aus und sein Kopf war gewöhnlich in meiner Schulter vergraben, sodass es unmöglich für mich war, seinen Gesichtsausdruck in unseren intimsten Momenten zu sehen.

Ich hielt an dem wachsenden Ärger über diese Ungerechtigkeit fest. Gerade als Tom nach einem Keks langte, brachte ich die Worte über die Lippen.

»Julia hat heute etwas über Patrick gesagt.«

Ich hatte es nicht fertiggebracht, »Schreckliches« zu sagen. Es war wie an meinem ersten Tag in St. Luke, als meine Stimme vollkommen losgelöst von meinem Körper schien. Sie muss gezittert haben, denn Tom legte seinen Keks wieder hin und sah mich prüfend an. Ich blinzelte zurück, versuchte, nicht die Nerven zu verlieren, und er fragte sehr gelassen: »Kennt sie ihn?«

Er war so ruhig, Patrick. Das war nicht die Antwort, die ich erwartet hatte, sofern ich überhaupt etwas erwartet hatte. Ich hatte mir vage vorgestellt, dass Tom sofort mit Ablehnung oder zumindest mit Abwehr reagieren würde. Stattdessen nahm er einen Löffel, begann, in seinem Tee zu rühren, und wartete auf meine Antwort.

»Sie hat ihn kennengelernt. Auf unserer Hochzeit.«

Tom nickte. »Also kennt sie ihn nicht.«

Dieser Erklärung konnte ich nicht widersprechen. Es war, als hätte er mich, sanft, aber fest, zur Seite geschlagen. Ich wusste nicht, wie ich weitermachen sollte, und starrte aus dem Fenster. Wenn ich meinen Mann nicht ansah, könnte ich vielleicht an meiner Wut festhalten. Vielleicht könnte ich sogar mein rothaariges Temperament von der Leine lassen. Vielleicht kam der Kampf, den ich wollte, auf mich zu.

Nach einer Weile legte Tom seinen Teelöffel klappernd auf die Untertasse und fragte: »Also, was hat sie gesagt?«

Immer noch aus dem Fenster blickend, sagte ich ein bisschen lauter: »Dass er – *comme ça* wäre.«

Tom schnaubte kurz höhnisch, ein Geräusch, das ich bei ihm noch nie gehört hatte. Es war ein Geräusch, das du vielleicht gemacht hättest, Patrick, über eine besonders dumme Bemerkung. Aber als ich meinen Mann ansah, sah ich wieder den Ausdruck, den er oben auf der Rutschbahn hatte: Die Wangen waren ganz blass, der Mund verzerrt und die großen Augen starr auf meine gerichtet. Einen Moment sah er so schwach aus, dass ich wünschte, ich hätte nichts gesagt; ich wollte die Hand ausstrecken und seine nehmen und ihm sagen, dass es nur ein alberner Scherz oder ein Missverständnis war. Aber dann schluckte er und schien plötzlich seine Gesichtszüge wieder unter Kontrolle zu bringen. Er stand auf und fragte mit lauter, fester Stimme nach: »Was soll das bedeuten?«

»Das weißt du«, sagte ich.

»Nein.«

Wir hielten beide dem Blick des andern stand. Ich kam mir vor wie ein Verdächtiger in einem Kreuzverhör. Ich wusste, dass er in letzter Zeit bei einigen dabei gewesen war.

»Sag es mir, Marion. Was bedeutet das?«

Die Kälte in Toms Stimme ließ meine Hände zittern und ich presste die Zähne aufeinander. Ich sah, wie mir alles, was ich hatte, entglitt: mein Ehemann, mein Zuhause, die Aussicht auf eine Familie. Ich wusste, er könnte mir alles in einem Augenblick wegnehmen.

»Was bedeutet es, Marion?«

Ich richtete den Blick auf das verhasste senffarbene Tischtuch und brachte heraus: »Dass er ein – ein Homosexueller ist.«

Ich machte mich auf einen Wutausbruch gefasst, dass Tom seine Tasse gegen die Wand werfen oder den Tisch umkippen würde. Stattdessen lachte er. Nicht sein lautes Tom-Lachen. Dies klang eher müde, als ließe jemand lange aufgestaute Bitterkeit heraus. »Das ist lächerlich«, sagte er. »Vollkommen lächerlich.«

Ich sah nicht auf.

»Sie kennt ihn nicht einmal. Wie kann sie so etwas sagen?«

Ich hatte keine Antwort.

»Wenn du Homosexuelle, wie du sie nennst, sehen willst, zeige ich dir welche, Marion. Sie werden jede Woche auf die Wache gebracht. Sie haben Rouge und so was im Gesicht. Und tragen Schmuck. Es ist lächerlich. Und sie haben diesen Gang. Du kannst sie auf zwei Kilometer Entfernung erkennen. Die Sitte nimmt genau die immer wieder fest. Der neue Chef will, dass wir die Straßen von den Typen säubern. Er redet ständig davon. Die Sitte schnappt sie auf der Herrentoilette von Plummer Rodis, wusstest du das?«

»In Ordnung«, sagte ich. »Ich hab's verstanden.«

Aber Tom war jetzt richtig in Fahrt und erwärmte sich für das Thema. »Patrick ist nicht einer von denen, oder? Eine Schwuchtel mit schlaffem Händedruck. So einer ist er nicht, oder?« Er lachte wieder, diesmal leiser. »Er hat eine anständige Arbeit. Glaubst du, er wäre da, wo er jetzt ist, wenn er wäre – was du gesagt hast? Er war verdammt nett zu uns. Denk dran, wie er uns bei der Hochzeit geholfen hat.«

Es stimmte, du hattest Toms Anzug bezahlt.

»Ich glaube, das musst du deiner Freundin klarmachen. Sie könnte eine Menge Ärger verursachen, wenn sie so was sagt.«

Da ich kein Wort mehr in dem sanften Polizistenton hören wollte, stand ich auf, um das Geschirr abzuräumen. Aber als ich das Tablett in die Küche trug, war Tom direkt hinter mir.

»Marion«, beharrte er, »du weißt doch, wie lächerlich das ist, was sie gesagt hat, oder?«

Ich beachtete ihn nicht, stellte die Tassen ins Waschbecken und langte nach dem Schinken im Kühlschrank.

»Marion? Versprich mir, dass du ihr das klarmachst.«

In dem Moment hätte ich am liebsten irgendeinen Gegenstand geworfen. Die Kühlschranktür zugeknallt und ihn angeschrien aufzuhören. Ich könnte ein Auge zudrücken, ließe mich aber unter keinen Umständen bevormunden.

Dann legte Tom seine Hände auf meine Schultern und drückte sie. Bei seiner Berührung atmete ich aus. Er küsste mich auf den Hinterkopf.

»Versprichst du es?« Seine Stimme war zärtlich und er drehte mich zu sich und berührte meine Wange. Der Kampfgeist verließ mich und ich fühlte nur noch Erschöpfung. Auch seinem Gesicht konnte ich sie ansehen: eine Müdigkeit um die Augen.

Ich nickte zustimmend. Und obwohl er lächelte und sagte: »Essen wir Pommes frites? Pommes frites esse ich am liebsten. Besonders deine«, aber ich wusste, wir würden den ganzen Abend nicht mehr miteinander sprechen. Ich hatte jedoch nicht mit der Heftigkeit gerechnet, mit der Tom mich an diesem Abend lieben würde. Ich erinnere mich noch gut daran. Es war das einzige Mal, dass er mich auszog. Er zog meinen Rock herunter auf den Boden und schubste mich aufs Bett. Es war plötzlich ein Wille in seinem Körper. Es fühlte sich an, Patrick, als ob er es meinte. Es ließ mich Julias Worte vergessen, wenn auch nur für die eine Nacht, und hinterher schlief ich tief und traumlos an Toms Brust.

Wochen vergingen. Im Juli erklärte Tom, dass er vereinbart hätte, jeden zweiten Samstagnachmittag und jeden Dienstagabend bei dir zu verbringen, da du noch sein Porträt beenden würdest. Ich protestierte nicht. Manchmal kamst du donnerstags zu uns, brachtest immer Wein mit und sprachst leutselig über die neuesten Stücke und Filme. An einem Abend, bei meiner ziemlich zähen Beefsteakpastete, sagtest du, dass du deinen Chef endlich überzeugt hättest, einer Reihe von Kunstnachmittagen für Kinder im Museum zuzustimmen, und ob meine Klasse die erste sein wollte, die davon profitiert. Ich stimmte zu. Hauptsächlich, um Tom eine Freude zu machen, ihn zu überzeugen, dass ich Julias Äußerung vergessen hatte, aber auch, glaube ich, um Gelegenheit zu haben, dich allein zu sehen. Ich wusste, ich könnte die Angelegenheit unmöglich mit dir besprechen, aber wenn Tom nicht dabei wäre, könnte ich dich vielleicht selbst einschätzen.

Der Nachmittag, für den der Besuch geplant war, war sonnig und im Bus in die Stadt bereute ich, deinem Plan zugestimmt zu haben. Es war gegen Ende des Trimesters; die Kinder waren müde und quengelig bei der Hitze und ich war nervös, meine pädagogischen Fähigkeiten vor dir unter Beweis stellen zu müssen, und machte mir Sorgen, dass Bobby Blakemore oder Alice Rumbold sich mir in deiner Gegenwart widersetzen würden oder dass Milly Oliver einfach verschwinden und man im ganzen Museum nach ihr suchen müsste.

Aber sobald ich aus dem grellen Licht der Straße eingetreten war, war ich irgendwie erleichtert, an dem dämmrigen, kühlen Ort zu sein, dessen Stille das Lärmen der Kinder zur Ruhe brachte. Diesmal war es ganz anders: nicht so verboten oder verstohlen wie beim ersten Mal, vielleicht weil ich jetzt entschlossen war, mein Recht, dort zu sein, zu behaupten. Der schöne Mosaikfußboden wirbelte vor mir und überall, wo ich hinsah, waren Bogenränder und Verzierungen aus Holz – um die Fenster, um die Türen – in Form kleiner Türme, die den Pavillon draußen wiedergeben.

Die Kinder hielten ebenfalls inne und staunten, aber wir hatten nicht viel Zeit, alles aufzunehmen, denn zu meinem Erstaunen bist du beinahe sofort erschienen, um uns zu begrüßen. Als wenn du oben aus einem Fenster gesehen und auf unsere Ankunft gewartet hättest. Du kamst lächelnd auf mich zu, beide Hände ausgestreckt, und sagtest, wie erfreut und geehrt du seiest, dass wir dort wären. Du hast einen hellen Anzug getragen und wie immer nach einem teuren Duft gerochen. Als deine Hände meine ergriffen, waren deine Finger kühl und trocken. Du schienst dich hier absolut zu Hause zu fühlen, alles vollkommen unter Kontrolle zu haben. Ich bemerkte, dass deine Schritte auf den Fliesen sogar lauter waren als meine, und du hattest keine Scheu, deine Stimme zu erheben und laut in die Hände zu klatschen, als du die Kinder den Korridor entlanggeführt und gesagt hast, du würdest ihnen etwas Geheimnisvolles zeigen. Es war selbstverständlich die Geldkatze, die du ihnen vorgeführt hast, wobei du einen glänzenden Penny benutzt hast. Die Kinder drängelten und schoben, um nach vorn zu kommen und selbst zu sehen, wie der Bauch der Katze aufleuchtete, und du hast einige deiner Münzen benutzt, damit jedes Kind das Wunder sah. Nur Milly Oliver wich vor den teuflischen Augen zurück und ich dachte, dass sie das sensibelste Kind von allen war.

Im weiteren Verlauf des Nachmittags merkte ich, dass du wirklich begeistert warst, dass die Kinder da waren, und sie mochten dich dafür. Du hast richtig geglüht, als du sie durch bestimmte Ausstellungen geführt hast. Darunter waren eine hölzerne Maske von der Elfenbeinküste, verziert mit Vogelknochen und Zähnen von Tieren, und ein schwarzes viktorianisches Kleid mit Reifrock – das die Mädchen veranlasste, die Nasen an die Glasscheibe zu pressen, um es genauer zu betrachten.

Nach dem Rundgang hast du uns in einen kleinen Raum mit großen Bogenfenstern geführt, wo Tische und Stühle sowie Schürzen, Farbeimer, Töpfe mit Kleber und Schachteln voller Schätze – Strohhalme, Federn, Muscheln, goldene Papiersterne – bereitgestellt waren. Du hast die Kinder gebeten, mit Hilfe der ebenfalls bereitliegenden Pappschablonen eigene Masken zu basteln. Zusammen beaufsichtigten wir, wie sie alle möglichen Dinge sowohl auf die Masken als auch überall auf sich selbst klebten und malten. Hin und wieder hörte ich dich laut lachen, und wenn ich aufsah, hast du eine Maske aufprobiert oder Hilfestellung gegeben, wie eine furchterregender aussehen könnte oder »eine Spur mehr wie im Showbiz«, hörte ich dich sagen. Ich musste ein Lächeln verbergen, als Alice Rumbold dich ungläubig anstarrte, als du ihr sagtest, dass ihr Werk »wirklich vorzüglich« wäre. Wahrscheinlich hatte sie das Wort noch nie vorher gehört, und wenn, dann würde es nicht für etwas verwendet worden sein, was sie gemacht hatte. Du hast sie am Kopf getätschelt, dir über den Schnurrbart gestrichen und gestrahlt, und sie blickte zu mir herüber, unsicher, wie sie deine Reaktion verstehen sollte. Alice war künstlerisch talentiert. Das hatte ich überhaupt nicht bemerkt, aber du hast es erkannt. Ich erinnerte mich daran, was Tom am Anfang über dich gesagt hatte. »Er bildet sich keine Meinung auf Grund deines Aussehens.«

Als ich gerade gehen wollte, hast du mich am Ellbogen berührt und gesagt: »Danke, Marion, für einen wunderschönen Nachmittag.«

Wir standen in der dunklen Eingangshalle, die Kinder alle um mich versammelt. Jedes seine Maske in der Hand haltend, blickten sie zu den Glastüren, ungeduldig, nach Hause zu gehen. Es war schon spät. Ich hatte es so genossen, dass ich vergessen hatte, auf die Uhr zu sehen.

Es war ein wunderschöner Nachmittag. Ich konnte es nicht leugnen.

Und dann sagtest du: »Es ist schrecklich nett von dir, dass du Tom erlaubst, mit nach Venedig zu kommen. Ich weiß, er weiß es zu schätzen.«

Du bist meinem Blick nicht ausgewichen, als du das gesagt hast. Es war keine Spur von Scham oder Bosheit in deinem Ton. Du hast einfach den Sachverhalt vorgetragen. Deine Augen waren ernst, aber dein Lächeln wurde breiter. »Hat er es erwähnt?«

»Fräulein. Milly weint.«

Ich hörte Caroline Mears' Stimme, verstand aber nicht, was sie sagte. Ich versuchte immer noch, deine Worte zu begreifen. *Nett von dir. Tom. Venedig.*

»Ich glaube, sie hat sich nass gemacht.«

Ich sah hinüber zu Milly, die von ungefähr fünf anderen umringt schluchzend auf dem Mosaikfußboden saß. Ihre schwarzen Locken hingen in unordentlichen Strähnen vor ihrem Gesicht, eine kleine weiße Feder klebte an ihrer Wange und sie hatte ihre Maske zur Seite geworfen. Ich war an den säuerlichen Geruch kindlichen Urins gewöhnt. In der Schule war das Problem leicht zu bewältigen – wenn ein Kind sich zu sehr schämte, um darauf aufmerksam zu machen, dass es sich eingenässt hatte, und der Fußboden oder der Stuhl nicht zu nass waren, tat ich meistens so, als hätte ich es nicht gesehen. Wenn sie jammerten oder der Geruch unerträglich war, schickte ich sie zur Schwester, die eine wirksame, aber freundliche Art hatte, vor den Gefahren zu warnen, während der Pausen nicht die Toilette zu benutzen, sowie einen riesigen Haufen sauberer, wenn auch alter Unterhosen.

Aber hier gab es keine Schwester und der Gestank war jetzt unverkennbar, so wie die gelbliche Pfütze, die Milly umgab.

»Du meine Güte«, sagtest du, »kann ich irgendwie helfen?«

Ich sah dich an. »Ja«, antwortete ich so laut, dass alle es hörten. »Du könntest das Mädchen runter zu den Toiletten bringen, ihren nassen Hintern abwischen und eine saubere Unterhose aus der Luft zaubern. Das wäre für den Anfang ganz gut.«

Dein Schnurrbart zuckte. »Ich bin mir nicht sicher, ob ich das unbedingt will ...«

»Nein? In dem Fall, gehen wir.« Ich zog Milly am Arm hoch. »Es ist in Ordnung«, sagte ich und trat über das glitschige Mosaik. »Mr Hazlewood kümmert sich darum. Du kannst aufhören zu weinen. Kinder, sagt danke zu Mr Hazlewood.«

Es war ein schwacher Dankeschor, bei dem du strahltest. »Und ich *danke euch*, Kinder –«

Ich schnitt dir das Wort ab. »Geh du voran, Caroline. Es ist schon nach Schulschluss.«

Als ich die Kinder durch die Türen führte, drehte ich mich nicht um, obwohl ich wusste, dass du immer noch dastandest, neben Millys See, eine makellose Hand nach meiner ausstreckend.

Als ich nach Hause kam und Tom dort nicht antraf, warf ich einen Kuchenteller durch die Küche. Es machte mir besondere Freude, einen von denen zu nehmen, die Toms Mutter uns zur Hochzeit geschenkt hatte, dünnes Porzellan mit blutroten Punkten. Das herrliche Geräusch, als er zerbrach, und die Kraft, mit der ich ihn gegen die Küchentür schleudern konnte, bereiteten mir solches Vergnügen, dass ich sofort noch einen warf, und dann noch einen. Ich beobachtete, wie der letzte Teller knapp das Fenster verfehlte, nicht zwei Kracher verursachte, wie ich gehofft hatte, sondern nur einen. Die Enttäuschung darüber beruhigte mich ein bisschen und meine Atmung wurde regelmäßig. Ich merkte, dass ich stark schwitzte, meine Bluse war am Rücken feucht und der Bund meines Rocks scheuerte an meiner Haut. Ich schleuderte die Schuhe von mir, knöpfte die Bluse auf und marschierte durchs Haus, riss alle Fenster auf, die frühabendliche Brise auf meiner Haut war mir äußerst willkommen, als könnte ich meine Wut auf diese Weise herauslassen. Im Schlafzimmer wühlte ich in Toms Hälfte des Schranks herum, riss seine Hemden, Hosen und Jacken von den Bügeln, suchte nach etwas, das mich womöglich noch wütender machte, als ich schon war. Ich schüttelte sogar seine Schuhe aus und nahm die zu Bällen zusammengezogenen Strümpfe auseinander. Aber da war nichts außer ein paar alten Rezepten und Kinokarten, nur eine für einen Film, den wir nicht zusammen gesehen hatten. Ich schob sie in meine Tasche für den Fall, dass ich sie später brauchen würde, weil ich keinen besseren Beweis fand, und machte weiter mit Toms Nachtschrank. Dort fand ich einen zur Hälfte gelesenen Roman von John Galsworthy, ein altes Uhrarmband, eine Sonnenbrille, einen Artikel aus dem »Argus« über den Meer-Schwimmclub und ein Foto von Tom vor dem Rathaus nach der Vereidigung für den Polizeidienst, flankiert von seiner Mutter in einem geblümten Kleid und seinem Vater, der ausnahmsweise einmal nicht missmutig dreinblickte.

Ich weiß nicht, was ich zu finden hoffte. Oder betete, nicht zu finden. Eine Ausgabe von »Physique Pictorial«? Einen Liebesbrief von dir? Beides war lächerlich; Tom würde niemals ein solches Risiko eingehen. Aber alles musste heraus, und als Toms Sachen alle um mich herum auf dem Teppich lagen, stellte ich fest, dass nicht besonders viel zusammenkam. Trotzdem machte ich weiter, wühlte im Schmutz unter dem Bett herum, fegte merkwürdige Socken und ungeöffnete Schachteln mit Handschuhen zur Seite. Meine Bluse klebte an mir, meine Hände waren grau vor Staub und ich fand nichts, das meiner Wut neue Nahrung gab.

Dann hörte ich das Geräusch von Toms Schlüssel in der Haustür. Ich hörte auf zu suchen, kniete aber immer noch neben dem Bett, unfähig, mich zu bewegen, während ich horchte, wie er meinen Namen rief. An seinen Schritten hörte ich, wie er an der Küchentür stehen blieb, und stellte mir sein Erstaunen vor, wenn er die Kuchenteller in Scherben auf dem Boden sah. Sein Rufen wurde drängender: »Marion? Marion?«

Ich blickte um mich auf die Verwüstung, die ich angerichtet hatte. Hemden, Hosen, Socken, Bücher, Fotos, alles im Zimmer herumgeworfen. Die Fenster weit aufgestoßen. Unser Schrank ausgeräumt. Der Inhalt von Toms Nachtschrank auf dem Boden verstreut.

Er rief immer noch nach mir, ging jetzt langsam die Treppe hinauf, als hätte er ein bisschen Angst davor, was ihn erwartete.

»Marion?«, rief er. »Was ist los?«

Ich antwortete ihm nicht. Ich wartete, mein Kopf war völlig leer. Mir fiel keine Entschuldigung für das ein, was ich getan hatte, und beim Klang von Toms unsicherer Stimme schien mein ganzer Zorn zu einem festen Ball zusammenzuschrumpfen.

Als er ins Zimmer kam, hörte ich ihn nach Luft schnappen. Ich blieb auf dem Boden, starrte auf den Teppich, hielt meine aufgeknöpfte Bluse fest zu. Ich muss einen bedauernswerten Anblick geboten haben, denn seine Stimme war sanfter, als er sagte: »Verdammt. Geht's dir gut?«

Es kam mir in den Sinn zu lügen. Ich hätte sagen können, bei uns wäre eingebrochen worden. Dass ich von einem Rowdy bedroht worden sei, der im Haus herumgelaufen sei und unsere Teller zerschlagen und Toms Sachen im Schlafzimmer herumgeworfen hätte.

»Marion? Was ist passiert?«

Er kniete neben mir und seine Augen waren so sanft, dass ich kein Wort herausbrachte. Stattdessen fing ich an zu weinen. Es war eine solche Erleichterung, Patrick, diese weibliche Ausflucht. Tom half mir aufs Bett und ich setzte mich, laute Schluchzer ausstoßend, den Mund weit geöffnet, ohne mein Gesicht zu bedecken.

Tom legte einen Arm um mich und ich gönnte mir den Luxus, meine nasse Wange an seine Brust zu legen. Mehr wollte ich in dem Moment nicht. Ich weinte Tränen des Vergessens in das Hemd meines Mannes. Er sagte nichts, legte nur sein Kinn oben auf meinen Kopf und rieb langsam meine Schulter.

Nachdem ich mich ein bisschen beruhigt hatte, versuchte er es noch einmal. »Was ist denn los?«, fragte er freundlich, aber mit ziemlich strenger Stimme.

»Du fährst mit Patrick nach Venedig.« Ich sprach in seine Brust, behielt den Kopf unten und klang wie ein bockiges Kind. Wie Milly Oliver, die in einer Pfütze von Urin sitzt. »Warum hast du mir nichts gesagt?«

Seine Hand auf meiner Schulter hielt inne und lange herrschte Schweigen. Ich schluckte, wartete – fast hoffend –, dass mich sein Zorn wie eine heiße Druckwelle traf.

»Darum die ganze Aufregung?« Er sprach wieder in dem Polizistenton. Ich kannte ihn von unserem letzten Gespräch über dich. Er hatte den singenden Tonfall unterdrückt, den Anflug von Lachen, der normalerweise seinen Äußerungen eigen war. Er hat diese Fähigkeit, nicht wahr, Patrick? Die Fähigkeit, sich vollkommen abzutrennen von dem, was er sagt. Die Fähigkeit, körperlich anwesend zu sein, zu reden, zu antworten, während er tatsächlich – emotional – überhaupt nicht da ist. Damals dachte ich, es gehörte zu seiner Polizistenausbildung, und eine Zeit lang redete ich mir ein, dass Tom das tun musste, dass er nicht anders konnte. Sich abzutrennen war seine Art, mit der Arbeit fertigzuwerden, und er hatte sie auch ins Privatleben übernommen. Aber jetzt frage ich mich, ob er nicht immer so war.

Ich richtete mich auf. »Warum hast du mir das nicht gesagt?«

»Marion. Du musst damit aufhören.«

»Warum hast du es mir nicht gesagt?«

»Das ist destruktiv. Sehr destruktiv.« Er starrte jetzt geradeaus, sprach mit ruhiger, monotoner Stimme. »Muss ich dir immer alles gleich sagen? Erwartest du das?«

»Nein, aber – wir sind verheiratet …«, murmelte ich.

»Was ist mit Freiheit, Marion? Was ist damit? Ich dachte, wir hätten, du weißt schon, eine *Übereinkunft*. Ich dachte, wir führen eine, na ja, moderne Ehe. Du hast die Freiheit zu arbeiten, oder? Ich sollte die Freiheit haben, mich zu treffen, mit wem ich will. Ich dachte, wir wären anders als unsere Eltern.« Er stand auf. »Ich wollte es dir heute Abend sagen. Patrick hat mich erst gestern gefragt. Er muss beruflich nach Venedig. Irgendeine Tagung oder so. Nur ein paar Tage. Und er hätte gerne eine Begleitung.« Während er sprach, begann er, seine Sachen vom Boden aufzuheben und sie auf dem Bett zu Stapeln zusammenzulegen. »Ich verstehe nicht, wo das Problem ist. Ein paar Tage weg mit einem Freund, das ist alles. Ich hatte nicht gedacht, dass du mir die Möglichkeit, ein bisschen was von der Welt zu sehen, verwehren würdest. Wirklich nicht.« Er schaufelte den Inhalt seiner Nachtschrankschublade vom Teppich und beförderte ihn zurück an seinen Platz. »Es gibt keinen Grund für das alles hier – ich weiß nicht, was ich dazu sagen soll. Hysterisches Benehmen. Eifersucht. Ist es das? Würdest du es so nennen?«

Während er auf meine Antwort wartete, räumte er weiter auf, schloss die Fenster, hängte seine Jacken und Hosen in den Schrank, wich meinem Blick aus.

Während ich seinen vollkommen gelassenen Worten zugehört, ihn beobachtet hatte, wie er die Spuren meiner Wut beseitigt hatte, hatte ich angefangen zu zittern. Seine Kaltblütigkeit erschreckte mich und mit jedem Gegenstand, den er vom Boden hob, wuchs meine Scham darüber, dass ich wie eine Wahnsinnige durchs Haus gerast war. Ich war keine Wahnsinnige. Ich war eine Lehrerin, verheiratet mit einem Polizisten. Ich war nicht hysterisch.

Ich brachte heraus: »Du weißt, was es ist, Tom – es ist, was Julia gesagt hat …«

Tom bürstete die Ärmel seines besten Jacketts ab, das, das du ihm für die Hochzeit gekauft hattest. Er hielt die Manschetten fest und sagte: »Ich dachte, das hätten wir geklärt.«

»Wir haben – wir –«

»Also warum wieder davon anfangen?« Er drehte sich schließlich zu mir um, seine Stimme blieb vollkommen gelassen, aber seine Wangen glühten vor Zorn. »Ich frage mich langsam, Marion, ob du eine schmutzige Fantasie hast.«

Er klappte die Schranktüren zu, schob die Schublade des Nachttischschranks zu, zog den Teppich gerade. Dann ging er mit großen Schritten auf die Tür zu und blieb stehen. »Lass uns nicht mehr darüber sprechen«, sagte er. »Ich gehe jetzt nach unten. Wasch dich. Wir essen zu Abend und vergessen das Ganze. In Ordnung?«

Ich konnte nichts sagen. Absolut nichts.

MITTLERWEILE WIRST DU gemerkt haben, dass ich mir monatelang die größte Mühe gab, die Augen davor zu verschließen, was zwischen dir und Tom war. Aber nachdem Julia der Neigung einen Namen gegeben hatte, rückte die Beziehung meines Mannes zu dir entsetzlich scharf ins Blickfeld. *Comme ça*: Allein die Wörter waren schrecklich – sie klingen, als würde ein Wissen lässig abgetan, von dem ich völlig ausgeschlossen war. Die Wahrheit erschütterte mich so, dass ich nichts tun konnte, als so unauffällig wie möglich durch die Tage zu stolpern, ohne mir eine zu genaue Vorstellung von euch beiden zu machen. Aber sie war immer da, egal, wie sehr ich wünschte, ich könnte die Augen davor verschließen.

Ich kam zu dem Schluss, dass mir genau das fehlte, was Miss Monkton vom Gymnasium vor vielen Jahren festgestellt hatte. Sie hatte recht. »Ungeheure Hingabe und beachtliches Rückgrat« waren Eigenschaften, die ich nicht hatte. Nicht, wenn es meine Ehe betraf. Ich war feige. Obwohl ich die Wahrheit über Tom nicht länger leugnen konnte, schwieg ich lieber und vermied weitere Auseinandersetzungen.

Es war Julia, die versuchte, mich zu retten.

Eines Nachmittags in der letzten Woche des Trimesters, nachdem die Kinder nach Hause gegangen waren, war ich noch im Klassenraum, wusch die Farbtöpfe ab und hängte nasse Bilder an einer Leine auf, die ich extra für den Zweck vorm Fenster angebracht hatte. Das gab mir eine Befriedigung, wie sie meine Mutter an Waschtagen empfand, stellte ich mir vor, wenn sie die Reihe sauberer weißer Windeln im Sonnenschein flattern sah. Eine Pflicht erledigt. Kinder gut versorgt. Den Beweis dafür für alle sichtbar aufgehängt.

Julia schlenderte herein und setzte sich auf ein Pult, das unter ihren langen Gliedern sofort lächerlich klein aussah – sie war fast so groß wie ich. Sie legte eine Hand an die Stirn, als versuchte sie, Kopfschmerzen zu lindern, und begann: »Ist alles in Ordnung?«

Julia machte nie Umschweife. Redete nicht um eine Sache herum. Ich hätte ihr dafür danken sollen. Stattdessen sagte ich ziemlich erstaunt: »Alles in bester Ordnung.«

Sie lächelte, tippte sich jetzt leicht an die Stirn. »Ich hatte nämlich das dumme Gefühl, dass du mich meidest.« Ihre hellblauen Augen waren auf meine gerichtet. »Wir haben kaum miteinander gesprochen, seitdem wir mit den Kindern nach Castle Hill gefahren sind, oder? Ich hoffe, du hast mir meine Ungeschicklichkeit verziehen …?«

Ich hängte ein weiteres Bild auf, damit ich ihr fragendes Gesicht nicht ansehen musste. »Natürlich.«

Nach kurzem Schweigen sprang Julia auf und stand hinter mir. »Die sind schön.« Sie berührte eines der Bilder an der Ecke und betrachtete es genau. »Der Chef erwähnte, dass dein Besuch im Museum ein großer Erfolg war. Ich plane, im nächsten Trimester mit meiner Bande hinzugehen.«

Als der Schulleiter mich nach dem Museumsbesuch gefragt hatte, war mir in den Sinn gekommen, ihm zu sagen, dass du ein inkompetenter feiner Pinkel mit einem hohen künstlerischen Anspruch wärst, der nicht wüsste, wie man mit einem Raum voller Kinder umginge. Aber ich habe es nicht fertiggebracht zu lügen, Patrick, trotz dessen, was am Ende des Tages passiert ist. Also lieferte ich ihm einen positiven, wenn auch kurzen Bericht über deine Projekte und zeigte ihm einige kreative Arbeiten der Kinder. Er bewunderte besonders Alices Maske. Von Millys Pfütze sagte ich natürlich niemandem etwas. Aber es widerstrebte mir, dir mehr Anerkennung zu zollen. »Es war gut«, sagte ich. »Nichts Besonderes.«

»Wollen wir was trinken gehen?«, fragte Julia. »Du siehst aus, als hättest du einen Drink verdient. Los, lass uns hier weggehen.« Sie grinste, deutete zur Tür. »Ich weiß nicht, wie es dir geht, aber ich kann einen Tropfen Hochprozentiges gebrauchen.«

Wir saßen im Nebenzimmer der Queen's Park Tavern. Das Glas Portwein mit Limonade sah in Julias Hand irgendwie komisch aus. Ich hatte gedacht, sie würde ein halbes Stout oder etwas in einem Schnapsglas nehmen, aber sie erklärte, sie wäre ganz versessen auf das süße Getränk. Sie hatte mir das gleiche gekauft und versprach, dass ich es lieben würde, wenn ich es probierte.

Es hatte etwas wunderbar Verbotenes, an einem so hellen Nachmittag in dem dunklen, leicht schäbigen Pub mit den schweren grünen Vorhängen und der fast schwarzen Wandvertäfelung zu sein. Wir hatten eine dunkle Nische in dem fast leeren Nebenzimmer gewählt. Außer uns waren keine Frauen da. Einige der Männer mittleren Alters, die die Bar säumten, starrten uns an, als wir unsere Drinks bestellten, aber ich stellte fest, dass es mir egal war. Julia zündete erst meine, dann ihre Zigarette an und wir bliesen beide den Rauch aus und kicherten. Es war, als wäre ich wieder ein Schulmädchen, in Sylvies Zimmer, nur hätte ich damals niemals geraucht.

»Castle Hill hat Spaß gemacht«, sagte sie. »Gut, mal aus dem Klassenzimmer zu kommen.«

Ich stimmte zu und trank einige Schlucke von dem Portwein mit Limonade, überwand die widerliche Süße und genoss das Schwächegefühl, das der Alkohol in meinen Knien hervorrief, die Wärme, die er in der Kehle hinterließ.

»Ich versuche, so oft wie möglich mit ihnen rauszugehen«, fuhr

Julia fort. »Wir haben diese wunderbare Landschaft um uns herum und die meisten von ihnen haben nichts anderes gesehen als Preston Park.«

Ich wusste, ihr konnte ich es anvertrauen. »Ich auch nicht.«

Sie hob nur die Augenbrauen. »Das *dachte* ich mir schon. Es macht dir doch nichts aus, dass ich das sage.«

Ich schüttelte den Kopf. »Ich wüsste nicht, warum, wirklich ...«

»Dein Mann ist nicht der Naturtyp?«

Ich lachte. »Tom ist sogar im Meer-Schwimmclub. Er geht jeden Morgen rein. Außer wenn er Frühschicht hat. Dann nach der Arbeit.«

»Das klingt, als sei er sehr diszipliniert.«

»Oh, das ist er.«

Sie blickte mich kurz aus den Augenwinkeln an. »Du gehst nicht mit?«

Ich dachte daran, wie Tom mich in den Wellen gehalten und zurück an den Strand getragen hatte. Ich dachte daran, wie leicht ich mich in seinen Armen gefühlt hatte. Dann dachte ich daran, wie ich auf dem Schlafzimmerfußboden gehockt hatte, all seine Habseligkeiten um mich herum verstreut, meine Bluse offen, meine Hände beschmutzt. Ich nahm noch einen Schluck und sagte: »Ich bin keine gute Schwimmerin.«

»Du kannst nicht schlechter sein als ich. Ich kann nur Hundepaddeln.« Sie stellte ihr Glas hin, hob beide Hände in die Luft, ließ die Handgelenke locker und paddelte heftig nach nichts, verzog den Mund zu einer kläglichen Grimasse. »Wenn ich größere Ohren und einen Schwanz hätte, würde vielleicht jemand einen Stock für mich werfen. Willst du noch einen?«

Ich sah auf die vergilbte Uhr über der Bar. Halb sechs. Tom würde inzwischen zu Hause sein und sich fragen, wo ich war. Lass ihn warten, beschloss ich. »Ja«, sagte ich. »Warum nicht?«

An der Bar stellte Julia einen Fuß auf das Messinggeländer, das unten herumlief, und wartete darauf, bedient zu werden. Ein Mann mit sehr wenigen Zähnen starrte sie an. Sie nickte ihm zu, worauf er wegsah. Dann sah sie mich an und grinste und ich war beeindruckt, wie stark sie wirkte, als sie da an der Bar stand, zu allem oder für jeden bereit. Durch ihr glattes schwarzes Haar, ihren roten Lippenstift fiel sie überall auf, wohin sie auch ging, aber hier war sie wie ein Leuchtfeuer. Als sie bestellte, war ihre Stimme so laut und klar, dass jeder im Raum sie hören konnte, trotzdem sprach sie nicht leiser. Ich fragte mich, was sie wirklich von diesem Ort hielt, der so offensichtlich nicht ihre natürliche Umgebung war. Julia gehörte nicht in schmutzige, nach Bier stinkende Pubs, dachte ich; zumindest war das nicht die Welt, in die sie hineingeboren war. Ich stellte mir vor, dass sie in ihrer Jugend an Wochenenden ein Pferd geritten, an Pfadfinderlagern teilgenommen, mit ihrer Familie auf den westlichen schottischen Inseln Ferien gemacht hatte. Das Komische jedoch war, dass es mich überhaupt nicht störte, dass wir aus unterschiedlichen Verhältnissen kamen. Ihre offensichtliche Unabhängigkeit, dass sie den Mut hatte, anders auszusehen oder zu klingen, das alles, stellte ich fest, wollte ich selbst auch.

Als sie unsere Drinks auf den Tisch stellte, fragte sie mich fröhlich: »Und was sind deine politischen Ansichten, Marion?«

Beinahe hätte ich einen Mund voll Portwein mit Limo auf ihren Schoß gespuckt.

»Tut mir leid«, sagte sie. »Ist das eine unpassende Frage? Vielleicht hätte ich damit warten sollen, bis wir noch einige Drinks gehabt haben.« Sie lächelte mich an, aber ich hatte das Gefühl, dass ich irgendwie geprüft wurde, und ich wollte die Prüfung unbedingt bestehen. Mir fiel unsere Unterhaltung beim Abendessen auf der Isle of Wight ein, Patrick, und nachdem ich die Hälfte meines Drinks hinuntergekippt hatte, erklärte ich: »Na ja. Erstens finde ich, Mütter sollten arbeiten gehen können. Ich bin für Gleichheit. Zwischen den Geschlechtern, meine ich.«

Julia nickte und murmelte Zustimmung, wartete aber offenbar auf weitere Offenbarungen.

»Und ich finde diese Sache mit den Wasserstoffbombentests schrecklich. Entsetzlich. Ich überlege, ob ich mich an der Kampagne dagegen beteilige.« Das stimmte nicht ganz. Zumindest nicht bis zu dem Moment, in dem ich es sagte.

Julia zündete sich noch eine Zigarette an. »Ich war beim Ostermarsch. Es finden regelmäßige Treffen dazu in der Stadt statt. Du solltest mal vorbeikommen. Wir brauchen jede Hilfe, die wir bekommen können, damit es alle erfahren. Eine Katastrophe steht bevor und die meisten Menschen kümmern sich mehr darum, was die verdammte Königsfamilie anhat.«

Sie wandte den Blick von mir zur Bar und blies den Rauch nach oben.

»Wann ist das nächste?«, fragte ich.

»Samstag.«

Ich sagte einen Moment nichts. Tom hatte versprochen, am Samstagnachmittag mit mir auszugehen, obwohl du dran warst, ihn zu treffen. Es war sein Vorschlag, eine Art Entschädigung dafür, dass er mit dir nach Venedig fuhr. Eure Reise war für Mitte August geplant und Tom hatte gesagt, er würde bis dahin jeden Samstag mit mir verbringen.

»Selbstverständlich«, sagte Julia, »lassen sie dich nicht ohne Fair-Isle-Pullover und Pfeife rein.«

»Dann muss ich alles tun, um die Sachen aufzutreiben«, sagte ich. Wir lachten uns an und hoben die Gläser.

»Auf den Widerstand«, sagte Julia.

Als Tom mich fragte, wo ich an dem Abend gewesen sei, sagte ich ihm die Wahrheit – es wäre ein harter Tag gewesen und Julia und ich hätten bei einem Drink darüber gesprochen. Er schien fast erleichtert, das zu hören, obwohl Julia das über dich gesagt hatte. »Ich bin froh, dass du dich mit Freunden triffst«, sagte er. »Ausgehst. Du solltest auch häufiger Sylvie sehen.«

Ich sagte Tom nichts von meinen Plänen für Samstag. Ich wusste, er würde nichts davon halten, dass ich zu einer politischen Versammlung ging. Ehefrauen von Polizisten durften so etwas nicht tun. Als ich ihm erzählte, wie entsetzt ich über die letzte Anordnung des Schulleiters war, dass das gesamte Kollegium eine Unterrichtsstunde zum Thema, wie man einen Atomangriff überlebt, halten sollte, war seine Antwort gewesen: »Warum sollten sie nicht vorbereitet sein?« Und er ging von Brot und Butter zum Kuchen über, den ich als gute, treue Ehefrau auf den Tisch gestellt hatte.

Du siehst, Patrick, dass ich damals in jeder Hinsicht sehr verwirrt war. Das Einzige, das ich wusste, war, dass ich mehr wie Julia sein wollte. Wir aßen zusammen Lunch in der Schule und sie erzählte mir von dem Marsch, an dem sie teilgenommen hatte. Ihre Wangen waren gerötet, als sie erzählte, dass ganz verschiedene Menschen – Christen, Beatniks, Studenten, Lehrer, Fabrikarbeiter, Anarchisten – zusammengekommen waren, um sich Gehör zu verschaffen. An dem kalten Frühlingstag bildeten sie Reihen und gingen zusammen von London zum Atomforschungszentrum in Aldermaston. Sie erwähnte eine Freundin, Rita, die mit ihr gegangen war. Trotz des schlechten Wetters waren sie den ganzen Weg gegangen, obwohl sie gegen Ende gewünscht hatten, sie wären in einem Pub. Sie lachte und sagte: »Einige von ihnen sind manchmal ein bisschen – du weißt schon – verbissen. Aber es ist eine wunderbare Sache. Wenn man marschiert, hat man das Gefühl, etwas zu tun. Alle setzen sich gemeinsam für etwas ein.«

Das hörte sich spannend an. Das hörte sich an, wie eine ganz andere Welt. Ich konnte es nicht abwarten, sie zu betreten.

Samstag kam und ich bestand darauf, dass Tom sich doch mit dir traf. Ich sagte, er sollte dich nicht enttäuschen und er könnte es nächstes Wochenende mit mir nachholen. Er sah verwirrt aus, ging aber trotzdem. An der Tür küsste er mich auf die Wange. »Danke, Marion«, sagte er, »dass du für alles Verständnis hast.« Er beobachtete mein Gesicht, offenbar immer noch unsicher, ob er meine scheinbare Großzügigkeit ausnutzen sollte oder nicht. Ich winkte ihn mit einem Lächeln hinaus.

Nachdem er weg war, ging ich nach oben und versuchte, etwas Passendes zum Anziehen zu finden, das ich auf einem Treffen der örtlichen Aktionsgruppe für atomare Abrüstung tragen konnte. Es war ein warmer Julitag, aber mein bestes Sommerkleid – hellorange mit cremefarbenem geometrischem Muster – wäre absolut unpassend gewesen, das wusste ich. Nichts in meinem Schrank schien seriös genug für den Anlass. In der Zeitung hatte ich Fotos vom Aldermaston Marsch gesehen und wusste, dass Julia nur halb im Scherz davon gesprochen hatte, dass ich einen Fair-Isle-Pullover und eine Pfeife bräuchte. Brille, langer Schal und Dufflecoat waren offenbar die Uniform der Marschierer, männlicher wie weiblicher. Ich sah die pastellfarbenen und geblümten Sachen in meinem Schrank durch und war mir selbst zuwider. Warum hatte ich nicht wenigstens eine Hose? Am Ende entschied ich mich für etwas, das ich häufig in der Schule trug: einen schlichten marineblauen Rock und eine hellrote Bluse. Ich nahm meine cremefarbene Strickjacke mit den großen blauen Knöpfen und machte mich auf den Weg, um Julia zu treffen.

Als ich beim Gemeindehaus der Quäker ankam, wusste ich, dass ich mir keine Sorgen zu machen brauchte, nicht dazu zu passen. Julia machte sich deswegen offenbar keine Sorgen: Ihr jadegrünes Kleid und die orangefarbenen Perlen waren leicht in der Menge zu entdecken. Ich schreibe Menge, aber es können nicht mehr als dreißig Leute im Vortragsraum des Gemeindehauses gewesen sein. Der Raum hatte weiße Wände mit hohen Fenstern an einem Ende, durch die das Sonnenlicht drang und den ganzen Raum mit Wärme füllte. Im hinteren Teil des Raumes stand ein Tapeziertisch mit Tassen und einer Kanne Tee, die auf ein Papiertischtuch gestellt waren. Vorne war ein großes Transparent mit der Aufschrift »Kampagne für atomare Abrüstung Brighton«. Als ich ankam, stand gerade ein Mann mit kurzem Bart und einem frischen weißen Hemd, die Ärmel ordentlich bis zu den Ellbogen hochgekrempelt, auf, um zu sprechen. Julia entdeckte mich und bedeutete mir, mich neben sie auf die Bank zu setzen. Ich schlich so leise, wie ich konnte, zu ihr hinüber und war froh, dass ich nicht meine Schuhe mit dem kleinen Absatz angezogen hatte. Sie grinste, tätschelte meinen Arm und wandte sich dann mit ernstem Gesicht nach vorn.

Der Raum sah nicht wie ein religiöser Ort aus, aber es herrschte ein Gefühl stiller Ehrfurcht an jenem Samstagnachmittag. Der Sprecher hatte kein Podium, um sich darauf zu stellen, geschweige denn eine Kanzel, von der er predigen konnte, aber der Sonnenschein, der durch die Fenster fiel, beleuchtete ihn dramatisch von hinten und alle wurden still, noch bevor er seine Rede begann.

»Freunde. Danke, dass ihr alle heute gekommen seid. Ich freue mich besonders, einige neue Gesichter zu sehen …« Er blickte mich an und ich musste unwillkürlich lächeln. »Wie ihr wisst, sind wir hier, um uns im Kampf für Frieden zusammenzuschließen …«

Während er sprach, bemerkte ich, wie sanft und dennoch fest seine Stimme war und wie es ihm gelang, zugleich gelassen und nachdrücklich zu wirken. Es lag an der Art, wie er sich ganz leicht zurücklehnte, während er sprach, nach allen Seiten lächelte und seine Worte für sich sprechen ließ, ohne dramatische Gesten oder Schreien, wie ich es erwartet hätte. Stattdessen war er zuversichtlich, so wie die meisten Menschen im Raum, wie mir schien. Was er sagte, war so offensichtlich vernünftig, dass es mir schwerfiel zu verstehen, warum jemand anderer Meinung sein sollte. Selbstverständlich sollte Überleben vor Demokratie und sogar vor Freiheit stehen. Selbstverständlich war es sinnlos, angesichts der Zerstörung, die ein atomarer Angriff bedeutete, über Politik zu diskutieren. Selbstverständlich sollten die Atomtests, die Krebs hervorrufen konnten, sofort gestoppt werden. Er erklärte, wie Großbritannien in der Welt mit gutem Beispiel vorangehen könnte. »Schließlich werden andere unserem Weg folgen«, erklärte er und alle klatschten. »Wir werden von vielen großartigen und zuverlässigen Männern und Frauen unterstützt. Benjamin Britten, E. M. Forster und Barbara Hepworth sind nur einige der Namen, von denen ich mit Stolz sage, dass sie sich unserer Bewegung angeschlossen haben. Aber wir können es uns nicht leisten, selbstgefällig zu sein. Wir sind auf die Unterstützung durch die Basis von Männern und Frauen wie euch angewiesen. Deshalb nehmt bitte so viele Flugblätter wie möglich und verbreitet sie so weit, wie ihr könnt. Legt sie in öffentlichen Gebäuden, Klassenzimmern und Kirchen aus. Ohne euch geht es nicht. Mit euch ist viel möglich. Veränderung ist möglich und sie wird kommen. Wir werden die Bombe verhindern!« Während er sprach, wurde heftig genickt und Zustimmung gemurmelt, nur eine Frau rief laut etwas und das auch noch an seltsamen Stellen. Der Sprecher bekam einen gequälten Gesichtsausdruck, als sie »Hört, hört!« brüllte bei den Worten: »Holt euch eure Flugblätter bei Pamela. Sie hat sich an den Teetisch gestellt …« Pamela winkte ein bisschen, drückte dann leicht ihre kleinen Locken an. »Natürlich, nachdem ihr Tee getrunken habt«, fügte sie hinzu und alle lachten.

Einen Moment dachte ich, dass du dich freuen würdest, dass ich bei etwas mitmachte, an dem sich eine Gruppe so hochgeschätzter Schriftsteller und Künstler beteiligte. Du hättest mich und Tom mit dem Werk der Leute bekannt gemacht, die der Sprecher erwähnt hatte, und ich weiß, du wärst stolz gewesen, mich dort sitzen und der Rede zuhören zu sehen. Du wärst stolz gewesen, dass ich mich auf meine bescheidene Weise für etwas einsetzte, an das ich glaubte. Du würdest mir vielleicht sogar helfen, Tom davon zu überzeugen, dass er auch stolz sein sollte, dachte ich.

Aber ich wusste, dass so ein Austausch und so ein Verständnis zwischen uns unmöglich sind. Ich würde dir niemals von diesem Tag erzählen. Es wäre mein Geheimnis. Du und Tom hattet eure Geheimnisse und jetzt hatte ich meins. Es war ein kleines, ziemlich harmloses Geheimnis, aber es war mein eigenes.

Nachdem wir unsere Flugblätter eingesammelt hatten, schlug Julia vor, einen Bummel an der Promenade zu machen. Als wir näher zum Meer kamen, drang das Schreien der Händler an unsere Ohren, die den Massen von Tagesausflüglern ihre Waren anpriesen: Sandwiches mit Würstchen, frische Austern, Muscheln, Strandschnecken, schmutzige Postkarten, Eiskrem, Sonnenhüte, Zuckerstangen, Toilettenrollenhalter mit unanständigen Sprüchen. Als wir die Promenade erreichten, lehnten wir uns über das Geländer und beobachteten das Schauspiel unter uns am Strand. Die Sonne stand hoch und war nach dem sanften Licht des Gemeindehauses wie eine Ohrfeige. Familien aßen Sandwiches und Cremetörtchen hinter Windschutzwänden; Kinder jammerten, dass sie ins Wasser wollten, und jammerten dann, dass sie wieder rauswollten; junge Männer in bunten Hemden saßen in Gruppen zusammen und tranken Bier und schwarz gekleidete junge Frauen versuchten, im grellen Sonnenlicht Romane zu lesen; kleine Mädchen kreischten am Wasserrand, die Röcke in die Schlüpfer gesteckt; Damen mit Kopftüchern saßen schweigend in den Liegestühlen, die das Pflaster säumten, und betrachteten das Ganze.

Es war ein völlig anderes Bild als an dem Morgen, als ich mich mit Tom zum ersten Mal zum Schwimmunterricht getroffen hatte. Jetzt war es hier unendlich laut: das Klimpern von Münzen von der Spielhalle, Pistolenschüsse vom Schießstand, Gelächter und Musik von Chatfield's Bar, Schreie von der großen Rutschbahn. Ich sah Toms Gesicht wieder vor mir, oben auf der Treppe, blass und kindlich. Mir wurde bewusst, dass es das einzige Mal gewesen war, wo er mir gegenüber eine Schwäche gezeigt hatte. Ich sah Julia an, die ihre Augen gegen die Sonne schützte und über das Durcheinander unten am Strand lachte, und hatte plötzlich das Bedürfnis, ihr alles zu erzählen. Mein Mann hat Höhenangst. Und er ist sexuell anormal. Ich dachte, ich könnte ihr so etwas sagen, ohne dass sie schockiert oder angewidert wäre. Ich könnte so etwas sogar sagen, ohne fürchten zu müssen, damit unsere Freundschaft zu beenden.

»Los, lass uns mit den Füßen im Wasser plantschen«, sagte Julia und hängte sich ihre mit Flugblättern gefüllte Tasche wieder über die Schulter. »Meine Füße sind so heiß, als könnten sie platzen.«

Ich ließ das helle Licht alles, was ich sah, verschwommen machen und folgte ihr zu den Kieselsteinen. Wir stolperten zusammen zum Rand des Wassers, fassten uns gegenseitig an den Ellbogen an, um uns Halt zu geben. Julia öffnete ihre Sandalen und ich blickte hinaus auf die hart glitzernden Wellen.

Ich wollte weit ins tiefe Wasser waten, untergehen und mich wieder vom Meer umfangen lassen. Es würde den Lärm vom Strand wegspülen, meine glühend heiße Haut mit seiner Kälte betäuben und meine Gedanken aufhalten, bis sie ganz aufhörten. Ich schleuderte die Schuhe von mir und griff, ohne darüber nachzudenken, unter meinen Rock, um meine Strümpfe loszumachen. Julia watete schon im Wasser. Sie drehte sich nach mir um und pfiff. »Du Luder! Was wenn eines der Schulkinder dich sieht?«

Aber ich beachtete sie nicht. Ich konzentrierte mich auf das Glitzern des Meeres. Die Kakophonie vom Strand entfernte sich, als ich ins Wasser ging. Ich stolperte nicht über die Steine oder zögerte wie mit Tom. Ich ging einfach hinein, spürte kaum den

Kälteschock, als das Meer mich berührte. Mein Rocksaum saugte das Wasser auf, bis ich bis zur Taille drin war. Und ich ging noch weiter, den Blick unverwandt auf den Horizont gerichtet.

»Marion?« Julias Stimme klang weit entfernt. Als ich weiterging, dachte ich daran, dass das Meer mich auf die eine oder andere Art umwerfen oder mich ganz hinunterziehen würde. Die Strömung spielte um meine Beine, sodass ich vor und zurück schaukelte. Aber diesmal erschien es mir nicht wie eine Bedrohung. Es schien wie ein Spiel. Ich gab nach und ließ mich von den Wellen wiegen. Ich dachte daran, dass Toms Körper an jenem Tag so elastisch gewesen war. Er hatte sich mit dem Meer bewegt. Vielleicht konnte ich das auch.

Ich hob die Füße vom Boden und dachte: Er hat mir das Schwimmen beigebracht, aber was hat es genützt? Es wäre besser gewesen, wenn ich niemals ins Wasser gegangen wäre.

Wieder hörte ich Julias Stimme. »Marion! Was machst du? Marion! Komm zurück!«

Meine Füße fanden den Boden und ich sah sie im flachen Wasser stehen, eine Hand an der Stirn. »Komm zurück«, rief sie, nervös lachend. »Du machst mir Angst.« Sie streckte eine Hand aus. Ich ging darauf zu, mein nasser Rock klebte an meinen Oberschenkeln, Wasser tropfte von meinen Fingern, als sie ihre erreichten. Sobald sie meine Hand ergriffen hatte, zog sie mich kräftig zu sich, schloss mich in die Arme. Ihr Atem roch nach süßem Tee, als sie sagte: »Wenn du schwimmen willst, brauchst du einen Badeanzug. Sonst kommt der Rettungsschwimmer.«

Ich versuchte zu lächeln, konnte aber nicht. Keuchend und zitternd zugleich legte ich meinen Kopf an ihre Schulter. »Es ist alles gut«, sagte Julia. »Ich hab dich.«

DU SCHICKTEST EINE POSTKARTE. Das Bild vorne war nicht eine der klassischen Ansichten vom Markusplatz oder der Rialtobrücke. Es war kein Kanal oder Gondoliere zu sehen. Stattdessen schicktest du mir ein Foto einer Szene aus Carpaccios Gemäldezyklus zur Legende der Heiligen Ursula: »Die Ankunft der englischen Gesandten«. Die Karte zeigte zwei junge Männer in tomatenroten Strumpfhosen und Jacken mit Fellkragen, die an einem Geländer lehnen. Ihre üppigen Haare locken sich bis auf die Schultern. Einer von ihnen hält einen Wanderfalken auf dem Arm. Ich hatte den Eindruck, dass die beiden zugleich Zuschauer und Posierende waren, zuschauten und sich ohne Zweifel bewusst waren, dass ihnen zugeschaut wurde. Auf der Rückseite schriebst du: »Nach diesem Maler sind die kalten Rindfleischscheiben benannt, die sie hier essen. Roh, aufregend rot: dünn wie Haut. Venedig ist zu schön, um es zu beschreiben. Patrick.« Darunter hatte Tom geschrieben: »Reise war lang, aber okay. Eine tolle Stadt. Vermisse dich. Tom.« Du hattest ganze Arbeit geleistet und alles gesagt, und Tom hatte absolut nichts gesagt. Ich hätte beinahe über den Gegensatz gelacht.

Sie kam mit der Post, da wart ihr schon Tage wieder da, und ich habe sie sofort verbrannt.

Ihr beide seid an einem Freitagmorgen Mitte August gefahren. Tom hatte sich einen Koffer von dir geliehen und die ganze Woche gepackt, indem er Sachen herausgenommen und wieder eingepackt hatte. Er packte seinen Hochzeitsanzug ein, musste es aber heimlich, in letzter Minute, getan haben, denn ich bemerkte es erst, als Tom schon fort war, dass er aus unserem Schrank verschwunden war, und berührte den leeren Holzbügel, auf dem er seit März gehangen hatte. Tom hatte sich auch einen Reiseführer über Italien aus der Bücherei geliehen. Ich sagte ihm, dass das sinnlos sei, da du schon oft dort gewesen wärst, und ich wusste, du würdest Toms Reiseführer spielen. Hattest du uns beiden nicht schon oft von den erstaunlichen Vaporetti erzählt und was man in der Galleria dell'Accademia unbedingt gesehen haben musste?

Dennoch las ich den Abschnitt über Venedig in dem Reiseführer. Tom hatte gesagt, dass er nicht wüsste, wo ihr wohnen oder was ihr tun würdet, wenn ihr dort wärt. Das würdest du wissen. Er lächelte und sagte: »Ich denke, ich werde einfach ein bisschen allein herumlaufen. Patrick wird arbeiten müssen.« Ich wusste, dass du das niemals zulassen würdest. Ich überflog den Reiseführer und dachte mir, du würdest es dir nicht nehmen lassen, Tom die Hauptattraktionen am ersten Tag zu zeigen. Vielleicht anstehen, um auf den Campanile zu steigen wegen der Aussicht, die dem Buch zufolge das Warten wert ist. Ihr würdet einen Kaffee im Florian trinken und du würdest – ohne im Buch nachzulesen – wissen, dass man nach elf Uhr morgens keinen Cappuccino bestellt. Du würdest ein Foto von Tom auf der Rialtobrücke machen. Ihr würdet den Tag vielleicht mit einer Gondelfahrt beenden, nebeneinander würdet ihr beide die laut Reiseführer »herrlichen Wasserstraßen der Stadt« entlanggleiten. »Kein Besuch«, heißt es weiter im Führer, »ist vorstellbar ohne eine Gondelfahrt, besonders für Paare in den Flitterwochen.«

Inzwischen war ich selbst in Venedig. In diesem September, während einer organisierten Opernreise nach Verona war ich mit einer Busladung Fremder dort, von denen die meisten in meinem Alter waren und allein reisten wie ich. Tom und ich machen nun schon seit vielen Jahren getrennt Urlaub, und wenn beim Reisen

Fragen kommen, wo mein Mann gerade ist, bemühe ich mich immer, sie mit einem Lachen abzutun. Oh, sage ich, er hasst die Oper. Oder Gärten. Oder historische Häuser. Was es gerade ist.

Ich habe Tom nie erzählt, dass die Reise nach Verona einen Tagesausflug nach Venedig einschloss. *Venedig* ist eines der vielen Wörter, das wir untereinander nicht benutzen, seitdem du mit ihm dort warst. Ich hatte es mir oft vorgestellt, aber nichts hätte mich darauf vorbereiten können, wie die Stadt wirklich aussah, wie schön alles war, sogar die Regenrinnen und dunklen Seitengassen und Wasserbusse. Alles. Während ich allein in der Stadt herumlief, hatte ich Bilder von euch beiden im Kopf. Ich sah euch am Bahnhof Santa Lucia ankommen, aus dem Zug ins Sonnenlicht treten wie Filmstars. Ich sah euch zusammen über Brücken gehen, eure Spiegelbilder undeutlich im Wasser schimmern. Ich sah, wie ihr dicht beieinander am Kai gestanden und auf ein Vaporetto gewartet habt. In jeder »calle«, jedem »sotoportego« stellte ich mir euch beide vor, mir die Rücken zugewandt, die Köpfe einander zugeneigt. Du hast Tom in dieser sonderbaren und großartigen Stadt wieder intensiver wahrgenommen. Es hat dir gefallen, wie seine blonden Haare und kräftigen Glieder in der dunklen, quirligen venezianischen Menge auffielen. Es gab einen Moment, da hätte ich beinahe geweint: als ich auf den kühlen Treppenstufen von Santa Maria della Salute saß und ein Paar beobachtete, zwei junge Männer, die zusammen in einem Führer lasen, jeder behutsam die Seite am Rand haltend und die Informationen teilend. Zum hundertsten Mal fragte ich mich, wo du warst und was aus dir geworden war. Ich machte sogar die Carpaccios in der Accademia ausfindig und starrte lange auf die beiden Männer auf dem Gemälde von den englischen Gesandten. Ich konnte dich beinahe hören, wie du Tom alles darüber erzähltest. Ich konnte seinen ernsthaften Gesichtsausdruck sehen, wie er alles aufsog. Während ich umherging, schwitzend und mit wunden Füßen, fragte ich mich, was genau ich eigentlich tat. Hier war ich, eine einsame Frau Anfang sechzig, die versuchte, den Spuren ihres Mannes und seines Liebhabers in einer fremden Stadt zu folgen. War es eine Art Pilgerfahrt? Oder vielleicht eine Katharsis, um die Geister von 1958 für immer zu verjagen?

Es stellte sich heraus, dass es nichts von beidem war. Es war ein Katalysator. Lange überfällig, vielleicht zu spät, aber nichtsdestoweniger ein Katalysator. Bald danach tat ich, was ich schon seit Jahren hatte tun wollen: Ich machte dich ausfindig. Ich holte dich zurück.

An dem Samstag, an dem ihr beide weg wart, verbrachte ich nach einer schlaflosen Nacht fast den ganzen Tag im Bett. Sätze und Bilder aus dem Reiseführer schwirrten mir durch den Kopf. »Die friedliche Atmosphäre einer Stadt, die ganz im Wasser erbaut ist, muss man erleben, um es zu verstehen.« Ich schlief unruhig und träumte, ich wäre auf einer Gondel, die weit hinaus aufs Meer fährt, und ihr beide winktet mir vom Ufer zu. Es war unmöglich, zu euch zu kommen, denn im Traum war ich wieder da, wo ich einmal angefangen hatte: Ich konnte nicht schwimmen und hatte Angst ins Wasser zu gehen.

Ungefähr um sechs Uhr zwang ich mich, aufzustehen und mich anzuziehen. Ich versuchte, nicht auf den leeren Platz im Schrank zu blicken, wo Toms Anzug gehangen hatte, oder die Stelle an der Tür, wo normalerweise seine Schuhe standen. Durch Aufbietung meiner ganzen Willenskraft – oder vielleicht war es einfach nur Müdigkeit – dachte ich nur an den Portwein mit Limo, der mich erwartete. Der widerliche erste Schluck, der brennende Nachgeschmack. Ich hatte mich mit Julia auf einen Drink in der Queen's Park Tavern verabredet und Sylvie eingeladen, auch zu kommen. Sie hatte aufgeregt gewirkt, als ich sie fragte, es würde das erste Mal sein, dass sie ihr erst wenige Wochen altes Mädchen, Kathleen, den Abend mit ihrer Schwiegermutter allein lassen würde. Kathleen hatte Roys schwarze Haare und leicht hervortretende Augen. Als ich zu Besuch gewesen war, hatte ich den Eindruck, dass Sylvie schon von ihrer Tochter enttäuscht war. Sie sprach über das Baby, als hätte es eine vollständig ausgebildete Persönlichkeit und wäre fähig, sich den Absichten seiner Mutter bewusst zu widersetzen. »Oh«, hatte Sylvie gesagt, als ich Kathleen gehalten und das Mädchen zu weinen begonnen hatte, »sie will immer beachtet werden.« Zwischen Sylvie und ihrer Tochter herrschte von Anfang an ein Kampf.

Ich kam absichtlich etwas früher im Pub an, um etwas zu trinken, bevor ich Sylvies Fragen nach Toms gegenwärtigem Aufenthalt ausgesetzt war, obwohl es bedeutete, dass ich allein sitzen und die Blicke der Stammgäste ertragen musste. Ich wählte die Nische, in der Julia und ich an dem Abend nach der Schule gesessen hatten, und zwängte mich in eine Ecke. Sobald ich den ersten Schluck getrunken hatte, ließ ich wieder den Gedanken an euch beide zu und stellte mir vor, dass ihr gerade auf einer sonnenüberfluteten Terrasse Spaghetti gegessen habt. Ich hatte Tom gehen lassen, sagte ich mir. Und jetzt würde ich damit leben müssen.

Sylvie kam herein. Ich sah, dass sie extra für diesen Anlass die Haare aufgedreht hatte – nicht eine Strähne war nicht an der richtigen Stelle –, und sie trug viel Make-up: hellblau-metallicfarbene Striche über den Augenlidern, perlmutt-pfirsichfarbenen Lippenstift. Ich vermutete, dass sie versuchte, ihre Müdigkeit zu verbergen. Obwohl es ein warmer Abend war, hatte sie einen weißen Regenmantel mit Gürtel und einen engen zitronengelben Pullover an. Während ich beobachtete, wie sie herüberkam, wurde mir plötzlich klar, dass sie ganz anders war als Julia, und machte mir ein bisschen Sorgen, dass die beiden sich überhaupt nicht verstehen würden.

»Was trinkst du gerade«, fragte Sylvie und betrachtete misstrauisch mein Glas. Sie lachte, als ich es ihr sagte. »Ich glaube, meine Tante Gert hat eine Schwäche für Port mit Limo. Aber zum Teufel, ich probier einen.«

Sie setzte sich mir gegenüber und stieß mit mir an. »Auf … die Flucht.«

»Flucht«, stimmte ich zu. »Wie geht's Kathleen?«

»Bekommt von Roys Mutter so viel Aufmerksamkeit, wie sie will. Die ist richtig begeistert von mir, seitdem das Baby da ist. Es wär ihr nur lieber, wenn ich einen Jungen bekommen hätte. Aber da Kath aussieht wie Roy, ist es kein großes Problem.« Sie hob wieder ihr Glas. »Und auf die Mädchen, hä?«

»Auf die Mädchen.«

Wir tranken. Dann sagte Sylvie: »Diese Julia. Wie ist sie? Nur weil ich es nicht gewöhnt bin, mich mit Lehrern zu treffen. Außer mit dir natürlich.«

»Mach dir keine Sorgen, Sylvie«, sagte ich, ignorierte ihre Frage und leerte mein Glas. »Willst du noch einen?«

»Ich hab den hier kaum aus. Schmeckt aber auch grausig. Ich nehm danach ein Stout.«

Als ich aufstand, um zur Bar zu gehen, packte Sylvie mich am Handgelenk. »Geht's dir gut? Ich hab gehört, Tom ist weggefahren, mit diesem – mit Patrick.«

Ich starrte sie an.

»Dad hat es erwähnt.«

»Was ist damit?«

»Ich frage nur. Ist ziemlich stark, das ist alles. Dich ganz allein zu lassen, meine ich.«

»Kann ein Kerl nicht mal ein paar Tage mit einem Freund wegfahren?«

»Ich hab nichts gesagt, oder? Es ist nur, du siehst – irgendwie daneben aus.«

In dem Moment kam Julia herein. Ich atmete auf, als ich sie

leicht mit den Armen schwingend, grinsend auf uns zukommen sah. Sie berührte mich am Arm und streckte Sylvie die Hand aus. »Du musst Sylvie sein«, sagte sie. »Schön, dich kennenzulernen.«

Sylvie sah kurz auf Julias Hand, bevor sie sie lasch nahm. »Alles in Ordnung?«, sagte sie.

Julia wandte sich an mich. »Sollen wir dann die Drinks holen?«

»Ich nehme ein halbes Stout«, sagte Sylvie. »Das Zeug hier ist schrecklich.«

Als wir alle unsere Drinks hatten, fragte Julia Sylvie nach Kathleen und Sylvie schien Spaß daran zu haben, ihr zu erzählen, was für eine Nervensäge ihre Tochter war. »Allerdings«, fügte sie hinzu, als sie fertig war, »ist das nichts verglichen mit meinem Mann …«, und sie hob erneut an, zählte Roys Fehler auf, die sie in allen Einzelheiten schon viele Male mit mir durchgegangen war. Er war faul. Er trank zu viel. Er half nicht beim Baby. Er weigerte sich, sich im Job hochzuarbeiten. Er kannte sich mit nichts aus, außer mit Autos. Er hing zu sehr an seiner Mutter. Aber wie immer, wenn Sylvie Roy kritisierte, schilderte sie all diese Dinge so lebhaft und lachte dabei übers ganze Gesicht, dass ich wusste, dass sie ihn gerade wegen dieser Fehler liebte.

Julia hörte sich das alles an, nickte gelegentlich aufmunternd. Als Sylvie fertig war, fragte Julia in einem Ton, der vermutlich nicht ganz so unschuldig war, wie sie vorgab. »Und warum hast du ihn geheiratet, Sylvie?«

Sylvie starrte Julia an, mit ausdrucksloser Miene. Dann trank sie ihr Glas leer, zog an einer Locke, die sich an ihrem Hals hochkringelte, und sagte leise: »Wollt ihr die Wahrheit wissen?«

Julia sagte, sie wollte, und wir beugten uns beide vor, als Sylvie uns mit einem Finger näher heranwinkte. »Er ist sehr rücksichtsvoll in der Schlafzimmerabteilung.«

Zuerst sah Julia ein bisschen verwirrt aus, aber als ich anfing zu kichern und Sylvie sich den Mund zuhielt, um sich das Lachen zu verkneifen, lachte Julia so laut, dass einige Leute im Pub sich zu uns umdrehten.

»Er ist unwiderstehlich, oder, Marion?«, sagte Sylvie, blickte dabei ziemlich traurig in ihr Glas. »Du weißt, wie es ist. Wenn sie dich erst mal in die Finger bekommen haben, gibt es kein Zurück.«

Julia setzte sich aufrecht hin. »Denkst du wirklich? Selbst wenn du merkst, dass es nicht gut ist?«

»Ich sag dir. Es gibt kein Zurück«, sagte Sylvie und sah mich an.

Nicht lange vor der Sperrstunde erschien Roy in der Tür des Nebenzimmers. Ich bemerkte ihn vor Sylvie und sah, wie sich seine Miene verdüsterte, als er die Situation erfasste: drei beschwipste Frauen, in einer Nische, kichernd, vor ihnen ein Stapel leerer Gläser.

»Sieht hier wie eine richtige Party aus«, sagte er und ließ die Hand auf Sylvies Schulter fallen.

Sylvie zuckte zusammen.

»Sylvie. Marion.« Roy nickte mir zu. »Und wer ist das?« Er sah Julia neugierig an. Ich bemerkte, dass ihre Hand etwas unsicher war, als sie sie ihm hinstreckte. Aber ihre Stimme war vollkommen ruhig, als sie sagte: »Julia Harcourt. Freut mich, Sie kennenzulernen. Und Sie sind …?«

»Sylvies Mann.«

»Oh!«, sagte Julia mit gespielter Überraschung. »Sie hat uns alles über Sie erzählt.«

Roy ignorierte die Bemerkung und wandte sich an Sylvie. »Los, komm. Ich bring dich nach Hause.«

»Willst du nichts trinken?«, fragte Sylvie, die Wörter halb verschluckend. »Das tust du doch sonst immer.«

»Wie geht's dir, Roy?«, fragte ich, um die Situation zu entschärfen.

»Blendend, danke, Marion«, sagte Roy, immer noch seine Frau ansehend.

»Und Kathleen?«

»Sie ist ein kleiner Schatz. Stimmt's, Sylvie?«

Sylvie nahm einen großen Schluck und sagte: »Verdammt, es ist noch nicht mal Sperrstunde ...«

Roy spreizte als scheinbare Geste der Hilflosigkeit weit die Hände. »Aber nun bin ich hier. Los komm, zieh deinen Mantel an. Deine Tochter wartet auf dich.«

Jetzt wurde Sylvies Gesicht knallrot.

»Warum trinkst du nicht was mit uns, Roy?«, versuchte ich es noch einmal. »Danach gehen wir.«

»Ich hole es«, sagte Julia und stand auf. »Was nehmen Sie, Roy?«

Roy machte eine Bewegung zur Seite und versperrte Julia den Weg. »Schon gut, meine Liebe. Trotzdem danke.«

Julia und Roy sahen sich an. Sie sah viel größer aus als er und ich musste ein Kichern unterdrücken. Versuch nur, dich ihr den Weg zu stellen, dachte ich. Das würde ich gerne sehen.

Sylvie knallte ihr Glas hin. »Tut mir leid, Mädels«, murmelte sie und begann, den Mantel anzuziehen. Sie brauchte ein paar Versuche, um die Ärmel zu finden, und niemand half ihr. Als sie mich ansah, waren ihre Augen so feucht, dass ich mich fragte, ob sie gleich weinen würde.

Während Roy seine Frau am Arm festhielt, drehte er sich zu mir um und sagte: »Hab gehört, dein Tom ist in Venedig. Muss nett sein, so einen Freund zu haben. Jemand, der mit dir wohin fährt.«

Sylvie stieß Roy an die Schulter. »Los komm«, sagte sie. »Wenn wir schon gehen müssen, dann lass uns jetzt los.« Von der Tür winkte sie Julia und mir resigniert zu.

Nachdem sie gegangen waren, blickte Julia in ihr Glas und lachte kläglich. »Er ist ein bisschen … tyrannisch, oder?«

»Er weiß nichts über sie«, sagte ich, verwundert über meine hasserfüllte Stimme. Ich war plötzlich empört über Roys Benehmen. Ich wäre den beiden am liebsten nachgelaufen und hätte ihn angeschrien: *Sie hat dich in eine Falle gelockt. Sie war nicht schwanger, als du sie geheiratet hast! Wie konntest du nur so dumm sein?*

Aber Julia legte eine Hand auf meinen Ellbogen und sagte: »Ich weiß nicht. Sie scheinen ganz gut zusammenzupassen. Und er ist tatsächlich *unwiderstehlich*.«

Ich versuchte zu lachen, merkte aber, dass ich den Tränen nahe war und nicht einmal lächeln konnte. Julia musste mir meinen Kummer angesehen haben, denn sie sagte: »Wollen wir bei mir was trinken? Wir können durch den Park gehen.«

Der Abend draußen war warm und still. Nach all dem Portwein schienen mich meine Beine beinahe mühelos den Berg hinunterzutragen, und als wir durch den mächtigen Portikus gingen, schob Julia ihren nackten Arm durch meinen. Ich roch die ungeheure Süße von Geißblatt und Orangenblüten, vermischt mit verfaultem Essen und Bier aus den Abfallbehältern des Parks. Wir gingen schweigend über das trockene Sommergras, blieben beim Rosengarten stehen. Im schwachen Schein einer der wenigen Parklampen leuchteten die Blumen im tiefsten Rot und mir fiel auf, dass es die Farbe innerer Organe war. Vielleicht wie meine inneren Organe. Geheimnisvoll und sich ständig verändernd. Julia nahm eine Blüte und sog den Duft ein. Ich sah, wie die Blütenblätter ihre blasse Haut berührten, ihre Lippen beinahe die Blume trafen.

»Julia«, sagte ich und trat nah an sie heran. »Ich weiß nicht, was ich wegen Tom machen soll.«

Wir sahen uns an. Julia schüttelte den Kopf und lachte schwach. »Er kennt dich auch nicht, was?«, sagte sie leise.

»Was du gesagt hast«, begann ich, »über Patrick ...« Aber weiter kam ich nicht und es entstand ein kurzes Schweigen.

»Wir müssen darüber nicht sprechen, wenn du nicht willst, Marion.«

»Was du gesagt hast«, begann ich noch einmal, schloss die Augen und holte tief Luft. »Es stimmt und ich glaube, Tom ist auch so.«

»Du musst es mir nicht sagen«, sagte sie.

»Sie sind in Venedig. Zusammen.«

»Das hast du gesagt.« Julia seufzte. »Männer haben so eine Freiheit. Sogar verheiratete.«

Ich starrte auf den Boden.

»Komm, wir setzen uns hin«, sagte sie und führte mich zu einem Stück schwarzen Rasens unter einer Weide. Ich weinte nicht, Patrick. Ich fühlte mich seltsam leicht. Dass ich es ausgesprochen hatte, hatte mich erleichtert. Und jetzt, da ich angefangen hatte zu reden, konnte ich nicht aufhören. Wir saßen im Gras und ich erzählte ihr alles – wie ich Tom getroffen hatte, wie er mir Schwimmen beigebracht hatte, der Antrag in deiner Wohnung, wie ich auf der Isle of Wight gesehen hatte, wie ihr beide euch angesehen habt. Sylvies Warnungen. Alles kam heraus. Nach der Hälfte meiner Geschichte legte Julia sich zurück und streckte die Arme über den Kopf und ich tat dasselbe, aber ich hörte immer noch nicht auf. Die Worte sprudelten in die Dunkelheit. Es tat so gut zu sprechen, alles nach oben schweben zu lassen in die Zweige der Bäume. Während ich sprach, blickte ich Julia nicht ein einziges Mal an, denn ich wusste, dann würde ich stocken oder lügen. Stattdessen blickte ich in das Mondlicht, das zwischen den Blättern schimmerte. Und ich redete weiter, bis alles gesagt war.

Als ich fertig war, sagte Julia lange nichts. Ich spürte ihre Schulter an meiner und wandte den Kopf, um sie anzusehen, hoffte auf eine Antwort. Ohne meinen Blick zu erwidern, legte sie eine Hand auf meine und sagte: »Arme Marion.«

Ich dachte daran, wie fest sie mich am Strand gehalten hatte, und wünschte, sie würde es wieder tun. Aber sie wiederholte nur: »Arme Marion.«

Dann setzte sie sich auf, sah mir direkt in die Augen und sagte: »Er wird sich nicht ändern, verstehst du.«

Ich starrte sie an, mit offenem Mund.

»Tut mir leid, dass ich dir das sagen muss, aber es ist das Beste, was ich tun kann.« Sie klang hart und klar.

Ich stützte mich auf die Ellbogen und protestierte, aber Julia unterbrach mich. »Hör mir zu, Marion. Ich weiß, dass er dich betrogen hat, und das ist schmerzlich, aber er wird sich nicht ändern.«

Ich konnte nicht glauben, dass sie so sachlich darüber sprach. Ich hatte ihr Dinge gesagt, die ich mir selbst kaum eingestand, geschweige denn jemand anders, und statt mich zu trösten, schien sie sich gegen mich zu wenden.

»Ich weiß, es ist schwer. Aber für euch beide ist es besser, wenn ihr es akzeptieren könnt.« Sie wandte den Blick ab in die Dunkelheit.

»Aber es ist sein Fehler!«, sagte ich, jetzt den Tränen nahe.

Julia lachte leise. »Vielleicht hätte er dich nicht heiraten sollen …«

»Nein«, sagte ich. »Natürlich hätte er das. Ich bin froh, dass er mich geheiratet hat. Er wollte es. Wir wollten es beide. Und er könnte sich ändern«, stieß ich hervor, »oder nicht? Mit mir an seiner Seite. Er könnte – Hilfe bekommen, oder nicht? Und ich kann ihm helfen …«

Julia stand auf und es war das erste Mal, dass ich ihre Hände zittern sah. Ganz leise sagte sie: »Bitte, sag so was nicht, Marion. Es ist einfach nicht wahr.«

Ich stellte mich ihr gegenüber. »Was weißt du schon darüber?«

Sie blickte auf den Boden. Aber ich war aufgebracht und wurde laut. »Er ist mein Mann! Ich bin seine Frau. Ich weiß, was wahr ist und was nicht.«

»Vielleicht weißt du es, aber –«

»All die … Lügen. Es ist nicht richtig, was er tut. Er ist derjenige, der im Unrecht ist.«

Julia holte tief Luft. »Wenn es so ist, dann tue ich auch Unrecht.«

»Du?«, fragte ich. »Was meinst du?«

Sie sagte nichts.

Sie seufzte schwer. »Großer Gott. Wusstest du das nicht?«

Ich konnte nicht sprechen. Ich wusste in dem Moment absolut nicht, was ich davon halten sollte.

»Wirklich, Marion. Du musst die Augen aufmachen. Du bist zu intelligent, um es nicht zu tun. Es ist eine Verschwendung.«

Und sie ging weg, die Arme eng am Körper, den Kopf gebeugt.

JULIA. ICH HABE IHR über die Jahre oft geschrieben, in der Hoffnung, dass sie mir verzeihen würde. Ich habe sie über alles, was ich tat, auf dem Laufenden gehalten – zumindest über das, von dem ich wusste, dass sie es gutheißen würde. Dass ich stellvertretende Schulleiterin von St. Luke wurde. Dass ich eine Anti-Atomkraft-Gruppe an der Schule ins Leben gerufen habe. Ich habe meine Ansichten über die Frauenbewegung mit ihr geteilt (ich habe zwar niemals an einem Marsch teilgenommen oder meinen BH verbrannt, aber ich habe einen Abendkurs über Feminismus und Literatur an der Universität von Sussex besucht und fand es hochinteressant). Ich habe in diesen Briefen niemals Tom oder dich erwähnt. Aber ich glaube, sie weiß, was geschehen ist. Ich glaube, sie weiß, was ich getan habe. Warum sonst sollten ihre Antworten so oberflächlich sein, selbst jetzt? Bei jedem Brief hoffe ich, dass sie etwas Persönliches offenbart oder der Humor aufblitzt, den ich so an ihr geliebt habe. Aber alles, was ich bekomme, ist ein knapper Bericht ihrer letzten Wanderungen und der Renovierungen an Haus und Garten und verständnisvolle, aber höfliche Erklärungen, wie sehr auch sie das Unterrichten vermisst.

Manchmal denke ich, wenn ich mutiger gewesen wäre, wäre Julia immer noch eine enge Freundin, und sie wäre hier und würde mir helfen, deine Pflege ordentlich zu bewältigen. Wie die Dinge liegen, ist es unmöglich für mich, dich auf den Nachtstuhl und wieder herunter zu heben, obwohl du jetzt bestimmt weniger wiegst als ich. Deine Arme sind so dünn wie die eines jungen Mädchens und deine Beine nur noch Knochen. Also riskiere ich nichts.

Jeden Morgen stehe ich um halb sechs auf, um deine wasserdichten Hosen und Inkontinenzeinlagen, die du immer trägst, zu wechseln. Schwester Pamela sagt, wir sollten das Tragen dieser schrecklichen Kleidungsstücke auf die Nachtzeit beschränken, aber sie weiß nicht, wie wenig Tom bereit ist zu helfen, und ich habe nicht die Absicht, es ihr zu sagen. In dem Fall würde sie Bedenken haben, dass unser Haus der geeignete Ort für deine Pflege ist. Ich bin zwar nicht stark genug, dich zu heben, Patrick, halte mich aber in anderer Hinsicht für geeignet. Obwohl ich schon die ersten Anzeichen von Altersschwäche haben könnte, funktioniert mein Körper noch ganz gut, wenn man bedenkt, dass ich in meinem ganzen Leben kein bisschen Sport getrieben habe. Ich vermute, die Schule hat mich einigermaßen beweglich gehalten. In letzter Zeit habe ich an merkwürdigen Stellen Schmerzen und Steifheit gespürt – an den Fingerknöcheln, in der Leistengegend, an den Außenseiten meiner Knöchel. Aber das kommt höchstwahrscheinlich von deiner Pflege. Das tägliche Wechseln der Laken, das Drehen deines Körpers, um dich zu waschen, das Strecken, um dir einen sauberen Pyjama anzuziehen oder dich zu füttern. All das fordert seinen Tribut.

Am Tisch am Fenster, auf dem schrecklichen Tischtuch von Toms Mutter, um halb fünf an einem Sonntagmorgen, die kreischenden Möwen draußen vorm Fenster, der Geruch von getrocknetem Schweiß und Alkohol auf meiner Haut, das Haus still, weil Tom nicht da war, Julias Worte im Kopf, schrieb ich einen Brief, steckte ihn in einen einfachen Umschlag, kritzelte die Adresse vorne darauf, klebte eine Briefmarke auf, ging zum Briefkasten an der Ecke und ließ ihn in den Schlitz fallen, bevor ich es mir anders überlegen konnte. Das Einwerfen schaffte irgendwie Klarheit. Ich hörte, wie der Brief sanft oben auf den anderen Briefen auftraf. Ich dachte nicht an die Folgen dessen, was ich geschrieben hatte. Über die Jahre habe ich mir gesagt, dass ich dich nur erschrecken wollte.

Ich dachte, dass du vielleicht eine Verwarnung von deinem Chef bekommen würdest; dass die Kinder nicht mehr zu dir kommen dürften; du schlimmstenfalls deinen Job verlieren würdest. Aber natürlich wusste ich von den Fällen sexueller Vergehen, die seit Jahren in den Zeitungen erschienen waren. Und ich wusste, dass die örtliche Polizei alles tat, um nach dem Korruptionsskandal Anfang des Jahres ihren angeschlagenen Ruf wiederherzustellen.

Aber ich war sehr, sehr müde und konnte an nichts anderes denken als den heißen Tee, den ich trinken würde, sobald ich nach Hause kam, und das weiche Bett, in dem ich mich zusammenrollen würde, bis Tom zurückkam.

Folgendes habe ich geschrieben, Patrick.

Mr Houghton
Direktor der Abteilung Westliche Kunst

Sehr geehrter Mr Houghton,

ich schreibe Ihnen, weil ich Sie dringend auf etwas aufmerksam machen muss.

Da ich höre, dass Mr Patrick Hazlewood, Kurator für westliche Kunst in Ihrem Museum, gegenwärtig in Ihren Räumlichkeiten Kunsterziehungs-Nachmittage für Schulkinder abhält, glaube ich, dass es für Sie von höchstem Interesse ist zu wissen, dass Mr Hazlewood homosexuell ist und sich grob unzüchtiger Handlungen mit anderen Männern schuldig gemacht hat.

Ich bin sicher, Sie teilen meine Sorge über diese Neuigkeiten und tun Ihr Bestes, um sowohl die Sicherheit der Kinder als auch den guten Ruf des Museums zu bewahren.

Hochachtungsvoll
Eine Freundin

IV

GEFÄNGNIS WORMWOOD SCRUBS, FEBRUAR 1959

MEINE FINGER SIND SO STEIF, dass ich den Füllfederhalter immer nur sekundenlang halten kann. Ein Wort, noch ein Wort, dann noch eines und noch eines. Und dann muss ich mich auf meine Hände setzen, um die Durchblutung wieder in Gang zu bringen. Selbst die Tinte könnte bald gefrieren. Ob die Federspitze dann bersten würde? Würde selbst mein Füllfederhalter an diesem Ort beschädigt werden?

Aber ich bringe Wörter auf Papier. Das ist etwas. Hier drinnen ist es schon fast alles.

Wo anfangen? Mit dem Klopfen des Polizisten an meine Tür um ein Uhr morgens? Der Nacht in den Zellen der Brightoner Polizeiwache? Wie Mrs Marion Burgess mich vor Gericht als »sehr fantasievollen« Mann beschreibt? Wie die Tür des Transporters zuschlägt, nachdem ich von der Anklagebank weggeführt wurde? Das Zuschlagen aller Türen seitdem?

Ich beginne mit Bert. Bert, dem ich es zu verdanken habe, schreiben zu können.

Alles, was er für mich verstecken soll, sagt Bert, kann er verstecken. Die Schließer werden nichts ahnen.

Woher weiß er, was ich will? Bert weiß alles. Es kann gut sein, dass seine petrolblauen Augen durch Wände sehen können. Er ist der am meisten gefürchtete und mächtigste Häftling in Block D und er hat verkündet, dass er mein Freund ist.

Weil Bert gerne einem »gebildeten Arsch« wie mir beim Reden zuhört.

Sobald ich wieder mit anderen verkehren durfte, machte sich Bert mit mir bekannt. Ich holte mir gerade die erbärmlichen Abfälle, die sie Lunch nennen (Kohl, gekocht, bis er glasig ist, Klumpen von unkenntlichem Fleisch), als jemand in der Schlange meinte, mich mit den Worten: »Los, mach schon, Schwuler«, vorwärtstreiben zu müssen. Nicht unbedingt die originellste Beleidigung. Ich wollte mich gerade ducken und genau das tun, was mir gesagt wurde. Auf diese Weise hatte ich die letzten drei Monate ohne allzu viel Ärger überstanden. Da tauchte Bert neben mir auf.

»Hör zu, Arschloch. Der Mann ist ein Freund von mir. Und Freunde von mir sind nicht schwul. Kapiert?«

Leise Stimme. Blasse Wangen.

Zum ersten Mal sah ich geradeaus, als ich zum Tisch ging. Ich folgte Bert, der den Wunsch klarmachte, ohne ein einziges Wort zu sagen oder eine Geste zu machen. Sobald wir uns mit unseren Tabletts hingesetzt hatten, nickte er mir zu. »Hab von deinem Fall gehört«, sagte er. »Teuflische Freiheit. Sie haben dich fertiggemacht, genau wie sie mich fertiggemacht haben.«

Ich widersprach ihm nicht. Vielleicht weil ich nicht herumstolziere, keinen »Puder« trage (Mehl aus der Küche) und »Nagellack« (Farbe, die sie in der Werkstunde mitgehen lassen), denkt Bert, ich sei normal. Viele der Schwulen hier sind sehr, sehr offen. Ich glaube, sie denken, sie können sich die Zeit hier ebenso gut auf bestmögliche Art vertreiben. Die grauen wollenen Capes, die für die Wintermonate an uns ausgegeben wurden – sie werden am Hals geschlossen und reichen rundherum bis zur Taille –, wirken ziemlich theatralisch, wenn man sie auf dem Hof über eine Schulter wirft. Warum also nicht alles aus ihnen herausholen? Ich bin selbst ein bisschen versucht. Sie sind weiß Gott das beste Teil der Gefängniskleidung. Aber alte Gewohnheiten, sagt man, sind hartnäckig. Und so fiel Bert, wenn schon niemand sonst, darauf herein. Und niemand widersprach Bert.

Ich hatte schon von ihm gehört, bevor er sich mir vorstellte. Er ist der Tabakbaron. Jeden Freitag macht er seine Geschäfte bei den Männern mit dem »Knaster«, den er mit hohem Gewinn bei ihnen absetzt. Er sieht nicht gut aus. Klein, rothaarig, in der Mitte füllig. Auf beiden Unterarmen Tätowierungen, von denen er sagt, dass es Jugendsünden seien, die er jetzt bereut. »Hab sie am Piccadilly bekommen«, sagte er, »nach meinem ersten richtigen Fischzug. Hatte da einen Riesen. Dachte, ich wäre der König oder so.«

Aber Bert hat angeborene Führereigenschaften. Die sanfte, leise Stimme. Ihm entgeht nichts. Wie er dasteht, als wäre er aus dem Boden gewachsen. Überzeugt davon, ein Existenzrecht zu haben wie jeder Baum. Wie er sich Menschen annimmt, die ihn brauchen, wie ich, und sie dann ausnutzt. Also. Bert hat zugestimmt, dieses Buch zu verstecken. Er hat mir gesagt, dass er nicht lesen kann. Und warum sollte er in dem Punkt lügen?

Alles, was ich dafür tun muss, sagt er, ist reden. Wie ein gebildeter Arsch sollte.

Ich habe viel über Rasierklingen nachgedacht. Und fingerlose Handschuhe. Ich stelle fest, dass diese beiden Dinge meine Gedanken voll und ganz beschäftigen können.

Fingerlose Handschuhe, weil meine Hände wegen der extremen Kälte um die Gelenke aufgesprungen und rot sind. Ich träume von dem Paar, das ich hatte, als ich in Oxford war. Dunkelgrün, gewalkte Wolle. Damals dachte ich, sie würden meine Hände wie die eines Arbeiters aussehen lassen. Jetzt weiß ich, welcher Luxus die Handschuhe waren.

Und Rasierklingen. Die, die sie hier jeden Morgen ausgeben, sind zu stumpf, um sich ordentlich zu rasieren. Zuerst hat mich das fast wahnsinnig gemacht. Das Jucken der Stoppeln war unerträglich und ich verbrachte fast den ganzen Tag damit, mein Gesicht zu kratzen oder es nicht zu kratzen. Ich sehnte mich nach meinem eigenen Rasierer. Stellte mir immer wieder vor, wie ich einfach bei Selfridges hineinspazierte und ihn kaufte, ohne zu überlegen.

Ich habe festgestellt, dass es ganz leicht ist, sich auf solche Kleinigkeiten zu konzentrieren. Besonders wenn jeder Tag gleich ist, abgesehen von ein paar Unterschieden beim Essen (am Freitag gibt es alten Fisch in dicker Kruste, sonntags zur Teezeit einen Klecks Marmelade zu unserem Brot) oder festen Gewohnheiten (Gottesdienst am Sonntag, Bad am Donnerstag). An größere Dinge zu denken ist Wahnsinn. Ein Stück Seife. Ein sauberer Nachttopf. Eine schärfere Rasierklinge als gestern. Diese Dinge bekommen große Bedeutung. Dadurch schaffe ich es, nicht den Verstand zu verlieren. Ich habe etwas anderes zum Nachdenken als Tom. Denn über meinen Polizisten nachzudenken wäre die Hölle. Ich tue alles, um solche Gedanken zu verdrängen.

Rasierklingen. Nachttöpfe. Marmeladenkleckse. Seife.

Und für die Fantasie: fingerlose Handschuhe.

Ich habe noch nie genau die Maße eines Raumes gewusst, bevor ich in diese Zelle kam. Vier Meter lang, zwei Meter siebzig breit, drei Meter hoch. Ich habe es mit Schritten ausgemessen. Die Wände sind bis zur halben Höhe langweilig cremefarben gestrichen, dann weiß gekalkt. Der Boden besteht aus geschrubbten blanken Dielen. Keine Heizung. Canvas-Bett mit zwei kratzigen grauen Decken. Und in der Ecke ein kleiner Tisch, an dem ich schreibe. Der Tisch ist mit Schriftzeichen bedeckt, die in seine ohnehin nicht besonders glatte Oberfläche geschnitzt sind. Viele davon sind Zeitangaben: »Noch neun Monate. 02.03.48«. Einige armselige Witze über die Schließer: »Hillsmann lutscht Schwanz.« Am meisten interessiert mich ein Wort und manchmal verbringe ich mehrere Minuten damit, einfach nur mit dem Daumen darüber zu reiben: das Wort »JOY«. Ich vermute, der Name einer Frau.

Aber das Wort hier auf dem Tisch zu finden ist so erstaunlich, dass es verlockend ist, es als kleine Botschaft der Hoffnung zu deuten.

Es gibt ein Fenster, hoch oben, bestehend aus zweiunddreißig (ich habe sie gezählt) schmutzigen Glasscheiben. Jeden Morgen wache ich auf, lange bevor die Riegel an der Tür geöffnet werden, und starre auf die undeutlichen Umrisse dieser Glasquadrate und versuche mir einzureden, dass heute vielleicht die Sonne durchkommt und einen Funken Licht auf den Boden der Zelle wirft. Aber das ist noch nicht geschehen. Und vielleicht ist es besser so.

Unmöglich, genau zu sagen, wie spät es ist, aber bald werden die Lichter ausgehen. Und dann wird das Schreien anfangen. »Mein Gott. Mein Gott.« Ruft der Mann jede Nacht, wieder und wieder. »Mein Gott. Mein Gott. Mein GOTT!« Als glaubte er, er könnte Gott wirklich hierherzitieren, wenn er nur laut genug schreien würde. Zuerst rechnete ich damit, dass ein anderer Häftling zurückschreien würde, ihn auffordern würde, den Mund zu halten. Da wusste ich noch nicht, dass kein anderer Häftling von dir verlangen wird, deinen Schmerz zu leugnen, sobald die Lichter aus sind. Stattdessen hören wir still zu oder rufen zurück, lassen unseren eigenen Schmerz heraus. Es bleibt den Schließern überlassen, an seine Tür zu schlagen und ihm mit Einzelhaft zu drohen.

Das Klopfen an der Tür. Viertel nach eins morgens. Ein lautes Klopfen. Ein Klopfen, das nicht aufhört, bevor es beantwortet wird. Das vielleicht auch dann nicht aufhört. Ein Klopfen, das alle Nachbarn informieren soll, dass jemand mitten in der Nacht gekommen ist, um dich zu holen, und nicht geht, bevor sie dich haben.

Klopf. Klopf. Klopf.

Ich musste das Klingeln unten überhört haben, während ich schlief, denn es war jemand draußen vor der Wohnungstür. Ich wusste, dass es nicht Tom sein konnte. Er hatte einen Schlüssel. Aber ich hatte keine Ahnung, dass es ein anderer Polizist sein würde.

Seine Hand war noch in der Luft, als ich öffnete, sein Gesicht unter dem Helm komisch klein und rot. In meinem schlaftrunkenen Zustand dachte ich, dass das vielleicht ein Scherz war. Es waren noch drei da. Zwei in Uniform wie der, der geklopft hatte. Einer in Zivilkleidung hielt sich im Hintergrund und spähte die Treppe hinunter. Ich sah noch einmal hin. Aber Toms Gesicht war nicht da.

»Patrick Francis Hazlewood?«

Ich nickte.

»Ich habe hier einen Haftbefehl für Sie wegen des Verdachts, Handlungen grober Unzucht mit Laurence Cedric Coleman begangen zu haben.«

»Wer?«

Der Rotgesichtige grinste höhnisch. »Das sagen sie alle.«

»Ist das eine Art Scherz?«

»Das sagen sie auch alle.«

»Wie sind Sie hier raufgekommen?«

Er lachte. »Sie haben sehr hilfsbereite Nachbarn, Mr Hazlewood.«

Als er den üblichen Text aufsagte – »alles, was Sie sagen, kann aufgenommen und gegen Sie verwendet werden usw.« –, konnte ich nichts denken. Ich starrte auf das tiefe Grübchen in seinem Kinn und versuchte zu begreifen, was gerade geschah. Dann war seine Hand auf meiner Schulter, und als ich den Handschuh des Polizisten spürte, begann in mein Gehirn zu sickern, was tatsächlich vor sich ging. Mein erster Gedanke war: Es ist eigentlich Tom. Sie wissen von mir und Tom. Etwas – ein Polizeikodex – hindert sie, seinen Namen zu sagen, aber sie wissen Bescheid. Warum sollten sie sonst hier sein?

Sie haben mir keine Handschellen angelegt. Ich ging ruhig mit, dachte, je weniger Theater ich machte, desto weniger schrecklich wird es vielleicht für ihn. Der rotgesichtige Mann, dessen Name Slater war, wie ich später erfuhr, sagte etwas von einem Durchsuchungsbeschluss; ich habe so ein Papier nicht gesehen, aber als Slater mich wegführte, stürzten sich die beiden anderen uniformierten Männer in meine Wohnung. Nein. Stürzten ist zu dramatisch. Sie schlüpften hinein, grinsend. Ich wusste, mein Tagebuch lag geöffnet auf dem Schreibtisch im Schlafzimmer. Sie würden nicht lange brauchen, um es zu finden.

Slater schien von der ganzen Sache ziemlich gelangweilt. Als wir in der grünen Minna durch die Stadt fuhren, begann er, mit seinem Kollegen in Zivil über einen anderen Fall zu schwatzen, in dem er dem Kriminellen »eins über den Schädel ziehen« musste. Sein Opfer hatte gerufen: »Genau wie meine Mutter, als ich ihr gesagt habe, dass ich Polizist werde.« Die beiden kicherten wie Schuljungen.

Als wir im Verhörraum waren, wurde klar, wer Laurence Coleman war. Ein unschmeichelhaftes Foto des Jungen wurde auf den Tisch geknallt. Ob ich den jungen Mann kannte. Ob ich, wie er ausgesagt hatte, »ihn vor den Toiletten in der Black Lion Street wie einen Homo angemacht« hätte. Ob ich Handlungen grober Unzucht in besagten öffentlichen Toiletten mit dem Mann begangen hätte.

Ich lachte fast vor Erleichterung. Es hatte nichts mit Tom zu tun, sondern mit dem dunkelhaarigen jungen Mann im Argyle.

Nein, sagte ich, hätte ich nicht.

Slater lächelte. »Es wäre besser für Sie«, sagte er, »wenn Sie die Wahrheit sagen und sich schuldig bekennen würden.«

Woran ich mich jetzt erinnere, sind die vielen Teeflecken auf dem abgenutzten Tisch und die Art, wie Slater an die Kante seines Stuhls griff und sich vorbeugte. »Ein Geständnis«, sagte er, »erspart häufig eine Menge Ärger. Ärger für Sie. Und Ärger für Ihre *Partner.*« Die Röte war aus seinem Gesicht gewichen und die Falten um seinen Mund waren im grellen Schein der Deckenbeleuchtung deutlich zu sehen. »Familie und Freunde werden in diesen Fällen oft verletzt.« Er schüttelte den Kopf. »Und es könnte alles so leicht vermieden werden. Bricht mir das Herz.«

Kalte Panik breitete sich plötzlich in meiner Brust aus. Vielleicht ging es eigentlich doch um Tom und Slater wollte auf diese Art einen Freund und Kollegen retten.

Ich sah ihm in die Augen. »Ich verstehe«, sagte ich. »Und wenn ich es mir jetzt recht überlege, habe ich den jungen Mann tatsächlich getroffen und wir haben auf dem Klo gefickt und beide unseren Spaß gehabt.«

Ein kurzes Lächeln huschte über Slaters Gesicht. »Das wird dem Gericht die Arbeit sehr erleichtern«, sagte er.

Heute Morgen um neun kam ein Wärter – Burkitt – in meine Zelle. Burkitt hat den Ruf, so etwas wie ein Sadist zu sein, aber ich hatte dafür noch keinen Beweis. Er ist ein dünner, großer Mann mit braunen Augen und kurz geschnittenem dichten Bart, der gut aussehen würde, wenn er nicht ein fliehendes Kinn hätte. Er sagte erst nichts. Stand nur vor mir und wickelte langsam einen Pfefferminzbonbon aus.

Dann: »Hazlewood. Komm, mach schon. Besuch beim Seelenklempner.«

»Seelenklempner?« Ich kenne die Gefängnissprache immer noch nicht ganz. Einiges ist beeindruckend fantasievoll, wenn nicht makaber. »Trockenes Bad« für eine Leibesvisitation scheint mir besonders passend.

Burkitt steckte sich den Pfefferminzbonbon in den Mund, stieß mich leicht an der Schulter und hielt es nicht für nötig, mich aufzuklären. Während wir gingen, blieb er dicht hinter mir und sagte: »Ihr Schwulen habt es bequem hier drinnen, was? Viel zu ficken.« Sein Mund war so nah an meinem Ohr, dass ich den süßen Pfefferminzgeruch seines Atems riechen konnte. Ach so, dachte ich, daher kommt sein Ruf: Er weiß, dass wir vom Gefängnistabak einen Geschmack und ein Gefühl im Mund haben wie das Hinterteil eines rauhaarigen Hundes, und deshalb quält er uns mit der Pfefferminzfrische.

Wir verließen Block D, gingen einen langen Korridor entlang, durch mehrere verschlossene Türen, hinaus auf den Hof, durch ein verschlossenes Tor und an einen unglaublichen Ort: den Krankenhausflügel. Ich hatte Gerüchte über die Existenz dieses sauberen neuen Gebäudes gehört und kannte Männer, die für einen kurzen Aufenthalt dort alles versucht haben – einschließlich ihre eigenen Arme in der Küche mit heißem Öl zu verbrennen.

Sobald wir in die weißen Wände hineingingen, schlug mir der Geruch von frischem Putz entgegen. Nach dem Gestank von gekochtem Kohl und altem Schweiß Hunderter verängstigter, ungewaschener Männer, der im Gefängnis herrschte, trieb mir dieser neue Geruch Tränen in die Augen. Es roch fast wie Brot. Ich fragte mich kurz, wie eine frisch verputzte Wand wohl schmecken würde, wenn ich daran leckte. Außerdem war alles heller. Den ganzen Korridor entlang waren große Fenster, sodass alles lichtdurchflutet war.

Burkitt stieß einen Finger zwischen meine Schulterblätter. »Nach oben.«

Oben an der Treppe war eine Tür mit der Aufschrift DR. R. A. RUSSELL in moderner silberner Schrift. Burkitt wickelte noch einen Pfefferminzbonbon aus und begann zu lutschen, starrte mich dabei die ganze Zeit an. Dann klopfte er an die Tür.

»Herein.«

Ein Feuer prasselte im Kamin. Unter meinen Füßen war ein neuer Teppich. Obwohl es ein dünnes, synthetisches abscheuliches Ding war – farbige Würfel auf königsblauem Untergrund –, war das Gefühl unter meinen Stiefeln wunderbar. Als ich da stand, kam es mir plötzlich vor, als würde ich vom Boden abheben.

Hinter einem Schreibtisch stand ein Mann auf. »Patrick Hazlewood?«

»Ja.«

»Ich bin Dr. Russell.«

Er konnte nicht älter als achtundzwanzig sein. Grübchen an den fleischigen Wangen. Trug einen eckigen Blazer, offen. Um die füllige Mitte ein ganz neu aussehender Gürtel, der ins Fleisch schnitt. Er sah überhaupt nicht bedrohlich aus, aber ich hatte immer noch keine Ahnung, zu welcher Art von Behandlung ich geschickt worden war.

»Danke, Burkitt«, sagte er und strahlte den missmutig dreinblickenden Schließer an.

»Bin schon draußen«, sagte Burkitt und schlug die Tür zu.

Russell sah mich an. »Setzen Sie sich.«

Dieser Befehl kam unerwartet. Wahrscheinlich verleitet durch den Teppich, das Kaminfeuer und Russells Schuljungenwangen hatte ich beinahe das Wort »bitte« erwartet.

Er selbst setzte sich in den ledernen Bürosessel und nahm einen Füllfederhalter. Trotz der Bequemlichkeiten, die das Zimmer bot, war meine Sitzgelegenheit der übliche Holzstuhl. Er musste gesehen haben, dass ich enttäuscht darauf blickte, denn er sagte: »Darum kümmere ich mich gerade. Lächerlich, von jemandem zu erwarten, dass er frei spricht, wenn er auf einem Schulstuhl hockt. Niemand erzählt Lehrern Geheimnisse, was?«

Natürlich, dachte ich. Er ist der Psychiater. Ich entspannte mich ein bisschen. Ich habe nie geglaubt, dass sie irgendein »Heilverfahren« anzubieten haben, aber ich bin immer neugierig gewesen, wie es sein würde, einen aufzusuchen.

»Also. Wir fangen damit an, dass Sie mir erzählen, wie es Ihnen im Augenblick geht.«

Ich sagte nichts. Ich war versunken in den Druck, der über seinem Schreibtisch hing: Matisse' »La Danse«, das erste Stück Kunst, das ich seit drei Monaten gesehen hatte. Die leuchtenden Farben erschienen in all ihrer Schönheit fast obszön.

Russell folgte meinem Blick. »Schön, was?«, fragte er.

Ich konnte eine volle Minute nicht sprechen. Er wartete, drehte seinen Füller wieder und wieder. Dann platzte ich heraus: »Haben Sie es, um Ihre Patienten zu quälen, damit Sie ein Geständnis ablegen?«

Er schnipste einen eingebildeten Fussel von seinem Knie. »Für Geständnisse bin ich nicht zuständig. Dafür gibt es einen Priester, der sie am Sonntag gerne hört. Glauben Sie?«

»Nicht an einen Gott, der so viele verdammt.«

»So viele – wie Sie?«

»Alle möglichen.«

Es herrschte eine Weile Schweigen.

»Es interessiert mich, warum Sie das Bild quälend finden.«

»Ich hätte gedacht, das ist ziemlich offensichtlich.«

Russell hob die Augenbrauen. Wartete.

»Es erinnert an Schönheit. An das, was außerhalb dieser Wände ist.«

Er nickte. »Sie haben recht. Aber manche entdecken Schönheit, egal, wo sie sind.«

»Hier gibt es nicht viel davon.«

Wieder eine lange Pause. Er tippte dreimal mit dem Füller auf sein Notizbuch und lächelte, ganz plötzlich. »Wollen Sie geheilt werden?«, fragte er.

Ich hätte fast gelacht. Beherrschte mich, als ich die Eindringlichkeit von Russells ernstem Blick spürte.

Die Frage war leicht zu beantworten. Wollte ich mehr Zeit hier oben, in diesem hellen, warmen Zimmer verbringen und mit Russell am Kaminfeuer plaudern? Oder wollte ich zurück in meine Zelle?

»Ja«, sagte ich. »Oh ja.«

Wir würden uns einmal die Woche treffen.

Ich sage, dass ich alles Mögliche tue, um nicht an Tom zu denken, aber natürlich denke ich meistens an Tom. Und es ist die Hölle. Und je mehr ich an ihn denke, desto weniger finde ich Gründe, warum wir nicht zusammen sein könnten. Je mehr ich an ihn denke, desto weniger erinnere ich mich an etwas, das falsch war oder schwierig. Alles, woran ich mich erinnere, ist, wie süß er war. Und das ist am schwersten zu ertragen. Trotzdem kehren meine Gedanken immer wieder dahin zurück. Kehren zurück nach Venedig. Besonders zu der Fahrt mit dem Wassertaxi mitten in der Nacht über die Lagune in die Stadt. Wir stiegen in die glänzende Kabine aus Holz, saßen zusammen hinten im Boot und unser Kapitän schloss die Luke, damit wir für uns waren. Dann rasten wir über die Wellen, so schnell, dass wir nicht aufhören konnten, über die Kühnheit zu lachen, mit diesem kleinen Boot so übers schwarze Wasser zu fahren. Zoom, sausten wir dahin. Zoom. Unsere Oberschenkel berührten sich. Unsere Körper wurden durch die Geschwindigkeit zurückgedrückt. Und dann verlangsamte das Boot plötzlich das Tempo und Venedig tauchte draußen vor dem winzigen Fenster in seiner ganzen Schönheit auf. Tom hielt die Luft an und ich musste über sein Staunen lächeln. Für mich war das Erstaunlichste, dass er in der kleinen Kabine, die für die Zeit der Überfahrt zu unserem Hotel uns allein gehörte, seine Hand auf meine legte.

Wie die meisten, die das erlebt haben, dachte ich tatsächlich die ganze Zeit von der Verhaftung und dem Gerichtsverfahren bis zu den ersten paar Tage hier drinnen, dass jemand auftauchen und erklären würde, dass es sich um einen schrecklichen Irrtum gehandelt hätte, und mich im Namen aller Beteiligten um Entschuldigung bitten würde. Alle Türen, die hinter mir zugeschlagen waren, würden sich wieder öffnen und ich würde durch sie hindurchgehen, hinaus in die klare Luft, weg von dem seltsamen Theaterstück, das jetzt mein Leben war.

Aber nach dreizehn Wochen hier drinnen habe ich mich wie die meisten anderen an den Ablauf gewöhnt. Und ich befolge ihn mit demselben teilnahmslosen, ergebenen Blick. Sechs Uhr dreißig morgens. Die Sirene signalisiert, dass es Zeit zum Aufstehen ist. Sieben Uhr. Toilettentopf ausleeren, aufpassen, dass man seinen Nachttopf mit größtmöglicher Lässigkeit trägt. Kaltes Wasser holen und mit zugeteilter stumpfer Klinge rasieren. Seitdem ich Umgang mit anderen haben darf, kann ich mit den anderen Männern draußen essen, statt alle Mahlzeiten allein in meiner Zelle einzunehmen. Aber es ist derselbe Abwaschwasser-Tee, altes Brot, eine Spur Margarine und – fast schmackhaft – eine Schüssel Porridge. Vielleicht ist Porridge ohnehin so scheußlich, dass man ihn kaum schlimmer machen kann. Dann Arbeit in der Bibliothek. Weil ich dort bin, komme ich an Hefte und Schreiber, aber das Wort »Bibliothek« ist dafür ein Witz – die Bücher sind alle schmutzig (in strikt wörtlichem Sinn) und veraltet. Es ist unmöglich für einen Häftling, irgendetwas zu bekommen, das er tatsächlich lesen will, außer den wenigen Taschenbuch-Western, die auf jedem Flur ausliegen. Die Bibliothek ist düster, aber zumindest ist es dort etwas wärmer als im Rest des Gefängnisses. Ein Heizkörper funktioniert. Der diensthabende Wärter – O'Brien – muss schon kurz vor der Pensionierung stehen und verbringt die meiste Zeit des Tages damit, in der Ecke zu sitzen, »Ruhe« zu bellen und jede Bitte zurückzuweisen. Aber er ist ziemlich taub und der Lärm muss schon eine bestimmte Lautstärke erreichen, bevor er bellt. Deshalb können die Männer sich ziemlich frei miteinander unterhalten, solange sie dabei leise sprechen.

Ein großer Teil der Arbeit besteht darin, die Lieferungen öffentlicher Büchereien zu bearbeiten. Wir bekommen immer den absoluten Bodensatz. In der gestrigen Lieferung zum Beispiel: ein Handbuch zur Wartung von Norton-Motorrädern aus den 1930ern, eine Geschichte des Dorfes Ripe, ein Buch über das Münzwesen des Nahen Ostens, ein anderes über die Kleidung der Menschen in Lettland – und der einzige ein kleines bisschen interessante Band in der ganzen Menge: eine Biografie über Wilhelm von Oranien, geschrieben 1905.

Mit mir in der Bibliothek ist Davies, ein großer, ruhiger Mann mit grauen Augen, der anscheinend wegen schwerer Körperverletzung an seiner Ehefrau hier ist. Unmöglich, sich jemanden vorzustellen, dem man so ein Verbrechen weniger zutrauen würde. Aber man lernt, einen Mann nicht zu genau danach zu fragen, wofür er verurteilt wurde. Außerdem ist Mowatt mit mir da, ein blonder, junger Mann, übersät mit Sommersprossen. Hat die Angewohnheit, sich bei der Arbeit die Lippen zu lecken. Mowatt war im Erziehungsheim wie so viele hier. Redet viel über seinen nächsten großen Einbruch, den er ein Kinderspiel nennt. Er geht, als wären seine Füße zu groß, hebt sie hoch und setzt sie so vorsichtig wieder ab, dass man ihm einen Arm anbieten möchte.

Gestern sagte Mowatt nichts, als wir unsere Bücherlieferung durchsahen. Zuerst war ich froh, von seinen üblichen Fantasien verschont zu bleiben. Wie er nach seiner Entlassung »mit der tollen Tussi zusammen sein« würde, die auf ihn wartete, und Tonnen von Geld, die er »in Spanien für ein neues Leben gebunkert« hatte, verjubeln würde. Aber später merkte ich, dass seine Hände an den Buchrücken mehr als sonst zitterten und dass er ging, als wären seine Füße nicht nur zu groß, sondern auch unglaublich schwer. Schließlich brachte Davies Licht in die Sache. »Familienbesuch«, flüsterte er. »Morgen. Er hat genug gespart für ein bisschen Haaröl, aber er macht sich Sorgen wegen seiner Stiefel, wie die aussehen. Ich hab's ihm gesagt. Meine kriegt er nicht. Die krieg ich nie wieder.«

Also zog ich heute Morgen, als wir nebeneinander am Tisch in der Bibliothek saßen, meine Stiefel aus, die ich nicht zugemacht hatte, und stieß sie in Mowatts Richtung. Keine Reaktion. Also schob ich ein veraltetes Theologiebuch zu ihm, stieß ihn dabei absichtlich mit einer Ecke in die Rippen. »He!«, entfuhr es ihm, sodass O'Brien aufsah. Aber ich legte meine Hand auf seine, ganz behutsam, um ihn zum Schweigen zu bringen, und der taube alte Schließer zog es vor, uns nicht zu beachten.

Mowatt sah auf meine Hände, einen Moment sprachlos. Ich wies unter den Tisch und suchte mit dem Fuß nach seinem Stiefel. Gleich darauf verstand er, worum es ging. Er sah mich mit solcher Wärme in den Augen an, dass ich beinahe lachte. Beinahe hätte ich den Mund geöffnet und in dem stinkenden, kalten Raum zwischen den nutzlosen, vergessenen Büchern gebrüllt vor Lachen.

Wieder ein Besuch in Russells warmem Heiligtum.

»Warum beginnen wir nicht damit, dass Sie mir etwas über Ihre Kindheit erzählen?«

»Ich dachte nicht, dass Psychiater das wirklich fragen würden.«

»Fangen Sie an, wo Sie wollen.«

Mein erster Impuls war, mir etwas auszudenken. *Im Alter von neun wurde ich von meinem russischen Onkel über dem Schaukelpferd brutal missbraucht, und seitdem fühle ich mich zu anderen Männern hingezogen, Doktor. Oder: Meine Mutter zog mir geblümte Kittel an und legte Rouge auf meine Wangen auf, als ich fünf war, und seitdem habe ich das Bedürfnis, einen starken Mann in mein Bett zu bekommen, Doktor.* Aber stattdessen erzählte ich ihm so etwas wie die Wahrheit: dass ich eine glückliche Kindheit hatte. Keine

Brüder oder Schwestern, die mich von meinem hohen Ross herunterholten. Ich spielte viele idyllische Stunden lang im Garten (mit einer Matrosenpuppe namens Hops, aber nichtsdestoweniger draußen). Mein Vater war meistens nicht da, wie viele Väter, aber nicht übermäßig geheimnisvoll oder verletzend trotz seiner späteren Affären. Mutter und ich kamen immer gut miteinander aus. Immer wenn ich von der Schule zu Hause war, hatten wir Spaß miteinander, fuhren in die Stadt ins Theater, Museen und Cafés … Die Erinnerung ging mit mir durch und ich erzählte ihm von dem einen Mal bei Fortnums, als ein Fremder am nächsten Tisch versucht hatte, meiner Mutter ein Glas Champagner auszugeben. Sie lächelte und lehnte das Angebot entschieden ab. Ich war so enttäuscht gewesen. Der Mann trug eine blaue Seidenkrawatte, hatte wunderbar gewelltes blondes Haar und einen Saphirring am Zeigefinger. Für mich hatte er ausgesehen, als würde er alle Geheimnisse dieser Welt kennen. Als wir hinausgingen, hatte meine Mutter eine hitzige Bemerkung über seine Unverschämtheit gemacht, aber an dem Nachmittag strahlte ihr ganzes Wesen auf eine Art, wie ich es nie zuvor erlebt hatte. Sie bewegte sich leichter, lachte über meine dummen Witze und kaufte alle möglichen Sachen, die nicht auf unserer Liste standen: sich selbst einen neuen Schal, ein ledergebundenes Notizbuch für mich. Noch immer denke ich manchmal an den Mann, erinnere mich daran, wie er in kleinen Schlucken seinen Kaffee trank und mit den Schultern zuckte, als Mutter ablehnte. Ich hatte gehofft, er würde weinen oder wütend werden, aber er stellte nur seine Tasse hin, senkte den Kopf und sagte: »Wie schade.«

»Unsere Zeit ist fast um«, sagte Russell.

Ich wartete auf seinen Kommentar, dass ich mich in die Lage meiner Mutter versetzt hätte und das höchst ungesund wäre und es kein *Wunder* wäre, dass ich wegen grober Unzucht im Gefängnis wäre. Aber es kam keiner.

»Bevor Sie gehen«, sagte er, »möchte ich, dass Sie wissen, dass Sie sich ändern könnten. Aber die Frage ist: Wollen Sie das wirklich?«

»Ich habe es Ihnen letzte Woche gesagt. Ich möchte geheilt werden.«

»Ich bin mir nicht sicher, ob ich Ihnen glaube.«

Ich sagte nichts.

Er atmete lange aus. »Sehen Sie. Ich will ehrlich mit Ihnen sein. Eine Therapie kann manchen Menschen helfen, bestimmte … Vorlieben zu überwinden, aber es ist sehr harte Arbeit und dauert lange.«

»Wie lange?«

»Wahrscheinlich Jahre.«

»Ich habe nur noch sechs Monate.«

Er lachte beschämt. »Ich persönlich«, sagte er, beugte sich vor und senkte die Stimme, »finde das Gesetz lächerlich. Was zwei Erwachsene privat anstellen, ist ihre Sache.« Er sah mich ernst an, die Wangen mit den Grübchen glühten. »Also, was ich sagen will, ist, wenn Sie sich ändern wollen, könnte eine Therapie Ihnen helfen. Aber wenn nicht …«, er hielt die Handflächen nach oben und lächelte, »dann ist es wirklich nicht die Mühe wert.«

Ich streckte die Hand aus, die er ergriff, und dankte ihm für seine Ehrlichkeit.

»Also keine Kamingespräche mehr«, sagte ich.

»Keine Kamingespräche mehr.«

»Das ist sehr schade.«

Burkitt brachte mich zurück in meine Zelle.

Ich versuche, das Bild »La Danse« im Kopf zu behalten.

Ich glaube nicht, dass ein Mann von Russells Integrität hier lange bleiben wird.

In Venedig verbrachten wir den Morgen im Bett, aßen ausgiebig Lunch auf der Hotelterrasse und liefen dann durch die Stadt.

Köstliche Freiheit. Niemand blickte uns von der Seite an, selbst wenn ich Toms Arm nahm und ihn durch die Touristenmenge auf der Rialtobrücke führte. Einen Nachmittag traten wir aus der Sommerhitze in die süße Kühle der Kirche Santa Maria dei Miracoli. Mir haben die blassen Farben der Kirche immer gefallen. Mit den pastellgrau, rosa und weißen Marmorwänden und -fußböden sieht die Miracoli aus wie aus Zucker. Wir saßen zusammen auf der vorderen Bank. Vollkommen allein. Und wir küssten uns. Ich blickte zum Altar mit dem Bild der wundertätigen Jungfrau – von der es heißt, sie hätte einen Ertrunkenen ins Leben zurückgeholt – und ich sagte: »Wir sollten hier leben.« Nach nur zwei Tagen in Venedig mit seinen Möglichkeiten sagte ich: »Wir sollten hier leben.« Und Toms Antwort war: »Wir sollten zum Mond fliegen.« Aber er lächelte dabei.

Alle zwei Wochen darf ich einen Brief empfangen und einen beantworten. Bis jetzt waren die meisten von Mutter. Sie sind getippt, daher weiß ich, dass sie sie Nina diktiert hat. Sie schreibt nichts über ihren Gesundheitszustand, quasselt nur über das Wetter, die Nachbarn, was Nina zum Abendessen gekocht hat. Aber heute Morgen war da einer von Marion Burgess. Ein kurzer förmlicher Brief mit der Bitte um eine Besuchserlaubnis. Zuerst war ich entschlossen abzulehnen. Warum sollte ich ausgerechnet sie sehen wollen? Aber dann überlegte ich es mir anders. Die Frau war die einzige Verbindung zu Tom, an dessen absolutes Schweigen ich kaum denken konnte. Seit meiner Verhaftung hatte ich nicht ein Wort von ihm gehört. Zuerst hatte ich beinahe gehofft, er würde hier in Scrubs auftauchen, um seine Strafe abzusitzen, nur damit ich ihn wiedersehen konnte.

Wenn sie kommt, kommt er vielleicht auch. Oder vielleicht überbringt sie eine Nachricht von ihm.

Der Gerichtssaal war klein und stickig, ohne die Schnörkel, die ich erwartet hatte. Mehr wie eine Aula als ein ehrwürdiges Gericht. Die Verhandlung wurde damit eröffnet, dass die Zuschauer auf der Besuchertribüne gewarnt wurden, dass das Prozessmaterial zum Teil anstößig für Damen wäre, die vielleicht lieber gehen wollten. Jede machte sofort einen Satz zur Tür. Nur eine blickte leicht beschämt. Der Rest errötete bis zum Haaransatz.

Als der Ankläger, Jones – Labradoraugen, aber die Stimme einer Bichon-Frisé-Hündin –, die Anklage gegen mich vortrug, stand Coleman zitternd im Zeugenstand und sah mich nicht ein einziges Mal an. In dem blauen Flanellanzug sah er älter aus als bei unserer letzten Begegnung. Als er ins Kreuzverhör genommen wurde, wurde – mir zumindest – klar, dass er etwas behauptete, um sich aus Schwierigkeiten herauszumanövrieren. Er gab zu, an einem kleinen Diebstahl beteiligt gewesen zu sein. Aber selbst diese Erkenntnis weckte mich nicht aus meiner Benommenheit. Alle im Gerichtssaal schienen nur der Form halber zu verhandeln. Die Polizisten gähnten gelegentlich, der Richter sah ungerührt zu und mit mir war es nicht anders. Ich stand im Angeklagtenstand und war mir die ganze Zeit der Anwesenheit des uniformierten Mannes bewusst, der hinter mir saß und geistesabwesend an seinen Fingernägeln kaute. Ich ertappte mich dabei, dass ich mehr auf das Geräusch des Speichels in seinem Mund achtete, während er sie herunternagte, als auf den Fortgang des Gerichtsverfahrens. Immer wieder sagte ich mir: In wenigen Augenblicken werde ich das Urteil bekommen. Wird über meine Zukunft entschieden. Aber irgendwie konnte ich nicht begreifen, was mit mir geschah.

Dann wurde alles anders. Mein Verteidiger, der liebenswürdige, aber unfähige Mr Thompson, begann mit seiner Verteidigung. Und er rief Marion Burgess.

Ich war darauf vorbereitet. Thompson hatte mich gefragt, wen ich als Leumundszeugen empfehlen würde. Er hatte mich früh darauf hingewiesen, dass auf meiner Liste niemand stand, der sowohl weiblich als auch verheiratet war. »Kennen Sie keine richtig langweiligen Damen?«, fragte er. »Bibliothekarinnen? Oberinnen? Lehrerinnen?«

Mir blieb nichts anderes übrig, als Marion zu nehmen. Und ich rechnete nicht damit, dass sie riskieren würde, mich zu denunzieren, weil es ihrem Mann schaden würde und in der Folge auch ihr selbst, selbst wenn sie die Wahrheit über meine Beziehung zu Tom kannte. Er hatte mir immer versichert, dass sie nichts wüsste, aber nach meiner Einschätzung war sie zu schlau, um so lange nichts zu bemerken.

Sie trug ein blassgrünes Kleid, das ihr zu weit war. Sie hatte abgenommen, seitdem ich sie das letzte Mal gesehen hatte, was ihre Größe betonte. Ihre roten Haare waren in eine starre Form gebracht. Sie stand ganz gerade und umklammerte ein Paar weiße Handschuhe, als sie sprach. Ich konnte sie kaum verstehen, als sie die üblichen formalen Aussagen machte – den Eid ablegte, ihren Namen, ihren Beruf nannte. Dann wurde sie gefragt, in welcher Eigenschaft sie den Beschuldigten kannte.

»Mr Hazlewood war so freundlich, meine Schüler zu einem Kunsterziehungs-Nachmittag ins Museum einzuladen«, sagte sie aus. Und plötzlich war es nicht mehr ihre eigene Stimme. Vermutlich hatte das Unterrichten längst die Kanten ihres Brightoner Akzents abgeschliffen – der nicht annähernd so ausgeprägt ist wie Toms –, aber in dem Zeugenstand klang sie, als wäre sie in Roedean zur Schule gegangen.

Sie bestätigte, dass ich meine Pflichten gewissenhaft erfüllt hätte, sie würde nicht zögern, mich wieder zu besuchen. Ich wäre absolut nicht die Art Mann, die man normalerweise bei Handlungen grober Unzucht auf einer öffentlichen Toilette erwischen könnte. Dann stand der Ankläger auf und fragte Mrs Burgess, ob sie den Angeklagten noch anders als beruflich kannte.

Ein Anflug von Besorgnis huschte über ihr sommersprossiges Gesicht. Sie sagte nichts. Ich wollte sie dazu zu bringen, mich anzusehen. Wenn sie mich nur ansehen würde, könnte ich sie vielleicht mit meinem Blick zum Schweigen bringen.

»Stimmt es nicht«, fuhr Jones fort, »dass der Angeklagte ein enger Freund Ihres Mannes, Constable Thomas Burgess, ist?«

Die Erwähnung seines Namens nahm mir den Atem. Aber ich wandte den Blick nicht von Marion.

»Ja.«

»Sprechen Sie lauter, damit das Gericht Sie hören kann.«

»Ja. Das ist er.«

»Wie würden Sie ihre Beziehung beschreiben?«

»Wie Sie gesagt haben. Sie sind gute Freunde.«

»Dann kennen Sie Mr Hazlewood also persönlich?«

»Ja.«

»Und Sie sagen trotzdem, er ist kein Mann, der das Verbrechen begehen würde, dessen er angeklagt ist?«

»Natürlich nicht.« Sie sah auf Jones' Schulter, als sie ihm antwortete.

»Und Sie haben diesem Mann vollkommen vertraut, was Ihre Schüler angeht?«

»Vollkommen.«

»Mrs Burgess, ich würde Ihnen gerne einen Auszug aus Patrick Hazlewoods Tagebuch vorlesen.«

Thompson erhob Einspruch, aber er wurde zurückgewiesen.

»Ich fürchte, einiges davon ist ziemlich schockierend. Es datiert auf Oktober 1957.« Jones nahm sich viel Zeit, um seine Brille auf der Nase zurechtzurücken, räusperte sich dann und begann, mit einer Hand in der Luft herumschwenkend, während er las. »›Und dann: die unverwechselbare Form seiner Schultern. Mein Polizist stand da, den Kopf zur Seite gelegt, und betrachtete einen eher mittelmäßigen Sisley … Außerordentlich lebendig, und wirklich hier, im Museum. Ich hatte ihn mir die letzten Tage so oft vorgestellt, dass ich mir ungläubig die Augen rieb, wie es Mädchen in Filmen tun, die etwas nicht fassen können.‹« Eine kurze Pause. »Mrs Burgess, wer ist ›mein Polizist‹?«

Marion reckte sich, sodass sie noch größer wirkte, und streckte das Kinn heraus. »Ich habe keine Ahnung.«

Sie klang ziemlich überzeugend. Überzeugender, als ich unter den Umständen geklungen hätte.

»Vielleicht wird Ihnen ein weiterer Auszug helfen, sich zu erinnern. Diesmal datiert auf Dezember 1957.« Wieder die Räuspern-und-Brille-auf-die-Nase-schieben-Vorstellung. Dann: »›Wir haben uns einige Male um die Mittagszeit getroffen, wenn er länger Pause machen konnte. Aber er hat die Lehrerin nicht vergessen. Und gestern hat er sie zum ersten Mal mitgebracht … Sie passen so offensichtlich nicht zusammen, dass ich lächeln musste, als ich sie zusammen sah.‹«

Ich zuckte zusammen.

»›Sie ist fast so groß wie er und versucht nicht, es zu kaschieren (trägt Absätze), und sie sieht nicht annähernd so gut aus wie er. Aber es ist klar, dass ich so denke.‹«

Jones machte eine lange Pause.

»Mrs Burgess, wer ist ›die Lehrerin‹?«

Sie gab keine Antwort. Sie stand immer noch groß und aufrecht da und sah auf seine Schulter. Die Wangen rot. Ziemlich oft blinzelnd.

Jones wandte sich an die Geschworenen. »Dieses Tagebuch enthält noch viele weitere intime Einzelheiten über Patrick Hazlewoods Beziehung zu ›seinem‹ Polizisten, eine Beziehung, die nur als zutiefst pervers bezeichnet werden kann. Aber ich erspare dem Gericht jede weitere Darstellung solcher Verderbtheit.« Er wandte sich wieder an Marion. »Über wen, glauben Sie, schreibt der Angeklagte, Mrs Burgess?«

»Ich weiß es nicht.« Beißt sich auf die Lippen. »Vielleicht ist es bloß eine Fantasie.«

»Furchtbar viele Einzelheiten für eine Fantasie.«

»Mr Hazlewood ist ein fantasievoller Mann.«

»Warum, frage ich mich, sollte er sich ausdenken, dass sein Geliebter mit einer Lehrerin verlobt ist?«

Keine Antwort.

»Mrs Burgess, ich möchte Sie nicht in Verlegenheit bringen, aber ich muss Ihnen sagen, dass Patrick Hazlewood eine unzüchtige Beziehung zu Ihrem Mann hatte.«

Sie senkte die Augen und sprach sehr leise. »Nein«, sagte sie.

»Bestreiten Sie, dass der Angeklagte ein Homosexueller ist?«

»Ich – weiß nicht.«

Sie stand immer noch aufrecht. Aber ich sah, dass ihre Handschuhe zitterten. Ich dachte daran, wie sie an dem Tag, an dem wir uns kennengelernt hatten, mit Tom die North Street hinuntergegangen war. Mit jedem Schritt strahlte sie mehr Stolz und Zuversicht aus. Und ich wollte ihr diese Eigenschaften zurückgeben. Ihren Mann konnte sie nicht haben und ich war froh darüber. Aber ich wollte sie nicht in diesem Zustand sehen.

Aber Jones, die Bichon-Frisé-Hündin, ließ nicht locker. »Ich muss Sie noch einmal fragen, Mrs Burgess. Ist Patrick Hazlewood ein Mann, der sich grob unzüchtig verhalten würde?«

Schweigen.

»Bitte beantworten Sie die Frage, Mrs Burgess«, unterbrach der Richter.

Es herrschte lange Stille, bevor sie mich direkt ansah und sagte: »Nein.«

»Keine weiteren Fragen«, sagte Jones.

Aber Marion sprach weiter. »Er konnte sehr gut mit den Kindern umgehen. Er war sogar wunderbar mit ihnen.«

Ich nickte ihr zu. Sie nickte kaum merklich zurück.

Es war eine kurze, unsentimentale und völlig zivilisierte Verständigung.

Danach konnte ich nur noch daran denken, was mit Tom passieren würde. Was werden sie jetzt mit ihm machen? Und wie kann er mir jemals meine Dummheit verzeihen?

Aber mein Polizist wurde nicht noch einmal erwähnt, trotzdem lag mir sein Name für den Rest der Verhandlung und von diesem Tag an auf der Zunge.

An unserem letzten Tag in Venedig fuhren wir zu der winzigen Insel Torcello, um uns Mosaiken anzusehen. Tom war still auf dem Boot, aber ich vermutete, dass er wie ich in den Anblick der Stadt versunken war, die hinter uns verschwand. In Venedig weiß man nie, was Wirklichkeit und was Spiegelbild ist, und vom hinteren Ende eines Vaporettos aus gesehen, erscheint die ganze Stadt wie eine entfernt im Nebel treibende Fata Morgana. Nach dem ständigen Glockenläuten, Geklapper von Kaffeetassen und Geplapper von Reiseführern, kurz nach San Marco, war die Stille von Torcello ein Schock. Keiner von uns sagte etwas, als wir die Basilika betraten. Ich fragte mich, ob ich es mit dem Kulturprogramm übertrieben hatte. Vielleicht hätte Tom den Nachmittag lieber damit verbracht, in Harrys Bar Bellinis zu trinken. Wir schauten die leuchtenden Rot- und glänzenden Goldtöne des Jüngsten Gerichtes an. Die zur Hölle Verdammten wurden mit Speeren des Teufels nach unten getrieben. Einige wurden von Flammen verschlungen, einige von wilden Tieren. Die Unglückseligsten taten es selbst, aßen ihre eigenen Hände, Finger für Finger.

Tom stand lange Zeit da, schaute die schreckliche Ecke an, in die die Sünder gedrängt worden waren. Noch immer sagte er kein Wort. Ich bekam Panik bei dem Gedanken, zurück nach England zu fahren. Bei dem Gedanken, getrennt zu sein. Bei dem Gedanken, ihn zu teilen. Ich ergriff seinen Arm, suchte sein Gesicht, sagte seinen Namen. »Wir können nicht zurückfahren.«

Er tätschelte meine Hand. Lächelte, ein gelassenes, amüsiertes Lächeln. »Patrick«, sagte er. »Du redest gerade Unsinn.«

»Zwing mich nicht zurückzufahren.«

Er seufzte. »Wir müssen zurückfahren.«

»Warum?«

Er blickte zur Decke. »Du weißt, warum.«

»Sag's mir. Ich hab es anscheinend vergessen. Andere Leute machen das auch. Andere Leute leben in Europa zusammen. Sie gehen weg, sie führen ein glückliches Leben ...«

»Du hast eine gute Stellung in England. Ich auch. Ich kann kein Italienisch. Wir haben beide Freunde, Familie ... Wir können hier nicht leben.«

Er klang so ruhig, so endgültig. Mein Trost ist immer noch, dass er sie nicht erwähnt hat. Nicht einmal sagte er: Weil ich verheiratet bin.

Ein Brief von Mutter.

Mein lieber Tricky,

ich bin zu einem Entschluss gekommen. Wenn du entlassen wirst, möchte ich, dass du zu mir ziehst. Es wird sein wie in alten Zeiten. Nur besser, weil dein Vater nicht hier sein wird. Du hast JEDE *Freiheit, die du haben willst. Ich bitte dich nur, mir bei den Mahlzeiten Gesellschaft zu leisten und hinterher ein oder zwei Gläser mit mir zu trinken. Was die Nachbarn denken – zum Kuckuck mit ihnen.*

Vergib einer alten Frau ihr Gefasel.

Deine dich immer liebende

Mutter

P.S. Ich hoffe, du weißt, dass ich dich besuchen würde, wenn der Arzt es mir erlauben würde. Aber es ist NICHTS, worüber du dir Sorgen machen musst.

Das Schreckliche ist, dass das im Moment ein sehr gutes Angebot zu sein scheint.

Heute kam Marion, um mich zu besuchen.

Die ganze Nacht lag ich wach und habe mich gefragt, ob ich sie versetzen soll. Sie kommen und warten lassen, mit zitternden Handschuhen, perfekt frisierten Haaren, die langsam vom Schweiß feucht werden. Sie warten lassen mit den stark geschminkten Ehefrauen von Betrügern, den schreienden Kindern von Schlägern, den enttäuschten Müttern der sexuell Perversen. Sie diejenige, die umkehren und wieder gehen muss, weil sie abgewiesen wird.

Aber am Morgen wusste ich, dass ich nichts dergleichen tun würde.

Burkitt brachte mich um drei zum Besucherraum. Ich hatte keine Mühe darauf verwandt, anständig auszusehen. Genau genommen, hatte ich mich an dem Morgen besonders schlecht rasiert und freute mich über meine Schnitte und Schürfwunden. Ein ziemlich armseliger Wunsch, sie zu schockieren. Vielleicht wollte ich sogar ihr Mitgefühl erregen.

Sobald ich sie sah – sie war allein, das Gesicht von Angst gezeichnet –, stieg Enttäuschung in mir auf. *Wo ist er? Wollte ich schreien. Warum ist er nicht hier anstelle von dir? Wo ist mein Geliebter?*

»Hallo, Patrick«, sagte sie.

»Marion.«

Ich setzte mich auf den Metallstuhl ihr gegenüber. Der Besucherraum – klein, ziemlich hell, aber genauso kalt wie der Rest der

Haftanstalt – roch nach WC-Reiniger und saurer Milch. Es fanden gerade vier Besuche statt und Burkitt beaufsichtigte alle. Marion starrte mich angestrengt an, ohne zu blinzeln. Mir wurde klar, dass sie versuchte, sich lieber ausschließlich auf den Anblick des Häftlings Patrick Hazlewood zu konzentrieren, als zu beobachten, was sich neben uns abspielte, wo Mann und Frau einander verzweifelt unter dem Tisch mit den Knien umklammerten. Ein Radio, aus dem gerade irgendeine dumme Quizsendung im Unterhaltungsprogramm zu hören war, lief auf mittlerer Lautstärke. »Die Finger auf die Summer, bitte … Hier ist die erste Frage …« Eine seltsame Art, für unsere Ungestörtheit zu sorgen.

Marion zog die Handschuhe aus und legte sie auf den Tisch. Ihre Fingernägel waren grellorange lackiert, was mich erstaunte. Und als ich sie genauer ansah, bemerkte ich, dass sie auch viel mehr Make-up trug als gewöhnlich. Die Augenlider waren mit glänzendem Lidschatten bedeckt. Die Lippen in einem künstlich aussehenden Rosa. Anders als ich hatte sie sich offensichtlich Mühe gegeben. Aber die Gesamtwirkung war nicht viel besser als das, was die Tunten hier in Scrubs zustande bringen. Und sie haben nur Mehlkleister und Plakatfarbe.

Sie schlug die Ärmel ihrer senffarbenen Strickjacke um und strich den Kragen glatt. Ihr Gesicht war blass und gefasst, aber am Hals hatte sie rote Flecken. »Es ist gut, dich zu sehen«, sagte sie.

Schon an der Miene, die sie aufgesetzt hatte – sie machte ein distanziert, respektvoll mitfühlendes Gesicht –, erkannte ich, dass sie keine Nachricht von Tom hatte. Die Frau hatte überhaupt nichts für mich. Vielmehr war sie es, die etwas von mir wollte, wurde mir klar.

»Ich weiß nicht, wie ich anfangen soll«, sagte sie.

Ich half ihr nicht.

»Ich kann dir nicht sagen, wie ich bedaure, was passiert ist.« Sie schluckte. »Es war ein totaler Justizirrtum. Coleman sollte hier drin sein, nicht du.«

Ich nickte.

»Es ist ein Skandal.«

»Ich weiß«, brach es aus mir hervor. »Ich habe schon einen Brief vom Museum erhalten, der mich von meinen Pflichten entbindet. Und einen von meinem Vermieter, der mich davon in Kenntnis setzt, dass meine Wohnung an eine sehr nette Familie aus Shoreham vermietet ist. Nur meine Mutter schwört, dass sie sich meiner nicht schämt. Ist das nicht komisch?«

»Ich wollte nicht … ich meine, es ist ein Skandal, dass du hier bist …«

»Aber ich bin ein Homosexueller, Marion.«

Sie starrte auf den Tisch.

»Und ich wollte Sex mit Coleman haben. Im Gerichtssaal sah er ziemlich jämmerlich aus, aber ich versichere dir, an dem Abend, als wir uns kennenlernten, war er alles andere als das. Wenn wir es auch nicht getan haben, die Absicht war da. Das reicht vor dem Gesetz, um einen Mann zu verurteilen. Ich habe jemanden *belästigt.*« Sie sah immer noch auf den Tisch, aber ich war jetzt richtig in Fahrt. »Es ist extrem unfair, aber so ist es nun mal. Ich glaube, es gibt Komitees, Petitionen, Lobbyisten und Ähnliches, die versuchen, das Gesetz zu ändern. Aber im Bewusstsein der Briten kommt eine intime Beziehung zwischen zwei Männern schwerer Körperverletzung, bewaffnetem Überfall und schwerem Betrug gleich.«

Marion ordnete wieder ihre Handschuhe. Sah sich im Zimmer um. Dann sagte sie: »Behandeln sie dich gut?«

»Es ist ein bisschen wie in einer öffentlichen Schule. Und ähnlich wie bei der Armee. Warum bist du gekommen?«

Sie sah erschreckt aus. »Ich – weiß nicht.«

Es entstand eine lange Pause. Schließlich machte sie noch einen Versuch: »Wie ist das Essen?«

»Marion. Um Himmels willen, erzähl mir was von Tom. Wie geht es ihm?«

»Es geht ihm – gut.«

Ich wartete. Stellte mir vor, sie an den Schultern zu packen und die Worte aus ihr herauszuschütteln.

»Er hat die Polizei verlassen.«

»Warum?«

Sie sah mich an, als müsste ich die Antwort wissen, ohne dass sie es ausspricht.

»Ich hoffe, es gab nicht zu viel Ärger«, murmelte ich.

»Er hat nicht darüber gesprochen. Er hat nur gesagt, er würde gehen, bevor er dazu gedrängt wird.«

Ich nickte. »Was wird er jetzt tun?«

»Sicherheitsdienst. Allan West. Es ist nicht so viel Geld, aber ich arbeite noch …« Sie brach ab. Betrachtete ihre orangefarbenen Nägel. »Er weiß nicht, dass ich hier bin«, sagte sie.

»Oh?«

Ein schrilles Lachen, ein Heben des Kinns, ein Aufblitzen des metallisch schimmernden Lidschattens. »Es wird Zeit, dass ich Geheimnisse habe, nicht wahr?«

Ich sagte nichts.

Sie bewegte eine Hand in der Luft, wie um wegzuwischen, was sie gesagt hatte. »Ich bin nicht hergekommen, um – über etwas zu reden, was vorbei ist.«

»Vorbei?«

»Zwischen dir und Tom.«

»Noch eine Minute«, bellte Burkitt.

Marion nahm ihre Handschuhe und begann, mit ihrer Handtasche herumzuspielen, brabbelte etwas davon, nächsten Monat wiederzukommen.

»Tu's nicht«, sagte ich und ergriff ihr Handgelenk. »Bitte stattdessen Tom zu kommen.«

Sie blickte auf meine Finger auf ihrer Haut. »Du tust mir weh.«

Burkitt trat vor. »Kein körperlicher Kontakt, Hazlewood.«

Ich zog die Hand zurück und sie stand auf, klopfte sich den Staub vom Rock.

»Ich muss ihn sehen, Marion«, sagte ich. »Bitte sag es ihm.«

Sie sah zu mir herunter und zu meiner Überraschung blinzelte sie Tränen weg. »Ich werde es ihm sagen. Aber er wird nicht kommen«, sagte sie. »Du musst einsehen, dass er nicht kann. Es tut mir leid.«

Bert sagt: Dann erzähl mal.

Wir sind im Gemeinschaftsraum, nach dem Abendessen. Einigen Männern gelingt trotz Temperaturen unter null ein lasches Tischtennisspiel. Andere, wie Bert und ich, lehnen ein Stück von der stinkenden Toilette entfernt an der Wand und reden. Die meisten stehen vornübergebeugt vor Kälte, die Capes fest um sich gewickelt oder vergeblich in die von Frostbeulen befallenen Finger blasend. Davies sagte mir neulich, das Beste gegen Frostbeulen wäre, einen pissegetränkten Lappen darumzuwickeln. Ich habe es noch nicht selbst probiert. Das Unterhaltungsprogramm plärrt aus dem Radiogerät in der Ecke. Normalerweise sind diese Zusammenkünfte die Höhepunkte des Tages. Ich unterhalte Bert dann immer mit meinem Witz, meiner Belesenheit und meinem Wissen. Aber heute habe ich keine Lust, ihm die Handlung von »Othello« zu erzählen, etwas über die Schlacht von Hastings (über die ich sehr wenig weiß, aber die ich bei diesen Gelegenheiten für Bert fast wieder lebendig werden ließ, so groß war meine Begeisterung), über die Werke von Rembrandt oder über die italienische Küche (Bert liebt es, von meinen Reisen nach Florenz zu hören, und sabberte fast, als ich ihm den Genuss von Tagliatelle mit Hasensauce beschrieb). Ich möchte am liebsten gar nichts sagen.

Denn ich kann nur an Tom denken. Tom, der nicht zu Besuch kommen wird.

»Los, erzähl«, sagte Bert. »Worauf wartest du?«

Seine Stimme klang ärgerlich. Eine Mahnung, wer der Mann war: der Tabakbaron. Der inoffizielle Chef von Block D. Dieser Mann bekommt immer, was er will. Er kennt es nicht anders.

»Hast du von Thomas Burgess gehört?«, frage ich. »Der Polizist aus Brighton?«

»Ne. Warum sollte ich?«

»Er hat eine interessante Geschichte.«

»Ich weiß schon genug von dem Dreckspack. Wie wär's mit ein bisschen mehr von Shakespeare? Die Tragödien. Ich liebe Tragödien.«

»Oh, das ist eine Tragödie. Eine der besten.«

Er blickt skeptisch, sagt aber: »Dann fang an. Überrasch mich.«

Ich holte tief Luft. »Thomas – für seine Freunde Tom – war ein Polizist, der ein Problem hatte.«

»Was du nicht sagst.«

»Er war kein schlechter Polizist. Er tauchte immer rechtzeitig auf, machte seine Arbeit, so gut er konnte, versuchte, gerecht zu sein.«

»Hört sich nicht an wie die Bullen, die ich kenne.«

»Weil er nicht wie irgendein anderer Bulle war. Er interessierte sich für Kunst, Bücher und Musik. Er war kein Intellektueller – auf Grund seiner Erziehung konnte er keiner sein –, aber er war intelligent.«

»Wie ich.«

Das ignorierte ich. »Und er sah gut aus. Er sah aus wie eine der griechischen Statuen im Britischen Museum. Er liebte es, im Meer zu schwimmen. Er hatte einen kräftigen, geschmeidigen Körper. Seine Haare waren golden und lockig.«

»Hört sich an wie ein verdammter Schwuler.«

Einige andere Männer haben sich um uns versammelt, um zuzuhören. »Das war er«, sage ich mit unveränderter Stimme. »Das war Toms Problem.«

Bert schüttelt den Kopf. »Verdammtes Dreckspack. Ich glaube, ich will nichts mehr hören, Hazlewood.«

»Das war sein Problem, aber es war auch sein Glück«, fuhr ich fort. »Denn er traf einen Mann, einen älteren Mann, den er sehr gerne mochte. Dieser ältere Mann ging mit Tom ins Theater, in Kunstausstellungen und die Oper und er eröffnete ihm eine vollkommen neue Welt.«

Berts Gesichtsmuskeln sind jetzt bewegungslos. Seine Augenlider flattern.

»Tom hörte dem Mann gerne zu, genau wie du mir gerne zuhörst. Er nahm sich eine Frau, aber es bedeutete nichts. Er sah den älteren Mann weiterhin, sooft er konnte. Denn Tom und der ältere Mann liebten sich sehr.«

Bert kommt dicht an mich heran. »Verdammt, warum wechseln wir nicht das Thema, Kumpel.«

Aber ich höre nicht auf zu reden, ich kann nicht aufhören. »Sie liebten sich. Aber der Mann kam durch eine falsche Zeugenaussage ins Gefängnis, weil er leichtsinnig gewesen war. Toms Stolz und Angst hielten ihn davon ab, den Mann jemals wiederzusehen. Trotzdem hörte der Mann nicht auf, ihn zu lieben. Er wird ihn immer lieben.«

Die ganze Zeit, während ich rede, versammeln sich noch mehr Männer um mich, angezogen durch Berts stille Wut. Ich bin sicher, sie haben darauf geachtet, dass der Schließer in die andere Richtung sieht, während Bert mir in den Magen boxt, bis ich zu Boden gehe. Ich rede die ganze Zeit weiter, selbst als mir seine Schläge die Luft nehmen. Er wird ihn immer lieben, sage ich. Wieder und wieder. Dann tritt Bert mich in die Brust und jemand anders tritt mir in den Rücken und ich bedecke mein Gesicht mit den Fäusten, aber es nützt nichts, denn die Tritte hören nicht auf. Und ich bringe immer noch die Worte heraus. Er wird ihn immer lieben. Und ich denke daran, wie Tom zu mir in die Wohnung kam, so wütend auf mich, weil ich ihn wegen des Porträts angelogen hatte, und stelle mir vor, dass er es ist, der mich tritt, wieder und wieder und wieder, und ich flüstere immer noch seinen Namen, bis ich nichts mehr spüre.

V

PEACEHAVEN, DEZEMBER 1999

HEUTE KAM DR. WELLS, unser Hausarzt. Er ist ein ziemlich junger Mann – nicht über vierzig – mit so einem komischen kleinen Bart, der nur das Kinn bedeckt. Er ist schnell, aber gründlich, bewegt sich fast geräuschlos im Zimmer, was ich ein bisschen irritierend finde. Ich bin mir sicher, dass dich seine stille Art auch ärgert. Wenn er dich untersucht, unterlässt er zwar das plumpvertrauliche Gebrüll, auf das sich die meisten von ihnen verlegt haben (»UND WIE GEHT ES UNS HEUTE?« – als würde man, wenn man krank ist, umgehend stocktaub werden), was eine Erleichterung ist, aber dieses Herumschleichen ist fast schlimmer.

»Wir müssen uns kurz unterhalten, Marion«, sagte er, nachdem wir dich dem Schlaf überlassen hatten. Ich habe ihm nie das Du angeboten, aber ich ließ es durchgehen. Wir setzten uns an entgegengesetzte Enden des Sofas. Ich bot ihm Tee an, aber er lehnte ab, offenbar wollte er schnell weiterkommen.

Er fing gleich mit seiner Rede an. »Ich fürchte, Patricks Gesundheitszustand verschlechtert sich. Die Muskelkoordination, die Sprache und der Appetit haben sich in den letzten paar Wochen nicht wirklich verbessert, so wie ich das sehe. Und heute scheint sein Zustand beträchtlich schlechter. Ich glaube sogar, dass er einen dritten Schlaganfall erlitten haben könnte.«

Da ich wusste, wo diese »kurze Unterhaltung« hinführte, sprang ich dir sofort zur Seite. »Er hat doch gesprochen. Er hat den Namen meines Mannes gesagt. Ziemlich deutlich.«

»Das sagten Sie. Aber das ist einige Zeit her, oder?«

»Ein paar Wochen …«

»Ist das wieder vorgekommen?«

Ich konnte nicht lügen, Patrick, obwohl ich wollte. »Nein.«

»Ich verstehe. Sonst etwas?«

Ich versuchte wirklich, mich an irgendwelche anderen Anzeichen der Besserung zu erinnern, die bestimmt eintreten wird. Aber wir wissen beide, dass es bis jetzt kaum Anzeichen dafür gegeben hat, dass es dir besser geht. Und so schwieg ich.

Dr. Wells strich sich über den Bart. »Wie kommen Sie und Ihr Mann zurecht? Jemanden zu pflegen ist eine Herausforderung.«

Ist dir aufgefallen, dass heutzutage alles eine *Herausforderung* ist? Was ist aus schwierig und einfach nur schrecklich geworden? »Wir kommen gut zurecht«, sagte ich, bevor er etwas über Sozialarbeiter und unterstützende Netzwerke sagen konnte. »Sogar sehr gut.«

»Tom ist im Moment nicht hier?«

»Ich hab ihn einkaufen geschickt.« Die Wahrheit war, dass er früh mit dem Hund weggegangen war und ich absolut keine Ahnung hatte, wo er sein könnte. »Um Milch zu holen.«

»Nächstes Mal würde ich gerne mit ihm sprechen.«

»Natürlich, Doktor.«

»Gut.« Er hielt kurz inne. »Wenn in den nächsten Tagen keine Besserung eintritt, denke ich wirklich, wir sollten an ein Pflegeheim denken.«

Ich hatte gewusst, dass das kommen würde, und hatte schon die Antwort parat. Ernsthaft nickend, sagte ich in bestimmtem, aber freundlichem Ton: »Dr. Wells, Tom und ich wollen uns hier um ihn kümmern. Patrick fühlt sich sehr wohl, selbst wenn er nicht die Fortschritte macht, die Sie – wir – uns wünschen. Und Sie haben selbst gesagt, dass er bei Freunden viel mehr Chancen auf Genesung hat.«

Der Doktor trommelte mit den Fingern auf sein cordbedecktes Knie. »Ja, das stimmt. Aber ich weiß nicht, wie lange wir noch auf sinnvolle Weise von Genesung sprechen können.«

»Wollen Sie damit sagen, dass er auf keinen Fall genesen wird?« Ich wusste, er würde keine klare Antwort darauf geben.

»Das kann niemand sagen. Aber wenn nicht, könnte es ziemlich bald – schwer zu bewältigen sein.« Er sprach jetzt schnell. »Was, wenn Patrick zum Beispiel keine flüssige Nahrung mehr zu sich nehmen kann? Er muss dann vielleicht künstlich ernährt werden. Ich würde niemandem empfehlen, das zu Hause zu machen. Es ist schwierig und kann quälend sein.«

»Jeder Tag ist schwierig und quälend, Doktor.«

Er lächelte flüchtig. »Die Verschlechterung kann bei Schlaganfallpatienten ziemlich plötzlich eintreten und wir wollen darauf vorbereitet sein. Das ist alles, was ich sagen will.«

»Wir schaffen das. Ich will nicht, dass er bei Fremden ist.«

»Sie könnten jeden Tag im Heim verbringen, wenn Sie wollen. Es wäre viel leichter für Sie. Und für Ihren Mann.«

Ah, dachte ich. Das ist es. Der abgeschobene Ehemann tut ihm leid. Er denkt, wenn ich mich um dich kümmere, geht das auf Kosten von Tom. Er macht sich Sorgen, dass ich meine Ehe riskiere, weil ich eine Schwäche für dich habe. Ich brach beinahe in Gelächter aus.

»Besprechen Sie es mit Tom«, sagte er, stand vom Sofa auf und griff nach seinem Koffer. »Ich komme nächste Woche wieder.«

Gestern Abend haben wir »Anna Karenina« zu Ende gelesen. Ich bin deshalb lange aufgeblieben, obwohl du oft schon schläfst, bevor ich aufhöre zu lesen. Sicher hast du bei den letzten Kapiteln schon geschlafen, und um ehrlich zu sein, habe ich sie ziemlich heruntergerasselt. Sobald sie sich vor den Zug geworfen hat, verliere ich das Interesse. Und in Gedanken war ich schon damit beschäftigt, was ich als Nächstes lesen würde. Im Hinblick auf das, was Dr. Wells gesagt hat, wird es Zeit, dass du hörst, was ich geschrieben habe. Nur für den Fall, dass sie dich mir wegnehmen. Und gerade ist mir der Gedanke gekommen: Vielleicht veranlasst dich meine Geschichte zu einer Reaktion. Vielleicht löst sie die Bewegung oder Geste aus, die Dr. Wells unbedingt sehen will.

Nachdem ich den Brief an Mr Houghton eingeworfen hatte, schlief ich viele Stunden tief und fest. Als ich aufwachte, stand Tom da, die Nase ein bisschen von der Sonne verbrannt. Er sah verwirrt aus und sah mich prüfend an.

»Schöne Willkommensfeier«, sagte er. »Was ist los?«

Ich blinzelte, nicht sicher, ob ich richtig wach war.

»Bekommt ein Mann keine Tasse Tee, wenn er von einer Reise zurückkommt?«

Nein. Ich träumte nicht: Das war eindeutig mein Mann, leibhaftig. Ich brauchte einen Augenblick, bevor ich sprechen konnte.

»Wie lange habe ich geschlafen?«

»Ich weiß nicht. Wie es aussieht, seit ich weggefahren bin.«

»Wie spät ist es?«

»Ungefähr zwei. Warum bist du im Bett?«

Ich setzte mich schnell auf, ging in Gedanken schnell die Ereignisse der letzten paar Tage durch. Ich blickte an mir herunter und sah, dass ich vollständig angezogen war, bis hinunter zu den Schuhen, die immer noch staubig waren vom Park. Mir wurde plötzlich übel und ich hielt mir den Mund zu.

Tom setzte sich auf den Rand der Matratze. »Geht's dir gut?«

Er trug ein weißes Hemd, das am Hals offen war. Der Kragen war ganz steif und strahlend sauber, die Ärmel herunter verliefen Bügelfalten. Er bemerkte meinen Blick und grinste. »Hotel-Wäscheservice. Toll.«

Ich nickte und sagte nichts. Aber ich wusste, das Hemd war nagelneu und ein Geschenk von dir.

»Also. Was ist hier los?«, fragte er.

Ich schüttelte den Kopf. »Nichts. Ich kann nicht glauben, dass ich so lange geschlafen habe. Ich war mit Sylvie was trinken und wir sind spät nach Hause gekommen, ich bin einfach ins Bett gefallen …«

Aber er hatte schon das Interesse verloren. Er tätschelte meine Hand und sagte: »Ich mache Tee, was?«

Ich habe ihn nie etwas über euren Aufenthalt in Venedig gefragt. Und er hat nie etwas davon erzählt. Ich habe es mir natürlich oft vorgestellt. Alles, was ich über das Wochenende weiß, ist, dass Tom den Luxus eines handgenähten italienischen Hemdes erlebt hat.

Ein paar Tage später habe ich das Hemd mit großem Vergnügen auf meine planlose Weise gewaschen und gebügelt, den Kragen nicht gestärkt und die Ärmel absichtlich so gebügelt, dass die Ärmelfalten in unterbrochene Linien zerfielen.

Zuerst wartete ich darauf, dass der Sturm über mir losbrechen würde. Jeden Tag stellte ich mir vor, dass Tom nach Hause kommen und mir sagen würde, dass du deine Stelle verloren hättest. Ich stellte mir vor, wie ich schockiert antworten würde, nach dem Warum fragen und keine einleuchtende Erklärung bekommen würde. Ich stellte mir vor, dass ich dann böse auf Tom werden würde, weil er es nicht erklären könnte, und wie er schließlich zusammenbrechen und sich bei mir entschuldigen würde, vielleicht sogar ein bisschen seine Schwäche eingestehen würde, während ich die starke, verzeihende Ehefrau blieb. *Wir stehen das zusammen durch, Liebling, würde ich sagen und ihn in den Armen halten. Ich werde dir helfen, dieses widernatürliche Verlangen zu überwinden.* Ich genoss diese kleine Fantasie.

Aber wochenlang geschah nichts und ich entspannte mich, dachte, Mr Houghton hatte beschlossen, meinen Brief nicht zu beachten, oder vielleicht hatte er ihn auf Grund eines Fehlers bei der Post nie erhalten. Du hast uns weiter jeden Donnerstag besucht und warst unverändert überschwänglich, unterhaltend, aufreizend. Tom hing an deinen Lippen. Und ich beobachtete euch beide weiter, fragte mich manchmal, wann um alles in der Welt mein Brief die gewünschte Wirkung haben würde, und manchmal bedauerte ich, ihn jemals geschrieben zu haben.

Da Tom rund um die Uhr arbeitete, Julia und ich uns aus dem Weg gingen und Sylvie mit dem Baby beschäftigt war, war der Rest des Augustes, wie ich mich erinnere, lang und ziemlich langweilig. Ich freute mich darauf, zurück an mein Pult zu kommen und die Kinder wiederzusehen, jetzt da ich mich im Klassenzimmer auskannte. Aber am meisten freute ich mich darauf, Julia zu sehen. Obwohl ich Angst davor hatte, das Eis zu brechen, vermisste ich unsere Gespräche, vermisste sie. Ich redete mir ein, dass wir unsere Freundschaft wiederaufnehmen könnten. Sie war wütend gewesen und ich verletzt, aber wir würden darüber hinwegkommen. Was sie über sich angedeutet hatte – na ja, vermutlich hoffte ich, dass sie das Thema lassen würde und wir weitermachen könnten wie zuvor.

Ich weiß, Patrick. Ich weiß, wie dumm ich war.

Am ersten Schultag regnete es stark. Es fehlte der Wind, der normalerweise in Brighton noch dazukam, aber mein Schirm bot mir trotzdem wenig Schutz: Als ich am Schultor ankam, waren meine Schuhe durchweicht und vorne auf meinem Rock hatte sich ein großer Nässefleck ausgebreitet.

Ich patschte den Flur entlang und öffnete die Tür zu meinem Klassenzimmer. Julia saß auf meinem Pult, die Beine übereinandergeschlagen. Ich war nicht überrascht: Es war ganz ihre Art, ins kalte Wasser zu springen, und ich hatte schon fast damit gerechnet, ihr auf diese Art gegenüberzustehen. Ich blieb in der Tür stehen, das Wasser tropfte von meinem Regenschirm.

»Mach die Tür zu«, sagte sie und sprang auf die Füße.

Ich tat wie befohlen, ließ mir Zeit, um wieder zu Atem zu kommen. Immer noch mit dem Gesicht zur Tür zog ich meine Jacke aus und lehnte meinen Schirm gegen die Wand.

»Marion.« Sie stand dicht hinter mir. Ich schluckte und drehte mich um, um sie anzusehen.

»Julia.«

Sie lächelte. »Genau dieselbe.« Anders als ich war Julia vollkommen trocken. Sie klang ernst, aber sie hatte ein freundliches Lächeln aufgesetzt.

»Gut, dich zu sehen …«, begann ich.

»Ich habe eine neue Stelle«, sagte sie schnell. »An einer Schule in Norwood, ich möchte näher an London sein. Ich werde dort nämlich hinziehen.«

Sie holte Luft. »Ich wollte, dass du es als Erste erfährst. Ich habe es schon eine ganze Weile geplant.«

Ich sah hinunter auf meine durchweichten Schuhe. Meine Zehen wurden langsam taub.

»Ich muss mich entschuldigen«, begann ich, »für das, was ich gesagt habe …«

»Ja.«

»Es tut mir leid.«

Sie nickte. »Lass uns nicht mehr davon sprechen.«

Es entstand eine lange Pause, während der wir uns anstarrten. Julias Gesicht war blass und ihr Mund entschlossen zu einer Linie zusammengepresst. Ich schlug zuerst die Augen nieder. Einen schrecklichen Moment lang dachte ich, ich müsste weinen.

Julia seufzte. »Sieh dich an. Du bist völlig durchnässt. Hast du irgendetwas anzuziehen?«

Ich sagte nein. Sie schnalzte mit der Zunge und fasste mich am Arm. »Komm mit.«

Im Eckschrank in Julias Klassenzimmer hingen zwei Tweedröcke und ein paar Strickjacken an der Rückseite der Tür. »Ich habe sie für Notfälle«, sagte sie. »Hier.« Sie nahm den größeren Rock vom Haken und drückte ihn mir an die Brust. »Der müsste passen. Er ist ein bisschen grässlich, aber in der Not frisst der Teufel Fliegen. Nimm ihn.«

Er war überhaupt nicht grässlich. Er war aus fein gewebtem Stoff in sattem Violett. Zu meiner geblümten Bluse sah er etwas merkwürdig aus, aber er passte perfekt, berührte meine Oberschenkel und endete gerade über dem Knie. Ich behielt ihn den ganzen Tag an, sogar nachdem mein eigener Rock getrocknet war. Ich trug ihn, als ich nach Hause ging, und hängte ihn in den Schrank neben Toms Hochzeitsanzug. Julia hat mich nie gebeten, ihn ihr zurückzugeben, und ich habe ihn immer noch, sorgfältig zusammengelegt in der unteren Schublade.

Am nächsten Abend kam ich spät nach Hause, ich hatte in ein paar zusätzlichen Stunden die Unterrichtsstunden der folgenden Tage vorbereitet. Ich schleuderte meinen Korb in der Küche in die Ecke, band eine Schürze um und schälte hastig Kartoffeln und wendete Kabeljau in Mehl für Toms Abendessen. Als ich die Kartoffeln in Streifen geschnitten und in Wasser gelegt hatte, sah ich auf die Uhr. Halb acht. Er würde um acht nach Hause kommen, also hatte ich noch eine halbe Stunde, um mich zurechtzumachen, meine Haare in Ordnung zu bringen und mich mit einem Buch hinzusetzen.

Aber bald ertappte ich mich dabei, dass ich nicht wirklich las, denn meine Augen schweiften immer wieder zur Uhr auf dem Kaminsims. Viertel nach acht. Halb neun. Zwanzig vor neun. Ich legte das Buch hin und ging zum Fenster, öffnete es und beugte mich hinaus, um die Straße hinauf und hinunter zu sehen. Als ich keine Spur von Tom entdeckte, wies ich mich selbst zurecht, nicht albern zu sein. Wenn man Polizist war, hatte man keine regelmäßigen Arbeitszeiten. Das hatte er mir oft genug gesagt. Einmal war er über sechs Stunden später gekommen. Er kam mit einem Bluterguss auf der Wange und einer Schnittwunde über dem Auge. »Schlägerei im Bucket of Blood«, erklärte er ziemlich stolz. »Wir mussten dort eine Razzia machen und es wurde unangenehm.« Ich muss zugeben, dass ich es genossen habe, seine Wunden zu säubern. Ich holte eine Schüssel mit warmem Wasser, fügte einen Tropfen Dettol zu, weichte einen Wattebausch in der Flüssigkeit ein und trug es sanft auf seine Haut auf, wie ein gutes Kindermädchen. Tom hatte ganz zufrieden dagesessen und zugelassen, dass ich ihn bemutterte. Als ich den Bluterguss auf seiner Wange küsste und ihm sagte, er solle sich nicht wieder in eine solche Situation bringen, hatte er gelacht und gesagt, dass das noch gar nichts wäre.

Heute Abend würde etwas Ähnliches der Grund sein, sagte ich mir. Nichts, womit er nicht fertigwerden würde, nichts, um sich Sorgen zu machen. Vielleicht könnte ich ihn sogar wieder pflegen, wenn er nach Hause kam. Und so legte ich den Fisch wieder in den Kühlschrank, briet mir ein paar Kartoffeln und ging nach oben ins Bett.

Ich musste sehr müde gewesen sein, denn als ich aufwachte, wurde es gerade hell und Tom war nicht in unserem Bett. Ich sprang auf und eilte nach unten, rief dabei seinen Namen. Er war spät nach Hause gekommen und im Sessel eingeschlafen. Das war schon einmal passiert, erinnerte ich mich. Aber es war kein Tom im Wohnzimmer, es standen keine Schuhe neben der Tür und keine Jacke hing am Haken. Ich stürzte wieder nach oben und zog die Sachen an, die ich am Abend vorher auf den Boden geworfen hatte. Als ich das Haus verließ, hatte ich vor, zur Polizeiwache zu gehen. Aber als ich die Southover Street hinuntereilte und dabei merkte, dass ich eine Jacke hätte anziehen sollen – es war noch nicht sechs und noch kalt –, überlegte ich es mir anders. Ich hörte Tom sagen – *Warum hast du das gemacht? Willst du, dass sie mich einen Pantoffelhelden nennen?* – und beschloss, es bei seiner Mutter zu versuchen. Ich war jedoch nur mit dem Schlüssel in der Hand herausgekommen, ohne Geld für den Bus. Zu Fuß würde ich von hier mindestens eine halbe Stunde brauchen. Ich fing an zu laufen, und als ich das Ende der Straße erreichte, bog ich unwillkürlich Richtung Strandpromenade ab. Auch wenn mein Kopf langsam war, mein Körper schien zu wissen, was zu tun war. Ich wusste, wo er war, verstehst du. Ich hatte es die ganze Zeit gewusst. Er hatte die Nacht – die ganze Nacht – bei dir verbracht. Er hatte sich gar nicht erst eine Entschuldigung ausgedacht. Tom war in deiner Wohnung.

Ich eilte die Marine Parade entlang, manchmal rannte ich, manchmal fiel ich in einen Dauerlauf, wenn die Seitenstiche stärker wurden. Ich war erregt vor Wut. Wenn Tom in dem Moment vor mir gestanden hätte, hätte ich ihn wiederholt geschlagen und auf jede erdenkliche Art beschimpft. Während ich lief, stellte ich mir vor, wie ich genau das tat. Ich freute mich schon fast darauf und konnte es nicht erwarten, zu euch beiden zu kommen und meinen Zorn an euch auszulassen. Es war nicht nur Zorn auf dich und Tom. Ich hatte auch Julia verloren. Sie hatte mir ihr Geheimnis verraten, und jetzt konnte sie mir nicht vertrauen und sie hatte recht damit. Ich hatte als Freundin versagt, das begriff ich selbst damals. Und ich hatte als Ehefrau versagt. Mein Ehemann begehrte mich nicht so, wie es sein sollte.

Als ich ungefähr den halben Weg zurückgelegt hatte, kam mir plötzlich der Gedanke, dass ich sagen könnte, ich würde Tom verlassen. Schließlich hatte ich eine Stelle. Ich könnte mir eine eigene kleine Wohnung leisten. Es gab keine Kinder, an die ich denken musste, und wie die Dinge lagen, würde es nie welche geben. Ich würde mich weigern, ein unglückliches Leben zu führen. Ich würde einfach weggehen. Das würde ihm eine Lehre sein. Niemand, der für ihn kocht und sauber macht. Niemand, der seine verdammten Hemden bügelt. Bei dem Gedanken an das Hemd, das du ihm gekauft hattest, fing ich an zu sprinten. In der Eile warf ich fast einen alten Mann um, so heftig knallte ich mit ihm zusammen. Er schrie auf vor Schmerz, aber ich hielt nicht an oder sah mich auch nur um. Ich musste zu deiner Wohnung, euch zusammen erwischen und meinen Entschluss verkünden. Genug war genug.

Ich drückte auf deinen Klingelknopf, lehnte dabei den Kopf gegen die Tür und versuchte, Atem zu holen. Keine Antwort. Ich drückte wieder, ließ es diesmal länger klingeln. Immer noch nichts. Natürlich. Ihr beide würdet im Bett sein. Ihr könnt euch wahrscheinlich denken, dass ich es bin. Ihr würdet euch verstecken. Verstecken und lachen. Ich hielt den Finger mindestens eine Minute auf den Klingelknopf und schlug mit der anderen Hand den großen Messingtürklopfer. Nichts. Ich drückte auf die Klingel und ließ dann los, klingelte eine ungeduldige Melodie. RING. RING. RING. RI-RI-RING. RI-RI-RING.

Nichts.

Ich würde gleich schreien.

Da öffnete sich die Tür. Ein Mann mittleren Alters mit einem gelben Morgenmantel mit Paisleymuster stand vor mir. Er trug eine Goldrandbrille und sah sehr müde aus. »Um Himmels willen«, sagte er, »Sie wecken das ganze Haus auf. Er ist nicht da, gute Frau. Bitte hören Sie auf, die höllische Klingel zu drücken.«

Er wollte die Tür schließen, aber ich hielt sie auf, indem ich den Fuß hineinklemmte. »Wer sind Sie?«, fragte ich.

Er sah mich von oben bis unten an. Mir wurde plötzlich bewusst, dass ich zum Fürchten aussehen musste: blass und verschwitzt, Haare ungekämmt, in einem zerknitterten Kleid.

»Graham Vaughan. Wohnung im obersten Stockwerk. Sehr wach. Und ziemlich verärgert.«

»Sind Sie sicher, dass er nicht da ist?«

Er verschränkte die Arme und sagte ganz ruhig: »Natürlich bin ich sicher, meine Liebe. Die Polizei hat ihn gestern Abend geholt.« Er senkte die Stimme. »Wir wussten alle, dass er schwul war – es gibt hier so viele davon –, aber man kommt nicht umhin, Mitleid mit ihm zu haben. Manchmal geht es in diesem Land zu brutal zu.«

DU UND ICH, WIR sind uns wirklich sehr ähnlich, nicht wahr? Ich merkte es damals auf der Isle of Wight, als du Toms Ansichten übers Kindergroßziehen infrage gestellt hast. All die Jahre habe ich es gewusst, aber erst jetzt bin ich wirklich davon überzeugt, seitdem ich das hier schreibe und mir klar wird, dass keiner von uns bekommen hat, was er wollte. Eigentlich etwas ganz Kleines – wer bekommt es schon? Und dennoch ist es vielleicht die lächerliche, blinde, naive, mutige, romantische Sehnsucht danach, die uns verbindet. Ich glaube, keiner von uns hat jemals seine Niederlage wirklich akzeptiert. Was sagen sie jetzt immer im Fernsehen? *Du musst nach vorn sehen.* Gut. Das hat keiner von uns beiden geschafft.

Jeden Tag suche ich nach einem Zeichen und werde enttäuscht. Der Doktor hat recht: Es geht dir schlechter. Schon lange bevor er es sagte, hatte ich den Verdacht, dass du einen weiteren Schlaganfall erlitten hattest. Deine Finger, die vor ein paar Wochen in der Lage waren, einen Löffel zu halten, lassen jetzt alles fallen. Ich halte eine Tasse mit flüssiger Pasta an deine Lippen und das meiste kommt als schleimiger Strom wieder herausgekleckert. Ich habe einige von diesen Lätzchen in Erwachsenengröße gekauft und sie leisten uns gute Dienste, aber ich muss immer wieder daran denken, dass Dr. Wells von künstlicher Ernährung gesprochen hat. Es hört sich für mich wie eine viktorianische Foltermethode für eigenwillige Frauen an. Das kann ich nicht zulassen, Patrick.

Nachmittags schläfst du die meiste Zeit und morgens setze ich dich in einen Sessel, dein Körper an beiden Seiten mit Kissen abgestützt, damit du nicht zu weit zu einer Seite rutschst, und wir sehen zusammen fern. In den meisten Sendungen geht es ums Kaufen und Verkaufen: Häuser, Antiquitäten, Lebensmittel, Kleidung, Urlaub. Ich könnte Radio 3 anstellen, das wäre dir lieber, aber ich finde, das Fernsehen bringt zumindest etwas Leben ins Zimmer. Und manchmal hoffe ich, dass es dich zur Verzweiflung treibt und du sprichst oder eine Bewegung machst. Morgen hebst du vielleicht die Hände hoch und befiehlst mir, DIESES TOTALE GESCHWAFEL ABZUSTELLEN.

Wenn du es nur tun würdest.

Ich weiß, dass du mich hören kannst. Denn wenn ich »Tom« sage, leuchten deine Augen, selbst jetzt.

Nachdem ich in deiner Wohnung niemanden angetroffen hatte, ging ich zu Sylvie.

»Was ist los mit dir?«, fragte sie, als sie mich hereinließ. Ich hatte immer noch mein zerknittertes Kleid an, meine Haare ungekämmt. Der starke Geruch von ungewaschenen Windeln begrüßte mich.

»Wo ist das Baby?«

»Sie schläft. Endlich. Um vier hoch, gegen sieben abgestürzt. Was für ein Wahnsinn, he?« Sylvie streckte die Arme nach oben und gähnte. Dann sah sie mir in die Augen und sagte: »Mensch. Du brauchst eine Tasse Tee.«

Das Angebot, Tee zu trinken, und Sylvies mitfühlendes Gesicht waren so wunderbar, dass ich eine Hand fest auf meinen Mund pressen musste, um nicht zu weinen. Sylvie legte einen Arm um mich. »Los komm«, sagte sie, »lass uns erst mal ausruhen, wollen wir? Ich brauch heute Morgen nicht noch mehr Geheul.«

Sie brachte zwei Tassen und wir setzten uns auf das Plastiksofa. »Herrgott, das Ding ist schrecklich«, sagte sie. »Als wenn man auf einer Parkbank sitzt.« Sie nahm geräuschvoll zwei Schluck

Tee. »Ich trinke jetzt den ganzen Tag Tee«, sagte sie. »Wie meine Mutter.«

Sie quasselte anscheinend, um mir Zeit zu geben, mich zu fassen, aber ich konnte nicht länger warten. Ich musste die Last loswerden. »Du erinnerst dich an Patrick, Toms –«

»Klar erinnere ich mich.«

»Er ist verhaftet worden.«

Sylvies Augenbrauen schossen nach oben bis zum Haaransatz. »Was?«

»Er ist verhaftet worden. Wegen – Unzucht.«

Es herrschte kurz Schweigen, bevor Sylvie mit gedämpfter Stimme fragte: »Mit Männern?«

Ich nickte.

»Die Drecksau … Wann?«

»Gestern Abend.«

»Allmächtiger.« Sie stellte ihre Tasse hin. »Armes Arschloch.« Sie lächelte, hielt sich dann die Hand vor den Mund. »Tut mir leid.«

»Das Dumme ist«, sagte ich, ohne sie zu beachten, »das Dumme ist, ich glaube, es könnte wegen mir sein. Ich glaube, es ist meine Schuld.« Ich atmete sehr schnell und hatte Mühe, die Worte ruhig auszusprechen.

Sylvie starrte mich an. »Wovon redest du, Marion?«

»Ich hab einen anonymen Brief geschrieben. An seinen Chef. Ihm gesagt, dass Patrick – du weißt schon.«

Es entstand eine Pause, bevor Sylvie sagte: »Oh.«

Ich bedeckte mein Gesicht mit den Händen und schluchzte laut auf. Sylvie legte den Arm um mich und küsste mein Haar. Ich konnte Tee an ihren Zähnen riechen. »Beruhige dich«, sagte sie. »Es wird schon alles gut. Es muss noch etwas anderes geschehen sein, oder? Sie nehmen keine Leute fest nur wegen einem Brief, oder?«

»Nein?«

»Dummerchen«, sagte sie. »Natürlich nicht. Sie müssen ihn dabei erwischen, wie er etwas tut, oder? Auf frischer Tat, verstehst du.« Sie tätschelte mein Knie. »Ich hätte in deiner Situation dasselbe getan«, sagte sie.

Ich sah sie an. »Was willst du damit –«

»Oh Marion. Tom ist mein Bruder. Ich hab's immer gewusst, ist es nicht so? Obwohl ich natürlich gehofft habe, dass er sich geändert hat. Ich weiß nicht, warum ... Na ja. Lassen wir das jetzt. Trink deinen Tee«, sagte sie. »Bevor er kalt wird.«

Ich tat, wie sie befahl. Er schmeckte bitter und stark.

»Weiß Tom davon?«, fragte sie. »Von dem Brief?«

»Natürlich nicht.«

Sylvie nickte. »Sag ihm auch nichts davon. Das würde nichts ändern.«

»Aber –«

»Marion. Es ist, wie ich gesagt habe. Sie verhaften Leute nicht wegen einem Brief. Ich weiß, du bist Lehrerin und alles, aber so viel Macht hast du auch nicht, nicht wahr?« Sie stupste mich an und lächelte. »Es ist das Beste. Du und Tom, ihr könnt noch einmal neu anfangen, wenn er nichts davon weiß.«

In dem Moment stieß Kathleen einen Unmutsschrei aus, bei dem wir beide aufsprangen. Sylvie verzog das Gesicht. »Kleine Prinzessin. Keine Ahnung, wo sie das herhat.« Sie drückte meine Schulter. »Mach dir keine Sorgen«, sagte sie. »Du hast mein kleines Geheimnis für dich behalten. Jetzt behalte ich deins für mich.«

Ich verließ Sylvie, damit sie nach ihrer Tochter sehen konnte, und ging zur Schule. Ich kümmerte mich nicht um mein zerknittertes Kleid oder meine unordentlichen Haare. Ich hätte es eigentlich müssen. Es war immer noch früh, also setzte ich mich ans Pult und starrte auf den Druck »Die Verkündigung« mit der nichts ahnenden Maria, der über der Tür hing. Ich bin nie religiös gewesen, aber in dem Moment wünschte ich, ich könnte um Vergebung beten oder zumindest so tun, als ob ich betete. Aber ich konnte es nicht. Ich konnte nur weinen. Um acht Uhr morgens in dem stillen Klassenzimmer legte ich meinen Kopf aufs Pult, schlug mit der Faust aufs Klassenbuch und ließ die Tränen fließen.

Als ich aufhören konnte zu weinen, machte ich mich daran, mich für den Tag herzurichten. Ich glättete meine Haare, so gut es ging, und zog die Strickjacke, die an meinem Stuhl hing, über das Kleid. Die Kinder würden bald kommen und für sie zumindest könnte ich Mrs Burgess sein. Sie würden mir Fragen stellen, auf die ich größtenteils die Antworten wusste. Sie würden dankbar sein, wenn sie belohnt wurden, ängstlich, wenn sie ausgeschimpft wurden. Sie würden – meistens – auf eine Art reagieren, die ich voraussehen konnte. Ich konnte ihnen bei kleinen Dingen helfen, die vielleicht einmal in ihrem Leben den großen Unterschied machten. Das war ein Trost und ich sollte mich viele Jahre daran festhalten.

An dem Abend wartete Tom am Tisch am vorderen Fenster auf mich. Ich sah sein betroffenes Gesicht durch die Scheibe und wäre beinahe weitergegangen, an unserer Tür vorbei bis ans Ende der Straße. Aber ich wusste, dass er mich gesehen hatte, und hatte keine andere Wahl, als ins Haus zu gehen und ihm gegenüberzutreten.

Als ich in die Tür trat, stand er auf, warf dabei fast den Stuhl um. Sein Hemd war zerknittert und seine Hände zitterten, als er versuchte, sein Haar glatt zu streichen. »Patrick ist verhaftet worden«, platzte er heraus, bevor ich zwei Schritte ins Zimmer gemacht hatte. Ich nickte kurz und ging in die Küche, um mir die Hände zu waschen.

Tom folgte mir. »Hast du nicht gehört? Patrick ist –«

»Ich weiß«, sagte ich, Wasser von den Händen schüttelnd. »Nachdem du gestern Abend nicht nach Hause gekommen warst, bin ich zu seiner Wohnung gegangen, um dich zu suchen. Patricks

Nachbar hat mich mit Freuden darüber informiert, was geschehen war.«

Tom blinzelte. »Was hat er gesagt?«

»Dass die Polizei gestern Abend gekommen ist und ihn mitgenommen hat.« Ich langte hinter Tom nach einem Geschirrhandtuch, um meine Hände damit abzutrocknen. »Und dass alle im Haus wussten, dass er – ein Homosexueller ist.« Ich sah Tom nicht an, während ich sprach. Ich konzentrierte mich darauf, jeden Finger sorgfältig abzutrocknen. Das Geschirrhandtuch, das ich benutzte, war dünn und ausgefranst, mit einem verblassten Bild des Brightoner Pavillons darauf. Ich erinnere mich, dass ich dachte, ich sollte es bald ersetzen. Ich redete mir sogar ein, dass es kein Wunder wäre, dass Tom nicht der Ehemann war, den ich mir erhofft hatte, wenn ich so eine schlechte Hausfrau war. Eine mit dünnen, schmutzigen Geschirrhandtüchern.

Während ich in der Küche stand und das alles dachte, war Tom ins Wohnzimmer gegangen und zerschlug Möbel. Ich ging zur Tür und sah zu, wie er einen Holzstuhl wiederholt auf den Boden warf, bis die Rückenlehne zerbrochen war und die Beine zersplittert waren. Dann hob er den nächsten hoch und bearbeitete ihn genauso. Ich hoffte, er würde sich den Tisch vornehmen, vielleicht die schreckliche Decke von seiner Mutter zerreißen. Aber nachdem er zwei Stühle zerstört hatte, ließ er sich auf einen dritten fallen und legte den Kopf in die Hände. Ich stand wie erstarrt in der Tür und beobachtete meinen Mann. Seine Schultern hoben und senkten sich mächtig und er stöhnte mehrmals seltsam, tierähnlich auf. Als er schließlich den Kopf hob, sah ich in seinem Gesicht denselben Ausdruck, den ich auf der Rutschbahn an unserem Hochzeitstag bei ihm gesehen hatte. Er war kreidebleich und sein Mund hatte einen seltsamen, unbestimmten Ausdruck. Er hatte schreckliche Angst.

»Ich war da, als sie ihn reinbrachten«, sagte er und starrte mich mit großen Augen an. »Ich hab ihn gesehen, Marion. Slater führte ihn am Handgelenk. Ich hab ihn gesehen und bin so schnell wie möglich weg. Er durfte mich nicht sehen.«

Und plötzlich ging mir auf: Indem ich versucht hatte, dich zu zerstören, Patrick, hatte ich riskiert, Tom zu zerstören. Als ich den Brief an Mr Houghton geschrieben hatte, hatte ich nicht ein einziges Mal daran gedacht, welche Konsequenzen es für meinen Mann haben könnte. Aber jetzt hatte ich keine andere Wahl, als mich ihnen zu stellen. Ich hatte dich verraten, aber ich hatte auch meinen Mann verraten. Ich hatte ihm das angetan.

Tom hatte wieder den Kopf in die Hände gelegt. »Was soll ich bloß machen?«

Was sollte ich ihm antworten, Patrick? Was konnte ich sagen? In dem Moment traf ich eine Entscheidung. Ich würde die Frau sein, für die ich mich oben auf der Rutschbahn gehalten hatte. Die Toms Schwäche kannte und ihn retten konnte.

Ich kniete mich neben meinen Mann. »Hör mir zu, Tom«, sagte ich. »Es wird alles gut werden. Wir können das alles hinter uns lassen. Wir können unsere Ehe noch einmal von vorn beginnen.«

»Herrgott!«, rief er. »Das hat nichts mit unserer Ehe zu tun! Patrick wird ins Gefängnis kommen und ich bin ruiniert! Sie werden alles herausfinden und das ist das Ende.«

Ich holte Luft. »Nein«, sagte ich, überrascht, wie ruhig und sicher ich klang. »Keiner weiß etwas davon. Du kannst aus dem Dienst ausscheiden. Du kannst woanders arbeiten. Ich werde für uns sorgen, solange du es brauchst …«

»Wovon redest du?«, fragte Tom, vollkommen verwirrt.

»Uns wird nichts geschehen. Es wird ein neuer Anfang sein.« Ich nahm sein Gesicht in meine Hände. »Patrick wird ihnen nichts von dir erzählen. Und ich werde dich nie verlassen.«

Er begann zu weinen, meine Finger wurden von seinen Tränen ganz nass.

In den nachfolgenden Wochen weinte er viel. Wir gingen ins Bett und ich wachte nachts von seinem tränenlosen Schluchzen auf. Er wimmerte auch im Schlaf, sodass ich manchmal nicht wusste, ob er wach war oder träumte, wenn er weinte. Ich zog ihn dann an mich und er wehrte sich nicht, legte seinen Kopf an meine Brust, wenn ich ihn hielt, bis er still und ruhig war. »Sch«, flüsterte ich. »Sch.« Und morgens machten wir einfach weiter wie immer, keiner von uns erwähnte das Weinen, was er an dem Tag gesagt hatte, als er die Stühle zerschlagen hatte, oder deinen Namen.

Bevor dein Fall vor Gericht kam, tat Tom, was ich ihm empfohlen hatte. Er quittierte den Dienst bei der Polizei. Während des Gerichtsverfahrens wurden zu meinem Entsetzen Passagen aus deinem Tagebuch laut vorgelesen, in denen du ausführlich von deiner Beziehung zu Tom berichtest, den du »mein Polizist« nennst. Sie haben mich seitdem begleitet wie ein leises, aber unablässiges Klingeln im Ohr. *Sie passen so offensichtlich nicht zusammen, dass ich lächeln musste, als ich sie zusammen sah.* Den Satz habe ich besonders gut behalten. Am meisten schmerzt dein beiläufiger Ton. Und dass du recht hattest.

Aber zu der Zeit, als die Gerichtsverhandlung stattfand, war Toms Kündigungsfrist fast um und er entging trotz deines belastenden Tagebuchs irgendwie weiteren Untersuchungen. Er hat mir sehr wenig davon erzählt, aber ich vermute, die Polizei war froh, ihn geräuschlos gehen zu lassen. Ich bin sicher, die Behörden wollten jeden weiteren Skandal vermeiden, nach all dem Aufsehen in den Zeitungen, für das die Korruption in den höchsten Stellen gesorgt hatte. Noch ein Polizist auf der Anklagebank wäre eine Katastrophe gewesen.

Ungefähr einen Monat später bekam er eine andere Stelle als Wachmann in einer Fabrik. Er hatte Nachtschichten, was uns beiden recht war. Wir konnten uns kaum ansehen und ich wusste nicht, was ich zu ihm sagen sollte. Ich besuchte dich einmal im

Gefängnis, hauptsächlich aus Reue über das, was ich getan hatte. Aber ich würde lügen, wenn ich sagen würde, dass es da nicht etwas in mir gab, das einfach sehen wollte, wie unglücklich du warst. Ich sagte Tom nichts von dem Besuch und schlug ihm nicht vor, dasselbe zu tun. Ich wusste, allein die Erwähnung deines Namens könnte ihn veranlassen, durch die Tür zu gehen und nie wiederzukommen. Es schien, als könnte alles nur unter der Bedingung absoluten Schweigens weitergehen. Wenn ich die Wunde berühren würde, ihre Ränder untersuchen würde, würde sie niemals heilen. Und so machte ich weiter, ging zur Arbeit, bereitete Mahlzeiten, schlief am Rand des Bettes, entfernt von Toms Körper. Auf eine Art war es genau so, wie bevor ich Tom geheiratet hatte. Mein Zugang zu ihm war so begrenzt, dass ich begann, mich an Spuren seiner Anwesenheit zu klammern. Wenn ich seine Hemden wusch, presste ich sie ans Gesicht, um seine Haut zu riechen. Ich verbrachte Stunden damit, seine Schuhe ordentlich unter dem Bett aufzustellen, seine Krawatten im Schrank zu ordnen, seine Socken zu Paaren in der Schublade. Er hatte das Haus verlassen, verstehst du, und es waren nur noch Spuren von ihm da.

HEUTE ABEND HABE ICH gelogen. Es war schon spät und Tom war in der Küche und machte sich etwas zu essen. Er war wie gewöhnlich den ganzen Tag draußen gewesen. Ich stand in der Tür, beobachtete, wie er Käse und Tomaten in Scheiben schnitt und sie auf dem Brot verteilte. Während ich dastand, erinnerte ich mich daran, wie er mich, als wir frisch verheiratet waren, an Wochenenden damit überraschte, dass er Lunch machte. Mir fiel ein weiches Omelett mit geschmolzenem Käse innen ein und, einmal, French Toast mit durchwachsenem Speck und Ahornsirup. Ich hatte noch nie zuvor Ahornsirup probiert und er erzählte mir ganz stolz, dass du ihm eine Flasche davon geschenkt hättest.

Er blickte prüfend unter den Grill, beobachtete, wie der Käse in der Hitze Blasen bildete.

»Dr. Wells war heute hier«, verkündete ich und setzte mich an den Tisch. Er gab keine Antwort, aber ich war entschlossen. Also wartete ich. Ich wollte meinen Mann nicht anlügen, wenn er mir den Rücken zuwandte. Ich wollte ihm ins Gesicht lügen.

Als er sein Essen auf einen Teller gefüllt und sich Messer und Gabel genommen hatte, bat ich ihn, sich zu mir zu setzen. Er hatte das meiste gegessen, bevor er sich den Mund abwischte und aufsah.

»Er sagte, Patrick hätte nicht mehr lange zu leben«, sagte ich mit fester Stimme.

Tom aß weiter, bis sein Teller leer war. Dann lehnte er sich im Stuhl zurück und antwortete: »Na ja. Das haben wir die ganze Zeit gewusst, oder? Dann wird es Zeit für ein Pflegeheim.«

»Dafür ist es zu spät. Er hat noch eine Woche.«

Unsere Blicke trafen sich.

»Höchstens«, fügte ich hinzu.

Wir hielten beide dem Blick des anderen stand.

»Eine Woche?«

»Vielleicht weniger.«

Ich wartete einen Augenblick, bis diese Information ganz angekommen war, bevor ich fortfuhr: »Dr. Wells sagt, es ist unbedingt notwendig, dass wir weiter mit ihm sprechen. Es ist alles, was wir jetzt tun können. Aber ich kann es nicht alleine. Deshalb dachte ich, dass du es vielleicht könntest.«

»Was könnte?«

»Mit ihm reden.«

Es herrschte Schweigen. Tom schob seinen Teller weg, verschränkte die Arme und sagte ganz ruhig: »Ich wüsste nicht, was ich sagen sollte.«

Ich hatte die Antwort parat. »Dann lies etwas. Du könntest ihm vorlesen. Er antwortet nicht, aber er kann dich hören.«

Tom beobachtete mich aufmerksam.

»Ich habe etwas geschrieben«, sagte ich so beiläufig wie möglich. »Etwas, das du ihm laut vorlesen könntest.«

Er lächelte fast vor Überraschung. »Du hast etwas *geschrieben*?«

»Ja. Etwas, das ihr beide hören sollt.«

»Was soll das alles bedeuten, Marion?«

Ich holte tief Luft. »Es ist über dich. Und mich. Und Patrick.«

Tom stöhnte.

»Ich habe darüber geschrieben – was passiert ist. Und ich möchte, dass ihr es beide hört.«

»Herrgott«, sagte er kopfschüttelnd. »Wozu?« Er starrte mich an, als wäre ich vollkommen wahnsinnig geworden. »Wozu um alles in der Welt, Marion?«

Ich hatte keine Antwort.

Er stand auf und wandte sich zum Gehen. »Ich gehe ins Bett. Es ist spät.«

Ich sprang vom Stuhl auf, packte ihn am Arm und zwang ihn, mich anzusehen. »Ich werde dir sagen, wozu. Weil ich möchte, dass etwas gesagt wird. Weil ich nicht mehr mit diesem Schweigen leben kann.«

Es entstand eine Pause. Tom sah hinunter auf meine Hand auf seinem Arm. »Lass mich los.«

Ich gehorchte.

Dann durchbohrte er mich mit seinem Blick. »Du kannst nicht mehr mit dem Schweigen leben. Ich verstehe. Du kannst nicht mit dem Schweigen leben.«

»Nein. Kann ich nicht, nicht mehr.«

»Du kannst nicht mehr mit dem Schweigen leben und willst, dass ich es breche. Du setzt mich und den kranken alten Mann da drinnen deinen Schimpftiraden aus, meinst du das?«

»Schimpftiraden?«

»Ich verstehe jetzt, worum es hier geht. Ich verstehe, warum du den armen Bastard hauptsächlich hierhergeschleppt hast. Damit du ihm eine Standpauke halten kannst, genau wie in der Schule. Du hast es alles aufgeschrieben, was? Eine Liste von Verfehlungen. Ein schlechtes Schulzeugnis. Ist es das, Marion?«

»So ist es nicht …«

»Das ist deine Rache, nicht wahr? Das ist es.« Er packte mich an den Schultern und schüttelte mich, heftig. »Findest du nicht, er ist genug bestraft worden? Findest du nicht, dass wir beide genug bestraft worden sind?«

»Es ist nicht –«

»Was ist mit *meinem* Schweigen, Marion? Hast du daran jemals gedacht? Du hast keine Ahnung …« Seine Stimme versagte. Er lockerte den Griff und wandte das Gesicht ab. »Herrgott noch mal. Ich hab ihn schon einmal verloren.«

Wir standen beieinander, beide schwer atmend. Nach einer Weile brachte ich heraus: »Es ist keine Rache. Es ist ein Geständnis.«

Tom hob eine Hand hoch, wie um zu sagen: Ich will nichts mehr hören.

Aber ich musste es zu Ende bringen. »Es ist mein Geständnis. Es handelt nur von meinen eigenen Verfehlungen.«

Er sah mich an.

»Du hast gesagt, er hat dich vor Jahren gebraucht, und das stimmt. Aber jetzt braucht er dich auch. Bitte, lies es ihm vor, Tom.«

Er schloss die Augen. »Ich werde darüber nachdenken«, sagte er.

Ich atmete auf. »Danke.«

NACH STARKEM REGEN war es heute Morgen heiter und kalt. Als ich aufwachte, fühlte ich mich merkwürdig erfrischt. Ich war spät ins Bett gegangen, hatte aber tief geschlafen, erschöpft von den Ereignissen des Tages. Ich hatte die gewohnten Kreuzschmerzen, aber ich erledigte meine morgendlichen Pflichten mit *beachtlichem Schwung*, wie du vielleicht sagen würdest, begrüßte dich fröhlich, wechselte deine Bettwäsche, wusch dich und fütterte dich mit flüssigem Wetabix durch einen Strohhalm. Die ganze Zeit über schwatzte ich, erzählte dir, dass es nicht mehr lange dauern würde, bis Tom sich zu dir setzen würde, und deine Augen beobachteten mich mit hoffnungsvollem Leuchten.

Als ich dein Zimmer verließ, hörte ich das Wasser im Kessel kochen. Komisch, dachte ich. Tom hatte das Haus wie immer um sechs verlassen, um zu schwimmen, und normalerweise sah ich ihn vor dem Abend nicht wieder. Aber als ich in die Küche kam, war er da und hielt mir eine Tasse Tee hin. Schweigend setzten wir uns zum Frühstück hin, Walter zu unseren Füßen. Tom überflog den »Argus« und ich blickte aus dem Fenster, beobachtete, wie der Regen vom Abend vorher von den Koniferen tropfte. Es war das erste Mal, dass wir zusammen frühstückten, seit dem Morgen, an dem du deine Cornflakes ausgespuckt hattest.

Als wir mit Essen fertig waren, holte ich mein – wie soll ich es nennen? – Manuskript. Ich hatte es die ganze Zeit in der Küchenschublade aufbewahrt und hatte fast gehofft, dass Tom darauf stoßen würde. Ich legte es auf den Tisch und verließ die Küche.

Seitdem war ich in meinem Schlafzimmer und habe einen Koffer gepackt. Ich habe nur ein paar notwendige Dinge ausgesucht: Nachthemd, Kleidung zum Wechseln, Kulturbeutel, Roman. Es wird Tom sicher nichts ausmachen, mir den Rest nachzuschicken. Die meiste Zeit habe ich auf meiner einfarbigen Ikeadecke gesessen und dem Gemurmel von Toms tiefer Stimme gelauscht, als er dir meine Worte vorlas. Es ist seltsam, beängstigend, wunderbar, dieses Gemurmel meiner eigenen Gedanken aus Toms Mund zu hören. Vielleicht wollte ich das die ganze Zeit. Vielleicht reicht das.

Heute Nachmittag um vier öffnete ich vorsichtig deine Tür und blickte hinein auf euch beide. Tom saß ganz nah bei deinem Bett. Um diese Zeit schläfst du normalerweise, aber heute Nachmittag waren deine Augen geöffnet und auf Tom gerichtet, obwohl dein Körper nicht sehr gut mit den Kissen zurechtkam, die Tom für dich gerichtet hatte. Sein Kopf (immer noch schön!) war über meine Seiten gebeugt und er stockte kurz bei einem Satz, las aber weiter. Der Tag war trübe geworden und ich schlüpfte ins Zimmer, um eine Lampe in der Ecke anzumachen, damit ihr beide euch deutlich sehen könnt. Keiner von euch blickte in meine Richtung, und ich ließ euch allein, schloss leise die Tür hinter mir.

Es hat dir hier nie gefallen. Mir auch nicht. Es wird mir nicht schwerfallen, mich von Peacehaven und dem Bungalow zu verabschieden. Ich weiß noch nicht genau, wohin ich gehen werde, aber Norwood scheint ein guter Anfang zu sein. Julia wohnt noch dort und ich würde auch ihr gerne diese Geschichte erzählen. Und dann würde ich gerne hören, was sie zu sagen hat, denn ich habe genug von meinen eigenen Worten. Ich würde jetzt wirklich gerne eine andere Geschichte hören.

Ich werde nicht noch einmal bei dir reinschauen. Ich lasse diese

Seite auf dem Küchentisch liegen und hoffe, dass Tom sie dir vorlesen wird. Ich hoffe, er hält deine Hand, wenn er es liest. Ich kann dich nicht um Vergebung bitten, aber ich bitte dich, mich anzuhören, und ich weiß, du wirst gut zuhören.

DANKSAGUNG

VIELE QUELLEN waren beim Schreiben dieses Romans hilfreich, aber besonders zu Dank verpflichtet bin ich dem Brighton-Ourstory-Projekt: »Daring Hearts: Lesbian and Gay Lives in 50s and 60s Brighton«, Peter Wildebloods eindringlicher Kurzbiografie »Against the Law« und – nicht so brillant, aber doch aufschlussreich – »The Verdict« von Rupert Croft-Cooke. Mein Dank auch an Debbie Hickmott vom Filmarchiv South East und an meine Eltern und Ruth Carter, die ihre Erinnerungen an die Zeit mit mir geteilt haben. Auch Hugh Dunkerley, Naomi Foyle, Kai Merriott, Lorna Thorpe und David Swann bin ich dankbar für ihre Anmerkungen zu frühen Entwürfen, David Riding für sein Engagement für das Buch und Poppy Hampson für das hervorragende Lektorat. Und danke, Hugh, für alles andere.

BETHAN ROBERTS IM GESPRÄCH

Wie kamen Sie auf die Idee für diesen Roman?

Der Roman geht auf die Lebensgeschichte des Schriftstellers E. M. Forster zurück. E. M. Forster hatte vierzig Jahre lang einen Geliebten, einen viel jüngeren Polizisten namens Bob Buckingham. Ich glaube, für Forster war Bob die Liebe seines Lebens, obwohl er während all der Jahre immer mit seiner Ehefrau May verheiratet blieb. Als ich über May und Bob las, wusste ich, dass ich über eine solche Beziehung schreiben wollte. Da war so viel, was mich neugierig gemacht hat: das Liebesdreieck, die unterschiedliche soziale Herkunft, das zurückgezogene Leben, das homosexuelle Männer leben mussten, als Homosexualität noch strafbar war. May war eine bemerkenswerte Frau, die diese Affäre nicht nur tolerierte, sondern sich trotzdem auch ihre Liebe für Forster bewahrte. Diese Konstellation schien für diese drei Menschen irgendwie zu funktionieren. Beim Schreiben begann ich mich immer mehr dafür zu interessieren, was geschehen würde, wenn sich die Ehefrau nicht mit einer solchen Beziehung arrangieren kann. Marions Gefühlschaos – erst ihre Leidenschaft für Tom, dann ihre Eifersucht, ihre Schuldgefühle: das wurde meine Geschichte, und sie wurde viel tragischer als die, die mich inspirierte.

Warum Brighton?

Ich lebe seit zwanzig Jahren in Brighton und wollte schon immer darüber schreiben. Brighton ist sehr touristisch: Der Pier, der

Royal Pavilion, die Strandpromenade, all diese Orte sind wunderbare Ausgangspunkte fürs Schreiben. Sie sind lebendig und richtig schön kitschig, gleichzeitig auch merkwürdig melancholisch. Aber was mich am meisten interessierte, war, hinter die Fassade zu blicken, mich mit Alltag in dieser Stadt zu beschäftigen und ihre unterschiedlichen Facetten aufzudecken. Brighton ist eine ganz besondere Stadt, sie liegt ganz am Rand von Großbritannien und fühlt sich in vielerlei Hinsicht freier und ausschweifender an als der Rest des Landes. Sie war lange Zeit auch ein Zentrum homosexueller Kultur, aber in den 1950ern war es selbst in Brighton sehr schwierig, Homosexualität offen zu leben.

Was interessierte Sie an den 1950er Jahren?
Ich wollte darüber schreiben, wie es war, in einer Zeit zu leben, in der homosexuelle Beziehungen mit Gefängnisstrafen geahndet wurden. Seit ich mich mit dem Thema beschäftige, war ich wirklich geschockt, wie viele junge Menschen keine Ahnung haben, dass das einmal der Fall war. Ich glaube aber auch, dass bei meiner Entscheidung für diese Zeit auch unbewusst etwas ganz anderes eine Rolle spielte, das nicht leicht zu erklären ist: so etwas wie eine Nostalgie für die Kindheit meiner Eltern. Die Fünfziger Jahre fühlen sich für mich vertraut an, durch die Erinnerungen und Fotos meiner Eltern, gleichzeitig kenne ich sie natürlich nicht – das macht diese Zeit so geheimnisvoll und so spannend, und ich denke ich wollte in gewisser Weise ihre Erfahrungen teilen, sie wieder aufleben lassen, und Dinge ansprechen, über die sie nicht sprechen konnten oder wollten.

Hatten Sie von Anfang an geplant, aus zwei Perspektiven – Marions und Patricks – zu erzählen?
Nein. Zuerst entschied ich mich für Marions Perspektive und dachte, dass sie vielleicht den ganzen Roman tragen könnte. Aber

dann begann mich Patricks Sicht immer mehr zu interessieren. Ihm keine Stimme zu geben erschien mir auf einmal so, als würde ich mich aus der Verantwortung stehlen. Und ich fand es sehr spannend zu sehen, wie diese beiden Geschichten nebeneinanderstehen, wie die beiden Figuren denselben Mann sehen, wo sich ihre Eindrücke unterscheiden und wo sie sich ähneln. Erst zögerte ich, mir anzumaßen zu wissen, wie das Leben für einen Mann in Patricks Situation gewesen sein könnte. Schließlich konnte ich der Herausforderung aber nicht widerstehen. Schließlich ist dies ja eines der größten Vergnügen beim Schreiben und Lesen von Literatur: sich in eine Welt zu begeben, die sehr weit von der eigenen Erfahrung entfernt ist.